Du même auteur chez le même éditeur :

Un petit homme de dos, 1995. Première édition, Ramsay, 1988.
Bébé-Jo, 2000.
La demoiselle aux crottes de nez, collection Arcanes, 2001.
Mon petit garçon, collection Arcanes, 2002.
Mondial cafard, collection Arcanes, 2005.
Les hommes, 2017.
Le Cherokee, 2019 ; « Folio Policier » n° 919.

Chez d'autres éditeurs :

Allez les verts, Albin Michel, collection Sanguine, 1980.
Branqu'à part, Albin Michel, collection Sanguine, 1981.
Chrysler 66, Albin Michel, collection Sanguine, 1982.
Sympathies pour le diable, Albin Michel, collection Sanguine, 1983.
Gare indienne de la paix, Fleuve noir, Engrenage n° 79, 1984.
Des femmes et des boulons, Ramsay, 1987.
Fausto, Robert Laffont, 1990.
Andrée, Robert Laffont, 1993.
Cueille le jour, Robert Laffont, 1994.

Suite des œuvres de Richard Morgiève en fin de volume

Cimetière d'étoiles

COLLECTION DIRIGÉE PAR JOËLLE LOSFELD

ISBN : 978-2-07-292753-9

Richard Morgiève

Cimetière d'étoiles

Roman

ÉDITIONS JOËLLE LOSFELD

À Alice et César

« Le chien voit la nuit, la nuit ne voit pas le chien. »

Motherfucker

« En frappant l'œil on fait couler des larmes. »

Il avait longtemps prié Dieu et Dieu ne lui avait pas répondu. Il s'appelait Rollie Fletcher pour l'état civil, ça suffisait à la plupart des gens. Dans le faisceau lumineux de sa torche, le gars était couché sous la lune, sur le ventre, en chaussettes. Fletcher s'est accroupi. Là-bas, le loup l'a épié une dernière fois et s'est faufilé entre les yeuses. Le gars couché ne bougeait pas, le gosse non plus. Lui vivait mais la vie était incertaine. Il vivait pour le moment, assis sur les talons, coiffé d'un Stetson qu'il avait trouvé dans une poubelle pour faire cow-boy. Fletcher entendait la radio de la Ford garée à cinquante pas sur la piste, les pas de Will Drake qui s'est arrêté entre lui et le gosse.

Drake a craché. Il a allumé une Lucky. La flamme de son briquet l'a éclairé. On aurait dit un radis noir pelé en partie. Une face blême surmontée d'un écheveau de laine sale et rare. Des yeux exorbités enfoncés dans le visage, bleus comme de la viande. Les mains trop grandes, la peau blanche, maigre, du bide, taille moyenne. Quarante ans pour ceux que ça intéressait.

— T'as remarqué, Rollie, que les films sont plus clairs, plus blancs ? a-t-il dit.

Il semblait qu'il vomissait, drôle de voix. Pas comique. C'était triste d'entendre parler ainsi. Le gyrophare de la Ford lançait des séquences rouges et répétitives sur le corps du macchabée, sur les ombres tombées à terre d'on ne sait où. Et il fallait vivre. Fletcher pensait au loup et au gars couché là – tout commençait par un pourquoi. L'homme posait des questions pour ne pas entendre la réponse, Fletcher le savait bien.

— Pas les mêmes couleurs qu'avant, a poursuivi Drake, plus pâles, plus délavées, tu vois ?

Il a hoché la tête et suivi des yeux un rond de fumée vite dénoué par la nuit.

— Un jour, a-t-il ajouté, les films seront si clairs qu'y aura plus rien à voir.

Il a soulevé le gosse par une oreille.

— Les godasses, a-t-il marmonné. Les godasses, Rodriguez... Raconte ?

— C'est pas moi, a gémi le gosse en anglais.

Drake lui a lâché l'oreille. Fletcher s'est levé lentement. En fin de compte, la terre et le ciel se rencontraient toujours pour ceux qui voyaient. Le loup sortirait des yeuses quand la lune serait cachée par le nuage, il passerait le Rio Grande. Le Mexique, c'était mieux pour les loups. Quant au gringo, il n'était pas à poil parce que la veste de son costard gris était tachée de sang, le pantalon déchiré... Invendable.

Il sentait encore l'essence – hypothèse la plus vraisemblable : on avait voulu le flamber.

Fletcher a mis ses gants jetables, Drake a haussé les épaules. Il avait une épingle de sécurité au revers de sa veste, comme une décoration. Fletcher s'est approché du gars. Il avait pris une balle dans la nuque, à bout touchant. Pas besoin d'être légiste pour voir que c'était du .45 ACP, que la balle avait traversé la boîte crânienne de bas en haut et qu'elle avait dû ressortir pas loin de l'orbite droite. Le gars aurait été défiguré et borgne s'il avait continué à lacer ses godasses mais on les lui avait piquées. Fletcher l'a retourné. Il ne s'était pas trompé. Il ne lui restait plus qu'un seul œil, vert. Ça allait avec ses cheveux blonds. Sa chemise blanche au col ouvert et sa veste de costume étaient constellées de taches de sang. Plus de portefeuille, plus de montre. Pas d'alliance, de bijou. C'était normal – par ici les manchots volaient des deux mains.

Pouce du pied gauche amputé. Un drôle de ganglion sous la mâchoire, une dent infectée ? Un peu tard pour aller chez le dentiste. Et il y avait un os : quasiment pas de projection de sang. On l'aurait tué mort ? Fletcher examinait le gars qui le fixait tel Abel, Caïn. Certains croyaient qu'on pouvait découvrir dans les yeux des morts la dernière chose qu'ils avaient vue, d'autres croyaient en la justice ou aux fleurs. Les hommes avaient peur. Ils faisaient semblant de vivre pour tromper la mort. C'était leur seule grandeur. Fletcher a soulevé le buste du gars – il était froid, raide et puait. Il l'a débarrassé de sa veste, de sa chemise. Il avait pris le soleil sans compter et avait une tête de mort tatouée sur le biceps droit. Elle était surmontée du chiffre « 1 » et de cette inscription : « Not Killed at Chosin ».

— Mais il est mort à El Paso, a dit Drake, faut pas fanfaronner.

Le gars avait aussi une méchante cicatrice en haut du poumon droit et un suçon à la base du cou. La guerre et l'amour, tout ce que voulaient les hommes. Il n'avait pas à se plaindre. Fletcher l'a déculotté – on ne connaissait un homme que lorsqu'on connaissait sa bite. Drake s'est marré. Le gosse a caché ses yeux avec ses mains. Le mort s'était chié dessus *post mortem*, avant il s'était fait tatouer « Motherfucker » au-dessus du pubis.

— Un gars qui aimait bien l'écriture, a constaté Drake. J'en ai connu qui s'étaient fait tatouer ça.

À Guadalcanal, en Corée et maintenant au Viêt Nam. « Motherfucker », c'était ce qui convenait pour nommer tout ce qu'il y avait à nommer quand on pensait que la vie et la mort c'était un jeu à la con. En plus d'aimer l'écriture, le mort était circoncis. Il avait deux gros ganglions dans le pli de l'aine et des morpions. Fletcher l'a reculotté. Les morpions allaient de nouveau se retrouver dans le noir. Ils n'avaient qu'à s'acheter des phares.

Fletcher et Drake ont échangé un regard. Des morts ça ne manquait pas par ici, mais c'était rarement des Nord-Américains. Tout commençait par un pourquoi, c'était sûr. Pourquoi un gringo s'était fait dessouder ici, dans les montagnes Franklin, en plein milieu d'El Paso ? Pourquoi on avait voulu faire la peau d'un ancien de la Première division des Marines, blessé à Chosin ? Décembre 1950, Corée – « Motherfucker » ou pas. En plus de sa balle dans le poumon, le gars avait dû perdre son gros orteil à cause du froid. Ça caillait sec là-bas dans les montagnes et il ne fallait pas confondre les lance-flammes des Chinois avec des couvertures chauffantes.

— La came, les putes…

Drake a grimacé – sa solution à l'énigme était bateau, n'ouvrait aucune piste. Des truands locaux qui auraient buté un confrère, ça ne tenait pas non plus. Ils l'auraient coulé dans du béton ou enfourné dans une chaudière, pas laissé là. Et si le gars avait doublé des truands mexicains, il se serait fait égorger, émasculer. Ou les deux. Ça se serait passé à Ciudad Juárez, de l'autre côté du Rio Grande, sans chichis. On l'aurait jeté dans les ordures. Les chiens, les cochons sauvages et les poules l'auraient bouffé et on ne l'aurait jamais retrouvé.

Et le gars ne s'était pas fait buter parce qu'il était juif, au cas où il l'aurait été ici au pays de la circoncision pour tous, les nazis étaient plus au sud, là-bas au Brésil, au Chili, en Argentine ou en Bolivie.

Une balle dans la nuque, ça pouvait ressembler à la signature de la mafia, seulement la mafia ne raffolait pas des sombreros et des huevos rancheros. La mafia aimait les Borsalino, l'huile d'olive et la flotte. La mer, l'océan. Elle était venue en bateau au pays du fric facile, elle ne l'oubliait pas. Elle proliférait dans les ports, c'était son vivier. Bien sûr, on ne pouvait pas écarter que le Marine se soit fait des ennemis dans la Famille, qu'un contrat ait été lancé sur lui et qu'il se soit fait épingler à El Paso où il passait pour visiter le musée du néant.

Qu'est-ce qui avait perdu le Marine ? L'atavisme ? Fletcher a soulevé le gars, l'a déplacé. Il a frotté la paume de sa main sur la terre, si on pouvait appeler ça de la terre. Un geste circulaire, au rayon qui augmentait. Il a sorti d'une poche sa pince à épiler et a cueilli la balle. Il a déchiré l'emballage d'un préservatif Trojan et l'a laissée tomber dedans. Drake, lui, a collé une beigne au gosse qui ne s'y attendait pas.

— Comment tu t'appelles déjà, Rodriguez ?

— Gabe.

— Comment tu peux vivre avec un nom pareil ?

Fletcher avait saisi la main droite du Marine, pour expertise. L'index avait une callosité à la première pliure du doigt, entre les phalanges proximale et moyenne.

— Un tireur d'élite, a-t-il dit.

Drake a hoché la tête et grommelé que les snipers oubliaient qu'ils avaient la peau aussi fragile que leurs cibles. Fletcher s'était levé, il scrutait la face du mort. Elle lui disait quelque chose qu'il ne comprenait pas. Ça le rendait encore plus patibulaire. Pour le décrire, on pouvait dire qu'il était grand, taillé en poids moyen. Les yeux en gouffres qui vous aspiraient. S'il avait fallu leur trouver une couleur, on aurait dit plutôt jaunes (genre ceux du Diable). Il avait une grosse bouche, pour sucer on ne sait quoi. Pas des cachous, il n'avait pas le style. Si on peaufinait le portrait, il avait les cheveux striés de blanc, d'argent. Dans le genre play-boy sorti d'Alcatraz, ange déchu. Il avait l'air d'avoir dans les trente-cinq, quarante ans et de ne pas aimer la plaisanterie, la poésie ou le cinéma, le tennis, le golf, la botanique, tout quoi. Un gars insupportable. Il s'est mis à marcher en rond autour du macchabée en élargissant le rayon du cercle – il dirigeait le faisceau lumineux de sa lampe vers le sol.

— Quelque part y a un tourne-disque dans ta généalogie, Rollie, a dit Drake. Dès que t'as une minute, tu tournes.

Fletcher s'est baissé et a examiné une empreinte très marquée, le talon d'un pied droit. Taille dans les quarante-trois. Semelle en cuir. Fletcher s'est relevé et a prolongé son inspection de la scène de crime, observé deux autres empreintes du même électeur. Drake l'a rejoint et a fait le commentaire :

— Il est lourd, voire gros, et il a une chaussure orthopédique au pied droit.

Fletcher a fait quelques pas en balayant le sol avec le faisceau lumineux de sa torche qu'il a arrêté sur une drôle de trace. Drake l'a rejoint.

— Si c'est un bonhomme, a supputé Drake, doit avoir une drôle de gueule, çui-là... Ni une vache, ni un éléphant... P'têtre un mille-pattes ? Un gros ?

Des phares apparaissaient, disparaissaient sur la piste.

— Ou un fichu Martien, y en a tellement de nos jours...

Fletcher s'est approché du gosse – lui a donné un billet d'un dollar et lui a montré la nuit d'un geste. Le gosse ne s'est pas fait prier. Drake a proposé son paquet de Lucky à Fletcher qui s'est servi et a allumé leurs clopes en grattant une allumette sur la semelle de sa godasse. Les phares se rapprochaient. On entendait le moteur de la bagnole, de la musique : *The Lion Sleeps Tonight*[1]. L'Impala a surgi et s'est garée au cul de la Ford dont le gyrophare rouge tournait sans mollir, tandis que la radio de bord sur la fréquence de la police semblait se parler toute seule. Être la conscience d'un ventriloque bourré au comptoir du dernier bar avant le purgatoire.

Dale Rose a ouvert sa portière, quitté le volant, s'est faufilé en se mettant de côté entre le capot de son Impala et le coffre de la Ford. Il chantait faux et à contretemps le numéro un des charts, levait les bras au ciel avec son gros bide, son costard pas net. C'était un individu qui était crade en sortant de la douche.

1. The Tokens.

— T'approche pas plus, a dit Drake.

— Tu toucheras ton fric comment, Will ?

Il avait cessé de chanter, marchait en se dandinant, en canard. Mais il n'avait pas de plumes. Il s'est arrêté à une dizaine de pas de Drake, son calepin à saletés dégainé.

— On est sur quelle histoire ? a-t-il dit en lorgnant le mort.

Il parlait du nez et du coin de la bouche… « Cap » Connors s'est décidé à sortir de la Chevrolet. Il faisait la paire avec Rose. En sueur tout le temps, un sourire permanent et vicieux sur sa face sournoise. Ses deux Rolleiflex en sautoir. Un putain d'insecte. Un fouille-merde à la voracité de piranha. Vêtu d'un costard froissé, serré vers la bite qui semblait énorme (on racontait qu'il portait un étui pénien, chacun la légende qu'il méritait). Lui et Rose bossaient pour le *El Paso Herald-Post* et d'autres. Spécialisés dans les coups pourris, vivaient de ça. Ils avaient débuté avec l'affaire Roswell à deux cents miles de là et finiraient forcément en enfer qui était la porte à côté.

— Raconte, Will, a dit Rose.

En agitant son calepin et un billet de dix.

— Les tarifs changent, a dit Will.

Rose a gloussé.

— Rêve, a-t-il répondu.

— C'est comme ça, a insisté Will.

— Combien que vous voulez ? s'est renseigné Rose.

— Vingt.

— Vingt ! s'est exclamé Rose. Vingt et pourquoi pas mille ? T'es malade ! Fletcher, dis-lui qu'il est malade.

Il avait gueulé pour que Fletcher l'entende car l'Albinos s'était éloigné et contemplait El Paso dans ses lumières. La nuit et l'électricité la transformaient en songe, gommaient son clivage riches/pauvres, constructions en dur/bidonvilles, gringos/chicanos. Fletcher a tourné le dos à la ville et a rejoint les autres en ayant le sentiment brutal et fugace qu'il mourrait sans s'y attendre et que sa peine serait infernale... Il le méritait bien au fond.

— Fletcher, a dit Rose, tu vas pas me dire que tu es d'accord avec Will... Faut que tout le monde mange.

Fletcher l'a dévisagé et Rose s'est senti fiévreux – ce mort-vivant lui foutait les jetons. Ce qu'il savait de lui le rendait méfiant et ce qu'il devinait, parano. Il avait beau s'habiller en pasteur, costume gris, pull noir, c'était un fumier. Will Drake pareil. La différence, c'était qu'il foutait moins les jetons. D'ici à lui faire confiance, il y avait de la marge. La confiance, c'était le produit de consommation le plus vendu dans le monde. Dale Rose n'était pas acheteur, il y avait d'autres produits en vente pour planer.

Ray Charles chantait : *I Can't Stop Loving You*. Des conneries de nègre qui ne voyait que dalle. Il faisait plutôt froid, l'air était sec et râpait les poumons. Arrivé par ici, on rêvait vite de grenouilles et de pluie – peu de temps après, on ne pensait qu'à se barrer. El Paso, ce n'était rien qu'une ville fantôme avec des gens encore vivants piégés dedans. Vivre à El Paso, c'était une punition. Rose a regardé Drake qui lui a fait le synopsis :

— Un gringo, une balle dans la nuque.

— Son nom ?

— Demande-lui.

Ils ont entendu la sirène.

— V'là le vampire qui rapplique, s'est marré Rose.

Il a tendu deux billets de dix dollars à Drake et s'est approché du cadavre avec « Cap » Connors. Le hululement s'amplifiait, accompagné par des phares qui jouaient du tam-tam sur la piste. Connors s'est mis à flasher. Rose écrivait en parlant à mi-voix avec une emphase absurde : « Le corps de l'inconnu gisait, les yeux emplis de terreur… Comme voyant l'abîme… » La Packard Clipper de la morgue, ancienne ambulance rachetée par la municipalité à une entreprise en faillite, repeinte en noir, a stoppé en brinquebalant. Avec ses phares rouges et sa sirène asthmatique. Ça faisait rire tout le monde – comme si les clients de la Coiffeuse étaient pressés. La Coiffeuse, c'était son nom. Elle allait sur ses dix ans. Elle était énorme. On aurait pu y caser un bison sans problème. Pourquoi on l'appelait la Coiffeuse, c'était une autre affaire. Par ici à El Paso, les gens se faisaient tellement chier qu'ils cancanaient un peu plus que partout ailleurs, trouvaient des surnoms aux gens et aux choses pour meubler leur ennui, distraire le temps.

La sirène se l'est fermée dans un bruit de mec qui avale sa langue. Booker Sparks a quitté le volant et s'est ramené avec sa serviette en cuir gonflée et usée par des années de mort violente. Il était maigre, de taille moyenne et avait un visage tragique, aussi blême que celui de ses patients. Il allait bientôt partir à la retraite et s'était acheté une cabane en Idaho, pour mourir enfin seul, disait-il. Il en avait plus qu'assez de la lumière des néons et de l'odeur de la mort au formol.

Fletcher a levé la tête… Là-haut le satellite scintillait par moments. Ils l'ont tous imité, sauf le macchabée. Aucun n'a pipé… Que dire ?

Sparks a ouvert sa serviette, il en a sorti une blouse blanche qu'il a dépliée, dévoilant une bouteille de champagne.

— Veuve Clicquot, a-t-il dit.

Pour la prononciation du français, personne dans le groupe n'avait mangé de camembert. Il a tendu des gobelets en carton à tout le monde et a débouché la bouteille. Il a servi. Fletcher n'aimait pas l'odeur du champagne, mais il ne voulait pas vexer Sparks.

— À la mort, a dit Sparks.

Ils ont répété sa formule et ont bu. Le champagne était froid – la morgue c'était le coin idéal pour ça. Sparks a resservi, Fletcher s'est laissé faire. Passé la première gorgée, il s'habituait à l'odeur et au goût. Et puis on buvait pour boire lorsqu'on était lui et eux. Sparks a enfilé des gants chirurgicaux. Rose s'est remis à écrire en parlant : « Sous le ciel de plomb, le corps martyrisé… » Drake a bu au goulot ce qui restait dans la bouteille. Sparks s'est accroupi et a étudié le macchabée avec une lampe portable.

— Ça presse, Rollie ? a-t-il dit.

Il a levé les yeux vers Fletcher.

— Moss a tellement serré le budget que j'en suis à avancer de l'argent à la mairie pour pouvoir acheter des fournitures.

Fletcher a allumé une Lucky en abritant la flamme de l'allumette dans ses mains. Il aimait assez fumer, ça tuait banalement.

— C'est quoi ce qu'il a sous le menton ? s'est-il enquis.

Sa voix allait avec le reste. C'était sûr qu'il ne pouvait pas animer un talk-show. Prédicateur de l'Apocalypse, c'était possible.

— Je sais pas, a répondu Sparks, bizarre.

Il a palpé la gorge du gars.

— Il y en a au moins un autre, a-t-il ajouté.

Il s'est levé.

— Il en a à l'aine aussi, a dit Fletcher, sans parler des morpions.

Sparks a dévisagé Fletcher.

— L'aine ? Qu'est-ce qu'il nous fait çui-là ?

Il a toisé le macchabée attendant une réponse qui n'est pas venue et il s'est adressé à Fletcher :

— On est lundi... Demain n'en parlons pas... Vendredi, Rollie... Vendredi soir.

Fletcher a hoché la tête. Sparks a plongé les mains dans ses poches et s'est tourné vers l'assemblée.

— Décès supposé par arme à feu, à bout touchant, si on s'intéresse à ça de loin... Mort survenue... disons entre vingt-quatre et moins de quarante-huit heures, au jugé. Individu de race blanche, de sexe masculin. Âge... Autour de trente-cinq... Moins de quarante.

Rose a repris à son compte ce qu'avait dit Sparks : « L'homme, blessé mortellement à la tête, a eu le temps de supplier ceux qui l'avaient tué... Ses mains imploraient la pitié... » Drake a balancé un glaviot pour la ponctuation, fait une remarque sur le style diarrhéique de Rose. Fletcher et Drake se sont dirigés vers la Coiffeuse. Sparks a ouvert les portières arrière, posé sa serviette. Fletcher l'a aidé à sortir le brancard. Un satané engin de la Première Guerre mondiale : lourd, à roues, pas facile à manœuvrer seul.

— Je pars en mai, a dit Sparks, tu auras l'adresse. Tu seras toujours le bienvenu.

Ils ont fait rouler le brancard jusqu'au macchabée et l'ont chargé dessus à quatre. Drake pissait en chantonnant *Don't Break The Heart That Loves You*[1]. Sparks a sanglé le Marine

1. Connie Francis.

mort à El Paso sur le brancard. Aidé par Fletcher, ils l'ont trimballé jusqu'à la Coiffeuse, ont fait glisser le brancard dedans. Sparks a ôté sa blouse, l'a bourrée dans sa serviette et a refermé les portières. Il a tapoté sur le bras de Fletcher et s'est mis au volant. Il a fait demi-tour et s'en est allé, sans la sirène mais avec le phare rouge – et le mort. La Coiffeuse a fini par se morfondre dans les ténèbres, Fletcher a pensé à sa mort. Somme toute, il n'avait qu'à attendre… Il verrait bien. Il a retrouvé la fine équipe. Connors a sorti deux boîtes de Dexamyl – ils se sont tous servis. Ils ont fait passer ça avec la flasque de Drake. Sa bibine qu'il achetait par jerricane de trois gallons à un gars qui disait que c'était lui qui la distillait. C'était du pipeau. Drake avait besoin de croire et Fletcher, lui, faisait trop de cauchemars (surtout ne pas chercher l'équivalence, rien n'égalait rien).

— « Pour rendre ce monde trivial sublime, prenez un demi-gramme de phanérothyme », a déclamé Rose en zyeutant Fletcher. Toi, t'as lu Huxley, non ?

Fletcher n'a pas répondu.

— La photo de l'année, a dit Connors de sa voix ralentie par tout ce qu'il se mettait dans le siphon. Allez ! Faut se manier ! Bras dessus, bras dessous !

Ils se sont regroupés et Connors a levé un de ses Rolleiflex à bout de bras.

— Allez, souriez au passé ! s'est-il écrié.

Il a déclenché le flash qui les a éblouis. Fletcher a eu l'impression de voir la photo se développer dans le ciel – quatre hommes sans avenir au bout d'une année de plus.

— Vous trouvez pas qu'on a des noms bizarres ? a dit Drake.

Et le vent passait à côté d'eux et ils ne l'attrapaient pas, ne le voyaient pas. Ils se sont ramenés vers les bagnoles. Connors leur a offert de leur montrer sa queue contre dix dollars. À la radio des gens riaient et Fletcher voyait leurs yeux écarquillés, leurs faces stupides ; ça n'en finissait pas.

Ecce Homo

« En frappant le cœur on fait apparaître les sentiments. »

Rose et Connors sont partis en marche arrière, passant à côté de la ruine. Rose klaxonnait. La radio de l'Impala balançait *Monster Mash*[1]. Les filles ne criaient pas, il n'y en avait pas. La capote se levait et Connors debout sur la banquette déclamait la publicité faite par un commerce de pompes funèbres dans le *El Paso Herald-Post* qu'il tenait à bout de bras.

Fletcher s'est carré au volant du Cercueil, une Ford Fairlane de 57. Celui qui la menait avant lui s'était fait plomber par des inconnus à bout de nerfs, son coéquipier pareil – deux veuves, cinq orphelins. Les compagnies d'assurances avaient raqué un max et Moss, le maire, y avait laissé de la monnaie. Il était né radin et, en vieillissant, il était devenu psychoradin. À la limite du délire. Les Français l'auraient décapité. Ici au pays du premier amendement, il était libre et pouvait

1. Bobby Pickett.

se reproduire, ce qu'il avait fait à sept reprises avec la même femme qui arrivait à tenir debout et à se coiffer – à l'intérieur, elle devait être en vrac. Moss avait évidemment refusé de se séparer de la bagnole. Il avait fait changer les vitres, le pare-brise, reboucher les impacts de gros plombs. Un voile de peinture noire et c'était reparti pour deux morts. Ce coup-là, ça ne coûterait pas cher. Il n'y aurait pas de veuves, pas d'orphelins. Fletcher n'avait rien que lui. Will Drake avait un poisson rouge, ça n'allait pas plus loin.

Vern Carroll et Jack Smith, les deux policiers, s'étaient fait avoir au double zéro. Le sang avait giclé en quantité. Les banquettes étaient recouvertes de tissu synthétique, alors avec de la lessive et une éponge… Le plafond, ça ne le faisait pas. Il était tapissé d'une sorte de feutrine, inlavable (en conséquence constellée de taches brunâtres). Ainsi, Fletcher et Drake ne pouvaient pas oublier que le ciel risquait de leur tomber sur la tête.

Il n'y avait pas que du mauvais dans le Cercueil. Moss avait jadis acheté la bagnole d'occasion – dans une vente sur adjudication. Elle était équipée d'un V8 de trois cents chevaux avec un compresseur. Une vraie fusée destinée à l'origine aux courses de Nascar. Ça pouvait être utile, cependant il aurait mieux valu qu'elle soit blindée. C'était à l'arrêt que ça craignait : les gars surgissaient et envoyaient la sauce. Au cas où, un fusil Winchester M97 était fixé, canon en bas, entre Fletcher et Drake. Drake l'appelait le Troisième homme, en référence au film. Il disait que ce film tenait d'abord sur son décor et sa musique, que l'histoire tout le monde s'en fichait. Mais que le titre était si intelligent et profond que ça le rendait encore plus bête et vil, lui, Will Drake, fils d'une ordure et d'une folle.

« Le troisième homme, disait Drake, c'est ce que nous espérons tous pour obtenir la paix. » Will Drake était un gars complexe, quasiment idiot par moments et capable d'intuitions fulgurantes. Bon et cruel. La pire des salopes au royaume des bas-fonds. Drake permettait à Fletcher de pouvoir imaginer que la rédemption était possible. Une nuit, il avait rêvé que Drake était peint sur une toile. Son costume était ensanglanté, il était menotté, les pieds nus, la tête entourée de fil barbelé. Il semblait serein. Peu après, fortuitement, Fletcher avait découvert la reproduction de son rêve dans un livre consacré à la peinture pieuse. Il avait eu le sentiment que son cerveau cassait. Le tableau était de Philippe de Champaigne et s'appelait *Ecce Homo*. Il représentait le Christ, seul et vêtu de rouge, méditant sur sa prochaine crucifixion.

Fletcher était persuadé qu'il avait fait un arrêt cardiaque en découvrant l'œuvre de Philippe de Champaigne. Il avait été réveillé, rappelé d'entre les morts, pour accomplir quelque chose d'important au point d'être sacré, vital. Vital dans le sens où la vie ne pouvait pas être considérée que comme un seul phénomène organique, biologique. Fletcher était si fatigué et éprouvé qu'il avait compris qu'il était un être – auparavant il pensait qu'il était une ombre, un mort-vivant. Il était allé à l'église. Il s'était agenouillé et avait pleuré. Une main s'était posée sur les siennes agrippées à l'accoudoir du prie-Dieu. Il ne voulait pas de consolation. Il ne voulait partager ses tourments que dans l'enquête sans fin sur la haine, le crime, la corruption dans laquelle il était entré en pénitence. Drôle de pénitent sans foi ni loi, sans espoir fondé dans autre chose que la consomption de l'âme, la disparition de la grâce, l'établissement de l'enfer d'est en ouest, du nord au sud… Fletcher avait l'impression qu'une caméra était entrée en lui et filmait ses organes. Il avait honte. Il avait peur qu'on découvre ses secrets, ses crimes. C'était la seule solution – il fallait qu'il paye. Son cœur marchait vite. Il avait froid, il a vu le visage du Marine en gros plan. Qu'est-ce qui lui échappait ?

(Si, en général, les enquêtes avaient un début et une fin, elles s'inscrivaient toutes dans un temps où les jours et les heures, les semaines se confondaient au point que souvent Fletcher se réveillait en ne sachant pas quel jour on était. Ce sentiment perdurait. Les jours et les mois se succédaient. Les heures, les secondes. Les visages, la peau, le vent chaud ou froid, la poussière, la crasse, les gars qui passaient la main, leurs derniers mots pitoyables. Et la vie allait, si c'était une vie…)

1963

> « Il y a une manière de parler qui ressemble à la mort. »

Fletcher roulait au pas. Il y avait du monde au poste frontière, pour aller baiser et boire pas cher à Ciudad Juárez. Se faire des frissons, ramener une chtouille et la nouvelle année parfumée à la chatte couleur locale. Ou d'autres souvenirs pour le salon. Ou pourquoi pas revenir avec une des pancartes où était écrit : « Bienvenidos » ?

Quand ç'a été le tour de Fletcher et de Drake, les gardes-frontières mexicains les ont salués en tapant sur la carrosserie et en gueulant en avance sur l'heure : « ¡ Viva sesenta y tres ! ¡ feliz año nuevo ! » Ils étaient connus, c'était sûr. Ils se sont tirés à petite vitesse, le V8 grondait, en rut. Tout le monde était en rut, depuis que les bombes avaient pété là-bas à Hiroshima et Nagasaki. Tout le monde voulait foutre. Oublier les B-52 qui volaient vingt-quatre heures sur vingt-quatre avec leur arsenal de destruction massive. Oublier les sous-marins nucléaires invisibles, les missiles. La menace permanente de la destruction générale, c'était ça qui faisait bander. La mort avait inventé le rock, la défonce par tous les bouts, tous les trous. Le Dexamyl, le LSD, tous les divins psychotropes... Il fallait jouir avant d'être transformés en ombres par les bombes.

Fletcher se souvenait du jour où il avait choisi de mourir aux yeux des autres. Il aurait voulu connaître un autre monde. Un monde de beauté. À côté de lui, anéanti, Drake regrettait d'être devenu ce qu'il était. La boue de la vie ne salissait pas que les corps et les visages, elle pénétrait dans les corps, s'installait dans les âmes depuis bien plus d'un billion de jours déjà. Le poids du vent soufflé sur les lieux immenses était égal à une mesure inconnue. Des races perdues, des races oubliées, non humaines ou bâtardes avaient traîné leur misère partout ou à peu près. Tout était en voie d'usure. Il fallait faire quelque chose, semer la graine ou partir. Il manquait une raison, il manquait une histoire. Il fallait que le père reconnaisse le fils, le chérisse et lui laisse la place. Ainsi le fils pourrait parler à la place du père, le sauver et le libérer de la peur. Dieu l'avait dit mais la parole de Dieu était contestable et puis qui écoutait encore Dieu ? Il avait perdu pied, il n'avait plus vraiment de place par ici. Voilà ce qu'il en était à cette heure... On attendait un miracle.

Fletcher a ralenti. Des centaines de fidèles n'avaient pu entrer dans l'église, s'étaient éparpillés tout autour, bloquant la circulation. Ils écoutaient les rumeurs de la messe comme ils auraient suivi une course de chevaux à la radio. Fletcher et Drake ont remonté leurs vitres, verrouillé les portières. Le Cercueil s'enfonçait dans la foule. Certains se tournaient vers Fletcher et Drake, riaient, criaient, parlaient. Dans le Cercueil, tout était assourdi. Bande-son abîmée par une utilisation intensive. Le grain de beauté de cette fille, l'envie de lui écarter les cuisses et de la lécher. Cet homme au visage amoché, les yeux méchants. Non, furieux. *L'homme aux yeux furieux*, il aurait fallu écrire le livre… On pouvait se contenter de stocker les images, Fletcher était rempli d'images, c'était pourquoi il dormait peu.

La tour où était perchée la cloche était séparée du bâtiment où on priait. Pourquoi ? Fletcher ne savait pas. Il ne savait pas exactement comment la télé ça pouvait marcher, les feux rouges, les machines à laver. C'était un homme moderne qui ouvrait des boîtes de conserve et se gavait.

— Si Batman était né là, a dit Drake, il mangerait des tortillas… Tout serait différent.

C'était si vrai que Fletcher a eu envie de faire demi-tour… Pour aller où, faire quoi ? Il ne s'est pas dirigé vers la cité de néons, là où les gogos allaient pour s'amuser. Il a pointé le capot du Cercueil vers les quartiers pauvres – croisant ce chien qui courait la gueule en sang car on lui avait coupé la langue pour l'offrir à la nouvelle année.

Fletcher a baissé sa vitre, les odeurs l'amenaient à se rappeler qu'il était un organisme vivant. Drake a débouché sa flasque… Plus une seule goutte.

— Tu crois que le monde est enfoncé dans quelque chose ? a-t-il dit. Tu vois, genre la bibine dans ce truc ?

Fletcher l'a dévisagé, attendant la suite qui est venue :

— Remarque si le monde était dans un truc, le truc, il serait dans quoi ?

— L'essence, a répondu Fletcher revenant au Marine. Pour le cramer, c'est sûr.

— Et il n'est peut-être pas mort là, c'est une putain de mise en scène. J'adore…

— On verra à l'autopsie.

La chaussée de terre était bordée par des entrepôts, des baraques en tôle ondulée, en torchis et planches, goudron, caisses. Ici la misère avait pris de vitesse l'urbanisation, ou était devenue l'urbanisation. Des bâtiments jamais finis, à peine ébauchés, dressaient leurs vestiges tels des monuments, des repères. Tout autour du Cercueil, le bidonville proliférait, éclairé par les fusées et les feux de Bengale. Beaucoup de monde dehors pour le changement d'année, le défilé. Les coups de feu pétaient de partout. Les braseros réchauffaient les décolletés. Les fusées hurlaient et zigzaguaient au-dessus des toits et des palmiers. Et cette Américaine qui riait et vibrait comme une guimbarde en espérant que la nouvelle année lui amène le plaisir, une relative satiété… Il faudrait qu'elle paye.

Un singe s'est échappé d'une baraque et a sauté sur un câble électrique. Il a été foudroyé net et est tombé dans la foule – sacrée ambiance. Fletcher a stoppé en plein milieu de la chaussée, pas moyen de faire autrement. Devant le cortège, portée par quatre aveugles selon la coutume, la Madone semblait danser, les yeux perdus vers le Cercueil, le nord, les States, le pays du salut. Les macs marchaient derrière. Ils paradaient avec leurs colliers de dollars américains qu'ils distribuaient, pour paraître riches et puissants. La cohorte s'ouvrait pour englober le Cercueil, couler le long de ses flancs poussiéreux. Les mariachis qui suivaient les macs commençaient à être pompettes. Ils jouaient faux, un peu n'importe quoi. L'un d'eux, un échalas, s'est affalé sur un vendeur de merles et de colibris qui avait bien quinze cages sur les épaules… Il s'est écroulé dans un effarement de cris, un arc-en-ciel de plumes et de becs.

Protégées par des gros bras, les vierges avançaient sur trois rangs dans le froid. Elles avaient les pointes des seins qui bandaient sous leurs oripeaux, trébuchaient sur leurs hauts talons – celle-là pleurait. Aux douze coups de minuit, vendues par leurs pères et leurs mères, elles seraient baisées par tous les trous. Les gars se succéderaient, des plus riches aux plus pauvres. Au matin, elles seraient devenues des putains.

La fête s'en est allée dans les rétroviseurs. Fletcher a démarré. La cloche de l'église a résonné, scellant le sort des pucelles. Et crac ! C'était 1963 d'un coup, sans calendrier déroulé des cintres. Drake a souhaité la bonne année à Fletcher. Fletcher a sorti d'une poche un sachet de nourriture pour poissons et l'a tendu à Drake, surpris. Il a fini par le prendre et a ri. Il a tendu son paquet de Lucky à Fletcher.

— La petite clope pour commémorer l'année passée, a-t-il dit.

Fletcher s'est servi. Drake a allumé leurs cigarettes avec son briquet en or qu'il avait soulevé à un inconnu de race blanche, plombé sur un trottoir froid de Chicago. Ils ont fumé tranquillement. La petite clope du moment *x* précédant le moment *t* qui suivait le moment *y*. La vie ! Des moments vains ou absurdes dans un ordre mesuré par le temps, inventé par l'homme pour tenter d'avoir la main sur son existence… Oublier que le chaos avait engendré le monde… Et le chaos n'était pas. Il n'était ni Dieu, ni chose, ni rien. Le chaos était ce que l'homme ne pouvait concevoir. Mais la beauté existait, Fletcher en était certain. C'était le Secret, ce qui tenait l'homme debout, ce mystère. Cette inutilité magistrale. On parlait du langage pour différencier l'homme des autres mammifères et espèces. Pour Fletcher, ce qui avait séparé l'homme des autres, c'était sa capacité à croire en la beauté. Fletcher s'en fichait bien de la perfection. Il implorait la beauté… Et elle ne répondait pas.

— Un tireur d'élite, a dit Drake. C'est notre premier, non ?

Fletcher a éteint les phares et bifurqué sur la droite, s'enfonçant entre des tas d'ordures et de gravats hauts de deux étages. Un chien s'est enfui avec un rat dans la gueule, traversant une flaque de peinture blanche. Fletcher a stoppé. Il était fasciné par cette flaque de peinture, ça lui donnait envie de crier, de se mutiler. Pas que ça, il y avait autre chose, plus profond, plus caché en lui. Drake l'a dévisagé, s'interrogeait sur ce qui se passait dans la tête du zombi au volant, lieutenant de police à El Paso et jadis ailleurs.

Fletcher est sorti, s'est approché de la flaque. Il se sentait écartelé par son désarroi, sa faiblesse. Il s'est baissé et a contemplé la peinture sans en avoir conscience. Il était aspiré par elle. Il voulait en faire quelque chose, plutôt : il fallait en faire quelque chose. Il devait. Il ne pouvait pas couper le bouton du son, refuser d'entendre, de se souvenir. Il avait vécu, il avait eu un visage, une identité, une existence reconnue. Il s'est relevé lentement car il avait le vertige.

La grâce du Seigneur Jésus soit avec vous…

Fletcher l'appelait Grand-Père. Tous les soirs, il leur lisait la Bible. Il leur demandait de choisir une page et il la lisait.

« Il faut comprendre, disait Grand-Père, que les mots de la Bible font la vie, la Bible invente et construit nos destins, non pas que la Bible soit Dieu mais elle est voulue par Lui aussi bien que les papillons et les ragondins. Ouvrez la Bible et vous saurez qu'elle vous parle, vous guide, vous prévient et vous met en garde. »

Fletcher est revenu vers le Cercueil, s'est installé à côté de Drake qui lisait le laïus écrit au dos du sachet de nourriture pour poissons exotiques.

— « Impropre à la consommation humaine », a récité Drake à mi-voix.

Il a empoché le sachet.

— Ils veulent pas qu'on bouffe de la nourriture pour poissons et ils nous encouragent ou nous payent à tuer des bonshommes pour telle ou telle raison… La société, la civilisation… De la merde !

Une Vocho de la police de Ciudad Juárez s'est ramenée bruyamment : le cancer du pot d'échappement. La maladie qui frappait ces VW au moteur à l'arrière, avec des suspensions de bretelles de soutiens-gorge.

— Leur manque une moustache pour ressembler à l'autre con d'Hitler, a remarqué Drake, tu trouves pas ?

La Vocho a soulevé une pluie de peinture blanche et s'est garée à côté du Cercueil. Pepe Morales qui conduisait s'en est extirpé en se marrant, les yeux abrités par des lunettes de soleil, une bouteille à la main. Il avait du bide à cause de la bouffe et de la bibine.

— Viva Cola ! s'est-il exclamé.

Enrique Zamora a dégagé à son tour de la bagnole. Comme Pepe Morales, il était en civil. Maigre, chapeauté. On ne l'imaginait pas en kilt et ça ne serait venu à l'idée de personne de vivant de l'appeler « Kike ». C'était un bonhomme qui n'encourageait pas les surnoms, la familiarité. Il avait un sac en papier et une petite valise. Tous les deux avaient des bottes mexicaines. Enrique Zamora a ouvert le coffre du Cercueil, l'a refermé. Ils sont montés à l'arrière, Pepe Morales derrière Fletcher. Enrique Zamora n'avait plus sa valise. Les policiers mexicains sentaient l'ail, l'alcool, le parfum. Ils se sont mis à chanter a cappella *Paloma querida*, une chanson Ranchera. Fletcher et Drake fumaient en regardant devant eux. À la fin, les quatre flicards ont applaudi. Drake saignait du nez, c'était fréquent. Fletcher le lui a fait remarquer d'un geste, Drake s'est essuyé avec le revers de la main.

Pepe Morales a débouché sa bouteille de Havana Club. De son sac en papier, Zamora a sorti des gobelets en carton qu'il a tendus à Pepe Morales, des churros qu'il a donnés à Drake et Fletcher. Pepe Morales a empli les gobelets un à un, les distribuant à tour de rôle. Il a levé son verre, imité par les autres. Ils ont bu et mangé sans parler. La radio sur fréquence meurtres radotait des messages dans le labyrinthe des ondes courtes. Pepe Morales a chantonné joliment *Folsom Prison Blues.* Il a dit que Johnny Cash était un vrai chanteur mexicain. Drake s'est esclaffé. Pepe Morales a vidé la bouteille de rhum dans les gobelets – ils ont fumé comme s'ils n'étaient pas là. Ils étaient où ? C'était incroyable et attristant, cette absence.

— On veut absolument prendre les gens pour ce qu'on veut qu'ils soient, a dit Enrique Zamora. Sauf nous les flics. Nous, nous savons…

Il a exhalé de la fumée, il semblait heureux et perplexe.

— J'aime lire, a-t-il poursuivi, c'est pour cela que je me suis marié… Pour éviter les femmes… Les femmes entraînent les hommes vers le pire… Les pédés, les poètes, les peintres le savent…

Il a croqué dans son churros pour se taire.

— «*Alterius non sit, qui suus esse potest*[1] », a déclaré Drake.

Le latin, ça lui venait en petite érection qui lui décontractait le gland. Ce n'était pas pour autant la panacée. Il aurait aimé voir un dinosaure rose surgir et bouffer la Vocho des Mexicains, trois filles en bikini se trémousser avec des ukulélés. À ses côtés, atrophié dans son linceul, Fletcher, lui, sentait l'effet du Dexamyl diminuer… Heureusement, l'alcool venait au bon moment.

— Un Marine mort, a-t-il dit, une balle dans la nuque, un tatouage de la Première division des Marines.

— « Pas mort à Chosin », a complété Drake, c'est ce qu'il s'était fait tatouer sur le bras, ce mort-là.

Les Mexicains ont hoché la tête.

— « Motherfucker » tatoué au-dessus de la bite, a précisé Drake.

Pepe Morales a répété « Motherfucker », étonné qu'on se traîne ça sur les couilles.

— Et on cherche aussi un gars avec une chaussure orthopédique, a dit Fletcher.

— C'est quoi ? s'est renseigné Pepe Morales.

— Une godasse pour infirme, a expliqué Drake, tu vois le genre ?

Pepe Morales a acquiescé.

— Il doit être balèze ou gros, a conclu Drake.

Ils ont fumé en silence tous les quatre.

1. « Qu'il se garde d'appartenir à un autre, celui qui peut être lui-même. »

— J'espère qu'on va bien gagner notre vie cette année, a dit Zamora en espagnol. Les livres sont chers, les belles putains aussi.

— Mes enfants, a dit Pepe Morales, mes enfants. C'est ça qui compte.

Il a tendu une enveloppe à Drake qui l'a prise en le remerciant d'un hochement de tête. Ils sont restés silencieux, prolongeant le voyage sans bouger. Fatigués, seuls, fragiles. Et monstrueux. Des criminels, au repos. Fletcher avait le sentiment qu'ils étaient observés au microscope. Il ne parvenait pas à se décider à faire quoi que ce soit. Sinon vider son verre. Pepe Morales a toussé. Il a soulevé son chapeau et l'a remis après s'être passé la main sur le front. Il avait maintenant une photo dans la main comme si c'était le résultat d'un tour de prestidigitation. Il l'a tendue à Fletcher qui l'a saisie sans se retourner et l'a examinée dans la pénombre : une gamine qui souriait en noir et blanc.

— Prise il y a deux, trois mois, a dit Pepe Morales.

Fletcher a donné la photo à Drake.

— Elle s'appelle Rosamar Torres, les a instruits Pepe Morales. Elle a disparu dimanche matin, elle n'est pas rentrée d'El Paso où elle fait le ménage.

Il a allumé une cigarette.

— C'est la fille de ma mère nourricière, je suis un peu son parrain.

Zamora a descendu sa vitre et jeté son churro en déclamant à mi-voix : « Nos peuples ont dormi tout un siècle et pendant qu'ils dormaient... » Il n'est pas allé plus loin dans la citation, avait l'air dégoûté. Fletcher a tiré sa révérence et a marché jusqu'à la flaque de peinture. Il s'est accroupi. Il lui a semblé voir apparaître le tableau sanglant de Philippe de Champaigne,

Ecce Homo. Le Fils baignait dans la peinture et espérait dans le Père. Fletcher aurait voulu pleurer, crier. Il aurait voulu qu'un miracle se produise et le libère de sa servitude infernale. Il aurait voulu tremper ses mains dans la peinture et les passer sur son visage en ayant la certitude qu'il se lavait ainsi de toutes ses vilenies, de toute son impuissance. D'être purifié et rendu aux hommes. Mon cul. Le sang du tableau de Philippe de Champaigne et tout espoir ont été bus par la peinture blanche. Tout espoir de vivre. De profiter de la vie. D'en faire quelque chose.

Pour échapper à l'attaque de désespoir, on n'avait rien inventé de mieux que les réflexes, les habitudes. Le boulot. Fletcher a pensé au Marine… Il s'était fait buter pour quoi ? Zamora l'a rejoint, s'est baissé vers Fletcher.

— C'est une vraie jeune fille, a-t-il dit, elle vient juste de fêter ses dix-huit ans… Pepe ne mérite pas ça.

Il a glissé une feuille de papier pliée dans la poche du veston de Fletcher, s'est redressé et dirigé vers la VW ainsi que Pepe Morales. Fletcher a fermé les yeux (il voyait la flaque blanche). Il a entendu le moteur de la VW et s'est relevé en ouvrant les yeux. La VW décampait, sans aucune lumière. Pepe Morales a sorti sa tête blême de l'habitacle et a gueulé : « Trouve-la, Fletcher, je te revaudrai ça ! »

Fletcher a regagné sa place. Drake lui a montré l'enveloppe.

— Cinq cents, comme dab, a-t-il affirmé. Il y a quoi dans les valises qu'ils nous mettent dans le coffre, ces nègres ?

Sa question l'a fait rire. Fletcher a déplié la feuille de papier qu'il avait sortie de la poche de son veston. Dessus un numéro de téléphone, un nom et une adresse à El Paso – les employeurs de la gamine. Il a donné la feuille à Drake. Il a mis le contact et démarré.

— Donne-moi cent, a dit Fletcher.

Drake s'est marré.

— Tu me prends pour ta banque et si je meurs ou que…

Il se l'est fermée, conscient que c'était dégradant de parler, d'être humain en somme. C'était un type qui crachait sur sa vie et Fletcher l'admirait pour ça et tant d'autres traits de son caractère. Il ne se couchait pas tel un chien sous le ciel étoilé. Will Drake était un saint et il mourrait vraisemblablement sacrifié, torturé, massacré.

La Madre General

« Vous connaîtrez la vérité, et la vérité vous rendra libres. »

Les premiers spasmes de l'aube se voyaient si on n'était pas aveugle. Dans l'abattoir les bêtes pleuraient, elles savaient bien qu'elles allaient y passer. Motherfucker, c'était un des noms de la vérité. Santa Muerte, autre nom de la vérité. Vêtu d'une robe de mariée, des dollars entre ses doigts, le squelette se reposait sur la banquette arrière d'un cabriolet Cadillac blanc du début des années cinquante, lustré en cheval de concours.

La Madre General était assise sur l'aile de sa Cadillac. Fletcher et Drake ont quitté le Cercueil et se sont approchés de la garce. Elle admirait ses petons aux ongles roses. Drake a mis un billet de cinq dollars entre les doigts cupides de Santa Muerte. La Madre General a rigolé. Un rire d'homme. Elle a levé son visage, plutôt celui d'un chacal dans un rêve de mezcal. Bandante pour ceux qui dressaient pour un oui pour un rien, les masos et les borgnes. Elle a roulé un joint de marie-jeanne, l'a allumé.

— C'est gentil cette visite les gars, a-t-elle grasseyé.

— Tu nous diras si Pepe Morales a perdu une filleule ou sa pute ? a fait Drake.

— Et vous, vous me dites quoi ?

Elle a refilé le joint à Fletcher qui a tiré dessus et l'a refilé à Drake.

— Un Marine, a dit Fletcher en exhalant de l'herbe bleue. « Motherfucker » tatoué au-dessus de la bite.

La Madre General l'a scruté, a réitéré :

— Et vous, vous me dites quoi ?

— Le FBI s'intéresse à toi, lui a appris Fletcher, le bureau d'El Paso, les agents Forrest Greene et Tim Hill. Ces types sont idiots et les idiots sont dangereux. Ils nous collent au train. Ils veulent nous faire tomber. Ils veulent un beau tableau de chasse avec toi si possible accrochée au mur.

La Madre General a tapoté le bras de Fletcher pour le remercier. Pour le consoler, sûrement pas. Rares étaient ceux qui osaient toucher Fletcher. La Madre General n'avait peur de rien, il faut dire qu'elle avait avec elle Santa Muerte. Elle a ouvert la main droite, dedans on aurait dit des mines de crayon : du LSD. Elle les a fait tomber dans la paume de Fletcher. C'était si léger, si banal… Il s'est souvenu du soir, là-bas. Il a senti les odeurs qui venaient, le vent. Il a entendu le rire de son frère. Il a serré les poings. C'était curieux. Il était comme quelqu'un d'heureux mais il n'était pas quelqu'un. Pas heureux. Au soir, le cheval hennissait. Il rêvait, appelait sa jeunesse. Le lard pendait de la poutre et la nuit, pas toutes les nuits, il épiait l'ombre qui se dessinait sur l'herbe ou sur la neige. Il n'osait pas se l'avouer, pensait que c'était son père, leur père.

Une hypothèse solide pour Fletcher, c'était que la Madre General connaissait le Marine ou en avait entendu parler. Ciudad Juárez était un tout petit bled pour les gringos. Impossible de passer inaperçu. La Madre General et les deux policiers US sont restés silencieux un moment, ratatinés par la marie-jeanne, la fatigue et leurs destins en solde.

— Je sais rien, a fini par dire la Madre General, et les abrutis se figurent que je sais. C'est comme ça que je gagne ma vie.

Elle a allumé une cigarette, elle était presque belle tant elle était cruellement dessinée par ses gènes.

— Il y avait un merle, a dit Fletcher. C'était beau son chant. Il imitait les hennissements du cheval de son aïeul... Il se lavait des fois dans une écuelle que mon frère remplissait...

Il ne s'en est pas voulu d'avoir balancé ça, seulement c'était fait. La Madre General et Will Drake ont feint de ne pas avoir entendu. Ils étaient intelligents. Tous les trois sont restés silencieux. Si le Christ avait monté l'escalier vers l'éternité, ils auraient entendu grincer les marches. Mais il était mort, tout était dit. Fletcher et Drake attendaient que la Madre General accouche, elle aimait bien faire durer, devait avoir le péritoine dilaté. La Madre General a tiré sur sa clope et d'une pichenette s'en est débarrassée.

— « Comme brûle ce saint, a-t-elle récité en anglais burritos, brûlera mon âme, j'entre vivant et j'en sortirai mort. »

Une des formules prononcées par les impétrants entrant dans la Famille... La Madre General a craché. Fletcher et Drake se sont dévisagés. La sorcière leur en donnait beaucoup et donc pas assez comme aurait dit Groucho Marx. Fletcher et Drake enculaient le comique, pas la sorcière. La Madre General était quelqu'un de consistant. Pas oublier qu'elle avait un S&W Model 29 dans le sac en peau de python et strass qu'elle tenait sur ses cuisses. À cette distance, même avec des gilets pare-balles, ils étaient bons pour le sapin. Sans parler du gigolo avec sa veste rose. Il faisait semblant de roupiller sur la banquette arrière de la Cadillac… Ouais… Sous le journal posé à côté de lui, on voyait pointer le nez de son Tommy Gun – sept cents coups minute. De quoi se faire poinçonner *ad libitum*.

Fletcher et Drake ne souhaitaient pas le massacre de la Saint-Valentin, version guitarrón, vihuela & trompette… Sauf s'ils s'en sortaient vivants. Et lorsque ça flingue à tout va… Ils ont échangé leurs avis sans piper un mot. Pour survivre en milieu hostile, le poulet devait muter. Perdre ses plumes et devenir télépathe. Si la Madre General refilait ce genre d'information, c'est qu'elle avait autre chose et qu'il fallait payer. Drake a hoché la tête. Le marché était conclu, pas de possibilité de reculer. Les deux parties étaient engagées jusqu'à la garde. La Madre General balancerait et eux lui donneraient ce qu'elle voulait. Un exemple de libre-échange.

— Les Vautours, a-t-elle dit, dès que je passe la frontière, ils rappliquent et me taxent.

Buster Day et Clint Kelton, des flics d'El Paso. Ils étaient bornés, cupides, méchants. Chauves. La tête farcie de conneries. Se croyaient malins et à l'abri des gros ennuis. On les appelait les Vautours parce que c'était des charognards et qu'ils avaient des têtes de Beaky Buzzard, le vautour créé par Bob Clampett. Eux ne faisaient pas rire et à la différence de Beaky Buzzard plutôt miraud voyaient un quarter à cinq cents pas dans le brouillard… Toutefois, il ne fallait pas s'emballer avec la Madre General. Elle pouvait très bien les pipoter pour les amener à commettre l'irréparable avec les Vautours. Tant pis. Fletcher et Drake n'aimaient pas les Vautours. Ils avaient plus ou moins prévu de s'en débarrasser. Les plumer au chalumeau oxyacétylénique, ç'aurait été marrant… (On pouvait les ébouillanter aussi, les fariner avant de les rissoler à l'essence.)

— Et je raque les cow-boys, a rajouté la Madre General. La police des frontières, des branleurs de première.

— Je suis pas la banque Morgan, a-t-elle grommelé.

La Madre General était un vieux tas de merde séchée. C'était étonnant qu'elle soit en vie. Si elle avait été de l'autre côté, aux States, Fletcher et Drake l'auraient jetée dans un égout il y a longtemps. Si elle avait bluffé avec la mafia… Ça pouvait lui coûter la peau du derche. Fletcher et Drake n'avaient pas la réputation d'être de joyeux compères, des farceurs.

— Votre gars, a confié la Madre General, je crois bien l'avoir aperçu avec un type.

Elle était repartie au chapitre précédent : le Marine.

— Genre ? a fait Drake.

Elle a haussé les épaules.

— Plus jeune que lui… Ils avaient l'air… Je vais pas vous dire qu'ils étaient pédés… Ils se connaissaient quoi.

Ouais… La vieille salope s'est carrée au volant de la Cad et a mis les voiles avec son gigolo en rose et le squelette en robe de mariée.

— Santa Muerte ! s'est écrié Drake. Sacrée blague !

Il s'est tu comme si on lui avait aspiré la matière grise, s'était endormi debout. Fletcher connaissait l'histoire : un paumé du lac Catemaco, État de Veracruz, avait vu la Vierge à sa dixième tequila. Il avait cavalé chez son curé, crié au miracle. Il n'aurait pas dû. L'Église catholique se méfiait des miracles. Le pauvre gars avait été enfermé chez les dingues, l'apparition classée satanique. Le clergé avait mal joué. Cette apparition interdite avait fait naître un culte. Santa Muerte était née, rapportait du blé, notamment à la Madre General. Elle en rapporterait de plus en plus. L'intérêt des gringos, c'était d'avoir une base arrière, réservoir de main-d'œuvre pas chère. Ils importaient des esclaves et exportaient des objets manufacturés, leurs bagnoles, leur bouffe industrielle, accéléraient ainsi l'appauvrissement des agriculteurs qui quittaient leurs exploitations plus du tout rentables… Une sorte de moteur perpétuel qui marchait à la misère. Et au crime.

Le crime croissait ainsi que la misère, par la faute des gringos, bien sûr. Les petits-fils des pionniers et des cow-boys étaient des putains de bâtards, ils ne voulaient plus rien branler. Adoraient se défoncer : la marihuana d'abord… Et de plus en plus la poudre, l'héro, la coke. Sans parler du LSD et de la benzédrine. Pas besoin d'être la Madre General pour prédire l'avenir du marché de la came. Will Drake oscillait hypnotisé par ses cauchemars, n'allait pas tarder à se réveiller. Fletcher aurait aimé s'agenouiller et réclamer le pardon à l'unisson des bêtes qui dans l'abattoir l'imploraient pour des nèfles.

Retour dans le Cercueil, leur mère, leur présent et seul avenir. Fletcher a partagé les mines avec Drake qui les a baisées du bout des lèvres. C'était un plan acceptable pour démarrer la nouvelle année. Ils ont mis les bouts, fatigués, calmés par la marie-jeanne.

— La mafia, a avancé Drake. Il les a baisés et ils l'ont eu… De la came ? Les deux poulets n'y croyaient pas. Pas plus qu'aux préparatifs d'un concours de macramé.

— Il revient du Sud, a dit Fletcher. C'est plus les terres de la CIA et de l'United Fruit Co que celles de la Famille.

Tout tenait par un fil et tout semblait éternel. Tout était aléatoire et impossible, si l'on y réfléchissait, et pourtant cette planète était plus âgée que le péché.

— La Madre General, a dit Drake en se coiffant d'un feutre, elle s'imagine quoi ? Elle croit qu'on a une parole ? Elle vit dans quel monde ? Et son histoire de copain, là ? Tu vois ça, toi ?

Il a soupiré et prédit :

— Elle finira plombée et ça sera pas forcément par nous.

Fletcher a imaginé le visage du Marine dans la flaque de peinture blanche. Ce n'était pas possible, peu importe, c'était beau. « Les dix lois pour mériter de vivre, disait son frère. La première : vivre. »

Holly Howell

> « Mieux vaut la malice d'un homme que la bonté d'une femme : une femme cause la honte et les reproches. »

La mère de Fletcher était morte étouffée. Un peu plus tard leur père les avait amenés chez leur aïeul et les avait laissés. Fletcher ne l'avait plus revu qu'une seule fois. Il l'avait espéré tout au long des années. Les hivers étaient pleins de neige et de froid (il y avait la cheminée et son frère). Dans les rétroviseurs, Fletcher aurait pu voir le poste frontière US. Ils s'y étaient arrêtés pour leur donner trois bouteilles de Old Grand-Dad. Ils n'avaient rien sollicité en échange. Ils ne connaissaient pas l'identité du Marine, pas sa bagnole. Pas brûler leurs cartouches, pas gaspiller leur entregent. C'était deux perdreaux très malins puisqu'ils se grattaient encore.

Fletcher aurait voulu sommeiller avec la télé en fond sonore, profiter de sa fatigue et de cette horrible lâcheté qui le maintenait en vie. Marathon Man l'a éveillé. Il courait au bord de la route, ses longs cheveux retenus par un bandeau rouge. C'était un Apache. La course à pied, c'était sa came, son ivresse. Pas du sport. Plutôt un modèle de vie, une philosophie. Fletcher l'a salué d'un appel de phares.

— Un tireur d'élite, a dit Drake, et il a une callosité à la pliure de l'index.

Lui mettait du sparadrap à cet endroit lors des séances de tir. Il avait la peau d'une femme entretenue. Pas le Marine. Fletcher a ralenti un peu plus loin, braqué à droite. Il a engagé le Cercueil sur une piste. Elle était plutôt défoncée. Le Cercueil n'était pas fait pour le tout-terrain – il s'agissait d'y aller mollo sur l'accélérateur. Sur la gauche de la piste, semblant sortie de la vieille citerne à goudron abandonnée, une silhouette massive est apparue. Un homme qui traînait ses grolles d'un bout à l'autre du pays, au gré du hasard. Fletcher avait connu cette vie. Il avait volé pour manger et tué un ou deux pauvres gars. La guerre avait lavé tout ça. Les hommes étaient devenus des héros ou des martyrs, alors que c'était des salauds. Le type marchait d'un pas lourd sur le bord de la piste, ne se retournait pas au bruit du Cercueil qui s'amenait en grondant. Il ne craignait rien. Pas un pauvre hère qui mangeait les navets oubliés dans les champs. Vêtu d'une salopette brune et chaussé de grosses godasses, le crâne rasé. Fletcher l'a dépassé. Dans les rétroviseurs, il a cru voir un éclat métallique au niveau du bas de la face de l'homme avalé par la déferlante des ténèbres. Pas le pèlerin qu'on était content de croiser la nuit si on n'était pas sûr de soi. Drake qui n'était pas du genre commère s'était retourné, interloqué par l'allure du gars. Il a déclaré en se réinstallant que ça devait être un satané pineur de vaches que celui-là. Amateur de vaches ou pas, le gars a disparu des esprits des deux poulets qui n'avaient pas pondu d'œufs car c'était des poulets, mon vieux. Deux poulets dans la nuit. Et pour parler de la nuit, de cette nuit-là, il aurait fallu avoir les mots pour le faire ou la filmer. Jeter en l'air des cendres chaudes et s'en barbouiller le visage, supplier l'esprit du vent et celui de l'amour, enlever tous les mots de toutes les bouches, y compris celles fermées pour toujours.

À un mile de là, ils sont passés devant les baraquements d'une société de transport routier en faillite. Elle venait d'être rachetée pour que dalle par une famille de dégénérés. Des Blancs bouffés par la folie et la syphilis. Le patriarche, les deux mères, les trois fils. Se baisaient les uns les autres. Tous bons à pendre. Ils s'étaient lancés dans la vente et la réparation de bagnoles et de camions d'occasion. Une façade. Il fallait être dément ou mou du cervelas pour leur confier sa bagnole. Pour l'heure, Fletcher et Drake ne s'en étaient pas occupés. Ils ne pouvaient pas rançonner tout le pays, vingt-quatre heures sur vingt-quatre. Ce carrefour s'appelait « L'étoile du Texas ». À cause d'une étoile de shérif marquée au fer dans un arbre, un érable de Crète. Qu'est-ce qu'il foutait là ?

Après un pumpjack qui ne pompait plus rien, la piste s'arrangeait de moins en moins, pour aboutir au Corral. Quelques cabanes, mobil-homes et caravanes, une éolienne, des bagnoles, des chevaux, une paire de chiens, de poules et de lapins – et le feu, les flammes claires priant vers le ciel. Était-ce ce qu'on appelait la « nature » ? Fletcher concevait que cela pouvait passer pour la « nature » pour certains. En marge de toute enquête, il y avait la poésie et la mort, les étoiles au bout des doigts d'une femme qu'on avait dans la peau, l'aiguille qui shootait, le sang et les cris. Fletcher entendait des voix. Il ne comprenait pas ce qu'elles disaient. Elles le réveillaient la nuit. Il ne parlait à personne de ces voix, de cette voix – car c'était peut-être une seule voix ? Celle de la Bible ? Une voix qui lui parlait, radotait. Lancinante. Il ne voulait pas qu'on le classe raide dingue. Il sentait qu'il y avait une présence en lui, c'était à la limite du supportable. Heureusement, il y avait l'enquête. L'enquête globale qui comprimait tout dans son atome avide. L'enquête permettait d'essayer de dire ce qui ne pouvait l'être, de croire qu'on vivait. L'enquête amenait les flics où elle voulait qu'ils aillent, c'était ce que pensaient Fletcher et Drake. Pour mener une enquête, il fallait se laisser aller, pas résister, suivre le mouvement. Un flic valable, c'était le gars qui n'avait pas de vie, qui ne vivait que l'enquête. En alerte mais pas sur ses gardes. À la coule, à la brasse, dans les égouts et l'odeur d'aisselles de la haine.

Fletcher a coupé les phares et le contact. Ces ramures de fleurs délicates et enivrantes qui pendaient des cintres de l'univers n'étaient pas visibles pour tous. On les voyait si on tirait sur la corde, si on espérait en secret un jardin avec un arbre de Judée en fleur. Fletcher avait honte d'exister et encore plus de rêver. Il faisait avec. Drake a ôté son feutre pour faire moins volaille. Ils ont marché vers la Gibson 335 de J.J. Une vraie sirène et il n'y avait pas la mer. Fletcher et Drake avaient connu J.J. et ce coin grâce à Saint Vecchiato, leur coiffeur. Intouchable. Bon par nature comme eux étaient mauvais. Vecchiato avait hérité de ce terrain et n'avait pas protesté quand J.J. et son « clan » avaient planté leurs pénates dessus il y avait dix piges de ça. Mieux que ça, il les aidait, leur avait donné une vieille bagnole, du fric, de la bouffe. Il les aimait en fait. Fletcher et Drake, eux, venaient là pour se détendre le gland, se changer les idées. Ils glanaient parfois des infos sur le milieu des marginos, les jeunes en recherche de quelque chose qu'ils ne trouveraient pas.

Fletcher et Drake se sont approchés du feu et de la vingtaine de filles et de gars qui écoutaient J.J. Il était assis sur un tabouret. Un diable biscornu venu apporter la nouvelle année. Perché sur ses talons, son fiston rachitique écoutait en serrant sa trompette contre son bréchet. J.J. jouait du blues électrique, proche de celui de T-Bone Walker ou d'Elmore James (pour ses riffs et le slide guitar qu'il pratiquait génialement lorsqu'il était pompette). Il était fort, c'était sûr. Il faisait quelque chose de ses mains, lui. Cette banalité affligeante a explosé dans le crâne de silex de Rollie Fletcher. J.J. se servait de ses doigts, de ses dix doigts. Et lui, Fletcher, il en faisait quoi ? Il a pensé au gars dans la nuit avec sa salopette et ses grosses godasses, cette allure obstinée. Et lui, il en faisait quoi de ses mains ? Fletcher ne se sentait pas bien dans sa peau, pas plus compliqué que ça. Cette nuit du Marine mort à El Paso n'était pas comme les autres. Elle lui greffait un supplément de conscience. Et il n'en avait pas besoin. La conscience, c'était la souffrance – il en avait marre de se torturer. Il a pensé au *Petit arpent du bon Dieu* d'Erskine Caldwell, à ce passage où un gars regardait par un trou dans une palissade « l'autre côté ». Il a eu le sentiment de passer de l'autre côté, il a eu peur. Un jeune gars lui a tendu un joint. Il a tiré dessus. Il était de l'autre côté ? Une fille a ri et lui a appris qu'elle s'appelait Holly.

— Holly Howell... Tu me vois, au moins ?

— Je te vois.

— Ah, tu parles !

Une fille aux tétines pointues. Blonde. Mince. Pas froid aux yeux. Un Levi's et une chemise d'homme. La mode, quoi. Elle devait traîner les routes pour éviter le mariage. Pas mal de petites bonnes femmes et de gars transitaient par ici avant de reprendre l'asphalte. La perpétuation du « vers l'Ouest toute » version post-Hiroshima. Les nouveaux pionniers tournaient le dos à l'« American Way of Life » et au règne de General Motors. Au mythe du « cow-boy », à cette image de l'homme. Plutôt que de chercher une terre, ils se cherchaient – à chaque époque son illusion.

— C'est toi, Rollie ?

Elle avait une voix agréable, pas l'accent du coin. Fletcher se forçait à être là. Et son aïeul maudit disait : « Devant qui que ce soit ne t'arrête pas à la beauté et ne t'assieds pas avec les femmes. Car du vêtement sort la teigne et de la femme une malice de femme. » Et les lèvres de Holly, Holly Howell, ses lèvres brillaient, ses cheveux bouclaient – et sa voix bouclait et ses cheveux bouclaient. C'était bizarre. Fletcher a pris conscience que tout était assourdi, tout ce qu'il entendait (ça faisait des années et des années). Feutré par une membrane invisible et hypothétique. Ce qu'il voyait, pareil. Et pour ses actions, c'était comparable. Il était d'une certaine façon dépossédé de ce qu'il faisait, écarté. Responsabilité atténuée, aurait pu plaider un avocat. Lui, Rollie Fletcher, voulait la peine maxi, pas d'avocat.

— C'est vrai que t'es poulet ? a-t-elle dit. Vrai ? Un vrai poulet ?

— Poulet, oui.

C'était à lui qu'elle s'adressait, à lui complètement. Le problème, c'était que ça faisait un bail qu'il n'était pas lui. Et ça ne pouvait plus durer. La flaque de peinture blanche avait foutu le feu. La fille parlait, c'était vital et un peu étouffant. Un peu dangereux. Les femmes, ce n'était pas pour lui.

— Tu me trouves belle ?

— Sûrement.

— T'es pédé ?

— Je crois pas... Je sais pas.

Elle s'appelait Holly, Holly Howell. Oui, elle était belle. Ça faisait longtemps, longtemps qu'il n'avait pas pensé ça d'une fille.

— T'es con et pas qu'un peu !

Elle a ri.

— Et me tenir dans tes bras ? Tu peux ?

— Je crois pas.

— Pour me faire plaisir...

Il avait peur, c'était sûr. Pas la tuer. Elle n'avait rien fait.

— Il y a plein de petits gars, a-t-elle assuré, des petits et des plus grands... Sûr... Ça manque pas...

Fletcher était troublé comme un homme peut l'être par une femme. Le problème, c'était qu'il n'était pas un homme.

— Tu me plais, a-t-elle susurré, tu me plais, Rollie... Je ne sais pas comment tu as fait, tu m'as prise, tu vois... Avec tes yeux blancs de fantôme... Je n'y peux rien et toi encore moins.

Il n'a pas pu s'interdire d'observer ses mains, elles étaient fines et bien dessinées. Elle ne s'en servait pas ? Ou que pour se défoncer ?

— Tu connais le mot ? a-t-elle dit.

Il l'a dévisagée.

— Tu le connais ?

Il n'osait pas ou ne pouvait pas faire l'effort de lui demander de quoi elle parlait parce qu'il craignait de le savoir. Il craignait d'échanger un mot contre un autre avec Holly Howell. Elle a effleuré sa joue de sa main... Il a frissonné.

— Tu le connais, a-t-elle affirmé, oh oui tu le connais… Tu sais, Rollie, je t'ai déjà ensorcelé. Tu ne peux pas résister car c'est ce que tu veux sans le reconnaître.

Son visage était si proche, si proche que Fletcher était aveuglé.

— Juste un mot, Rollie, a-t-elle dit, pas plus qu'un mot. Tu vas l'entendre, tu vas le dire et tu viendras à moi.

Un cheval a henni et Fletcher a aperçu le poulain blanc si pur et gracieux. Le fiston et le père se sont mis à interpréter *Call It Stormy Monday* de T-Bone Walker. Un gars de Dallas. Une fille dans le public les a accompagnés avec des maracas. Le fiston s'était dressé sur ses pattes maigres et levait son cuivre vers le futur et s'il y avait eu une justice les gamins et les poulains auraient été à l'abri des coups du sort et des méchants. À la fin du morceau, J.J. glisserait sa Gibson 335 dans son étui. Fletcher et Drake se sont tirés pour ne pas gêner le public par leur présence. Les flics n'avaient pas d'âme et puaient la merde – Fletcher et Drake le savaient bien. Drake a glissé deux billets de cinq dollars dans la boîte en carton où on pouvait mettre son obole si on avait du blé. Fletcher ne s'est pas retourné pour ne pas voir Holly, Holly Howell, ça ne servait à rien. « Un mot, juste un mot… »

Le roadrunner

« Un homme accoutumé aux paroles répréhensibles ne se corrigera de sa vie. »

Ils sont repartis, sans phares d'abord. Ils étaient silencieux. Fletcher se souvenait de J.J. et de son fiston, il les enviait, sans jalousie. Il a éprouvé de nouveau cette impression qu'il était de « l'autre côté ». Dans les pinceaux des phares, une ribambelle de lièvres de Californie a détalé. Il pleuvait à l'enterrement de sa mère. Il avait envie de crier. Il lui a juré qu'il ferait quelque chose pour elle. Quoi ?

Drake s'était coiffé de son feutre. Il avait une curieuse manie avec les chapeaux. Les mettait, les enlevait. Il n'arrivait pas à repérer s'il était moins laid avec ou sans. Lorsqu'il se sentait nu, nu dans sa laideur, il se cachait avec, dissimulait son visage (il avait manqué se faire plomber un jour à cause de ça, avait ramassé une balle à un pouce au-dessus du cœur). Fletcher l'avait conduit à l'hôpital et l'avait veillé trois jours. Depuis lors Drake rabattait moins les bords de ses feutres. Il lui arrivait de se mirer dans un mur, ne se voyait pas et se reposait ainsi d'être à moitié.

Ils sont repassés par ce coin pourri… L'étoile du Texas. Des gars sont sortis d'une Dodge Lancer bleu nuit… Notamment un vieux aux crocs en or et aux cheveux longs et blancs qui se foutait d'eux. Ça devait être le patriarche, un nommé Lester Shiflet, casier long comme ça, totalement taré. Le genre de pèlerin à précipiter sa propre fin par connerie sidérale. Dangereux et méchant. Menteur pathologique. Tomber dans ses mains et celles de ses fils, il ne fallait pas. Autant habiter un nid de crotales, c'était plus convivial. Fletcher et Drake étaient las, ne se sont pas arrêtés. Ils sont arrivés sur la route. Drake a haussé les épaules. C'était certain qu'il n'y pouvait rien. Il était baisé.

— « J'ai vécu en vain, a-t-il récité, j'ai respiré pour rien, j'ai rien compris, et je vais mourir seul comme tous ceux qui meurent. Je ne verrai plus rien, moi qui ne regardais rien. Je n'entendrai plus le ruisseau couler, moi qui ne l'écoutais pas. Je ne toucherai plus la peau de celle que j'aimais car je n'aimais pas. »

Fletcher ne pouvait oublier le mot laissé sur la table, le stylo, son capuchon qui avait roulé sur le plancher… Le gars mort, le sang, les bruits de la rue. Le saxophone de Bird en sourdine venant d'un autre appartement. Un rire de femme. Drake livide la bouche collée au goulot de sa flasque. La main molle du pauvre gars qui avait lâché le Colt .38. Le livre d'art pieux ouvert sur une double page. La découverte de la reproduction de l'œuvre de Philippe de Champaigne, les gouttes de sang séché sur la bordure blanche de la page de droite.

Plus tard, ils avaient bu le whisky du gars, fumé ses cigarettes et ils avaient fait leur travail. Deux hommes qui vivaient encore, un suicidé, son testament, le saxo de Bird. C'était un sacré nœud dans lequel ils avaient passé le cou... La Chevrolet grise du FBI a déboulé sur leur droite, leur coupant la route. Fletcher a freiné. Drake s'est marré. Fletcher s'est rangé sur le bas-côté. La Chevrolet a stoppé en épi, les empêchant de passer. À moins de partir en marche arrière, de faire tout un tas de manœuvres. Pourquoi se fatiguer ? Fletcher a mis la commande de la boîte automatique sur neutre, enclenché le frein de parking. Les deux Aspirateurs se sont éjectés de leur Chevrolet.

Tim Hill : trente-cinq ans, en costard FBI, blond, chauve dans moins de cinq ans, le buste monté sur des jambes en spaghetti, une petite moustache au coin de sa tête de morbac... Né con.

Forrest Greene : quarante ans, trapu, poilu, une lueur de vice dans ses yeux ronds, en costard FBI, un chapeau collé sur le crâne, des pieds comme ça en cuvettes de chiottes... Né con et fourbe. C'était le plus dangereux des deux.

(On les appelait les Aspirateurs en référence bien sûr à l'homonymie entre le patronyme du directeur du FBI, John Edgar Hoover, et le nom de la célèbre marque d'aspirateurs, mais surtout parce qu'ils avaient un tic qu'ils partageaient : ils reniflaient à tour de rôle comme s'ils voulaient aspirer la poussière avec leurs grosses narines. Comble de l'élégance, tous les deux arboraient des boutons de manchette à leurs initiales.)

Forrest Greene a tapoté à la vitre de Fletcher, Tim Hill a fait pareil pour Drake. Ils étaient drôles, c'était sûr. Fletcher et Drake ont descendu leurs vitres.

— Je voudrais bien une piña colada, a souhaité Drake en reniflant.

Tim Hill n'a pas compris. Ou plutôt n'a pas voulu comprendre. C'était trop dingue. Il a ouvert la bouche pour répondre, n'a rien trouvé dans son dictionnaire.

— On revient de ses petits trafics, a dit Forrest Greene à Fletcher. Vous passez quoi, au fait ?

— Un Black Russian, a répondu Fletcher, ou plutôt un daïquiri Floridita.

Il venait de penser à Hemingway, *En avoir ou pas*. Drake s'est esclaffé, Forrest Greene était paumé. Fletcher l'a attrapé par la cravate de la main gauche. De la droite, il a remonté la vitre. Simultanément, Drake avait extirpé son Python Target de son étui de hanche. Il le braquait nonchalamment sur Tim Hill, pétrifié, en pleine déconfiture.

— Il est beau, non ? a dit Drake. J'adore ce joujou, t'as vu la finition ?

Fletcher a lâché la cravate de Greene et a ouvert violemment sa portière. L'agent spécial a reculé sous le choc, la tête coincée. Il a gémi. Fletcher est sorti hors du Cercueil.

— « Tu perds un bras, tu perds un bras. Il y a pire que de perdre un bras », a-t-il susurré, citant de mémoire une phrase du livre d'Hemingway.

Greene a réussi à dégager sa tête de l'habitacle du Cercueil. Il était au bord de la syncope, stupéfait et incapable de réfléchir et d'agir.

— Tu vas le payer, a-t-il bégayé.

En se massant la gorge d'une main, il a dégainé son pétard

et reculé – l'autre malade avait disjoncté, ne craignait pas les balles.

— Je suis là ça fait un peu plus d'un an, a dit Fletcher, je m'appelle Rollie Fletcher pour l'état civil. Je suis censé avoir trente-huit ans cette année. Tu veux quoi d'autre comme infos ? Tu veux ma biographie, mon *curriculum vitæ* ? C'est ça ?

Greene était fasciné par la folie de Fletcher, une fatale attraction qui lui ôtait tout libre arbitre.

— J'ai fait un stage de neuf mois au Viêt Nam. Conseiller, a-t-il précisé, tueur de rouges si tu préfères... Précédemment, j'étais lieutenant de police à Chicago... Et j'ai fêté mes dix-huit ans à Guadalcanal. J'avais menti sur mon âge, falsifié mes papiers. Je suis un imposteur, Forrest... Tu veux voir ce qu'il y a dans le coffre, va... Va...

Une guimbarde bourrée de chicanos qui allaient gratter pour les Nord-Américains s'est ramenée. Le conducteur a ralenti. Réflexe de bon citoyen qui voulait porter assistance au cas où... Mais il a enregistré qu'un des gringos avait un soufflant et il a mis la sauce pour se tirer de ce piège. La guimbarde a pété et chié un rouleau de gaz d'échappement noir et huileux.

— Tranquilles, les gars, a dit Drake.

Il poussait gentiment Tim Hill, son Python Target au bout de son bras comme une pelle à gâteau.

— On est du même côté... Du côté de la loi, pas vrai ?

Il a remisé son revolver, imité par Greene qui ne savait quoi faire à part renifler (il aurait fallu essayer la cortisone sur ces deux veaux ou les électrochocs).

— On y gagnerait quoi ? a relancé Drake. Toi, Tim, tu as fait venir ta petite famille... Tes deux gosses, Brenda et Julian, sont mignons à croquer.

— Salaud, a grogné Tim Hill, révolté et inquiet.

— T'as une jolie femme, Tim... Entre nous, Jewel se débrouille drôlement bien au tennis. Vous avez une maison tout ce qu'il y a de sympa, 6350 Deer Avenue... C'est ça ? Bref... La belle vie.

Il a souri aux deux agents spéciaux.

— On vous filera des tuyaux, on se fera des petits apéros et voilà ! Copains et contents.

Il a ouvert la portière conducteur de la Chevrolet et a fait un signe de tête à Greene qui était déboussolé et l'a rejoint.

— Elle est moulée à la louche ta copine, Forrest, et elle est bien placée auprès du juge Schoolcraft... Ne gâche pas ça.

Greene a tiqué à mort, d'ici à sortir son arme et à tuer Drake... Il était pour quelque temps sous l'influence de l'injection d'hypnose que lui avait administrée Rollie Fletcher, l'imposteur.

— Un conseil, Forrest, a ajouté Drake, ne pousse pas Rollie à bout... S'il y a un type à pas emmerder, c'est lui... Tu crois que tu peux te le faire ? Possible... Dans ce cas, je serai là et je te le ferai regretter... On s'est fait virer ensemble de la police de Chicago comme tu le sais. Il m'a sauvé la vie, je tuerai celui qui lui portera préjudice, voudra lui nuire... Pas plus compliqué que ça... Et tu peux le répéter à qui tu veux.

Drake a ramassé et empoché discrètement un bouton de manchette tombé sur le siège conducteur. Il a semblé penser à quelque chose de très important, s'est tourné vers Fletcher et a dit :

— C'est vrai, oui, t'as raison ! T'as raison.

Fletcher n'a pas bronché – son côté infrahumain, moitié golem, moitié objet marchant non identifié. Drake a pivoté vers les Aspirateurs.

— Les Vautours, vous les remisez ?

Ils l'ont dévisagé, méfiants. Ils étaient cons, d'accord...

— On vous les sert sur un plateau, ça vous tente ?

— Contre quoi ? s'est renseigné Greene.

— Rien, a répondu Drake. Rien du tout. Façon de vous montrer qu'on peut travailler ensemble, qu'il y a plus à y gagner qu'à y perdre.

Greene a cherché à deviner ce qu'en pensait Fletcher.

— Et toi, tu dis rien ?

Fletcher a opiné de la tête.

— Depuis qu'on est là, a-t-il répondu, on cherche des gars intelligents avec qui travailler.

Ses mensonges étaient aussi purs que sa vérité. Il était monstrueux jusqu'au cœur des couilles. Les Aspirateurs se sont concertés en silence. On les entendait réfléchir : « Prenons ce qu'ils nous donnent et ensuite, on les encule à sec ces deux nabots. » Ils ont pris des gueules de caïds de télé et ont acquiescé.

— Bien, les gars, a fait Drake.

Il leur a serré la louche.

— On vous emballe les Vautours et on fêtera ça.

Les Aspirateurs sont montés dans leur bagnole qui s'est arrachée en crachant ses poumons. Fletcher et Drake l'ont suivie des yeux, ce n'était pas beaucoup une Chevrolet et à un certain moment, ce n'était plus rien du tout.

— Si on leur presse la queue, a dit Drake, il en sort du p'tit lait.

Il a montré le bouton de manchette de Forrest Greene à Fletcher et s'est mis au volant – Fletcher s'est installé à côté de lui.

— Ces deux gars, a fait Drake en ôtant son feutre, ces deux gars, je les donne pas gagnants. Ils croient qu'on tue pas des gars du FBI. Z'ont tort, ça se tue… Tout se tue. Tu vois, j'ai dans l'idée qu'ils finiront dans un puits… Chacun son destin.

Un roadrunner a surgi, absorbé par le business, et a traversé la scène de son pas rapide. Ils se sont marrés en sourdine.

— J'aimerais bien que ces deux cons de Vautours crèvent eux aussi, a rêvé Drake. On pourrait se les faire à un feu rouge. On se gare à côté d'eux, et on leur balance un cocktail Molotov dans l'habitacle… Ils crament comme des crevettes sauce napalm.

Il s'était pincé le nez pour que napalm sonne comme nuoc-mâm. C'était un putain de poète, tout le monde n'en avait pas conscience et c'était tant mieux. Ils ont avalé leurs mines de crayon.

— On pourrait s'habiller en bonnes femmes enceintes, a proposé Drake.

Il a fait semblant de démarrer et a imité le bruit d'un moteur, s'est tu, le visage enfoui dans ses mains pour se protéger de ce qui l'attendait. Fletcher entendait son grand-père lire la Bible, il voyait son frère qui riait. La vie était très importante et la beauté existait – il fallait l'attendre, l'espérer. Fletcher a invoqué les Saintes Écritures pour se consoler : « L'ombre m'environne, les murs me protègent, personne ne me voit, que craindrais-je ? »

Will Drake

> « L'ami aime en tout temps, et dans le malheur il se montre un frère. »

Fletcher connaissait l'histoire de Will Drake. Il ne pouvait pas la raconter car les mots accablaient celui qui les utilisait. Les mots étaient manipulés par ceux qui les lisaient. Si Fletcher avait voulu la raconter au plus simple, cette histoire de Will Drake, il aurait dit : « Will Drake a étouffé son père et flanqué le feu à la baraque. Il a combattu dans le Pacifique et a eu la Bronze Star. Il a bénéficié d'une bourse d'études à la fin de la guerre. C'est un gars qui peut apprendre ce qu'il veut. Il est devenu perdreau et a rencontré Rollie Fletcher. Ils ont fait le mal et jamais le bien. »

Fletcher était persuadé que si Will Drake ne l'avait pas rencontré, son destin aurait été différent. Il serait directeur de la police dans une ville moyenne ou professeur de droit dans une faculté estimable… En conséquence, Fletcher crèverait sans pitié le gars qui voudrait nuire à Will Drake… Drake, lui, pensait que Fletcher était le meilleur homme du monde. Le plus droit, le plus sincère. Drake croyait en Fletcher comme en Dieu. La vie était une putain, c'était sûr et on ne la baisait pas. Ce qui était sûr aussi, c'était que les hommes décidaient de changer de destin à leur insu le plus souvent.

— Tu as pensé à l'amour ? a dit Fletcher, étonné par sa question.

— Pas pour moi, a fini par répondre Drake, je suis trop laid et sale... Et il ne s'agit pas d'aimer mais d'être aimé, a-t-il précisé.

Ils se sont arrêtés au feu rouge, à proximité du croisement d'Overland Avenue et de Durango Street. Un feu rouge qui ne servait à rien. Moss en avait fait installer des quantités parce qu'il touchait une commission. Une ombre a ouvert le coffre et est repartie avec une valise – sans oublier de refermer le coffre. Pas le début d'un exode, rien qu'un petit trafic qui avait une incidence quasiment nulle sur l'économie américaine. Drake a redémarré. Il a coupé la radio, ce n'était plus l'heure de la police. Plus l'heure d'écouter la rumeur du monde du crime et de la prostitution, du peuple des bannis. Des flics véreux, fachos, alcooliques. Des flics qui pleuraient avec un collègue en train de clapoter. Le monde des camés aux bras honteux, leur parole de merde, leurs pauvres organes à vendre, les putes, les sadiques. Tous ces enfants de Dieu en perdition. Ce n'était plus l'heure, parce qu'il fallait tourner le bouton à un moment. Rentrer à la maison. Un Indien a surgi, bourré. Il titubait, s'est affalé pour gerber... Une pauvre loque.

— Si ça se trouve, a murmuré Drake, il ne sait pas monter à cheval.

Fletcher n'a pas entendu. Il était préoccupé. Par l'amour, oui, et par quelque détail furtif qui lui échappait. Il s'était produit quelque chose en allant au Corral. Comme s'ils y avaient apporté le danger, voire la mort. Mais comment ?

Drake a garé le Cercueil devant leur immeuble dont une des façades de briques noircies donnait sur l'arrière d'Union Depot. Il s'est coiffé de son feutre, l'a ôté. Sur les nombreuses voies, éclairés par les néons blafards, des wagons attendaient. Une tractrice a crié. Un monstre de dessin animé effrayé par son ombre. Pas de souci : les enfants dormaient abrutis par le sucre et la télé. Dans deux heures, le *Texas Eagle* passerait *via* Alpine, San Antonio et Chicago. Fletcher et Drake ne se décidaient pas à sortir. Ça faisait plus de vingt minutes qu'ils avaient bouffé leur part d'enfer et que dalle. Autant manger des cacahuètes, ça avait plus de goût. La terre était plate et l'horizon à portée de main. Ils ont partagé leurs romans tristes sans un mot. Crevés. Il n'y avait pas de fille, pas d'amour et pourtant ils entendaient dans leur songe :

When the night has come
And the land is dark
And the moon is the only light we'll see
No I won't be afraid, no I won't be afraid
Just as long as you stand, stand by me[1].

Fletcher a pensé à la fille Holly, Holly Howell. On avait la bouche pleine de marshmallows à le dire. Et c'était sucré. Drake a souhaité bonne nuit au Troisième homme, garder la bagnole, pas se faire de bile. À bien y réfléchir, ce n'était

1. *Stand By Me*, Ben E. King.

pas normal. Drake était de cet avis. D'habitude, il ne disait pas bonne nuit au Troisième homme, l'emportait avec lui, ou c'était Fletcher. L'habitude ne faisait pas toujours loi. Ils ont quitté le bord. Moss leur abandonnait la gestion du Cercueil, à condition de payer l'essence de leur poche s'ils dépassaient ce qui leur était alloué et qui correspondait à patrouiller deux heures par jour quatre jours par semaine. Ils devaient aussi rembourser le prix supposé du Cercueil si on le leur soulevait. Le risque était nul. Ils pouvaient laisser les clefs au contact. Pas un gars ne se serait mis dans l'idée de se tirer avec, à moins d'être sérieusement défoncé ou masochiste. En peu de temps, Fletcher et Drake s'étaient fait une réputation de pourris violents. C'était globalement ce que souhaitait Moss : des policiers craints et qui vivaient en partie sur le dos de la population qu'ils étaient censés protéger.

544 E. Franklin Avenue

> « La lampe de Dieu n'était pas encore éteinte, et Samuel était couché dans le temple de l'Éternel, où était l'Arche de Dieu. »

« 544 » : le numéro de leur immeuble était peint au pochoir à côté de la porte d'entrée, en rouge sur fond blanc. Il était surmonté d'une plaque émaillée avec une tête de mort et cette inscription : « Ici les voleurs repartent les pieds devant ». Madame Love, la propriétaire de l'immeuble, poursuivait les traditions de l'Ouest éternel avec un Remington 870 chargé avec du double zéro. Pas besoin de viser, suffisait d'appuyer sur la détente – prévoir un nettoyage intensif. Elle habitait le rez-de-chaussée et une partie du premier – louait des studios à des hommes seuls, revenus de tout et pas loin d'être au bout du rouleau. Quatre étages, neuf studios loués. Deux en réfection.

Aucune femme au 544, à part madame Love. Elle militait pour un monde sans femme. Proclamait sans ambages qu'elles – les femmes – pourrissaient tout avec leurs menstrues. Que ça rongeait les tuyauteries et les sols. Sans parler des matelas. Et de l'odeur.

Impossible de donner un âge à madame Love. Elle avait une certaine beauté, de gros seins. Parfumée avec un truc français qui puait mortellement. Drake avait le béguin pour elle. Il avait fait son enquête. Madame Love était d'origine allemande, trois maris, pas d'enfant. Un diplôme de pilote d'avion. Elle invitait parfois les deux piafs chez elle. Fletcher avait l'impression d'être chez un brocanteur spécialisé dans les chinoiseries, les meubles faussement moyenâgeux, torsadés, sculptés. De quoi faire des cauchemars. Il fallait avoir du sang de Walkyrie pour supporter ça. D'autant plus qu'il y avait de nombreuses glaces et que le visiteur se voyait dedans, perdu dans ce labyrinthe de reflets… Spectre au royaume des ombres.

Madame Love les accueillait avec des pâtisseries qu'elle faisait, délicieuses, servies avec un café noir et épais. Ça se terminait par un poker et elle les tondait recto-verso. Love était le nom de son dernier époux – à l'origine, elle s'appelait Bodmann. Prénom : Jana (Drake comme Fletcher recueillaient toutes les infos, les collectionnaient. Les amassaient comme certains le faisaient avec le fric. Elles se tatouaient en braille sous leur peau, dans leurs organes et leurs pauvres esprits malades. Les doigts de l'enquête s'enfonçaient en eux pour les lire).

Ce n'était pas un dimanche, pas de madame Love. Les deux lieutenants étaient au bas de l'immeuble, à l'aube. Pétrifiés. Ils savaient bien qu'ils ne pouvaient pas rester là jusqu'à la fin de l'histoire, à cause des crampes. Une fenêtre était éclairée au troisième – le vieux Zorkiewicz qui veillait ses derniers temps sur terre. Fletcher voulait chier, boire de l'eau, fumer une cigarette, s'endormir couché en travers sur le lit. Il ne voulait pas se raconter l'histoire du 544 et celle de madame Love. Il voulait ouvrir cette putain de serrure et n'y parvenait pas – ses gestes étaient saccadés. Il a donné la clef à Drake, en sueur, les pupilles dilatées et la main qui tremblait. Drake l'a prié de lui répondre… La Virgen con cuervos existait-elle ?

— Dis-moi, Rollie, dis-moi ? Elle existe ?

À moins d'être sourd, tout le monde à El Paso connaissait la Vierge aux corbeaux. Elle était plus crainte que la Madre General et Santa Muerte de ce côté du Rio Grande. Elle amenait la mort, la ruine, la fortune, l'enfant, la poliomyélite, l'impuissance. Elle était maigre, belle, naine, géante, hideuse, nègre, blanche, vêtue de noir, de rouge. Le seul truc qui ne bougeait pas, c'était les corbeaux. Tout le monde était d'accord là-dessus. Elle était entourée de corbeaux. Toujours un sur l'épaule. Celui-là, c'était le Jockey. Si le Jockey se posait sur ton épaule… Fletcher nc voulait pas inquiéter Drake car Drake était superstitieux. Il avait fait bénir son Python Target avant de s'en servir… Même s'il ne croyait pas plus en Dieu que dans les soupes Campbell's.

Mais…

Le problème… Le problème, c'était que Fletcher avait la pétoche. Il craignait bien qu'elle soit par là, la Virgen con cuervos. Et il essayait de penser tout bas (pour qu'elle ne l'entende pas, surtout pas). Fatalité, désastre ! Drake a parlé avec une voix très forte. Fletcher a sursauté. Drake se plaignait de frissons incroyables, se demandait s'il n'avait pas la grippe ou la cataracte.

— Rollie, a-t-il bredouillé après un silence affreux, Rollie ! Elle est pas là ? Dis-moi, Rollie, dis-moi, on existe ?

Fletcher a essayé de rassurer son ami et lui a juré qu'ils existaient (il avait de sacrés doutes dans la mesure où ses mains avaient drôlement rétréci). Tranquillisé et réitérant qu'ils existaient, Drake a réussi à introduire la clef dans la serrure et à ouvrir la porte... Il est entré en bolide dans l'immeuble. Car il existait. Oui, il existait et c'était bien. Toutefois il a freiné à bloc avec une expression de peur. Il s'est plaqué contre le mur en parlant du chat. Du chat pas plus pas moins. Rien de grave. Un des chats du 544. Fletcher voyait ses yeux, sa silhouette. C'était Elvis, à tous les coups. Fletcher s'est rappelé la lettre de Jérémie : « Sur leur corps et sur leur tête volettent chauves-souris, hirondelles et autres volatiles ; il y a là aussi des chats. »

Des chats immenses, presque des girafes... C'était anormal. Obsédant.

— Il est énorme, a bafouillé Drake, qu'est-ce qui lui a pris d'être gros comme ça ?

Fletcher s'est dit que les mines de crayon commençaient à faire leur effet.

— Tu peux lui dire de partir, a chuchoté Drake.

Fletcher lui a pris le bras. Ils sont allés au bout du couloir (sacré titre de livre ou d'histoire). Ils ont monté l'escalier côte à côte. Drake habitait théoriquement au deuxième et Fletcher au quatrième et dernier étage si rien n'avait changé. Ce qui n'était pas sûr. Il y avait une ambiance pas salutaire. Ça puait un compromis entre les emmerdements et une grosse catastrophe. Tant pis. Il fallait persister. Tenir Drake par le bras. Pas le lâcher, le protéger. Le rassurer. Il faisait une indigestion de mine, c'était sûr. Les mines ce n'était pas biologique. C'était assez anxiogène et totalement... Totalement total, voyez. Sont arrivés sur le palier du deuxième. Fletcher a contourné la flaque de sang. Pas le pauvre Drake qui l'a traversée. Fletcher a fait comme si c'était naturel. Drake a réussi à ouvrir sa porte – il mâchouillait des mots inaudibles. Il s'est retourné vers Fletcher qui ne l'a pas reconnu. Il avait le visage du Marine. Il a parlé. Fletcher n'a pas compris et l'a sommé de lui révéler ce qu'il cachait.

— Où tu l'as mis ? Avoue, pitié !

Drake s'est claquemuré chez lui en criant : « Non ! Non ! » Fletcher a posé sa bouche sur la porte et a dit au revoir à Drake. L'a regretté. Et s'il était... Mort ! Il l'a imploré de lui dire s'il vivait. Drake a crié : « Pas de chats ! Pas de chats ! » Fletcher était d'accord. Cependant, il n'y avait pas que les chats. En 55, un singe avait été pris au volant d'une bagnole près de Des Moines. Fletcher se souvenait de cet entrefilet. Il voyait le singe, il était là, dans l'ombre avec son costume brillant. Ce n'était pas possible, tout ce qu'on voyait n'était pas vrai. Il n'était pas Drake et la vérité puait, invisible et incolore. Il fallait monter là-haut au quatrième. Les lattes de bois du palier se soulevaient... Un crime en train de vouloir être perpétré ? On voulait tuer quelqu'un. Le type à la tête un peu penchée a dit : « Ça va pas, Jack ? Tu pleures du sang, on dirait ? » Bref, il y avait un côté convexe dans l'assemblage de cet immeuble.

Fletcher était crevé, le cœur à bloc, rien dans les guiboles. Il s'est agrippé à la rampe et a entrepris l'ascension. Le voilà au troisième. Les murs brillaient. C'était aveuglant. Le vieux Zork a appelé : « C'est toi, Fletcher ? Fletcher ! » Sa porte était entrouverte, c'était lugubre et inquiétant. Fletcher ne voulait pas y aller… Mais Rollie était là devant lui et il a reculé, ah oui. Son frère chéri vivait. Il vivait ! Le montrait du doigt… L'accusait. Fletcher a tenté de se justifier… Il ne s'est pas compris. Il parlait une langue inconnue. On aurait dit du laudanum qui coulait d'un goulot. Il a ouvert la porte du vieux Zork en la poussant avec son dos. Rollie s'avançait vers lui. Vivant. Fletcher a claqué la porte. Il s'est adossé à elle, pour l'empêcher d'entrer.

Le vieux Zork l'a appelé, d'une voix affaiblie : « Fletcher ! Fletcher, t'es là ? C'est toi ? » Son accent semblait atténué par la fatigue. Fletcher avait peur de répondre. Il ne fallait pas que Rollie sache qu'il était là. Il a chuchoté : « C'est moi, m'sieu, c'est moi. » Il a allumé une cigarette en tremblant. Zork l'a appelé derechef : « Fletcher ! Fletcher, viens, viens… »

Rollie a dit : « Glen, Glen… Laisse-moi pas mourir. » Il avait traversé la porte. Carrément. Il était devant Fletcher, couché, nu et mouillé d'eau. Ses beaux yeux étaient voilés. Fletcher a plaqué ses mains sur ses tempes et s'est brûlé avec la clope qu'il avait allumée. Il a gémi : « Pitié, pitié, Rollie ! Pardon… » Rollie a voulu se lever. Fletcher l'a bousculé et s'est précipité dans le minuscule couloir, a déboulé dans la pièce tarabiscotée qui composait tous les studios. Dans un coin, la cuisine, au milieu le living, et dans un autre coin, la chambre. Fletcher s'est retourné – Rollie se levait. Fletcher était désespéré. Il aurait voulu donner sa vie pour lui… Quitter les montagnes, tous les deux, arriver au bord du Pacifique et lui faire face tous les deux.

— Fletcher ! s'est écrié le vieux Zork, Fletcher !

Zork se noyait dans le lac. Il fallait le ramener, plonger

profond, le ramener et le frictionner, le réchauffer. Il ouvrirait les yeux et dirait : « Glen, Glen, t'as pas une petite Lucky, une toute petite Lucky pour ton aîné ? Allez… fais pas le radin. »

Fletcher a bousculé une lampe, renversé une chaise, le paravent… Et a découvert le vieux Zork couché dans son lit, en tricot de corps, pantalon de pyjama… Si maigre. Il n'avait pas ses pantoufles rituelles. C'était un horloger en bout de course qui avait les pieds en compote. Fletcher n'arrivait plus à penser, ni à respirer. Tout ce qu'il parvenait à faire, c'était regarder Zork qui avait la tête tournée vers lui comme s'il l'attendait.

— Rollie, a-t-il dit, c'est ça ton p'tit nom ?

— Non ! a protesté Fletcher, non, c'est pas moi, c'est pas moi.

— Approche, approche quel que soit ton nom, viens.

Fletcher s'est assis sur le bord du pieu, s'est retourné pour voir Rollie qui s'était tiré.

— C'est la nouvelle année ? Oh, toi, Fletcher, c'est la nouvelle année ?

Fletcher pleurait et il n'arrivait plus à penser. Le vieux Zork a tendu les bras et Fletcher s'est allongé à côté de lui. Le vieux l'a serré, serré fort. Fletcher a souri. Il remontait Rollie à la surface. Il le réchaufferait et son corps revivrait chaud et beau.

— Merci, Fletcher, a dit le vieux Zork, merci d'être là.

Il serrait Fletcher qui pleurait, pleurait.

— Un jour, s'est rappelé le vieux Zork, j'aimais une femme très belle, tu vois… J'aurais dû lui dire… Je ne l'ai pas fait… C'était il y a si longtemps.

Et Fletcher entendait le cœur du vieux Zork… Il battait si vite, bien trop vite.

— Ah Rollie, disait Fletcher, Rollie me laisse pas. Pitié, ouvre les yeux, Rollie. Je ne peux pas sans toi, pitié.

Fletcher sentait le cœur de Rollie, le cœur de son frère et il le serrait dans ses bras, lui donnait sa chaleur et sa vie et il lui chuchotait des trucs à l'oreille et Rollie s'endormait. Tant d'amour, il y avait tant d'amour et Dieu si lourd, si lourd et toi que j'aimais tant.

Zork

« Le dernier ennemi qui sera détruit, c'est la mort. »

Fletcher s'est éveillé lentement, il n'a pas compris tout de suite qu'il était enlacé à Zork. Et tiens, il était mort de mort – fixait plus rien les yeux ouverts. Fletcher a sollicité son pardon. Zork n'a pas répondu. Fletcher s'est poussé un peu pour prendre de la distance et a allumé une Lucky. Il a tiré quelques taffes... Comme un mort moins mort que l'autre. Il s'est assis au bord du lit pour tousser. Il faisait jour. Il est allé à la fenêtre et a terminé la clope en contemplant les voies, les wagons, les gars qui s'activaient là-bas pour gagner de quoi bouffer... Et d'autres prendraient leur place.

Fletcher a jeté son mégot par la fenêtre. Il a manœuvré Zork. Il était raide. En lui travaillant un bras, Fletcher a réussi à le coucher sur le dos, en mort classique. Il lui a fermé les yeux parce que ça se faisait. Il avait fermé les yeux de son grand-père malgré ce qu'il avait dit, ce qu'il lui avait dit. Et fait. De toute façon, il ne voyait presque plus et n'aurait pas vu l'enfer qu'il rejoignait. Fletcher l'avait enterré à la va-vite sous la pluie implacable. Bernie Bosman l'avait aidé un moment. Fletcher était abandonné de Dieu et des hommes. Il était parti en laissant derrière lui la baraque du vieux. Il en rêvait souvent… En bois rouge, haute, avec son toit en bardeaux, si curieux, comme deux ailes battant mollement et qui s'arrêtaient à mi-hauteur des murs. La « maison du Diable », c'était ainsi qu'on l'appelait dans le pays.

Fletcher a frissonné, il a senti la mort en lui. La mort de Zork était en lui, dans son esprit, son cerveau. Son âme, il n'en avait plus guère. Elle était restée dans le lac – Nampa, Idaho. Il aurait aimé être lui, il était un autre. Il aurait aimé écouter une chanson qui le fasse pleurer. Il était devenu insensible à force d'être monstrueux. Sur la table de nuit, des billets et un mot de l'écriture compliquée du défunt : « Pour mon enterrement, incinération, pas de religion. Allez en paix. » C'était signé : « Stefan Zorkiewicz ». Par habitude de perdreau, Fletcher a ouvert le tiroir de la table de nuit. Il a trouvé une lettre pliée, jaunie. Il l'a dépliée. Une photo de femme en noir et blanc, genre photo d'identité, en a glissé. Elle riait aux anges du temps jadis. La lettre était en yiddish. C'était signé « Chawa ». Fletcher était bien incapable de comprendre ce qui était écrit sinon que ça racontait une histoire, une histoire triste. Il a replié la lettre avec la photo dedans. Il a pensé à sa mère et n'a pas pu lui dire qu'il l'aimait. Il a glissé la lettre et la photo sous le tricot de corps de Zork, côté cœur.

Le merle

> « Heureux l'homme qui ne se fait pas à lui-même de reproches et qui ne sombre pas dans le désespoir. »

Une table de camping avec une Bible dessus, un livre ouvert, un étui cylindrique en carton, une trousse d'écolier noire. Et puis deux chaises, un fauteuil, une malle en fer, le téléviseur Zenith et le lit pour deux – le luxe des hommes qui dormaient seuls. C'était vide et propre, pas habité. Pour habiter quelque part, il fallait être quelqu'un, pas vrai ? Même quelqu'un qui allait mourir comme Zork.

Le truc qui clochait, c'était le merle sur le rebord de la fenêtre entrouverte de la cuisine. Le merle avec une plume blanche sur l'aile droite. Il matait Fletcher. Fletcher ne lui a rien dit car il n'avait rien à lui dire. Et le merle pouvait être sourd. S'en foutre de Fletcher. Alors il a fait bouillir de l'eau sur la plaque électrique et l'a versée dans un verre plein au tiers de Nescafé, que ça fasse purée liquide. Que la cuiller tienne toute seule debout dans le verre.

Le merle a sauté sur le bord de l'évier, puis dans l'évier. Il a donné des coups de bec dans la faïence. Il avait soif ? Fletcher a fait couler un mince filet d'eau. Le merle a reculé, puis s'est avancé. En fait, il a pris une douche... Bien sûr que Fletcher a pensé au merle là-bas dans le passé, à l'écuelle dans laquelle il se lavait. Il a pensé aussi que le merle pouvait être la réincarnation du vieux Zorkiewicz. Pourquoi était-il mort dans ses bras, pourquoi il lui avait fait ce coup-là ? Pour le culpabiliser un peu plus si c'était possible ? Le merle a agité ses ailes pour se sécher. Fletcher a tourné le robinet pour le fermer. Le merle a sauté pour retrouver le bord de l'évier. Fletcher a goûté son breuvage, il avait oublié le sucre. Il en a mis trois. Ça n'a rien changé, c'était aussi dégueulasse. Fletcher a posé le verre. Il s'est approché de la table, tournant le dos au merle. C'était bizarre d'être avec quelqu'un. Ça pouvait rendre paranoïaque. Fletcher s'est assis sur la chaise face au livre ouvert, la reproduction de l'œuvre de Philippe de Champaigne, *Ecce Homo*, le Christ attendant la crucifixion. La vie était une sorte de totalité, oui, mais elle ne contenait pas ce tableau, ni la Bible. Ce tableau et la Bible étaient d'un autre espace-temps.

Fletcher avait découvert que le tableau de Philippe de Champaigne portait un autre nom qui ne lui plaisait pas, c'était *Le Christ aux outrages*. La Bible n'avait pas d'autre nom. Que le tableau de son rêve ait deux noms l'avait rendu furieux. Peut-être que s'il avait accepté d'avoir deux noms comme l'œuvre de Philippe de Champaigne, tout se serait éclairci ? Il serait libre et pourrait se dépêcher de vivre. Malheureusement les chimpanzés à trois couilles, c'était rare, aurait dit Will Drake.

Il avait arraché une page au livre consacré à Philippe de Champaigne, la page où figurait une Nativité. Il ne pouvait pas admettre que Philippe de Champaigne ait peint une telle saloperie. Fletcher avait mauvais caractère. Il ne fallait pas le faire chier. Il a contemplé *Ecce Homo* pour se calmer. Il a songé de nouveau au *Petit arpent du bon Dieu*. Il a levé les yeux, non pas pour voir le ciel quasiment absent du tableau de Philippe de Champaigne mais pour se laisser un temps de répit avant d'ouvrir la Bible sans regarder. Le hasard a choisi la première page du livre de Nahum. Tous les jours depuis qu'il avait vu porter sur les fonts baptismaux un enfant, il ouvrait la Bible ainsi et lisait ce que le destin lui proposait au bout du doigt. Il n'en espérait rien, c'était une entreprise de construction aléatoire. Il pensait que l'univers était là par hasard et que lui aussi, Rollie Fletcher, pouvait profiter du hasard. Les phrases de la Bible pouvaient engendrer ou pas un nouvel état, modifier le cours de son destin. Le faire réfléchir, il n'y croyait pas. Les hommes ne pouvaient réfléchir qu'à leurs projets personnels. Seuls les flics étaient sincères. Même achetés et pourris, ils œuvraient pour la manifestation de la vérité. Les flics étaient beaucoup plus importants qu'on ne le pensait ou le disait.

La Bible était nécessaire à Fletcher. Il vivait parce qu'il ouvrait la Bible. Cette action était en somme son salut. Des choses comme ça ne se disaient pas. Tout ce qui était intime était obscène, injurieux, idiot.

Fletcher a tourné la tête : le merle n'était plus là. S'était barré, à cap Canaveral ? Ils manquaient d'astronautes. Fletcher a haussé les épaules. Il se sentait frustré, triste. Le LSD le rendait plus con et sentimental que d'ordinaire. Il a refermé la Bible, s'est levé et est entré dans le cabinet de toilette. Minuscule : une douche, un rideau de plastique blanc, une glace, un lavabo. Il s'est déshabillé avec une triste urgence, l'impression qu'il était observé par des types sans pitié. Des types dans son genre. Il avait pas mal de cicatrices. Style mannequin d'essai dans une fabrique d'apprentis assassins. Il s'est dévisagé dans la glace. Il n'avait pas l'air d'être certain d'être ce qu'il était. Il était quoi, qui ? Il était un poulet. Il était une fois un poulet, voilà qui il était. Il était une fois un poulet qui n'était pas celui qu'il était censé être.

Tu ne feras pas de statue, ni de représentation quelconque de ce qui est en haut dans le ciel, de ce qui est en bas sur la terre.

Il s'est rasé avec son Remington et a dit machinalement : « Il réduira à néant ceux qui se dressent contre lui, il poursuivra ses ennemis jusque dans les ténèbres. » Il est entré dans la douche et s'est lavé. En prenant son temps, à l'eau brûlante pour plumer les perdreaux. Il s'est essuyé dans le living, il a ouvert le placard et a enfilé un pull noir, sur sa peau. Aux beaux jours, il remplaçait les pulls par des chemises grises ou blanches. Il a choisi un costume propre. Il en avait quatre identiques. La plupart du temps il ne portait pas de caleçon, pour sentir sa queue contre sa cuisse. Une façon de se persuader qu'il existait. Que sa bite existait. Il pensait qu'il n'en avait pas. Qu'il était un fieffé eunuque emprisonné dans la capitale du vice. Il avait un autre problème avec sa queue et les caleçons. Il avait peur que sa bite s'étouffe. C'était pour cela qu'il ne portait pas de col roulé. Ce n'était pas évident d'être lui.

En parlant de queue, il a fait reluire avec une brosse ses chaussures noires. Il en avait deux paires identiques – mais une seule queue. C'était bête. Il s'est chaussé avec un chausse-pied. Tous ces petits détails ridicules le maintenaient en vie, le structuraient, le forçaient à être un homme civilisé. C'était par l'ordinaire qu'il avait résisté à la folie. Sans dénier que l'ordinaire était le lieu privilégié de la folie, des comportements de répétition, de superstition, de l'invocation irraisonnée du magique. Disons qu'il combattait une folie par une autre. Il avait plus ou moins prévu de se suicider vers le début 64 et il se trouvait qu'on attaquait 63. Il n'avait aucune appréhension. Il se suiciderait pour échapper au pire et à l'ordinaire. La flaque de peinture était venue semer son trouble de brillance dans tout ça.

Il a ouvert l'étui en carton cylindrique sur la table. Il en a sorti un rouleau de papier de vingt-cinq pouces de hauteur. Il l'a déroulé jusqu'à arriver aux derniers dessins (faits en pleine stupeur, l'empreinte du corps de Zork jusqu'au bout des doigts). Ils étaient tous dans des vignettes. Des dessins à l'encre noire. De tailles différentes. Le plus petit, c'était celui du loup aperçu par Fletcher. Numéroté 3651. À droite comme la règle le stipulait. Il semblait annoncer deux dessins du Marine, couché sur le dos. Puis, bord à bord, couché sur le dos, sans chemise, avec le tatouage au-dessus du pubis. Le premier était numéroté 3652, l'autre 3653. Ils étaient entourés de dessins plus petits de Will Drake, Booker Sparks, du gamin, de Dale Rose et de « Cap » Connors. Un dessin de lui, Fletcher. En gros plan, numéroté : 3659. Et puis un dessin de Pepe Morales et d'Enrique Zamora à côté de la Vocho. Numéroté 3660. Un dessin de la Madre General et du squelette. Numéroté 3661.

Un dessin de Holly Howell… « Tu le connais ? Juste un mot, Rollie, pas plus qu'un mot. Tu vas l'entendre, tu vas le dire et tu viendras à moi. » Holly Howell, la fille aux yeux violets avec à l'arrière-plan J.J. Numéroté 3662. Les incorruptibles du FBI. Messieurs les Aspirateurs Tim Hill et Forrest Greene. Numéroté 3663… Ce rouleau de papier n'était rien d'autre qu'une bande dessinée qui racontait l'histoire de Rollie Fletcher et de Will Drake. Ici et là, des dessins collés, comme si Fletcher avait eu une inspiration en tabassant ce gros mec qui s'appelait Larry Channing. Un receleur. Après l'avoir quasiment tué, il l'avait dessiné pour ne pas oublier. Pas de phylactère dans cette synagogue du Juif sans prières. De très rares mots telles des onomatopées. Travail de scribe amputé du langage. Fletcher a ouvert la trousse, pris un stylo empli d'encre de Chine noire – sur lui il avait un autre stylo identique. Il a dessiné le merle. Très vite. Dans une vignette numérotée 3663. Et dans une autre, il a écrit « ZORK ». En capitales. Pas de numéro. (Et dans une dernière vignette, à peine esquissé, ce gars sur la piste comme surgi de la vieille citerne à goudron. Une sorte d'ombre ou de spectre. Numéroté 3664.) Fletcher a glissé le rouleau de papier dans l'étui.

On était fait pour mourir. C'était plus une hypothèse qu'une vérité. Les hypothèses étaient la licence poétique des poulets. Le style du poulet, c'était son art de développer des hypothèses audacieuses et concluantes. Fletcher n'aimait pas enquêter mais c'était sa seule existence. Ce périple qui le conduisait non pas vers la vérité mais vers la connaissance. Une exploration du temps passé et présent à la recherche des comportements de l'homme qui enfreignait la loi consciemment ou involontairement. Les flics en savaient bien plus que les philosophes sur l'homme, bien plus. Fletcher était accro à cette « étude de mœurs ». Il se camait à la mort violente. Lui et Will Drake savaient que l'enquête répondait aux besoins de celui qui la menait. C'était un piège effrayant. Tout faisait partie de l'enquête, y compris les associations de pensée, les rêves et les hallucinations. L'enquêteur accouchait de l'enquête qu'il désirait. L'enquête répondait à ses vœux, besoins, fantasmes. C'était l'enquêteur qui inventait l'enquête. Plus l'enquêteur était impliqué dans l'enquête, plus elle lui ressemblait. L'enquête n'existait pas sans l'enquêteur. Au fond, c'était son désir qui produisait indices et preuves. Le hasard était l'allié et le bourreau du poulet qui marchait dans le long couloir. Il ne fallait rien laisser au hasard car le hasard gouvernait tout. Le hasard tuait les imbéciles et ceux qui n'écoutaient pas les bruits de la nuit, se laissaient distraire. Le hasard tuait ceux qu'on aimait. Toujours.

Réjouissez-vous en espérance. Soyez patients dans l'affliction. Persévérez dans la prière.

Le synonyme d'enquête était douleur… Fletcher souffrait sans cesse. Il s'est rappelé la vieille citerne à goudron sur la route du Corral. Les boursouflures noires tels des champignons qui rongeaient ses flancs, l'odeur qu'elle dégageait… Comme si la vieille citerne voulait lui faire entendre une histoire, ou le prévenir, l'avertir.

El Paso, l'enquête au premier jour

« Malheur à ceux qui appellent le mal bien, et le bien mal, qui changent les ténèbres en lumière, et la lumière en ténèbres... »

— On dirait que j'ai trempé toute la nuit dans de la pisse de jument, a affirmé Drake.

Il s'est coiffé de son feutre posé sur la planche de bord et a livré ses impressions :

— Sacrée mine que cette mine-là... Des chats de cette taille, c'est inhumain... Et il y avait un gars pire que mon paternel, je crois bien que j'ai manqué sauter par la fenêtre.

Drake conduisait, sa vitre descendue, le coude sur la portière, fumait une Lucky... Tranquille quoi.

— J'ai l'impression que j'ai perdu un bout de cervelle. Autant de chats, j'te jure, c'est impossible ! Des gros, je te garantis ! Me suis enfermé dans le placard pour pas me faire bouffer ! Heureusement que t'avais déchargé mon pétard.

— Je l'ai pas déchargé.

— Ah merde ! Tu crois que j'ai pu les bouffer ? Tu m'as répondu ? Qu'est-ce qui t'arrive ?

Il a craché pour se purifier les amygdales.

— On ira voir Vecchiato, si tu veux bien… Qu'il me donne les sacrements.

Il a ralenti et tapoté le cul d'un guignol qui faisait semblant de régler la circulation. Lui a demandé si le tapin rapportait un peu avant d'accélérer. Il buvait de la « Gran pija » à la bouteille. C'était un mélange de piments et de tomates que concoctait un de leurs obligés. Ils en avaient en permanence dans la boîte à gants : pour les cuites. Ça s'avérait efficace en traitement post-LSD aussi. Fletcher a bu à son tour et Drake a vidé la bouteille. Ça roulait dans la vaseline. Le début de l'après-midi, les gens faisaient durer le repas ou cuvaient leur réveillon. Fletcher a refermé la boîte à gants qui contenait un coup-de-poing américain pour amadouer le gars colérique. Un cran d'arrêt parce qu'il fallait être dingue pour ne pas en avoir. Un bout de savonnette rose à usages multiples. Et puis un vieux .38 limé au numéro de série limé… Inidentifiable. Chargé. Ça, c'était dans le cas où un suspect refusait de négocier. Avait la grosse tête. On lui mettait le .38 dans la poche. Le juge Schoolcraft lui collait un port d'arme. Et voilà, il allait se faire tripoter en prison. La vie, ce n'était qu'une succession de choix.

Ils sont passés devant le grand magasin d'El Paso, The Popular. Pour les macaques et chicanos en tout genre, tous descendants de Pancho Villa, client historique du magasin.

— Pourquoi qu'il est mort à ton avis, Rollie ?

Drake avait la voix encore plus sale que d'habitude, il aurait fallu la lui laver. À ce jour on n'avait pas inventé la machine. Fletcher avait compris que Drake parlait du Marine. Tous les deux avaient pour habitude de revenir sans cesse à l'enquête, d'échanger avis, suppositions. L'enquête ne les quittait jamais ; ils étaient dedans nuit et jour.

— Je sais pas, Will.

Drake a fait une moue obscène à une fille pour coller à son personnage (laid à l'extérieur, pourri à l'intérieur).

— Un tireur d'élite, a-t-il avancé, revenant au Marine.

— C'est ça... Un sniper et qui n'a pas perdu la main.

— Le genre de gars qui peut tuer un citoyen de loin... Ranger son fusil dans un sac de golf et s'en aller ni vu ni connu.

Un gamin qui conduisait une ribambelle de ponettes dans sa Dodge décapotée couleur cramiot à la menthe s'est rabattu devant le Cercueil, obligeant Drake à freiner. Les ponettes se sont retournées. Elles riaient, assez belles et jeunes. Avec leurs yeux de veau, leurs nichons et leurs permanentes comme des casques.

— « Ne vous y trompez pas, a murmuré Fletcher, on ne se moque pas de Dieu. Car ce que l'on sème, on le récolte. »

— Elles t'entendent pas, a remarqué Drake.

Fletcher a souri ; il a donné une bourrade à Drake qui a dit :

— Ce Marine, c'est forcément un type pas clair... Et il a dû faire un coup de pute à celui à qui il ne fallait pas le faire.

Il a hoché la tête et poursuivi :

— Mourir dans tes bras...

Il était passé au vieux Zork sans prévenir. Il changeait de fréquence sans cesse.

— Il aurait pu faire ça ailleurs... Ça veut dire quoi Zorkiewicz, au fait ?

Fletcher était bien embêté. Tout ce qu'il voyait se découpait en vignettes, strips. En centaines de dessins. Ses dessins. Comme si son rouleau de papier avait pris l'échelle de la vie.

Qu'est-ce qui se passait ? Les mines ? Plus ça allait, plus il se déréglait. Le gamin devant a stoppé au rouge. Les ponettes se fichaient de la gueule de Drake et de Fletcher, se boyautaient. Le gamin qui ne se sentait plus de bander a reculé un petit coup et a touché le pare-chocs du Cercueil. Drake lui a fait un signe amical. Le gosse lui a fait un doigt d'honneur et poussé le Cercueil en reculant – il n'avait pas photographié le gyrophare éteint sur la planche de bord. Pas repéré le côté sinistre de la Fairlane noire. Le côté « Attention flics »... Les gueules épouvantables de Drake et Fletcher. En somme, il était débile. Totalement pasteurisé.

— L'incinération, a dit Drake, ça dure, c'est mortel... On ira boire des bières. Je l'appréciais ce vieux machin...

Encouragé par ses ponettes et leurs vapeurs hormonales, le gamin persistait. Drake a appuyé sur la pédale d'accélérateur. Le V8 a grondé et le Cercueil a tamponné la Dodge avec son pare-chocs renforcé. L'a envoyée en avant. Le gamin n'en revenait pas. Retourné vers Drake et Fletcher, il semblait vociférer. Il devait appuyer sur la pédale de frein, ses pneus ciraient le goudron et fumaient. Il n'avait plus le contrôle et a brûlé le feu rouge de force. Les ponettes criaient et s'agitaient. Drake a enclenché la sirène et le gyrophare. Il a braqué et doublé la Dodge, sa face blême sporadiquement peinte en rouge.

— C'est quoi l'existence ? a-t-il grommelé. Pas de formule type... C'est compris dans rien.

L'existence est le temps, a songé Fletcher, ou le temps est une existence ?

— Il y a un problème, a-t-il révélé à mi-voix.

— Un seul ?

— Si la Famille est dans le coup... Fletcher s'est tu.

— La Famille, tu disais ?

Drake a interrompu la sirène et le gyrophare, s'est calmé sur l'accélérateur.

— Tu as déjà vu la Famille commanditer des meurtres à distance ?

— Non.

— On est d'accord. Le tueur qui a un contrat s'approche du gars et vide son flingue…

— Ou ils l'attendent à la sortie d'un resto, d'une boîte et ils envoient la sauce avec des Tommy Gun…

— Sans oublier la bagnole piégée, tu mets le contact…

Il bichait à l'évocation de cette façon de faire qu'il trouvait joyeuse à cause de son côté festif, feu d'artifice.

— Pourquoi un tireur d'élite, alors ? a repris Fletcher à mi-voix.

C'était la question de ce matin. Fletcher et Drake savaient qu'il ne fallait pas user les questions. Les laisser tranquilles, c'était une bonne façon d'avoir la réponse… Une réponse.

— Qu'est-ce que ça mange un merle ? a dit Fletcher en matant la rue nue sous ses artifices.

— Un merle ? C'est quoi ?

— Un bec orange, noir. Là, il a une plume blanche.

— Ah ouais, a fait Drake. Une plume…

Ils ont roulé un instant en silence.

— Tu disais « ce que ça mange », a repris Drake. Des graines, je pense.

— Des graines de quoi ?

Drake était perplexe – le zombi parlait en commère, la faute peut-être aux mines qui l'avaient attendri ?

— Des cacahuètes, a-t-il proposé, des chips aussi. Tout le monde aime les chips.

Il s'est garé devant le 3802 Wilson Way, devant une Buick

Le Sabre bleu métallisé et derrière une T-Bird rose Palm Springs coiffée d'un hard-top. Personne dans la bagnole et la musique à fond : Elvis, *Surrender.*

— Une plume blanche ? a dit Drake.

Fletcher l'a dévisagé pour comprendre s'il parlait du merle ou du King. Drake se marrait, qui aurait imaginé Fletcher à la SPCA ? Fletcher est sorti du Cercueil, s'est déplié. Même de dos, on voyait bien que c'était un fichu serpent à sonnette.

Une T-Bird blanche

> « Oh ! Que mon sang ne tombe pas en terre loin de la face de l'Éternel ! Car le roi d'Israël s'est mis en marche pour chercher une puce, comme on chasserait une perdrix dans les montagnes. »

Fletcher a traversé le trottoir et sonné à la porte des Perry. Une baraque récente de style hispano-white, un cancer violent qui flambait au Texas. Une employée noire, vêtue d'une robe noire, d'un crucifix et d'un tablier blanc a ouvert la porte.

— Bonjour, m'dame, a dit Fletcher.

L'employée a répondu d'un hochement de tête. Elle reniflait le placier en encyclopédie ou pire l'évangéliste alcoolique.

— Rosamar Torres, ça vous dit quelque chose ?

Fletcher lui a montré sa plaque de police, accrochée à l'intérieur de sa veste. L'employée l'a fait entrer d'un geste. Elle a refermé la porte et l'a laissé en compagnie de la console et de sa Diane chasseresse. Il a attendu sur le tapis posé sur le sol en marbre couleur chiasse. Perry Genre Féminin est apparue. Elle était assortie à tout le reste – rien que son chignon, ça faisait du chagrin. On aurait dit Jack Lemmon déguisé en Grace Kelly. Derrière elle, dans le couloir, Fletcher distinguait l'employée.

— Il ne lui est rien arrivé, j'espère ? a dit Perry Genre Féminin.

— Jolie demeure que vous avez là, m'dame. On devine votre main de partout.

— Ah merci… Monsieur ?

— Lieutenant… Lieutenant Fletcher… Rollie Fletcher. C'est bizarre, non ? Trouvez pas ?

Perry était décontenancée et a opiné du chignon.

— Elle aurait dû être là ce matin, a-t-elle certifié. Je m'apprêtais à téléphoner.

Fletcher a accentué son étonnement. Comment ! Une Mexicaine qui avait le téléphone ?

— Le téléphone de son oncle, a expliqué madame chignon.

Son oncle qui était flic, s'appelait Pepe Morales et la baisait dès qu'il pouvait.

— Quelque chose d'inhabituel dans son comportement ?

Perry a réfléchi car elle avait un cerveau.

— Elle m'a prié de lui payer son mois… Elle est timide…

Et Perry Genre Féminin en profitait, habituel. Le jour du Seigneur ne valait pas pour quelqu'un comme Rosamar Torres. Les jours fériés, les heures supplémentaires, n'en parlons pas.

— D'habitude, c'est moi qui prends l'initiative… Il lui est arrivé quelque chose de grave, lieutenant ?

— « La vérité a disparu, a murmuré Fletcher, et celui qui s'éloigne du mal est dépouillé. »

Dans l'ombre, l'employée s'est signée. Quant à sa patronne, la distinguée madame Perry, elle ne devait pas avoir entendu parler du livre d'Isaïe. Et pas que de ça. Fletcher ne disant plus rien, madame Chignon parfait n'a plus su quoi faire, dire. Elle a écarté les bras telle une poule ses ailes, en signe d'impuissance. Elle a récité une formule de politesse et a tourné casaque.

— Et votre époux ? a fait Fletcher.

Elle l'a regardé, interdite, craignant de comprendre que le policier lui demandait si son mec se tapait la boniche mexicaine.

— Il lui arrivait de coucher ici ?

Perry a tiqué. Elle s'était fait avoir par Fletcher qui avait changé de sujet. Elle devait supputer si le policier voulait la piéger. Pour elle, manifestement, les deux questions se rejoignaient dans la chatte de Rosamar Torres. Et ce n'était pas digne du Rotary Club, ni d'aucune société de bienfaisance.

— Cela pouvait arriver, a-t-elle fini par répondre.

Fletcher lui a souri. C'était presque pire que s'il avait sorti un casse-tête de sa poche dans le but de lui faire de la chirurgie esthétique gratuite.

— J'irai voir ça avec votre employée, a-t-il dit. Merci bien et mes meilleurs vœux de bonheur et de prospérité.

Cette chère madame Perry a accusé réception des vœux d'une mimique polie. Elle a hésité, devait-elle rester avec le policier et son esclave négresse ou prendre du champ ? Là-dessus, coup de sonnette. Cette chère madame Perry a pris de vitesse son esclave et a ouvert la porte. Tiens, c'était ce satané vieux Will Drake avec sa tête à faire avorter une machine à laver.

— M'dame Perry, a-t-il dit, lieutenant Drake pour vous servir sans pourboire. Bien aimable à vous de répondre à deux trois devinettes anodines.

Il lui a fait un clin d'œil… Elle n'en est pas revenue et a reculé d'un pas.

— Je vous suis, a dit Fletcher à l'employée, au milieu du hall, à la ramasse.

Elle a pivoté, s'est enfoncée dans un des deux couloirs qui déboulaient là. Elle s'est retournée pour vérifier si le poulet la suivait. Fletcher était un gars silencieux. Ça ne l'empêchait pas d'être un fumier. Rassurée, elle a obliqué vers un autre couloir, qui donnait sur une sorte de salon gréco-texan avec un immense tableau du couple Perry à leur mariage. D'un effet terrible sur le système digestif. Le couloir continuait, semblait interminable comme pour illustrer le mythe des grands espaces (ici au Texas, si on mettait une heure pour aller se soulager, c'était qu'on avait du fric et il était de bon ton de montrer qu'on n'en manquait pas). Par une baie vitrée, on voyait la piscine, la pelouse vert british… Ils ont terminé dans une pièce lambrissée. La bannière étoilée sur un mur, un crucifix. Une porte. On entendait des rires, The Sensations : *Let Me In*. Odeur de tabac et de parfum. La femme a rencontré le regard de Fletcher, a détourné les yeux, dit : « La salle de billard. » Il y avait quelque chose qui ne passait pas. Être adulte, c'était avoir su surmonter les indigestions.

Derrière une porte, un couloir nu qui devait desservir les parties viles du Versailles des Perry. Il l'a suivie. Des parpaings pas crépis, le sol en ciment, des néons au plafond. Pas de tapis à bouquet de fleurs central, pas de marbre. En fait, c'était plus vivable que le reste de la baraque. La chaudière ronflait gentiment. Dans trois mois ça serait la clim. Les Nord-Américains aimaient le pétrole. Plus ils en consommaient, plus ils bandaient. Un jour, les condors auraient des masques à oxygène pour bouffer sans tomber dans les pommes.

Elle a ouvert une autre porte : la chambre des esclaves. Exiguë, éclairée par une fenêtre étroite pratiquée dans la partie supérieure d'un mur et fixe (comme si on avait voulu punir les occupantes de la pièce, les priver d'air et de vue). Une table entre les deux lits, sous la fenêtre. Les parpaings badigeonnés en blanc, un tapis élimé. Un lavabo minuscule. Elle a montré le lit de droite, Fletcher s'est assis dessus. Il a pris sa tête dans ses mains, fixé le sol. Pas besoin d'avoir des yeux pour voir tant de misère. Il sentait la présence de l'employée. Il ne connaissait pas son nom. Pas besoin. Elle était née pour laver la merde des Hispanos-Whites. Le robinet du lavabo fuyait, une goutte toutes les quinze secondes à peu près.

— Je ne veux pas lui faire d'ennuis, a dit Fletcher sans lever la tête, je veux simplement la retrouver.

— Pour le dire à vos copains mexicains, a-t-elle dit, amère. Comment il s'appelle déjà ?

— Pepe Morales.

Elle a baissé les yeux, haussé les épaules.

— Elle le supportait plus ce porc, elle a rencontré un Américain.

Elle pleurait. Fletcher ne pipait pas. Laisser parler les gens. Parler était une putain de médecine. Si Fletcher avait pu parler, il n'en serait pas là, à El Paso, flic. Tout le temps dans la crasse et la vilenie, l'ordure et le crime.

— Elle me l'a dit samedi, un Américain qu'elle a rencontré lundi dernier à Ciudad Juárez... Ils n'ont pas fait, non... Bien sûr, vous pouvez pas comprendre, vous... Elle cherche l'amour. Ce n'est pas sa faute si elle est jolie et si elle est tombée dans les pattes de ce Pepe Morales.

— Je peux pas comprendre, a répété Fletcher tout bas, je peux pas comprendre… Il fait beau et quelqu'un meurt, vous ne le sauvez pas, je peux pas comprendre…

Il a glissé la main sous l'oreiller et en a ramené une image de la Vierge qui en avait des heures de prière au compteur. Au dos, d'une main enfantine, était écrit : « Marie, pleine de grâce, protégez votre petite Rosamar Torres ». Il a pensé au baptême à la cathédrale du Saint-Nom, à l'enfant (il avait eu envie de le tenir, de l'oindre. Il avait eu envie d'être père et avait manqué devenir fou… Depuis, sans savoir pourquoi, il lisait… Lisait la Bible). Il a montré l'image à celle qui n'avait pas de nom. Elle a posé ses lèvres dessus et a fini par la lui rendre. Elle s'est assise en face de lui sur l'autre lit.

— Un Américain ? a dit Fletcher, laissant sa question résonner pour qu'il l'entende lui aussi.

Elle a acquiescé. Il s'est tu. Les gens ne supportaient pas le silence, ça les angoissait… Et ils parlaient.

— Un ancien Marine.

Fletcher l'a interrogée du regard.

— Il lui a acheté une robe et lui s'est pris une chemise… Lorsqu'il l'a essayée, elle a vu le tatouage qu'il avait au bras.

L'enquête du Marine mort à El Paso était bien partie pour tout avaler, tout confondre en elle-même.

— Son nom ? Vous avez idée ?

— Ward, je crois, son petit nom… Ward, oui… Il est venu la chercher dimanche matin à l'angle de Happer Street et Wilson Way. Il lui avait donné rendez-vous là. Elle m'a tannée pour que je l'accompagne, elle me prend un peu pour sa mère.

Elle m'a dit qu'elle m'enverrait une carte… Ils allaient se marier à Las Vegas.

Fletcher a sorti son paquet de Lucky et le lui a tendu. Elle a hésité et s'est servie. Ils ont fumé. Elle a imité Fletcher, secoué les cendres de sa Lucky dans la paume de sa main. Leurs yeux se rencontraient. Elle, ils étaient mouillés.

— Une décapotable blanche, a-t-elle dit, grosse, pas une guimbarde… Je n'y connais rien en marques de voiture… Un homme jeune, il lui a ouvert la portière, il avait une chemise blanche, un pantalon gris… Elle m'a fait des signes.

Elle s'est levée et a pris le verre à dents, l'a donné à Fletcher pour qu'il écrase sa cigarette.

— Sa voiture, ça pourrait être celle du jeune Allen garée devant, a-t-elle ajouté. Sauf que celle-là a un toit.

Une T-Bird décapotable blanche, récente… Mieux que rien. Et au volant… Celle qui n'avait pas de nom est restée devant Fletcher, indécise, avant de poser le verre sur le rebord du lavabo, de se retourner.

— Vous êtes un drôle d'homme, a-t-elle assuré, on peut penser le pire de vous…

Elle a fait quelques pas jusqu'à la fenêtre et de dos a dit :

— C'est pas monsieur Perry qui… Non, c'est pas lui.

Elle sanglotait en se souvenant… Fletcher s'est senti écrasé par la pesanteur. Tant de souffrances sur cette Terre. Il était paumé, aurait voulu tourner, tourner en rond. Il s'est levé.

— C'est pas monsieur Perry ? a-t-il répété dans un murmure. C'est pas lui… Je vais régler ça.

La mouche

> « Fuyez la fornication ! Tout péché que l'homme peut commettre est extérieur à son corps ; celui qui fornique, lui, pèche contre son propre corps. »

Une fille riait. Les Crystals chantaient *He's a Rebel.* Fletcher a voulu entrer dans la salle de billard. Pas possible, ils jouaient à guichets fermés. Fletcher a reculé et flanqué son pied dans la porte. La serrure a lâché. La porte s'est ouverte, claquant contre un mur. Une fille a plaqué ses mains sur ses seins, l'autre, agenouillée devant un des gars, s'est relevée. Les Crystals se sont rayés et ont radoté : « He's not a rebel, no no no ». Deux des gars ne savaient pas trop quoi faire, celui qui recevait la prière de sa copine est venu vers Fletcher en ramassant une queue de billard.

— Vous vous croyez où ?

Il était con au point d'être sûr de lui. C'était un jeune pèlerin qui risquait de ne pas parvenir à maturation. Il était arrivé à dix-huit ans parce que son père avait un peu de fric – ça pouvait s'arrêter brutalement. Là par exemple. En marchant vers Fletcher, il s'est rendu compte que l'inconnu avait une infecte gueule de criminel, de dingue pathologique enculé par sa mère. Il s'est arrêté, la queue de billard bien serrée dans ses mains. Pas convaincu que cela soit suffisant, en quoi il avait raison.

— Oui, vous vous croyez où ?

Il a pivoté vers les gars, les filles, pour avoir leur approbation. Les gars ont hoché la tête, c'était tout ce dont ils étaient capables. Ils balisaient ferme. Les Crystals, eux, rabâchaient inlassablement : « He's not a rebel, no no no ». La fille qui priait une minute auparavant a allumé une cigarette pour s'occuper la bouche. L'autre avait remis son soutien-gorge, boutonnait son chemisier, tournant le dos aux photos encadrées sous verre et qui occupaient un pan de mur. Des photos où on voyait Perry père avec des personnalités locales, notamment Roger Fields, le directeur de la police de cette bonne ville, le géniteur de cette charmante personne qui fumait par défaut. Lorsque le jeune Perry s'est retourné vers Fletcher, celui-ci était tout près de lui.

— Lieutenant Rollie Fletcher, a-t-il dit, comment que tu te prénommes, p'tit gars ?

Il a montré sa plaque de police.

— Steve… Steve Perry.

— Steve… Bien Steve… On va te les écraser… Pour te libérer la tête… Tu vois un peu ?

Le jeune Perry n'était pas sûr de comprendre ou… il préférait ne pas comprendre. Il a reculé mais Fletcher avançait, avançait vers lui.

— On fera ça avec Will Drake, l'a averti Fletcher, il te tiendra les jambes bien écartées et moi je te les coincerai entre deux briques, et on n'en parlera plus… Tu seras tranquille.

Fletcher a suivi des yeux le vol d'une mouche. Steve Perry

avait reculé de travers, il a buté dans le billard. Les Crystals se sont dérayés sous le choc, ont glapi un dernier coup et se sont tus, à bout. Plus de disque qui tournait sur le pick-up. Silence.

— On fera ça le plus vite possible, a promis Fletcher, ce soir si tu veux... Ou tout de suite.

— Vous êtes fou, a pleurniché Steve Perry.

Fletcher a mis le contact à une Lucky en s'approchant de la mouche posée sur le rebord du billard à côté d'une boîte d'allumettes comme si elle voulait allumer une clope.

— Et au volant de la T-Bird, a dit Fletcher tout bas, au volant de la T-Bird ? Un Marine qu'elle a rencontré par hasard... Ouais... Par hasard...

L'assemblée suivait le film sans piger mais un consensus pour se la fermer à 100 % lui clouait le bec. Fletcher a vidé la boîte d'allumettes sur le tapis du billard et a mis la mouche dedans. Il les a toisés un à un, finissant le travelling sur la fille du directeur de la police.

— Comment va, Lee ?

Elle a sursauté, bredouillé une réponse inaudible en se débarrassant de sa cigarette dans un cendrier. Fletcher, lui, jouait avec la boîte d'allumettes.

— Voilà où on est, a exposé Fletcher. Vous fréquentez Steve. Il ne se conduit pas de la bonne manière, il a une mauvaise influence sur vous... Il faut que ça change. Mettez vos papiers sur le billard, pas la peine pour toi, Lee.

Steve Perry a bondi vers la porte à l'instant où Will Drake apparaissait, obstruant le passage.

— Envie de pisser, mon gars ? a-t-il dit. Je vais t'arranger ça... « *Nil sine numine*[1] ».

1. « Rien n'advient sans la volonté divine. »

Il a enfilé le coup-de-poing américain de la boîte à gants du Cercueil à sa main droite. Fletcher l'a dessiné dans une vignette. La légende : « Le lieutenant Will Drake se fâche ». Ce n'était pas « vrai ». Drake jouait au méchant. Cependant dans une bande dessinée, il faut simplifier. Bref, Steve Perry a eu une expression d'horreur et de nouveau a reculé, à croire que sa mère avait accouché en marche arrière.

— Pas besoin de briques, a argué Drake, avec ça, on va te soigner sans douleur.

Fletcher a jeté un œil sur les papiers des jeunes gens.

— Baisse ton kilt, Steve, a dit Drake, que je voie comment que t'es bâti.

Steve Perry l'a supplié de le laisser tranquille. Il était parvenu au fond de la pièce, il avait mouillé son pantalon. Drake lui a prédit un avenir incertain pour sa prostate. C'était obscur. Il était laid et avait l'air dingue – d'ailleurs, il l'était. Fletcher a écrasé sa Lucky sur le tapis du billard.

— Vous comprenez, j'espère, que vos affaires vont mal et vous avez raison, les a-t-il mis en garde. Tu comprends, Steve ?

Perry fils a branlé du chef (oui à tout pour se sortir de là en entier).

— Si tu persistes à imposer ta lubricité, a sermonné Fletcher.

— T'auras pas besoin de capote pour baiser parce que tu pourras plus, l'a prévenu Drake.

Il a relevé son feutre, le positionnant en arrière de son crâne préhistorique et a souri aux deux filles.

— Les autres, a menacé Fletcher, les autres, vous ne revenez plus par ici. Vous évitez de nous croiser, de faire parler de vous. La prochaine fois on vous arrête pour possession de stupéfiants et actes contre nature... Toi, Lee, c'est pareil, tiens-toi à carreau, je te le conseille... Priez présentement.

Ils l'ont dévisagé, interdits.

— Priez, je vous dis.

Ils ont ânonné le Notre-Père. Drake a joué au billard. Fletcher a observé la copine de Lee Fields, songeur. Elle a détourné les yeux. Les récitants sont parvenus au bout de la prière. Fletcher et Drake se sont signés, ont mis les voiles... Patatras ! Fletcher est revenu sur ses pas, cassant l'ambiance. Il a ramassé les papiers des jeunes gens et les leur a rendus (en commençant par le gars qui était peigné en Ronald Reagan et était le proprio de la T-Bird rose Palm Springs). Il a fini par la copine de Lee Fields, celle qui exhibait son buste, une mouche plus tôt.

— Alors comme ça tu t'appelles Kate Baker ? a-t-il susurré gentiment en lui tendant son permis de conduire.

Elle a acquiescé et a tenté un sourire.

— Dis-moi donc ce que t'as dans la bouche, Kate ?

— ... Un chewing-gum.

— Montre.

Elle a rougi comme si la requête du flicard était plus ou moins sexuelle. Elle a fini par ouvrir la bouche et a décollé un chewing-gum de son palais. Fletcher lui a tourné le dos et a retrouvé Drake qui jouait avec une boule de billard numéro 13. Il saignait du nez et souriait à la jeunesse dorée en étalant le sang sur son visage.

(Ce que les gens oubliaient, y compris les spécialistes en criminologie, c'était que dans toute affaire criminelle, il y avait du comique, du dérisoire. Fletcher et Drake, eux, ne l'oubliaient pas car ils avaient conscience d'être des bouffons et de mener une vie de bouffons. Ils croyaient savoir qu'ils ne se feraient jamais avoir par le tragique, qu'ils crèveraient en pitres, le cœur sale et l'amertume aux coins de leurs sourires étoilés… On verrait bien.)

Saint Vecchiato

> « Un Éthiopien peut-il changer sa peau, et un léopard ses taches ? De même, pourriez-vous faire le bien, vous qui êtes accoutumés à faire le mal ? »

Drake était renversé en arrière dans le fauteuil de barbier, en blouse rouge tel un Christ de Philippe de Champaigne peint par Juan Gris. Il était plus abstrait ainsi. Moins moche. Saint Vecchiato le rasait. Drake et Fletcher l'avaient débarrassé de gars qui le rackettaient. Ils étaient devenus sacrés... Quant aux racketteurs, ils avaient été amoindris psychiquement et physiquement pour l'un d'eux.

Drake adorait se faire raser, c'était pour lui une sorte d'onction. Il n'avait pas peur de se faire égorger car Fletcher était là en train de siroter le café que Vecchiato leur offrait. Pour eux, il était tout le temps ouvert, la preuve aujourd'hui. Il habitait au-dessus de son salon. Ils sonnaient et il venait ouvrir. En chemise blanche et pantalon noir. Il ne portait pas de blouse, estimait que c'était trop féminin. Il sentait le talc et le cuir de Russie (pas marié et très croyant).

Fletcher écoutait distraitement Vecchiato et Drake parler de J.J., du Corral. Lester Shiflet et sa famille de dégénérés foutaient la merde. Faudrait avoir le temps de faire un saut là-bas et de les calmer. Il y avait des méthodes qui marchaient même avec ce genre de citoyens. Fletcher se sentait plutôt bien – un gros bébé taré dans son liquide maternel. Ici, c'était tranquille. En dehors du coup. Vecchiato était leur mère, leur boîte aux lettres. Il transmettait les messages, assurait une sorte de standard. Fletcher regardait l'écran du téléviseur. Noir. Éteint. C'était le nouvel âtre de la nouvelle économie blanche mondiale ; de la nouvelle société blanche mondiale. Même les Jaunes étaient blancs. L'homme de l'ère atomique n'avait plus besoin de braises, il avait le feu nucléaire. Il pétait de peur, ça lui réchauffait les draps. Il s'endormait dans la terreur de l'anéantissement, ça l'empêchait de réfléchir à ses responsabilités. Le citoyen de la nouvelle économie blanche était déresponsabilisé. Il s'en remettait à General Motors et aux bonimenteurs (des partis politiques, des idées à la mode, des évidences, sentiments les meilleurs). Fletcher entendait de temps en temps les pas d'un passant. Il aurait pu s'endormir s'il n'avait pas été ce golem qui s'appelait Rollie Fletcher. La voix a parlé fort. Il s'est souvenu de son frère dans l'eau. Il s'est empêché de crier : « Rollie ! Rollie ! » Il a fermé les yeux pour échapper à la douleur. Le rêve est venu pour le réconforter ou le torturer. Il ne savait pas. Il tenait son frère dans ses bras. Il le tient. Et il se réveille. Il se réveille comme les princesses dans les contes de fées. Il respire un bon coup en ouvrant les yeux. Il vit. Fletcher le serre plus fort et rit. Lui aussi rit. Il vivait ! Ils vivaient tous les deux dans deux corps différents… C'était un rêve, un rêve qui revenait sans cesse apporter sa douleur, ses tourments. Pas que ça. Fletcher avait besoin d'un sentiment curieux que lui procurait le rêve. L'impression de tenir la vie dans ses mains. C'était très puissant et «beau»... Et la beauté n'était pas présente dans la vie de Rollie Fletcher. Il a allumé une Lucky. Le tabac balayait les rêves. La nicotine te voulait seul au monde, à elle, sous ses charmes. La nicotine était la maîtresse de dizaines de millions de pécheurs dans ce pays. L'American Tobacco Company était aussi puissante que le Vatican. Nicotine/additifs, c'était la solution de l'homme moderne qui voulait échapper à sa conscience. On ne pouvait pas être moderne et avoir une conscience. La conscience ne résisterait pas au siècle.

Fletcher s'est récité un souvenir de la Bible: «Les yeux de l'un et de l'autre s'ouvrirent, ils connurent qu'ils étaient nus, et ayant cousu des feuilles de figuier, ils s'en firent des ceintures.» Cette phrase émouvait Fletcher, il fallait être courageux pour prendre conscience de son dénuement, pour le reconnaître. Pour renaître. Fletcher avait jadis rêvé du jardin d'Éden. Pour lui le jardin d'Éden était là où on bâtissait sa liberté, où on vivait son rapport à la nature. Fletcher aurait aimé avoir ce courage, celui de bâtir. De partir de zéro. Il s'interdisait de penser à bâtir quoi que ce soit. Bâtir quoi lorsqu'on était vicieux et corrompu, malade comme il l'était?

De l'autre côté de la chaussée, un gamin est sorti d'un immeuble. Il a enfoncé les mains dans les poches de son blouson. Il s'apprêtait à attendre. Il devait avoir l'habitude. Ses parents devaient baiser et l'avaient mis dehors. C'était un quartier pour ceux qui résistaient à l'infortune, faisaient tout pour ne pas sombrer dans la misère, déménager au Segundo

Barrio, proche et de réputation sinistre. Ceux qui échouaient là n'en repartaient pas. C'était le cancer en phase terminale.

— Cette année va être sombre, a dit Saint Vecchiato, c'est sûr.

— Ah oui, a fait Drake, pourquoi ?

— Nous sommes trop méchants, monsieur Drake.

Il lui était impossible de prénommer les deux policiers.

— Être salaud, c'est plus difficile que d'être gentil, lui a rétorqué Drake, croyez pas ?

Vecchiato a ri. Il riait comme une jeune fille, une jeune fille de sa Toscane de jadis. Pas une gamine nord-américaine de l'époque. Le cul alourdi par les chips et les sucreries, le cerveau abâtardi par le Coca. Fletcher considérait le crucifix, les images des saints, la Sainte Vierge en plâtre. Il aurait aimé avoir la foi. Il aurait aimé pouvoir compter sur elle. Il aurait aimé s'agenouiller et se recueillir, se réunir. Il voulait être lui en entier, si c'était possible à un être humain. Il avait un doute. Peut-être que l'homme avait besoin de l'intercession d'un autre pour être entier ? Peut-être pas forcément Dieu ? Peut-être qu'un être ordinaire pouvait être cet autre ? Par le biais de l'amour ? L'amour était une foi ? Il aurait aimé dessiner des saints et des saintes. Dessiner l'amour, le peindre.

La mouche l'a distrait. Il a oublié l'amour. Pas le merle. Pas les Vautours : messieurs Buster Day et Clint Kelton. Il ne pouvait pas les donner à manger au merle. Ils étaient trop gros. Il fallait les donner à manger à deux imbéciles qui avaient faim… Ou ça serait les imbéciles qui seraient mangés plus certainement. Ils se débrouilleraient entre eux. Fletcher s'est levé. Il a rejoint la caisse, s'est emparé du calepin pour prendre les rendez-vous. Il a déchiré une page et a écrit dessus : « Caravane. Après minuit. Quinze livres de marie-jeanne. »

Damon Jones & Neville Allen

> « La folie est attachée au cœur de l'enfant ; la verge de la correction l'éloignera de lui. »

Il est sorti du salon, a traversé la chaussée… Le gamin a voulu se tirer.

— T'as l'heure ? a dit Fletcher.

Le gamin, surpris, s'est retourné.

— L'heure de quoi ? Vous voulez quoi ?

— Puisque tu parles de flics… Tu connais l'immeuble du FBI ?

— Tout le monde le connaît.

— Tu y vas et tu dis qu'un gars t'a donné ça pour les agents Forrest Greene et Tim Hill.

— Et pourquoi ? Pourquoi je ferais ça ?

Il a remarqué le billet de cinq dollars qui dépassait de la main du flic.

— Tu laisses ça devant le type à l'accueil, a dit Fletcher.

Il a tendu la feuille du calepin.

— Et tu te tires tout de suite.

Le gamin a hésité avant de prendre le billet et le papelard.

— Tu fais quoi de tes mains ? a balbutié Fletcher.

Brusquement perdu dans sa terreur.

— Je fais quoi ?

Le gosse a soupiré et répondu :

— Je la tiens quand je pisse.

— Tu voudrais quoi ?

Fletcher songeait aux mains… Aux mains, au merle, à Zork et à la flaque de peinture blanche… Et à Glen, pauvre Glen.

— Quoi ? a répété le gamin, agressif.

— Dans la vie ?

— Et vous, vous voulez quoi ? Vous foutre de moi parce que je suis un négro ?

— Tu crois que c'est écrit sur ta gueule ?

Le gamin l'a dévisagé surpris, en rage.

— Sale con, a-t-il marmotté.

Il risquait gros. Un maximum. Tant pis. Il a soutenu le regard du flic, ses yeux blancs dansaient – ça foutait le roulis.

— Je ne voulais pas t'offenser, a dit Fletcher.

Il était sincère. Le gamin a perdu le nord. Un flic qui s'excusait, surtout ce pourri-là, c'était bien plus que déroutant.

— Si tu as des soucis, a continué Fletcher, dis-le à Vecchiato, il nous transmettra.

Une protection ? Une protection gratuite, sans contrepartie ? Le gamin n'en revenait pas.

— Et tu vois mon visage ? a poursuivi Fletcher.

Son aïeul maudit penché sur la Bible disait : « Nous avons crié à l'Éternel et Il nous a entendus. Il a envoyé un ange… »

— Tu le vois ?

Le gamin a hoché la tête. Il ne savait plus rien, n'imaginait pas où le flic voulait le promener. Quelque chose se passait. Quelque chose de grave, de triste.

— C'est écrit dessus que j'ai peur ? a fait Fletcher.

Il a sorti son paquet de Lucky et l'a tendu au gamin qui s'est servi, en chute libre. Il était débranché. Fletcher a allumé leurs cigarettes en grattant une allumette sur la semelle de sa godasse.

— Moi je voudrais faire autre chose, a-t-il affirmé.

Il avait les yeux vides, si vides. Le gamin voyait la folie, la détresse du flic et il a balbutié :

— Ma guitare est cassée.

Fletcher l'a toisé, songeur.

— Comment que tu t'appelles ?

— Jimmy.

Fletcher l'a laissé en plan et a dit entre ses dents : « Tous sont aux aguets pour verser le sang. » Cela ne l'a pas calmé. Drake sortait du salon de coiffure, il jouait avec la boule de billard numéro 13. Rien n'avait l'air bien méchant. On ne devait pas risquer sa peau dans cette histoire. Il s'est adossé avec Drake au Cercueil. Il était crevé de vivre, ça le terrassait par moments. Il s'est souvenu du lac calme et triste, il ne voulait pas, oh non… Et puis ça s'est dessiné dans une vignette non numérotée. Tout ça s'appelait le malheur. La Buick Le Sabre bleu métallisé garée devant chez les Perry s'est arrêtée devant eux. Elle était décapotée maintenant. Enrique Zamora en est sorti. Il était coiffé d'un Stetson. Il portait un costume blanc cassé, était chaussé de bottes tirant sur le rouge avec des turquoises incrustées dans le cuir. On aurait facilement pu le prendre pour un maquereau et il l'était. Lui et Pepe Morales touchaient des dividendes sur le commerce de la baise à Ciudad Juárez. Il a caressé du plat de la main la portière conducteur du Cercueil et a dit que ça avait été bien réparé, qu'on ne voyait pas les impacts de double zéro.

— Faites attention, a-t-il dit, ça pourrait vous arriver à vous aussi.

Une menace ? Fletcher a laissé filer. Il n'avait pas peur de crever. N'empêche, un truc le titillait. Un petit truc. L'instinct qui lui chuchotait à l'oreille. Pas s'énerver. Attendre que l'inconscient crache le morceau. Les poulets avaient une queue et un inconscient. Ils se servaient soit de l'une soit de l'autre. Les poulets avaient un tout petit cerveau et pas de plumes. Fletcher se servait de son inconscient ou plus exactement c'était son inconscient qui se servait de lui. Fletcher était persuadé que le petit truc lui reviendrait à l'esprit, qu'il surgirait, hop ! Et pour ce qui était de sa queue, il s'en servait pour uriner. C'était déjà épouvantable. Est-ce que Holly Howell imaginait qu'il avait une bite ? Ça l'a effrayé.

L'Éternel dit : Tu ne pourras pas voir ma face, car l'homme ne peut me voir et vivre.

Zamora a présenté ses cigares, Fletcher a refusé d'un geste. Drake l'a imité (pas disposé à suçoter ce genre d'étron). Zamora a allumé son Punch et dit qu'il n'en fumait qu'un par jour, pour garder le plaisir. Il a demandé à Fletcher et Drake s'ils allaient bien ce matin.

— J'avais la gaule au réveil, a dit Drake.

Zamora a souri, en fait il n'aimait pas Drake… Pas plus que Drake ne l'aimait. C'était équitable. La vie pouvait être équilibrée. Prenant Zamora de court, Drake s'est mis au volant de la Buick, Fletcher s'est assis à côté de lui. Il suivait le mouvement, se sentait méchamment débranché, post-LSD. Il voyait bien, trop bien, les amas de particules, les atomes. C'était crevant. Même rétrécis en meurtrières, ses yeux étaient sans cesse aveuglés par tout ce qu'ils supportaient. Sur la planche de bord, comme une boussole, la photo d'un gamin qui souriait (dans un cadre en argent et nacre). Décontenancé par l'occupation de sa Buick par les deux pourris, Zamora s'était tourné vers eux et les toisait (assis, ils étaient ridicules, petits et fragiles, bons à crever).

— Il est beau ton gamin, a dit Drake, son p'tit nom ?

— Ruben.

Il avait une tête à enterrer son père sous peu. Une guimbarde a frôlé le cul de Zamora. Les rues au Texas, c'était plus dangereux que les corridas.

— Vous en savez plus ? a-t-il fini par dire.

Il s'en est voulu de parler en premier et a feint d'étudier son Punch.

— On est sur le coup, a répondu Drake, dès qu'on sait quelque chose, on vous fait signe.

Il a hoché la tête et mis la radio, des infos en négro mexicain.

— Il avait un copain, a dit Zamora.

La Madre General avait dit juste. Zamora a tété derechef son étron.

— Ils avaient le même hôtel, pas la même chambre. Votre Marine inscrit sous le nom de Damon Jones et l'autre sous celui de Neville Allen.

Pas des tantes ? Des messieurs « Je suis tout le monde ». Jones et Allen devant être parmi les noms les plus portés aux States. Fletcher et Drake pensaient pareil : le Marine collectionnait les identités : Damon pour Pepe Morales et Enrique Zamora… Ward pour Rosamar Torres… Un p'tit gars bien clair.

— Neville Allen n'est plus à Ciudad, a dit Zamora, en tout cas pas vivant.

Aux infos, un speaker a dit qu'on venait de découvrir les corps d'une femme et d'un homme. La femme était connue sous le nom de la Madre General, c'était une voleuse et une diseuse de bonne aventure. On lui avait coupé la langue et crevé les yeux.

— Ils venaient du Guatemala tous les deux, les a informés Zamora, mais ils n'ont pas passé la frontière ensemble.

Drake s'est gratté le zob. Il a donné un petit coup de klaxon et a quitté la Buick. Il appréciait comme Zamora les prenait pour des cons, enchaînait les choses. D'ici à dire que c'était lui et Pepe Morales qui avaient abrégé la vie de la Madre General et de son giton, c'était autre chose. Vivre à Ciudad Juárez, c'était dangereux. On se faisait des ennemis mortels simplement en respirant.

— Pepe allongerait facilement deux mille bucks pour en connaître plus sur Rosamar Torres, a dit Zamora. Savoir où elle est…

Si Pepe Morales crachait autant de blé, c'était qu'il tenait à la pépée ou qu'elle le tenait. Fletcher s'est déplié en sortant de la Buick. Il a dévisagé Zamora et dit, reprenant à sa sauce les derniers mots du poulet mexicain :

— « Savoir parler a toujours été savoir se taire, savoir qu'il ne faut pas toujours parler. »

Enrique Zamora n'a pas reconnu Octavio Paz qu'il utilisait fréquemment comme on se torche le cul. Mais il a pigé qu'il se faisait chambrer, ça lui a posé problème. Il s'est installé au volant et a mis les bouts.

— Elle avait ses qualités, a dit Drake, elle me manquera.

Il parlait de la Madre General avec son squelette en robe de mariée et son S&W Model 29. Elle s'était fait avoir – le Tommy Gun de son giton n'avait rien pu y faire. C'était de gros méchants qui les avaient mis en bière. L'histoire se compliquait. La mort de la Madre General, Fletcher et Drake s'en tamponnaient, cependant elle entrait forcément dans l'enquête. Plus une enquête était gloutonne, plus elle proliférait. Plus le mot « fin » s'éloignait… Les ennuis s'amoncelaient. Il fallait craindre la vengeance, les coups de pute, les avocats, les faux témoignages. Fletcher et Drake semblaient sommeiller adossés au Cercueil qui prenait racine devant chez Saint Vecchiato. Ils attendaient, ils ne savaient pas ce qu'ils attendaient : ils attendaient. Ce boulot c'était du vice. Il fallait être vicieux jusqu'à l'os pour être flic. Fletcher a fini le dessin de la mort de Santa Muerte dans sa petite tête de taré (histoire de porter le deuil).

— Santa Muerte, a grommelé Drake, tu veux mon avis ? Ça lui a pas rapporté.

Ceux qui jouaient avec la mort se faisaient mordre par elle. Elle les entraînait dans son antre pour les dévorer. Ils n'étaient rien que deux putes sans néons pour les éclairer. Toutes les pensées, tous les poils de nez, les pets retenus, le LSD… Ce « tout ça » ne faisait pas une vie. Et ce « pas une vie », c'était la vie de poulet. Tu te pointais sur le trottoir ou dans la piaule du pauvre mec, le sang avait caillé et plus tard, revenant dans ta misère, tu supportais dans la pénombre ton corps veule attendre tu ne savais quoi. Toutes les bites ne fourraient pas, voilà une autre certitude peu proclamée en ces temps de guerre sans fin qui pouvait se prolonger en une paix qui ne serait pas une paix, ainsi que l'avait écrit à quelque chose près George Orwell… Et ils attendaient, ils attendaient et voilà Enrique Zamora qui se repointait avec sa Buick de gynécologue, ralentissait en passant devant et leur disait :

— Il a une moto, une anglaise, je pense.

Il a appuyé sur le champignon et s'est tiré. Sa bagnole fumait un peu bleu – pas bon pour les moineaux ni pour les morpions. Le Marine avait une anglaise, une T-Bird blanche, des morpions… Ou c'était l'autre, le Neville Allen qui l'avait cette anglaise ? Et des morpions avec ?

— La vérité, a mâchonné Drake, la vérité… Si on ne parlait pas, ça n'existerait pas. On cherche la vérité parce qu'on ment… On ment de force, on ment tout le temps… On ment parce qu'on parle.

Une fille a défilé de l'autre côté de la chaussée, s'admirant en douce dans les vitrines.

— Même si les femmes sont des choses, a dit Drake, elles souffrent comme les hommes, pas vrai ?

Fletcher s'est souvenu de Holly, Holly Howell. Il l'a dessinée en pensée et a eu envie de mettre de la couleur. Du violet pour les yeux.

El Segundo Barrio

> « En effet, la vie d'un être est dans le sang. Je vous l'ai donné sur l'autel afin qu'il serve d'expiation pour vos âmes, car c'est par la vie que le sang fait l'expiation. »

Le temps matérialisé en trottoirs, poubelles, réverbères déglingués, épaves de bagnoles, chiens perdus errant. L'angoisse, la méchanceté et le crime incarnés par deux flics blancs circulant dans une Ford Fairlane noir regrets éternels. Celui qui disait s'appeler Rollie, Rollie Fletcher, conduisait à l'aveuglette, laissant le boulot à son volant. Il roulait à vitesse réduite. Les chaussées étaient en piteux état, pourtant beaucoup d'entre elles n'avaient été goudronnées qu'à la fin des années cinquante. Ici au Segundo Barrio tout se dégradait vite, les choses comme les êtres.

— Neville Allen… Ça ne peut pas être une tante, a grommelé Drake, ç'aurait quel sens, cette affaire ? Tu me diras, il a une bécane, une anglaise et c'est bien un truc de tante, c'est sûr.

Les mots lumineux de la mort dans tous les sons, leur réverbération dans le miroir des cieux. Sans compter le LSD à digérer en plus du Dexamyl et de l'alcool. Fletcher se sentait en danger ou pour le moins déséquilibré. Il se passait quelque chose dans sa vie et il n'y tenait pas. Cela faisait des dizaines de milliers de clopes qu'il s'évertuait à ne pas occuper sa vie. Car sa vie n'était pas la sienne – il n'était pas la bonne personne. Seulement, il ne pouvait pas s'empêcher d'enquêter, c'était un vice. Ou presque un tropisme.

— C'est possible d'avoir des yeux violets ? a-t-il dit.

Drake a pensé à la morue là-bas. Elle avait bien une nature à avoir les yeux violets et la chatte en aspirateur à « Benjamin ». Mais si Fletcher bichait pour elle...

— Possible, a-t-il répondu, possible et c'est drôlement sexy et recherché les filles dans son genre...

Drake s'est rappelé son vieux, bien sûr qu'il buvait, il disait tout le temps : « Oh, oh, toi avec ta gueule de merde ? » Ou : « Allez, approche, ta mère veut pas, tu le feras à sa place. » Ça le faisait marrer. Drake était satisfait de l'avoir tué. Le problème c'était que la mère était morte avec (elle valait guère mieux). Drake n'aurait pas d'enfant, il mettait fin à cette lignée de dégénérés.

Sur les murs, les noms barrés, c'était les noms de types qui s'étaient fait dessouder dans la guerre des gangs qui prenait de l'ampleur. Moss et Fields, le directeur de la police et le papa de Lee qui fumait pour s'occuper la bouche, laissaient le quartier partir à la dérive. Il n'y avait rien à gagner par ici, sinon la mort, la maladie et la misère.

C'était plus désert que d'habitude et les deux lamas semblaient trop visibles. Ils devaient le savoir et filaient le long des murs pour éviter les ennuis. C'est un couple de voleurs à la tire, composé d'un lama pure laine et de son proprio, un bonhomme qui lui ressemblait par mimétisme ou pauvreté. On l'appelait le Lama et le lama, on l'appelait Burt (Fletcher ne savait pas pourquoi ; il ne savait pas non plus où était enterré Zorro). Le Lama pensait que Burt lui portait chance. Il n'avait pas déclaré ça à *Time Magazine* mais à Fletcher et Drake qui lui avaient naguère enfoncé la tête dans un sac publicitaire en plastique. Cette méthode dite des « aveux spontanés » permettait d'obtenir des renseignements rapidement. D'après Drake, c'était le gaz carbonique – dioxyde de carbone, CO^2 – qui aurait rendu les gens plus expansifs et honnêtes. Ne pas utiliser de sacs en papier car le papier ne collait pas à la bouche et au nez du suspect, ne les obstruait pas.

Les sacs publicitaires distribués à la supérette Canton 400 S. Campbell St. – El Paso – étaient impeccables, bien adaptés à la morphologie des enculés de toutes les couleurs. De toutes les tailles, confessions, structures mentales. Pour les polyglottes ou les monozygotes. Tous les habitants du Segundo Barrio étaient suspects, ils le savaient. Ils pouvaient être accusés à tort sans problème, ils le savaient. S'ils ne coopéraient pas, ils avaient droit au sac ou pire. Fletcher et Drake étaient réglos, ils s'en tenaient au racket. Pas de petite pipe, de sodomie express. Tous les autres perdreaux n'étaient pas comme eux. Ce qu'il ne fallait pas croire, c'était que les habitants du Segundo Barrio avaient d'autres qualités que d'être des suspects. Tous les habitants du Segundo Barrio étaient des voleurs, des trafiquants, des tueurs, des putes… Et s'ils avaient eu le pouvoir des flics, ils auraient fait bien pire qu'eux (il y avait pire, plus dangereux et désespéré que le Segundo Barrio, c'était la « Woodlawn Addition », un quartier de merde que tout le monde appelait « El Barrio del Diablo » tant on y crevait sans frais, facilement. Fletcher et Drake y avaient leur PC de nuit, un bar, le Gold Tip).

Fletcher s'est rappelé le visage du Marine et celui de Kate Baker. Kate Baker ouvrant la bouche et en sortant le chewing-gum. Deux vignettes dans le ciel du Segundo Barrio. Les affaires policières le distrayaient et l'obsédaient. Burt et le Lama se sont volatilisés derrière une palissade. Comment expliquer que le Lama avait des godasses à la place de ses espadrilles dégueulasses habituelles ? Vivre c'était aussi être assez lâche pour s'intéresser à des épiphénomènes absurdes plutôt que de réfléchir au phénomène : l'existence du nommé Rollie Fletcher. Toutefois l'état civil était-il le tout ? Et un phénomène secondaire n'avait-il aucune importance ? Fletcher a eu envie de dessiner, ça lui a flanqué l'envie de vomir. Le dessin, pour lui, c'était une façon de se défiler. De se défiler de quoi ? Mystère ! Une intuition : il avait trop de doigts pour faire ce qu'il faisait.

Drake, lui, récitait le générique des *Sept mercenaires,* en jouant avec la boule de billard empruntée aux Perry.

— Robert Vaughn, James Coburn, Horst Buchholz. Musique : Elmer Bernstein.

Drake avait une encyclopédie du cinéma dans la tête, son genre préféré : le western bien sûr. Il en a terminé avec le générique en citant la Mirisch Company et a dit : « J'aime les premiers plans de ce film, pourtant je n'aime pas les chauves. » Fletcher s'est engagé dans E. 5th Avenue. Deux gars assis sur l'aile d'une épave sans roues ont craché à leur passage, leur ont fait des doigts d'honneur.

— Ça vit combien de temps ?

— Pense pas à ça, Rollie… Qui sait combien de temps tu vivras ?

Drake a regretté d'avoir dit ça… Fletcher avait un passé empoisonné et avait droit à un long, long avenir. Ce merle à la plume blanche lui ferait possiblement passer la pilule ? En tout cas il y pensait, en parlait à sa manière. Zoophile ou ornithologue, quelle différence ? La haine et l'amour se confondaient comme le plaisir et la souffrance. Il fallait simplement agir en homme. Être un homme. On reconnaissait les hommes à leur loyauté envers leurs amis. Il y avait peu d'hommes et beaucoup de fiottes. Elles prenaient le pouvoir. On allait vers un futur de lâcheté, les balances tiendraient le haut du pavé. Drake n'était pas penseur, ni moraliste. Il pensait que ce qu'il pensait n'avait aucune importance, qu'il tuerait sans hésiter pour défendre sa peau et celle de Fletcher. Il aimait ce type-là. Il avait peu aimé dans sa vie, par honte. Honte de lui, Will Drake, si laid et odieux. Repoussant. Il ne pouvait supporter de se voir dans la glace. Enfant, ça le faisait pleurer. Ça lui arrivait encore. Pleurer seul, tout seul, boire sa bière, une autre bière à mater les voies, les wagons arrêtés. Boire une autre bière, se branler, essuyer ses mains et sa queue. Vivre, c'était ça. Il vivait. Il avait de la chance, il pouvait pleurer chez lui. D'autres, innombrables, étaient jetés dehors par la puissance du fric et des ordures qu'elle employait : politiciens, acteurs, écrivains, chanteurs, sportifs. Si Drake avait continué de penser, il aurait pensé à la fille aux yeux violets. Si cette morue aux tétines pointues plaisait à Fletcher… Elle prenait une importance capitale. Il s'agissait de lui protéger ses petits trous à bites. Il s'est mis à chanter à mi-voix *El Paso* de Marty Robbins :

Out in the West Texas town of El Paso
I fell in love with a Mexican girl
Nighttime would find me in Rosa's cantina…

— Pourquoi un tueur d'élite ? a dit Fletcher, revenant à la charge.

— On peut pas l'approcher, a répondu Drake. Ni piéger sa bagnole.

C'était la seule réponse. La cible était un gars protégé, pas facile à dégommer.

El Gnomo

> « Si ton frère a des dettes et s'avère défaillant à ton égard, tu le soutiendras, qu'il soit un émigré ou un hôte, afin qu'il puisse survivre à tes côtés. Ne retire de lui ni intérêt ni profit... »

Dieu était obscur et impénétrable, la mort pas du tout. La mort pouvait rire comme cette gamine car la mort était cette gamine et Dieu personne. Fletcher s'est garé le long d'un trottoir, sans couper le contact. Il est sorti et est entré dans une boutique sans nom qui exposait tout un mélange hétéroclite, dont des bouquets de fleurs non vendus par des fleuristes des quartiers chics et qui échouaient là (à l'instar de ce jambon, cette bouteille de cognac... Et une bonne moitié de ce qui était piqué dans un rayon de dix miles autour). El Gnomo est apparu, faisant circuler habilement son fauteuil pour handicapé dans l'enchevêtrement psychotique de son commerce malhonnête. Un fusil Mossberg 505, spécial tueurs nains, était fixé sur sa droite – entre la roue et l'accoudoir, dans un étui, canon en bas. Pour bien souligner qu'ici le vol et l'arnaque n'étaient pas encouragés. On payait cash ou on était amputé, voire défunt à titre définitif. Pour boucler le sujet d'El Gnomo, c'était un mec qui était pré-dessiné. Devait aller de vignette en vignette vers ses obsèques.

— C'est la vie, a-t-il dit.

Un leitmotiv, sa façon de ne rien dire. Car il était maladivement avare, plus que Moss (ce qui était inhumain). S'il avait été maire il aurait commencé par vendre la ville. Parler lui coûtait, c'était une dépense. Il se méfiait de toute dépense (un postillon avait du prix pour lui). Radin et élégant, vêtu en singe de cirque d'un costume noir, d'une chemise blanche et d'une cravate en soie bleue. Des chaussures vernies. Bien sûr, il était à la limite du nanisme car être grand coûtait plus cher. Il souriait à Fletcher qui lui ne souriait pas. Il cherchait ce qu'il n'était pas venu chercher, c'était une de ses lois. Celui qui ne voulait que ce qu'il avait, n'avait que ce qu'il voulait. Par exemple, il ne voulait pas être poulet… Et il l'était. Si tu attendais la mort sans rien faire pour la hâter, elle venait à son heure. Si tu étais poulet sans vouloir l'être, tu n'avais que ce que tu ne voulais pas et donc il fallait sans cesse chercher ce que tu ne cherchais pas pour espérer trouver ce que tu désirais. Fletcher avait une vague idée de ce qu'il désirait (ça remontait à la veille). La veille, il ne cherchait pas la flaque de peinture blanche : elle l'avait trouvé. Il a ouvert le présentoir et attrapé une montre comme si c'était un ver luisant. Le cadran était frappé d'une étoile rouge et le nom de la marque était écrit en alphabet cyrillique, vraisemblablement sa variante russe. Une montre qu'un Marine s'était appropriée. Une montre arrêtée à 8 PM.

— C'est la vie, a-t-il dit, la montre dans la paume de sa main ouverte.

— C'est la vie, a répété El Gnomo.

Pour gagner du temps, nonobstant la dépense de salive. Il sentait venir le coup de pute. Le gang le plus méchant du Segundo Barrio, c'était les « Sacs plastiques », c'est ainsi qu'on appelait Fletcher et Drake par ici. Ils étaient capables de tout et Moss avait beau se foutre du quartier, il les encourageait à y patrouiller, pour que la loi ne soit pas complètement oubliée (il n'attendait pas de dividendes, savait que Fletcher et Drake rackettaient pour arrondir leurs fins de mois). Fletcher attendait qu'El Gnomo réponde à sa question non posée en jouant avec la montre arrêtée à 8 PM. Son attente était si lourde qu'El Gnomo a glissé un doigt dans le col gris de sa chemise, histoire de se donner un peu plus de débit d'oxygène. Il avait la face éclairée en bleu nacré par la Vierge lumineuse. La veste de son costume noir lustré brillait comme le col de sa chemise blanche en début de semaine dernière. Au prix du savon, il fallait réfléchir avant de se lancer dans des lessives intempestives. Et cette montre arrêtée qui semblait tictaquer de plus en plus fort... C'était ce que ressentait El Gnomo et c'était insupportable.

— C'est le Lama qui vient de me la vendre, a-t-il marmotté.

Ce n'était pas sain du tout pour un receleur de balancer et c'était très mauvais aussi pour un receleur de se retrouver en tête à tête avec les Sacs plastiques. Ils étaient carrément barbares. Ce qu'il y avait d'angoissant avec eux c'était qu'aucune menace n'était proférée. On se retrouvait directement pendu par le « pito », le zob en angliche, ou par une seule oreille, ça se disait. En un peu plus d'un an, ils s'étaient fait une réputation de salopards patentés. On leur attribuait la disparition de Johnny Gomez, El Caníbal. Il n'aurait pas voulu payer l'impôt que levaient Fletcher et Drake et s'était fait émietter.

— Le Lama, oui, a répété El Gnomo.

Il était angoissé par le silence du poulet. Se demandait ce qu'il lui réservait. Il abhorrait violemment cet Albinos. Fletcher l'a dévisagé sans le voir. Il venait de penser à l'empreinte bizarre là-bas sur la scène de crime en 1962... C'était Burt, le lama du Lama, qui avait laissé ça derrière lui – à la place d'un mégot car il ne fumait pas.

— Et puis ? a dit Fletcher.

Il a regardé la guitare, elle luisait tel un songe. El Gnomo n'a pas spéculé sur sa réponse (les derviches tourneurs finissaient par tomber ainsi que les toupies). Il a dépoché un beau portefeuille en cuir et l'a tendu à Fletcher – il était vide.

— Je l'ai acheté comme ça, a dit El Gnomo. Parole.

Fletcher l'a dévisagé. El Gnomo a regretté son « parole ». C'était le mot de trop, il comprenait. La peur rendait idiot. Fletcher a reniflé le portefeuille. Toute chose avait son odeur, un bon flic, c'était d'abord un chien. Ce qu'on ramassait sur une scène de crime sentait le crime commis. Le crime n'était pas signé par son image mais par l'image qu'il révélait dans le bac à développer des rêves... Fletcher qui marchait en rond, filant le tournis à El Gnomo, a empoché le portefeuille du Marine.

— Des nouvelles pour Vern Carroll et Jack Smith ? a-t-il dit comme on dit rien du tout.

Interrogation habituelle qui a détendu El Gnomo, il a fait non de la tête en pensant à la mort de l'Albinos : quel plaisir. Il se fendrait d'une couronne. « À notre ami ». Fletcher, lui, a pensé à Zamora. Enrique Zamora. Il avait parlé de double zéro... Ouais... Fletcher s'est arrêté de tourner car il avait vu son frère sortir de l'eau et c'était un cauchemar habituel et affreux. La meilleure façon d'en sortir, c'était l'instant présent, l'enquête, la vie en somme.

— Une T-Bird blanche ? a-t-il susurré. Décapotable… Un gars genre militaire, une Mexicaine peut-être avec lui.

Il a suivi des yeux le vol d'une mouche à merde de la taille d'un B-52.

— Une T-Bird ? Blanche… Et un gars… Non… Ça me dit rien.

— C'est la vie, a murmuré Fletcher intéressé par la mouche.

— C'est la vie, a répondu El Gnomo écrasé par le poids de la vie et de la fatalité.

Il s'est levé tel Lazare dans la Bible pour sortir une liasse d'une poche arrière de son pantalon, des petites coupures crades et grasses. Il se mordait les lèvres et donnait l'impression d'être sous le coup d'une émotion irrépressible. Il comptait le souffle court, oppressé : « Diez… Trece… Veinte… Treinta y uno… ». Fletcher a attrapé la mouche et a réussi à la mettre à l'étouffement dans la boîte d'allumettes. El Gnomo a été la proie d'une brève sidération et a été obligé de recompter. Ce qui a doublé son désarroi. Pour lui c'était quatre-vingts billets qu'il donnait à l'Albinos… Dans sa main tendue. En fait, il avait oublié qu'il s'était levé tant il était chamboulé. Et puis pourquoi l'autre fantôme enfilait une mouche dans une boîte d'allumettes ? C'était quoi ces simagrées ?

— Quatre-vingts dollars, a-t-il dit.

Ça lui a fait peur ! Les Sacs plastiques risquaient d'y prendre goût.

— Non ! Je me trompe ! Non… Quarante ! Quarante, c'est bien… C'est beau.

Fletcher a pris le pèze, choisi un beau bouquet de roses rouges. El Gnomo a grimacé un encouragement. Fletcher s'est tiré en disant : « Feliz año. » El Gnomo a opiné en l'envoyant se faire mettre (en pensée). Fletcher s'est retourné et a avoué, l'air d'un fichu assassin : « Il y avait un merle ce matin. » El Gnomo a acquiescé pour sauver sa gueule et a marmotté dans sa barbe que c'était bien les merles. Bien à quoi ?

La guitare

> « David et toute la maison d'Israël jouaient devant l'Éternel de toutes sortes d'instruments de bois de cyprès, des harpes, des luths, des tambourins, des sistres et des cymbales. »

Fletcher a ouvert la portière et tendu le bouquet à Drake.

— Bien gentil, a répondu Drake, en prenant les roses dans l'emballage en papier transparent. Tu veux que je te suce ?

Fletcher s'est installé au volant et s'est débarrassé du fric du nain sur la planche de bord. Drake s'en est emparé. Il a déliassé machinalement les billets du pouce et a dit :

— Il ne marche pas pour économiser ses jambes, il est fou cet avorton.

Fletcher lui a tendu la montre et le portefeuille du Marine. Drake a écouté la montre coco en la collant contre son oreille, puis l'a remontée.

— Pourquoi qu'elle marche pas ? s'est-il étonné. Putain, une montre soviétique, ça doit marcher, non ?

Fletcher est sorti de la bagnole. Drake a levé les yeux au ciel et grogné que l'Albinos avait les neurones attaqués. Fletcher, lui, est entré dans l'antre d'El Gnomo qui s'est mis debout… S'est rassis, a tenté de reculer pour échapper au regard du python.

— C'est que je viens de donner quarante bucks, a-t-il plaidé, désespéré par la rapacité des Sacs plastiques.

— Combien ? a dit Fletcher.

— Combien ? a répété El Gnomo.

L'avorton s'est aperçu que l'Albinos semblait s'intéresser à la guitare.

— Vous ne la prenez pas gratuitement ?

Il était chamboulé, craignait le pire… Fletcher l'a dévisagé et a radoté :

— Combien ?

El Gnomo s'est dirigé habilement vers la guitare, s'en est emparé et a joué avec l'air de *Que te vaya bonito*[1].

— Dans les mains d'un bon musicien, a-t-il affirmé, rien ne sonne mieux qu'une Gibson Hummingbird.

Fletcher a sorti un paquet de billets et le lui a donné.

— Ah non, a protesté El Gnomo, non, laissez-moi vous faire un prix d'ami.

— Et vos mains ? a répondu Fletcher, vos mains ?

El Gnomo a perçu qu'il frisait l'amputation. Ses mains, il les a plaquées dans ses poches.

— Mes mains, a-t-il bredouillé, mes mains ?

— Oui vos mains… Pourquoi ?

La considération quasiment philosophique a propulsé El Gnomo dans la supputation quantique, la sidération dum-dum… Manque de pot, l'autre calamité humaine présente attendait une réponse et il n'était pas plus patient que tolérant ou honnête.

1. José Alfredo Jiménez.

— Pour m'en servir, a-t-il tenté d'une voix pleine d'incertitudes.

Fletcher l'a dévisagé et est parti avec la Gibson telle la Mort avec sa faux. El Gnomo a pété. Il avait eu peur de se faire émietter, savait que ça lui pendait au nez. Il avait raison et si Dieu avait été un peu plus sympa, il l'aurait prévenu, lui aurait dit : « Je t'ai fait difforme et nain pour qu'on puisse t'enterrer facilement, pour pas un rond, et sans se faire chier, y compris dans une bouteille de gaz. Suffit de t'enfiler les bras dans le cul et le tour est joué... Tu veux que je te chante quelque chose ? » Et Dieu aurait chanté les premières paroles de *Que te vaya bonito* :

Ojalá que te vaya bonito
Ojalá que se acaben tus penas
Que te digan que yo ya no existo...

Les Oiseaux

> « Car il y a un seul Dieu, et aussi un seul médiateur entre Dieu et les hommes, Jésus-Christ homme. »

Fletcher au volant, les deux lieutenants roulaient à petite vitesse. L'habitude de patrouiller, de mater ce qui pouvait être intéressant, les petits détails, les expressions. La progression du ravage de la came et du vice sur les gueules connues, les gestes, les attitudes. Être flic, c'était la solution pour glisser entre les mains de sa propre vie. Pas le temps de réfléchir à soi. Le travail de police prenait toute la place, toutes les heures. Ainsi on était en paix avec soi-même… Dans la mesure du possible. Et la paix était très relative. Fletcher aimait bien les vitres teintées, c'était reposant. Il aimait bien cette légère distorsion de la réalité qu'elles procuraient. Autre avantage, on ne les voyait pas. Fletcher détestait l'idée d'être vu (crucifixion de la condition humaine pour lui).

Drake avait bouclé la montre coco à côté de la sienne et auscultait le portefeuille du Marine en se récitant le générique du *Gaucher* : « Un film d'Arthur Penn… Paul Newman… » Il avait oublié le nom de l'actrice et a poursuivi : « Scénario : Leslie Stevens, d'après une pièce de Gore Vidal ». Une négresse teinte en blonde et vêtue d'un short a ouvert son blouson rose pour exhiber ses boîtes à lait aux gringos dans la Fairlane. C'était une nouvelle. Par ici le Cercueil et les Sacs plastiques étaient le cauchemar de tous. Lorsqu'on les apercevait, on regardait ailleurs ou on se tirait comme le Lama et Burt. On planquait son blé, son rasoir, ses couilles. La négresse était aux antipodes ; pas au parfum du tout. Un clown, ridicule, imbaisable et absurde.

— Faudrait la tuer pour la soulager de vivre, a dit Drake. Pareil pour El Gnomo, le Lama, passer Burt à la broche et le bouffer…

Fletcher a partagé avec lui son impuissance, sa tristesse. Drake aurait dû être missionnaire, il aurait su évangéliser et guider les sauvages. Les amener à quitter leurs étuis péniens pour des caleçons, leurs nombreuses et belles jeunes femmes pour chacun sa chose blanche et sans saveur qui leur ferait des pancakes et des crêpes, pas de pipes le dimanche. Les missionnaires et les vendeurs de bagnoles d'occasion croyaient à leurs mensonges. Pour vendre des bagnoles, il fallait des clients. Pour évangéliser, il fallait des sauvages. Il n'y en avait plus. Il ne restait que la pauvreté et l'ignorance. Il fallait être un génie ou un homme droit et juste. Il ne fallait pas être un poulet, encore moins un poulet nommé Rollie Fletcher (ça aussi, c'était un titre de livre). Fletcher pensait qu'un tableau n'avait pas de titre, mais un nom. *La flaque blanche*, c'était ça le nom du tableau. Fletcher a ressenti une émotion si forte qu'il a serré le volant de toutes ses forces. Drake l'a épié en douce et a levé les yeux au ciel.

— C'est la vie, a-t-il mâchonné en tétant sa clope.

Fletcher a ri. Drake aimait bien l'entendre rire (foutu rire qui pouvait foutre les jetons). Entendre rire Fletcher, c'était espérer. Drake voulait espérer même si ça ne se faisait pas, si un homme qui avait une queue au bon endroit ne le disait pas. Il avait besoin de cette espérance, d'imaginer qu'un jour Fletcher serait… comment on dit… « heureux ». Bien sûr que Will Drake était un putain de missionnaire, bien sûr.

— Je voudrais pouvoir me repasser le moment, a dit Drake, où Pat Garrett s'aperçoit que le Kid n'a pas d'arme.

Il parlait du *Gauche*r, bien sûr. Un des gosses qui jouaient au basket a jailli devant le Cercueil. Fletcher a pilé. Le gosse leur a fait un doigt d'honneur.

— Ouais, a dit Drake, ouais… Faudrait les tuer. C'est pour ça que les guerres, ça fait du bien, ça nettoie… Enfin en Europe. Ici, on sait pas le faire…

Fletcher n'avait pas oublié le nom du tableau. Le plus grave, c'est que le tableau semblait se décider en lui, avoir ses buts, sa raison, ses rêves. Fletcher ne pouvait que serrer le volant pour être, s'ancrer quelque part. Y compris dans cette pauvre peau de flic ce qui était une des pires réincarnations – avec procureur et gynécologue, maton. Ils ont défilé devant un gars qui collait une grande affiche à la gloire de la bière Schlitz.

— « La bonne bière du Milwaukee, a déclamé Drake. Une des vraies joies d'une bonne vie… Si vous aimez la bière… »

— « Vous aimez Schlitz. »

En chœur, ils ont dit sur un ton sentencieux : « Faites la différence. »

— « Les médecins fument des Camel plus que toute autre cigarette », a dit Drake.

— « Dis, maman chérie, c'est fou ce que tu prends plaisir à

fumer tes Marlboro », a renchéri Fletcher en forçant sa voix ce qui était carrément effrayant.

— « C'est le miracle de Marlboro », a dit Drake d'une voix empreinte de piété.

Il a écouté la montre coco qu'il avait bouclée à son poignet droit.

— C'est pas normal, a-t-il dit. Elle veut pas marcher… Et Lénine ?

Fletcher a stoppé à l'angle de Delta Drive et de Park Street – ce n'était pas Pacific Palisades, rien à voir. Un camion plein de charognes a défilé, ramenant l'odeur de mort et de pourriture de l'année passée dans la nouvelle. Les unifiant. Ça puerait tout le temps. Il y avait toute une mythologie sur la merde des mangeurs de viande et celle des végétariens. Que la merde des végétariens puait moins. Tous les gens qui chiaient avaient honte. Fletcher avait eu un Viêt-cong qui chiait. L'homme s'était renversé sur le flan et avait mis sa main sur l'étron qui sortait de son anus. Il pleurait. Il avait honte de mourir en chiant, pas de mourir. L'homme était grand quand il était foutu, acculé. L'homme n'était pas fait pour vivre – Fletcher l'avait achevé. Tueur de rouges : conseiller militaire pour former certains soldats de l'ARVN[1] à devenir des traqueurs et des tueurs de Viêts-cong. Pour former des Viêts à traquer, torturer et tuer d'autres Viêts… Pour en revenir à la merde des végétariens, Fletcher s'en moquait qu'une merde pue plus ou moins qu'une autre. Il rêvait fréquemment du Viêt-cong qu'il avait achevé en train de chier. Il lui avait fait sa toilette ultérieurement. Personne ne lui avait fait une observation, tous savaient que Fletcher était dangereux. Et puis avec

1. Armée de la république du Viêt Nam.

lui, il n'y avait que quatre gus, quatre Viêts. Ils s'étaient soûlés et défoncés pour oublier. Le lendemain, un des gus s'était empalé sur un piège. Il avait fallu l'achever lui aussi. En temps de guerre, amen était le synonyme d'encore.

Fletcher est sorti du Cercueil avec le fusil qu'il avait tiré hors de son logement. Il n'avait pas coupé le contact, il aimait l'odeur des gaz d'échappement. Will Drake l'a rejoint avec les fleurs. Le ciel était si bleu qu'il aurait fallu y mettre des poissons rouges. Il y avait peu de circulation, quelques indigènes un peu ébahis (en raison de ce qu'ils s'étaient envoyé dans le tuyau la veille).

— «La vie des justes est dans la main de Dieu, a dit Fletcher, aucun tourment n'a de prise sur eux.»

Il a fait feu avec le fusil. Une grosse Blanche a hurlé, sa permanente dressée en l'air.

— Il y a de ça deux ans, a clamé Fletcher, Vern Carroll et Jack Smith, deux policiers d'El Paso, votre ville, se sont fait massacrer ici, dans cette bagnole… Leurs meurtriers ne sont pas morts à cette heure, ça viendra… Dites-leur.

Will Drake a déposé les fleurs au coin du mur. Têtes baissées, ils ont prié. En fait Fletcher faisait semblant, il pensait que Vern Carroll et Jack Smith rampaient sur la flaque de peinture blanche qui devenait le tableau : *La flaque blanche*. Il a imité Drake qui se signait. Les Oiseaux ont attaqué leur show de début d'après-midi. Leur show quotidien. De partout sur les toits. Une clameur délirante. On ne pouvait pas faire autrement que de les supporter. Les Oiseaux, absolument… On n'avait pas trouvé d'autre nom. Mais quand on disait «les Oiseaux», ce n'était pas un compliment. Ils s'étaient pointés en masse à l'automne, l'automne 61. En deux nuages de plusieurs milliers d'individus. Des sortes de corbeaux de la famille du quiscale à longue queue (*Quiscalus mexicanus*)... Noirs. Luisants. Méchants, voleurs et cons. Leur patrie d'origine, c'était Ciudad Juárez. Cependant, ils y avaient trop foutu la misère et le maire avait décidé de les éliminer. Il avait entrepris de les gazer. Il y avait eu des effets collatéraux, quelques paires de clodos étaient cannées et les quiscales à longue queue avaient pigé qu'on en voulait à leur peau. Ils avaient décidé de franchir le Rio Grande et s'étaient abattus sur le Segundo Barrio : Ciudad Juárez en mieux. Plus de poubelles et de frites. Une particularité des Oiseaux, c'était le déhanchement. Lorsqu'ils marchaient, toujours en groupe, en jacassant, on aurait dit un ballet de religieuses qui auraient le feu au cul et se seraient ventilé les parties avec leurs bras. Hitch avait passé quelques jours dans le coin début 62 pour préparer un film qui allait sortir au début du printemps sous le nom des *Oiseaux*... Ces saloperies avaient dû lui inspirer encore une satanée horreur. On ne tarderait pas à le savoir. Le film sortait au début du printemps au Plaza Theatre, place Pioneer.

Fletcher et Drake sont remontés dans le Cercueil. Drake a demandé à Fletcher si la Bible parlait des Oiseaux... Fletcher lui a répondu que oui, des oiseaux, mais à sa connaissance pas des Oiseaux, ceux-là. Drake a grommelé que ça ne l'étonnait pas. Personne de la Bible n'était venu par là, ça s'était écrit entre Européens. Et qu'est-ce que ces gens-là connaissaient du Texas ? Que dalle. Pour lui, Will Drake et pour un paquet de citoyens, il n'y avait pas photo sur le pourquoi de la venue des Oiseaux à El Paso. La raison, c'était le Jockey et sa putain la Virgen con cuervos. Cette garce voulait imposer son règne. Il lui fallait une armée, c'était les Oiseaux. Ce pauvre con de

Noé aurait eu un peu de jugeote, il se serait dépêché d'affréter un bateau sur le Mississippi, le Rio Grande ça ne le faisait pas. Drake a ouvert la boîte à gants, au fond tapissé de munitions. Il en a pris une qu'il a donnée à Fletcher. Fletcher l'a introduite dans le magasin du fusil qu'il a rangé à sa place. Il a appuyé sur l'accélérateur et le Cercueil s'est arraché de là. Ils ont allumé une Lucky simultanément. Fletcher a hoché la tête et a dit :

— Tu as raison.

— Ouais… j'ai raison. Pour le moment on a un Marine dessoudé d'une balle dans la nuque. S'appelle Damon Jones ou Ward tout court. Serait tombé raide dingue d'une pépée mexicaine, fiancée d'un de nos amis mexicains el signor Pepe Morales… J'ai raison… Et ça s'arrête là.

— Tu as remarqué que la petite Kate Baker mâchait un chewing-gum ?

Drake l'a dévisagé, voulant piger ce qu'il entendait par là.

— La bouche, a dit Fletcher, on n'y pense jamais assez.

Il n'en a pas dit plus. Drake a décidé de laisser quimper. L'Albinos était parfois si concis qu'il en devenait ésotérique. Ce qui a amené Drake à penser à Dieu. Il aurait aimé croire. Un jour, il avait voulu dessiner Dieu. Il n'avait fait qu'un point au crayon.

La clef

> « Le cinquième ange sonna de la trompette. Et je vis une étoile qui était tombée du ciel sur la terre. La clef du puits de l'abîme lui fut donnée. »

Comme certains le savaient, on était le premier jour de 1963. Le premier jour de l'enquête visant à faire la lumière sur la mort d'un Marine trouvé dans les montagnes Franklin. La guerre du Viêt Nam était loin d'être finie et pas ouvertement commencée d'ailleurs. Les States étaient la Super Puissance mondiale et les Noirs dans ce pays n'avaient pas le droit de pisser avec des Blancs. Le vieux Zorkiewicz était mort dans les bras de Rollie Fletcher qui n'avait pas besoin de ça. Le système solaire durerait quelques milliards d'années après la disparition du genre humain. Moss avait vendu l'ancienne morgue en centre-ville à une société immobilière appartenant à son beau-frère, à sa femme et à des prête-noms le représentant. Cela s'était fait il y a de ça trois ans. À la place de l'ancienne morgue, il y avait une résidence de luxe, une galerie commerciale. La nouvelle était plantée à S. Ochoa Street, pas loin de la fameuse supérette et ses sacs à aveux. C'était un ancien abattoir. Sur son fronton était peint en lettres rouges : « Las hermosas carnes del Rio Grande ». L'idée de Moss était belle : investir le moins possible dans la mort de gens en général pas solvables. En achetant l'ancien abattoir, il « désinvestissait », formule qu'il appréciait (il aurait volontiers déposé le nom si ça n'avait pas coûté du fric). Moss n'avait gardé qu'une seule chambre froide. Il l'avait fait couper en deux pour désinvestir, claquer le moins possible de fric en électricité. Si les macchabées avaient pu pédaler pour produire leur courant, il les aurait installés sur des vélos.

En roulant au pas, Fletcher a fait le tour du bâtiment qui entourait par trois côtés une cour où jadis les belles viandes du Rio Grande attendaient d'être zigouillées sans procès (elles n'avaient pas à se tromper de réincarnation). Dans quelques années, l'agglomération aurait pris cent mille habitants. Moss revendrait ça à une société lui appartenant et il se referait un max de fric. Le portail était fermé. Drake a sorti son trousseau de passes. Il a poussé un des battants hauts et lourds dont la peinture rouge s'écaillait, laissant apparaître des boursouflures oxydées. L'ouverture était suffisante pour que Fletcher passe avec le Cercueil. Il s'est garé devant l'entrée des artistes, là où la Coiffeuse stoppait en marche arrière. Booker Sparks et son bras droit, Cletus Leroy, sortaient le brancard et roulaient le client au frais.

Cletus Leroy se présentait ainsi : « Leroy Cletus, morgue d'El Paso, citoyen de deuxième catégorie. Origine Afrique. » C'était un homme maigre avec un visage de momie et une montre gousset. Il parlait avec l'élégance d'un danseur étoile.

Buvait sec et disait que la mort était un métier de buveurs. Sparks picolait lui aussi. Ni l'un ni l'autre n'étaient là. Cletus Leroy disait que les mots prononcés par les hommes venaient à l'heure de leur mort pour les enterrer. Cette formule inquiétait Fletcher, elle lui semblait trop métaphorique. Définitive et mystérieuse. Elle en bouchait un coin à qui l'entendait… Et aussi, d'une certaine façon, elle prononçait un verdict de mort à l'encontre de celui qui la proférait. Si on croyait Cletus Leroy, les hommes n'étaient que des mots. Et la mort, aussi… Tout ne serait que des mots ? Cletus Leroy se dessinait tout seul comme ces chevaux qui trouvaient tout seuls l'écurie. Il aurait dû être prédicateur ou juge. Une nuit qu'il était encore plus défoncé et pompette que d'habitude, Drake avait émis l'hypothèse que Cletus Leroy était le retour du Christ.

La Coiffeuse était garée sous un appentis au toit qui s'affaissait. De jour comme de nuit, elle avait un côté superfétatoire, une face de mégère. Drake a utilisé un autre passe pour pénétrer dans la morgue. Au-dessus de la porte, les drapeaux du pays et de l'État : pour bien établir la suprématie du pouvoir sur la mort et la vie, l'impossibilité à un gus de lui échapper (en se faisant sauter le couvercle, il repassait par l'urne, votait la pérennité des institutions). Le titre de l'œuvre de nos vies : « Esclave ». Drake a déclenché les néons. Ça sentait un mélange de formol et de souffrance, celle des bêtes massacrées, des assassinés, suicidés, accidentés qui avaient fini ici. Pas de mouche, mon vieux. Pas un poil de mouche. Fletcher en a dessiné une qu'il a enfermée dans une vignette quelque part dans son cerveau. Il a suivi Drake qui avait une démarche curieuse, semblait s'affaisser à chaque pas, puis remontait regonflé… Pour se dégonfler de nouveau. Ils sont passés devant le salon où les proches des patients attendaient le moment de voir leurs cadavres. Ce matin de la nouvelle année, il n'y avait personne. Pas besoin d'un passe pour le bureau de Booker Sparks. Il ne le fermait pas. Les deux flics étaient ici en territoire connu. Le frigo plein de bières, le bidon d'essence d'un gallon qui servait maintenant au whisky. Les verres aux gros culs jamais lavés pour boire entre pestiférés. L'électrophone, avec posé dessus ce jour *La symphonie fantastique* de Berlioz dirigée par Willem van Otterloo. Le crucifix et la photo d'un jeune homme, sur le bureau, dans un cadre en ébène. Le fils de Booker Sparks canné en Normandie. Fletcher a ouvert un des tiroirs du dizainier en métal qui contenait des fournitures. Il a pris des gants médicaux. Il a quitté le bureau, Drake l'attendait dans le couloir. Fletcher a eu peur de le perdre, qu'il meure – il ne voulait pas qu'il meure. Il préférait le tuer. En attendant, il lui a donné une paire de gants médicaux.

Ils sont entrés dans la chambre froide séparée en deux par un rideau en lamelles de plastique. Le premier compartiment était la « salle de gala » comme l'appelait Booker Sparks. Là, il charcutait les morts pour les faire parler, leur arracher *post mortem* des confidences. D'après Booker Sparks, les morts parlaient facilement car c'était la vie qui rendait l'homme méfiant. De l'autre côté du rideau, la morgue à proprement parler. Pas de tiroirs, non. C'était trop cher. Les morts attendaient sur des tréteaux et des planches, recouverts d'un drap. Manquait les clous pour le côté fakir. Pour le côté désespéré, c'était réussi. Fletcher et Drake connaissaient les deux autres clients. L'un était un gars écrasé par un train, il n'en restait pas de quoi faire une biographie. L'autre, un gars empoisonné par sa femme qui ne le supportait plus.

Fletcher a soulevé le drap, le Marine est apparu. Nu. La plupart des gogos pensaient que la rigidité cadavérique s'installait lentement et perdurait. Elle s'installait vite et disparaissait vite – la décomposition prenait le relais, faisait danser les chairs en putréfaction. Fletcher avait vu des cadavres bouger, ramper. C'était l'énergie fabuleuse et gratuite des morts. Fletcher a enfilé les gants, Drake saignait du nez. D'un geste, Fletcher lui a fait comprendre qu'il avait une fuite. Drake s'est essuyé le nez avec le revers de la main. Fletcher a ouvert la bouche du Marine sans forcer. Il a pivoté vers Drake et dit :

— Le chewing-gum.

— Le chewing-gum, a répété Drake qui patinait.

Fletcher a braqué sa lampe éclairée dans la bouche du Marine. Rien de particulier. Il avait des dents et une langue, un débris alimentaire coincé entre les canines et les incisives sur la mâchoire du bas. Fletcher a entré la main gauche instinctivement. Il était ambidextre. C'était ses mains qui réfléchissaient, pas lui. Il a trouvé le truc enfoncé dans la gorge, le Marine voulait l'avaler. Il était mort avant. Le truc, c'était une clef de bagnole. Pour une Pontiac. Voilà, une clef de bagnole. Il l'a montrée à Drake qui a hoché la tête et percuté :

— Ah le chewing-gum... Kate Baker... Le chewing-gum !

Il a enfilé des gants à son tour et pris la clef, l'a examinée à la loupe.

— Notre pote Ward ne voulait pas qu'ils roulent avec, a-t-il dit, ou elle était à crédit... Alors il a avalé la clef de sa bagnole... Quelle bagnole ? On fait quoi avec ? En tout cas, c'est pas la clef de sa T-Bird.

Ils sont revenus dans le couloir pour entrer dans la salle d'attente. Des fleurs artificielles jaune cocu, la photo du maire,

Moss l'avare. L'air grave comme si on lui avait piqué de l'argent. Un crucifix. Cinq chaises défoncées, garniture verdâtre. Fletcher était angoissé. Il pensait à l'enquête, à toutes les enquêtes. L'enquête se terminait toujours en queue de poisson, abruptement. Laissait toujours une impression de manque. De non-satisfaction. Une impression de vide. Tu te rends compte que tu marches dans le couloir de l'enquête pour te remplir – te remplir de rien.

Ils se sont assis côte à côte. Drake a tendu la clef à Fletcher qui l'a prise, étudiée. Une clef avec des numéros, une clef pour une Pontiac. Et puis ? À son tour, Drake l'a inspectée avec ses yeux de clown mort. Il l'a redonnée à Fletcher. Il a déballé ses préservatifs, déchiré l'emballage de l'un d'eux et y a glissé la clef. Drake a haussé les épaules. Il a sorti son paquet de Lucky, l'a offert à Fletcher qui s'est servi – il a pris la sienne avec la bouche. Fletcher a gratté une allumette sur la semelle de ses godasses et leur a allumé leurs clopes.

— Une clef, pas une nénette, a dit Drake, ni un bouchon de radiateur. Une clef de Pontiac… Ouais… Il y a quoi dans la bagnole ?

— Peut-être rien… Une bagnole pour un casse ?

— Possible… Ouais… Une dispute au moment du partage… Il se fait buter… Pourquoi avaler la clef ? Il y a le fric dedans et les autres ne savent pas où est la bagnole…

Ils ont fini leurs clopes en silence et les ont écrasées dans le cendrier. Fletcher y a jeté le bout d'allumette. La vie, même la plus simple, était riche et complexe. Sa narration compliquée, fastidieuse. Une journée d'un pauvre type, c'était un bouquin de cinq cents pages. Un gros bouquin chiant.

— Une Pontiac qui attend quelque part, a avancé Fletcher. Il a avalé la clef pour que ceux qui lui ont réglé son compte ne la trouvent pas…

Raconté comme ça, ça pouvait aller… Et le reste de l'histoire ? Drake a maté la montre du Marine. C'était sympa la montre d'un mort qui l'avait piquée à un autre mort.

— Cette voiture qui attend quelque part, a dit Fletcher, ça nous empêche de réfléchir…

Parce qu'elle pouvait être n'importe où et que la pensée a besoin d'un ancrage rudimentaire, à commencer par le lieu. Une bagnole garée à El Paso, ce n'était pas une bagnole garée à Houlton, comté d'Aroostook.

— Faut simplement se dire une bagnole, a dit Fletcher, une bagnole, une clef… Et se la raconter.

— Un Marine, il a débarqué à la baie des Cochons. Il est revenu.

— Un professionnel.

— Il sait tuer.

— Un contrat ?

— Un contrat, a repris Fletcher. Peut-être avec la mafia… Dézinguer une huile à distance.

Ce qui n'allait pas du tout, c'était que le Marine s'était fait dessouder. Et on n'éliminait pas comme ça les soldats de la Famille. En général, on n'imaginait même pas le faire.

— Il s'est fait avoir par des gars qui ne savaient pas que la Famille était dans le coup, a proposé Drake.

Pourquoi pas, mais on n'allait nulle part avec ça. Ils ont quitté la salle d'attente, se sont enfoncés dans le couloir aux néons en berne. Fletcher a poussé une porte et appuyé sur un interrupteur. Ils se sont retrouvés dans les chiottes, éclairés par une ampoule nue. Deux cabines, portes entrebâillées et l'urinoir : du béton rongé par l'urine et un lichen lancinant comme une blennorragie. Ça sentait aigre. L'eau coulait en permanence d'un tuyau percé fixé en haut de la plaque de béton, parallèlement à elle. Un tuyau de cuivre bouffé par le vert-de-gris. C'était une installation précaire qui avait duré plus que beaucoup de vessies. Ils ont dégainé, tenant leurs queues dans leurs gants médicaux.

— Et la bagnole ? a fait Drake.

— Elle sert de boîte à lettres ?

Drake a opiné à la suggestion de Fletcher tout en poursuivant des yeux sa tournée des graffitis. Il en a remarqué un nouveau, une bite dressée et le texte qui allait avec : « Pour ma mère ». La formule était lapidaire et son auteur faisait l'économie d'une psychanalyse. Ils ont secoué leurs queues ensemble et les ont remballées. De sacrés duettistes. Fletcher est sorti le premier, il s'est retourné vers Drake qui a ôté ses gants médicaux, les a enfoncés dans ses poches.

— Je suis de ton avis, a dit celui-ci, il y a un truc qu'on ne voit pas, qui nous échappe.

Le lino était terne et absorbait leurs ombres – jeté sur le vide, il participait à la grande illusion. Fletcher y a aperçu l'ombre d'un buisson à papier et il a frissonné au rappel du passé : « Il met à découvert ce qui est caché dans les ténèbres, il produit à la lumière l'ombre de la mort. » Drake a écouté la montre pour voir si Lénine avait repris le dessus. Non. Il a pensé à Khrouchtchev, il était chauve. D'accord, mais quel rapport avec la montre ? Pas de rapport. On passait profusion de temps à réfléchir à des conneries, notamment aux femmes qu'on n'aurait pas, au fric qu'on n'aurait pas et à la gueule qu'on avait.

(Il y avait des mystères, oh oui, des mystères dans la vie de Rollie Fletcher. Il y avait des songes, des désirs et des rêves. Des secrets et des tourments. Des hontes. Et il y avait ce buisson à papier qui apparaissait dans ses songes ou dans sa pauvre réalité tel un songe. Un souvenir cruel. Il fleurissait en hiver, des fleurs tels des pompons jaunes, des fois avec des nuances délicates de coquelicot. Et le parfum si suave… Il y en avait un là où la mère de Rollie Fletcher mourait, était morte. C'était une vieille histoire triste qui s'était déroulée à Wallace, Idaho. Il ne se souvenait plus de l'odeur des fleurs, ni de celle de sa mère, ni de celle de la vie tout simplement.)

Le singe

> « Vous aurez en abomination tout reptile qui rampe sur la terre : on n'en mangera point. »

Sur la table, un pot en verre plein de « sotol » et un crotale qui trempait dedans, enroulé en ressort et mort. Il avait les yeux de Liz Taylor. Le sotol, c'était la tequila des dingues, ce que buvait Pancho Villa avant de passer à l'action et de se frotter la queue à la poudre noire pour avoir la haine. La louche posée sur le pot, c'était pour se servir. Ce qu'a fait Will Drake. Il a empli les deux petits verres. Refermé le couvercle du pot. Humé le truc en grimaçant. Ça puait la cuite. Ils en buvaient un verre, pas plus, chaque fois qu'ils venaient ici. « Pour se désinfecter les artères », disait-il. Il s'est envoyé une gorgée. On aurait dit qu'il souffrait. Il a bougonné que ça devrait être interdit une pareille vacherie. Ça l'était. Le sotol était réservé aux Sacs plastiques et à quelques autres individus de cet acabit.

À la place du crotale, Fletcher a entrevu Zork dans la tequila. Le vieux mort lui a fait un clin d'œil. Fletcher ne s'est pas laissé distraire. Il a attrapé la mouche et l'a enfilée dans sa boîte à mouches. Drake a levé les yeux au ciel et a marmotté : «*Aquila non capit muscas*[1].» Fletcher a observé les mains de Drake, elles vivaient autant que leur proprio. Elles avaient des expressions comme un visage. Dix doigts. Tout ça était drôlement pensé. Fait pour s'en servir, fait pour faire. Ceux qui ne faisaient rien avaient trop de doigts. Drake avait conscience que Fletcher s'intéressait à ses mains, était obnubilé par elles. Il ne le lui a pas fait remarquer pour ne pas l'interrompre dans le cours de sa divagation. Il était habitué aux moments de fascination de Fletcher.

Derrière son bar, Diego Gómez, El Tumor, surveillait les deux pourris, la télé sur sa gauche, et sa conne de femme, sur la droite, avec le rétroviseur de camion. Dans la cuisine qu'elle bouchait, tant elle était grosse, elle touillait sa poêlée de frijoles tandis que leur fils dégénéré était en train de prendre feu parce qu'il collait au fourneau. La grosse conne l'a éteint et lui a envoyé une beigne ce qui a fait plaisir à El Tumor. Là-dessus, le singe vautré sur son petit trône derrière El Tumor a sauté sur le comptoir et a jeté une cacahuète sur le crâne de Will Drake. Il a tressailli et lui a fait un doigt d'honneur sans se retourner. Le singe s'est poilé. Il a saisi sa canette de Coca et a bu au goulot, imitant les gringos. El Tumor lui a chuchoté de ne pas déconner avec les Sacs plastiques. Le singe a roté. El Tumor lui a prédit qu'il finirait étouffé. Il se méfiait car il balançait pour vivre et il confondait son sort avec celui du singe qu'il préférait largement à son fils et à sa femme. Si le singe trinquait, il trinquait, c'est comme ça que pensait El Tumor.

1. « L'aigle n'attrape pas les mouches. »

C'était bizarre – s'il n'y avait eu que ça de bizarre, les bigoudis n'auraient pas existé.

Assis en face de Drake, Fletcher ne parvenait pas à se décider à manger ses enchiladas. Drake, lui, en était à son deuxième plat, des tacos très pimentés qui lui flanquaient l'anus en éruption. Tant pis. Il ne pouvait pas s'interdire d'en manger. Il faut dire aussi qu'il avait un rapport particulier avec ses sphincters. Son père le forçait à le regarder chier – ça suffisait à rendre méchant.

— En fait, a-t-il dit, je ne voudrais pas mourir mais je ne sais pas pourquoi je persisterais à vivre.

Il s'est léché les doigts et a prétendu que ça lui retournait les testicules, cette bouffe, en plus de lui allumer le cul. Fletcher s'est décidé à manger ses enchiladas. Ici c'était bon si on ne se préoccupait pas de l'hygiène. Le sotol servait d'antibiotique. Le restaurant n'avait pas de nom. On disait « On va chez le singe ». Par ici, les hommes portaient le nom des bêtes. Par ici, une sorte d'âge intermédiaire aux parfums d'agave et de sang passait tel un vent de sable, rayait les peaux et les cœurs. N'empêche, les Nordistes triompheraient de par le monde et ici bien sûr. Plus aucune aisselle ne puerait ou serait poilue, Viva North America. La salle était en longueur, sombre, plantée dans une cour. Impossible d'arriver en bagnole et de plomber la clientèle, de jeter une grenade quadrillée qui aurait fait voler des plumes. C'était la raison principale qui expliquait la présence des deux piafs ici. Drake a liquidé sa Victoria et a invité El Tumor à en livrer deux autres. Fletcher et Drake buvaient leur sotol avec une Victoria. La bière pour faire passer le goût du crotale mariné dans le jus de cactus. La mort avait des yeux pour certains, ils n'étaient pas d'accord sur leur couleur. Il arrivait à Drake de penser que la mort avait les yeux de son ami, Rollie Fletcher. Ils étaient isolés au bout de la salle. De l'autre côté, près de la porte, de l'oxygène et de la chlorophylle, trois mecs ratatinés et chocolatés comme du chili con carne cramé se pressaient de finir leurs assiettes pour se soustraire aux Sacs plastiques entrés il n'y a pas peu – ne pas les irriter, ne pas mal finir ce premier jour de l'année.

— Il vient du Mexique, a dit Drake revenant au sujet numéro un : le Marine. De Ciudad Juárez où il a rencontré la poule de Pepe Morales. S'il ne l'avait pas rencontrée, il serait peut-être en vie ?

El Tumor a apporté les bières avec une courbette.

— Pourquoi avaler la clef d'une Pontiac et pas celle d'une Chevy ou du placard ? a poursuivi Drake. Pourquoi ?

— C'est la clef du problème.

— Ça te réussit pas l'humour, Rollie... N'empêche que tu as raison. Bien... On recommence... On recommence *ante mortem*, j'aime dire ça... C'est un Marine de la Première division, il n'est pas mort à Chosin. Il a avalé son extrait de naissance et une clef à El Paso... Une clef de bagnole.

— Il est venu la chercher à la sortie de son travail et ils ne sont pas partis... Pourquoi ? a dit Fletcher.

— Je passe mon tour, a répondu Drake.

— Il s'est fait tuer et ce n'est pas une dispute qui a tourné au vinaigre... Il s'est fait avoir par un gros méchant... De gros méchants. Des professionnels.

— Ils avaient rendez-vous, a continué Drake.

— Ils l'ont suivi... Il s'en est aperçu et a dit à sa poule de partir sans lui avec la T-Bird... Il la retrouverait... Ou ils l'ont butée elle aussi, et on la trouvera ou pas...

— Un chantage ? Pour faire cracher Pepe Morales ?

Drake n'y croyait pas.

— On ne va pas à un rendez-vous si on sait qu'on va se faire buter. À moins de vouloir éliminer celui, ceux avec qui on a rendez-vous.

Il a avalé du Dexamyl, imité par Drake – white society, société de l'oubli… Consommer, mourir.

— Ou il avait un contrat sur lui, a repris Fletcher, ils l'ont retrouvé et buté.

— T'as repéré que le Lama avait des godasses, Rollie ?

Fletcher a opiné. Drake a encaissé une cacahuète sur la tête et a haussé les épaules.

— Il est con ce singe… Bon, on fait quoi ? On contacte la Première division des Marines, demain ?

— Sans nom ? Comme ça ?

Drake a grimacé : Fletcher avait raison. Les militaires étaient aussi fainéants que les policiers. Ils ne se fatigueraient pas à chercher un Marine fantôme.

— On va faire les hôtels, a dit Fletcher, les motels, les stations-service… La douane au cas où ils se mettraient à contrôler les papiers d'un Blanc américain.

Cette énumération l'a écœuré par sa banalité. Il s'est souvenu du Bird en train de lever son saxo vers les lacs d'héroïne qui étreignaient son âme dans leurs vapes tandis que le gars mort mourait encore et que son testament gisait sur la table. On ne pouvait pas effacer l'effroi. À cette époque, il n'y avait pas de sacs en plastique publicitaires à Chicago, ils se débrouillaient sans… Ainsi on ne les appelait pas les Sacs plastiques.

— Pourquoi il aurait eu un contrat sur lui ? s'est interrogé Drake. Pourquoi, Rollie ?

J'ai cousu un sac sur ma peau ; j'ai roulé ma tête dans la poussière.

Les chili con carne se sont barrés sans bruit. Drake a écouté la montre que le Marine avait ramenée de Corée pour savoir si le temps soviétique passait autrement.

— Des godasses, a dit Fletcher. J'ai remarqué.

Forcément volées. Et le Lama avait vendu la montre et le portefeuille du Marine à El Gnomo… Et il avait gardé les godasses pour remplacer ses espadrilles.

— Il aurait pu planquer quelque chose dans un talon, a suggéré Drake.

Il n'y croyait pas… Le Marine n'était pas Mister Bond 007. Ils ont mangé tranquillement. Drake aurait voulu être un cannibale dans une région sauvage avec plein de ponettes à piner. Puis il a fait un mauvais trip et a vu des animaux partout. En face de lui, Fletcher avait une tête de faucon et un corps de singe… Il a fermé les yeux. Les a rouverts : le mauvais rêve s'était envolé. Mais il a éprouvé le besoin de partager comme aux Alcooliques Anonymes.

— Dis, Rollie, tu trouves pas qu'il y a beaucoup de bêtes dans ce monde ? Notamment nous deux, on est bien des poulets, pas vrai ?

Fletcher aurait voulu crier pour dire à Rollie qu'il était trop intelligent pour vivre. Ils se sont levés et approchés du comptoir – le singe a écarté les cuisses et leur a montré sa queue.

— Il ne veut pas porter de pantalon, a dit El Tumor en guise d'excuse.

— Et une cravate ? s'est instruit Drake.

Il a posé quatre dollars devant lui. El Tumor a fait une courbette genre ces pédés de samouraïs ou de karatékas.

— Garde la monnaie et file-moi une bouteille de ta sauce, a poursuivi Drake.

El Tumor a raflé les billets, s'est baissé, redressé et a posé une bouteille de « Gran pija » devant Drake. Il a ravalé son sourire car le monstre jouait avec un sac en plastique (de la supérette Canton 400 S. Campbell St. – El Paso).

— Le Lama, a dit Fletcher. Il fait sa sieste où ?

— Le chantier, a bredouillé El Tumor, rue Aguilera.

Fletcher le dévisageait l'air si fou qu'il a tendu sa main tremblante et cafouillé :

— Je vous jure, parole !

— « Parole » ! a répété Drake.

Fletcher n'a pas pu résister. Il a pris son calepin et a dessiné la balance. Avec son stylo à encre de Chine. El Tumor hésitait sur la contenance à prendre. Il a rentré le ventre ce qui l'a fait péter. Le singe s'est marré. Drake n'a pas pu s'empêcher de jeter un œil sur le dessin que faisait le zombi. Il a trouvé que c'était inquiétant, comme si on « entendait » qui était El Tumor. Bien plus fort qu'une ressemblance. Fletcher a rempoché son calepin. Il était paumé, s'est tiré. Drake s'est rapproché d'El Tumor.

— Des nouvelles de Vern Carroll et Jack Smith ?

El Tumor a fait non de la tête.

— T'as mauvaise mine, a dit Drake, tu risques bien de pas faire long feu. Je vais demander à la Virgen de prier pour toi.

— Ah non ! s'est écrié El Tumor, ah non, capitaine ! Faites pas ça.

La Vierge aux corbeaux foutait la trouille par ici, plus que la Madre General, basée de l'autre côté de la frontière avec son squelette et son giton. Et morte au matin. À noter que tout ce qui foutait la peur était féminin : la mort, la chatte, la Madre

General, la Virgen con cuervos, la bite, le chien, le couteau. La bombe, le napalm. Tout quoi ! Drake a rejoint Fletcher dans la cour. Ils se sont dirigés vers le Cercueil. Drake a bousculé Fletcher qui l'a bousculé à son tour. Ainsi allait le cours de leurs existences. Ils avaient mis les doigts dans une histoire et se laissaient entraîner par elle. Non pas insouciants, fatalistes, mais *ante mortem,* l'un et l'autre encore.

Le Lama

> « Il s'y rencontre des points obscurs, que les gens sans instruction et sans fermeté détournent de leur sens… »

Ils s'étaient glissés dans une ouverture de la palissade couverte d'affiches. Un bull avait jadis commencé à déblayer les gravats et s'était arrêté au milieu du terrain de la superficie de deux courts de tennis et bordé sur trois côtés par des baraques. Il faisait 45 °F au thermomètre oublié sur un mur tapissé de fleurs rouges. Burt broutait ce qu'il pouvait, préservatifs, herbe sale, pain moisi, un peu de plâtre en guise de sel. Il a feint de ne pas voir Fletcher et Drake. C'était un animal qui ne manquait pas d'expérience, nonobstant il n'était au générique de rien du tout. Personne ne ferait sa biographie. Ils sont entrés dans l'immeuble en démolition longue durée. Le chantier avait été arrêté suite à une décision de justice. Un jour ou l'autre tout s'écroulerait car ce qui restait de la baraque ne tenait que sur une guibole et bien mitée. Il fallait baisser la tête pour passer sous une dalle soutenue par des étais rouillés. Drake a grommelé qu'on n'y voyait pas plus que dans un cul.

Le Lama a surgi et détalé. Drake s'est baissé et a ramassé une grosse pierre qu'il a lancée. Il aurait adoré le bowling s'il avait été complètement con. D'ailleurs, il a fait un strike. Le Lama a encaissé la pierre entre les omoplates. Il a gémi et s'est écroulé comme une pièce montée.

— Tes godasses, a dit Drake.

Le Lama s'est contorsionné, assis et déchaussé en geignant et en jurant qu'il n'y était pour rien, que ce n'était pas lui. Pas de chaussettes… *TOO WASP*. Il a exhibé des panards nus. Ses orteils ressemblaient à de la réglisse à sucer mais il fallait être dément pour lui sucer quelque chose. Fletcher a inspecté les godasses. Il les a jetées à côté du Lama. Il lui a fait les poches, trouvé des chaussettes, les chaussettes du Marine qui avaient servi de mouchoir, de branloire.

— Pourquoi tu mets pas de chaussettes ? lui a dit Drake en lui pinçant la bajoue.

— Pas l'habitude, a répondu le Lama.

— Tu connais *El Paso, ville sans loi* ?

Le Lama a bafouillé qu'il ne comprenait pas.

— Le film de Foster, tu connais pas ? Musique de Darrell Calker… Tu t'en fous… T'es borné… Et pourtant le héros s'appelle Fletcher, oui Fletcher ! Et qu'est-ce qu'il va te faire, Fletcher ? Moi je le sais.

Fletcher a menotté les mains du Lama dans son dos. Sans délicatesse en disant : « Ce que tu lieras sur la terre sera lié dans les cieux, et ce que tu délieras sur la terre sera délié dans les cieux. » Le Lama pleurnichait et jurait, jurait qu'il n'avait rien fait (comme si c'était possible !).

— T'as qu'à aller au cinéma plus souvent, lui a conseillé Drake.

— Tu sais, lui a confié Fletcher, c'est compliqué les histoires.

On n'est pas obligé de savoir que tel acte entraînera en réponse tel autre acte de nous ou d'un tiers. Tu me suis ?

Le Lama a hoché la tête pour ne pas énerver l'Albinos qui au Segundo Barrio avait une réputation de merde, et si les gars du quartier avaient connu le mot psychopathe, ils le lui auraient attribué à l'unanimité.

— Raconte, a dit Drake.

Il a sorti son sac à étouffer et son latin : «*Absit reverentia vero*[1]». Le Lama a voulu se relever, se tirer. Fletcher l'a ceinturé. Drake lui a passé le sac sur la tête. Le Lama aurait voulu se débattre. Tu parles ! Drake lui a noué un garrot autour du gosier en lui disant qu'il avait un cou de taureau, que c'était plus long à mourir.

— Bouge pas, tête de Picasso, a-t-il conseillé, économise l'oxygène.

Il a sorti son paquet de Lucky et l'a tendu à Fletcher qui a lâché le Lama. Il a titubé, fait quelques pas chancelants et s'est agenouillé, agité de spasmes. Les deux salauds ont allumé leurs clopes. Drake a dit que le tabac était bon pour tout ce qui était périssable. Phrase complexe à déchiffrer. Il fallait signaler quelque chose d'important sur les sacs Canton, etc. Fletcher et Drake ne les avaient pas choisis à la légère. Pour eux le sac plastique à étouffer était une évolution par rapport au Zyklon B. Moins difficile à mettre en œuvre, moins cher, plus efficace. Eux savaient ce qui s'était passé par ici il y a de ça une quarantaine d'années. Dans les années vingt, le gouvernement des States avait développé le Zyklon B. Ils l'avaient essayé dans la zone frontière El Paso/Ciudad Juárez. Sans fanfaronner, sans pub, ni déclaration publique. En théorie pour

1. «Ne craignons pas de dire la vérité.»

éradiquer le choléra et le typhus. Ils passaient les chicanos, les Mexicains au DDT, et leurs vêtements, les wagons dans lesquels ils avaient voyagé au Zyklon B. Très efficace. Les nazis en avaient entendu parler. Ils avaient drôlement aimé. Un de leurs médecins, en 38, avait écrit un article dans le genre : « Le Zyklon B à El Paso, la solution d'éradication ». Par la suite, ils avaient prolongé le programme américain à leur manière avec la Solution finale.

Les Blancs américains, à force de croire en Dieu, se pensaient exemptés d'enfer et faisaient leurs petites saloperies en prêchant les bonnes manières. Il ne fallait pas oublier si tu vivais par ici aux States qu'il y avait des blattes en quantité. Il suffisait de mater la photo de McCarthy par exemple, celle de Nixon… Des blattes, oui. Des blattes avec des croix gammées sous les pattes (ça se disait que le maire de Ciudad Juárez avait racheté leur vieux stock de Zyklon B à la police des frontières pour se faire les Oiseaux qui avaient franchi le Rio Grande et squattaient désormais le Segundo Barrio).

Mais tiens, on aurait pu penser que le Lama était en train de mourir. Il était tout agité de soubresauts et de spasmes. Fletcher a tiré sur sa clope et lui a dit :

— « Écoute les conseils, et reçois l'instruction, afin que tu sois sage dans la suite de ta vie. »

Un jour, il foutrait sa Bible à la poubelle. Il en avait marre. Il a exhalé de la fumée et dénoué le garrot en disant :

— Faire très peur pour moins faire souffrir, moins tuer…

— Faire souffrir modérément pour ne pas tuer excessivement, a rajouté Drake.

Le Lama a arraché le sac plastique, projetant des déjections un peu partout. Le Lama a râlé, essayant d'aspirer l'air lourd comme de la pierre. Il avait les yeux révulsés. Il est resté couché dans les gravats, agité de spasmes. Drake a apporté une chaise défoncée et s'est assis à côté du Lama.

— Ça va ? Tu récupères ?

Le Lama s'est redressé – il avait mauvaise mine.

— C'est pas moi, a-t-il mâchouillé, c'est pas moi... Je vous le jure.

— Tu veux retourner dans le sac ? lui a dit Drake. Bien sûr que c'est toi, là, c'est toi. C'est bien toi qui pues ? Dis pas que c'est pas toi, ça m'énerve et c'est pas bon pour toi... Allez, raconte le film...

— J'avais fait un peu de cuivre.

— Où ça ?

— Sur le chantier près du Rio... Je passe toujours par là, c'est calme...

— Quand ?

— Dimanche vers les minuit.

Fletcher et Drake l'avaient trouvé lundi vers les 10 PM. Drake a tendu son paquet de Lucky au Lama qui s'est servi avec appréhension.

— Si je t'aime bien, a dit Drake, je te préfère mort... L'oublie pas.

Il a allumé la cigarette du Lama avec son briquet – il a tiré sur sa clope qu'il a jetée.

— J'ai vu des phares, a dit le Lama. J'ai pensé à une patrouille... Aux Vautours.

— Embraye, a dit Drake.

— Je me suis planqué dans la ruine, vous voyez ?

— Je vois pas, je t'écoute.

— V'là une Plymouth qui se pointe, s'arrête. Je vois trois gars qui en sortent... Un gros qui boite.

Fletcher et Drake se sont regardés... Ils étaient trois. Trois Nettoyeurs... Dont un gros avec une godasse orthopédique.

— Ils ouvrent le coffre, s'est souvenu le Lama, et en tirent un type qui a l'air d'être mort, raide mort... Un jerricane d'essence pour le faire flamber. Ils vont le débarrasser là-bas et j'entends le coup de feu... Je me dis « C'est quoi ces gars qui tuent un mort ? »...

— Tu dis des trucs comme ça, a remarqué Drake tout doucement, mielleux presque.

— Mort, a susurré Fletcher. Mort, tu penses ?

Ses yeux luisaient, il foutait les jetons. Le Lama a hoché la tête, il ne voulait pas retourner dans le sac. Il devait tout cracher sinon... Il retournait dans le sac et il crèverait.

— Mort, a-t-il répété, enfin... C'était tout comme... Là-dessus, j'entends la sirène. Les gars doivent l'entendre aussi et ils se tirent... C'est pas tout... Y a un autre truc.

— Ah ouais, a fait Drake. Sacrée soirée... Raconte.

— Z'avaient des gants et des masques.

— Et des antennes, ils en avaient ? a grommelé Drake. Gare !

— Parole, c'est vrai ! s'est écrié le Lama. C'est vrai !

— Des masques ? s'est renseigné Fletcher. Quel genre ?

— En papier, je crois. Comme à l'hôpital.

— Et des gants, a précisé Fletcher. C'est ce que tu as vu sans être vu...

Le Lama s'est affolé.

— Je vous jure ! a-t-il couiné. Faut me croire ! Le gars qui conduisait les a enlevés avant de monter dans la bagnole, les autres, pareil.

— Et le jerricane ? a dit Drake.

— Ils l'avaient plus.

Ils l'avaient balancé. Fletcher s'en est voulu de ne pas avoir mieux cherché. Il distinguait le prédateur des profondeurs ondulant dans la mer de goudron. Le requin noir, c'était bien connu des enculés, était bien plus dangereux que le blanc. Moby Dick n'était qu'un chiffon blanc inventé par Melville pour se raconter une histoire. Dans l'histoire du requin noir, il n'y avait pas d'histoire, pas de fin, pas de début, ni de baleinier. Il y avait une Coiffeuse pour trimballer les refroidis et un Cercueil qui zigzaguait lentement dans les bas-fonds. Dans l'histoire du requin noir, pas de traque, de quête. Dans cette histoire du requin noir, tout était concentré en un seul minuscule atome, un point final à l'encre noire. Cet atome au cœur qui battait à son pas funèbre, Fletcher marchait avec, dans sa geôle. Il était dans l'histoire du requin noir depuis tout le temps. Elle en croisait d'autres, en suscitait d'autres. Elle avalait tout sur son passage. La mort ne faisait pas bander Fletcher, il ne bandait pas. La mort avait emporté son frère. Il la traquait pour le retrouver. Il a dévisagé le Lama, cherchant sur sa face le reflet d'une quelconque beauté.

— Tu connais Philippe de Champaigne ?

— Non ! Que dalle ! s'est exclamé le Lama. J'sais pas qui c'est ce con-là ! Me foutez pas ça sur le dos !

Le Christ vêtu de rouge se levait, refusait son supplice et sauvait ainsi le monde. Le rendait libre, ne l'enchaînait pas au sacrifice.

— Et la sirène ? a dit Drake qui jouait avec sa boule de billard.

— Les Vautours… Ils sont passés à fond les ballons.

Ça se tenait… Les tueurs avaient dû se garer trois cents pas plus loin, dans un décrochement de la piste. Les Vautours ne les avaient pas remarqués, fascinés par leur désir de rapine et de baise.

— Le gars, il avait quoi dans son portefeuille ? a questionné Drake.

— Rien ! Rien.

— Et le numéro 13 ? a dit Drake en brandissant la boule. Tu la veux dans les dents ?

— Je vous jure ! s'est écrié le Lama. Je vous le jure !

— Jure pas, a dit Drake, c'est pas chrétien. Ça offusque, là-haut ! Ça les rend méchants et moi pareil.

Le Lama a dit pardon.

— La Plymouth, a continué Drake, raconte un peu ?

— Une Fury, plutôt neuve, noire, quatre portes. Des plaques de Californie.

— Le gros qui boite, raconte ? a dit Fletcher.

— Un peu chauve, les cheveux noirs sur le côté… Luisants.

— Les autres ? a fait Drake.

— Le conducteur, c'est une baraque.

Le requin noir filait à contre-courant dans sa nuit, partait avec son écheveau de faits, de sensations. Pour vivre et avoir l'impression que ça servait à quelque chose, il fallait s'accrocher à une légende, voire la fabriquer. Fletcher dissociait les légendes et les mythes. Les mythes pour lui, Rollie Fletcher, c'était de la branlette, de la merde en barre. Tous les impuissants s'en servaient pour faire semblant de dire quelque chose. Les légendes établissaient la suprématie du on-dit sur la véracité. Le requin noir n'était pas une légende, pas une histoire, il était l'élément offensif de l'antimonde. Cet arrière-plan qu'on distinguait sur les bords de sa vision, ces choses confuses qui se mouvaient fugacement. Et bien sûr dans toutes les œuvres, cette intrusion de quelque chose (à mort la vie mais quoi d'autre ?).

— Et l'autre ? a dit Fletcher, le troisième ?

Le Lama a hésité et s'est décidé :

— Un peu… Il faisait presque… Genre une femme.

— Une tante tu veux dire ? a rebondi Drake.

— Non ! La façon de se tenir…

Une femme ? Fletcher et Drake étaient perplexes.

— Tu les as déjà vus ? s'est rencardé Drake.

Le Lama a fait non de la tête.

— Des nouvelles de Vern Carroll et Jack Smith ?

Le Lama a hésité. Drake l'a noté et lui a tordu une oreille en le prévenant qu'il allait perdre une couille. Le Lama a gueulé comme s'il souffrait (il était comédien !).

— Ouais, a dit Drake, tu voulais dire ?

— C'est deux mecs qui ont fait le coup… Rien à voir avec un gang.

— Qui c'est qui t'a balancé ça ?

— Goldie.

— Laquelle ?

— Goldie-la-pipe.

Sa spécialité… Elle avait su utiliser son handicap, son prognathisme pour gagner sa mort prochaine (plus elle suçait plus elle se shootait).

— Raconte ? a dit Drake.

— Elle en faisait une le jour où c'est arrivé… Elle a entendu les détonations et a cessé de sucer le mec au moment où il foutait… De là où elle était, elle a maté les gars tirer au fusil… Avant de se barrer.

— Pourquoi ?

Le Lama a haussé les épaules.

— Elle a couru après l'empaffé qui en avait profité pour pas payer.

— Et pourquoi elle t'a dit ça ?

— On se soutient, a répondu le Lama. On se connaît ça fait…

Tout juste s'il n'allait pas chialer. Ils l'ont laissé. Fletcher s'est retourné pour le dessiner. Passer une pointe dans une flaque de goudron ou de peinture noire, le faire apparaître sur le papier… Mais Fletcher n'a pas dessiné le Lama. Il s'est souvenu de son grand-père qui lui avait posé le pique-feu porté au rouge sur la main en lui disant : « Si tu te touches, je le saurai et le châtiment sera à la hauteur de ta faute. » Il avait gardé la marque de l'avertissement sur la paume de sa main gauche. Ce n'était que plus tard qu'il avait compris à quoi faisait allusion son aïeul, s'il avait pu il l'aurait tué. Il s'était contenté de l'enterrer.

Burt

« Lamente-toi, comme la vierge qui se revêt d'un sac pour pleurer l'ami de sa jeunesse ! »

— **D**eux gars, a fait Drake en sortant de l'immeuble en démolition.

Il a plissé les yeux, ébloui par le soleil ou Burt qui mastiquait du chewing-gum – il en avait plein la gueule. Drake s'est retourné vers Fletcher qui est apparu.

— Deux gars, c'est marrant, a poursuivi Drake. Tiens, ça me fait penser à deux gars.

Il a donné une Lucky à Burt qui l'a bouffée sans cracher son chewing-gum.

— Ouais, a susurré Fletcher, deux gars qu'on connaît.

— Y en a un qui s'est vanté ce matin de savoir que ces pauvres flicards avaient été dégommés au double zéro.

Ils devaient convoyer des valises comme Fletcher et Drake. Ils avaient peut-être regardé dedans ? S'étaient servis ?

— Ils ont p'têtre eu des mots ? a dit Drake. C'est ça que t'imagines ?

— Une mésentente, oui.

— Et y a toujours des perdants.

Drake s'est curé les dents avec son épingle de sécurité qu'il avait au revers de sa veste.

— T'sais combien on a filé aux veuves de Vern Carroll et Jack Smith, Rollie ?

— Pas idée.

— Dans les sept cents.

Drake a crachouillé et refermé son épingle de sécurité.

— Pour dire la vérité, a-t-il confessé, j'suis pas loin d'avoir l'idée de les émincer ces deux nègres dont t'as parlé… Pas loin… Même pas un poil de cul.

— J'aime pas Octavio Paz, a dit Fletcher.

— Moi non plus… Qui c'est ?

— Un pauvre écrivain souvent cité par Zamora.

— Ah ce « Kike »…

Là-dessus, il a repéré quelque chose qui brillait. Il s'est baissé et l'a ramassé. C'était du jais, noir et luisant, une pierre détachée d'une parure. Il l'a gardée dans la main, en ayant un sentiment comparable à celui éprouvé quand on n'arrive pas à retenir une idée et qu'elle s'enfuit, nous laissant avec un sentiment de frustration. Ce sentiment furtif a fait place à un autre, plus étrange – un bref instant la peur d'avoir commis quelque chose d'irréparable. Les poulets étaient tous superstitieux, il ne fallait pas chercher pourquoi on coupait les pattes aux lapins dans ce pays. Néanmoins Drake n'était pas masochiste. S'il avait ramassé cette pierre de jais, c'était que le jais éloignait la Poisse, le mauvais sort, les maléfices, les entités. Pas confondre entités et Martiens. Si les Martiens avaient le rayon de la mort, les entités, elles, étaient la mort, venaient de l'autre côté du monde où ça rigolait moins que derrière le rideau de fer. Et en toute logique, il valait mieux se prendre la tête avec un Martien qu'avec une entité, tout le monde était d'accord là-dessus.

Il a rattrapé Fletcher et ils se sont glissés dans l'ouverture pratiquée dans la palissade qui fermait le chantier. Burt a craché. Si on avait été dans une autre histoire que celle du Marine mort à El Paso, il aurait pu se passer ceci ou cela. Mais il ne s'est rien passé que le temps.

La baie des Cochons

> « Maudit soit celui qui fait avec négligence l'œuvre de l'Éternel, maudit soit celui qui éloigne son épée du carnage ! »

« Cache ta joie », disait le frère de Fletcher. Leur grand-père n'aimait pas ça. Pour lui, c'était aussi infernal et inadmissible qu'une érection. La seule joie qu'il admettait c'était la souffrance du Seigneur. « Ne croyez pas la Bible en ce qu'elle promet le pardon », disait-il. Et il persévérait : « Il n'y aura pas de pardon. Dieu ne nous pardonnera pas la mort de Son fils, sachez-le. Préparez-vous à souffrir sur terre et en enfer. »

Fletcher a essayé d'oublier ce jour où il lui avait semblé voir son père. Là, de l'autre côté des voies. Le long train hurlant avait défilé et le père n'était plus là. On ne retrouvait son père qu'une fois. C'était comme la mort, il n'y avait pas de deuxième chance. Le vent sentait le Rio Grande qui coulait, écrasé par le tuyau d'échappement du ciel gris et crade. Triste frontière propice à la misère, à l'injustice et à la honte. Il suffisait d'avoir en mémoire le regard de Gabe, la veille. Ses mains. Son isolement. Il suffisait d'admettre qu'il était fait pour souffrir, crever la dalle, mourir sur un tas d'ordures.

Le jour faisait résonner autrement la scène de crime. C'était un drôle de lieu, sauvage, désolé. Pourtant la civilisation était là, on l'entendait ronger son os. Le loup, lui, n'était plus là. Fletcher s'en est voulu de ne pas lui avoir accordé plus d'attention. L'inattention tuait à sa manière. Il avait tué et ne le regrettait pas. La mort se partageait toujours, entre elle et la vie, entre celui qui mourait et celui ou celle qui tuait. Il a eu le sentiment qu'il pouvait sortir du piège.

Il avait vu leurs mégots de la veille, l'empreinte de Burt, celles du gars à la godasse orthopédique. Il avait fait plusieurs cercles lorsqu'il a aperçu le jerricane sous un Honey Mesquite (*Prosopis glandulosa*... Les Comanches mâchaient leurs feuilles pour soulager leurs maux d'estomac). Il l'a empoigné. Il restait un peu d'essence dedans, de quoi faire le plein d'un Zippo ou deux. Il l'a laissé sous l'arbuste. Il finirait par rouiller, la nature avait besoin de fer. Un peu plus loin, Drake était assis tête baissée. Il scrutait sa main droite. Posé devant lui, un sac publicitaire de la supérette Canton 400 S. Campbell St. – El Paso. La radio du Cercueil bourdonnait comme un essaim de cloportes. Fletcher s'est assis à côté de Drake. Il lui a tendu son paquet de Lucky. Un filet de sang sortait de la narine droite de Drake, coulait sur sa bouche, son menton. Il a pris une clope, s'est essuyé le nez du revers de la main.

— Une femme ? a dit Fletcher.

Drake avait bien entendu l'interrogation, il la partageait.

— On ira nulle part si on se centre là-dessus, a-t-il soutenu.

On pensera à ça et pas au reste. Ce qui compte, c'est de remonter jusqu'à eux.

Il avait raison. Combien de trous dans le canevas de Pénélope ? Ça aussi c'était une énigme qu'il valait mieux mettre de côté. Drake a exhalé de la fumée en marmottant : « *Cibi condimentum est fames*[1] ».

— Bien voilà, a-t-il repris, le gars est un Marine. Blessé à Chosin, décoré, y a des chances… Il a peut-être rempilé dans l'armée ou trouvé un job qui convient à un ex-militaire ? Ou il a déserté. En tout cas, il revient du Mexique ou d'ailleurs en Amérique centrale. On peut supposer qu'il trafiquait, des armes, de la came ? Des femmes ? Il a peut-être croisé la route de la mafia… Ou c'est une taupe de la CIA ? Il a couché avec une pute qui lui a filé des morpions. Il a séduit ou a eu le coup de foudre pour une gamine qui est la fiancée d'un flic plutôt pourri.

Drake a écouté la montre coco, a secoué le poignet et a dit que ce n'était pas naturel qu'elle ne marche pas. Ils ont laissé défiler trois Starfighter qui pissaient leur saloperie de combustion à basse altitude pour repérer des cocos ou des maquisards castristes. Là-dessus, un roadrunner préoccupé par le cours des choses a filé devant eux sans les voir. Fletcher a pensé que la bestiole avait une tête à la Ronald Reagan comme le gamin chez les Perry avait une coupe de cheveux à la Ronald Reagan. Possible que l'acteur se multipliait par scissiparité, toutes les minutes.

— Tu racontes ça comment, Rollie ? s'est enquis Drake, à mi-voix comme s'il entendait un Ave Maria.

1. « La faim est l'épice de tout plat. »

Fletcher était dans l'expectative, cette affaire était sans forme, furtive.

— Je pige pas, a repris Drake. Ça me glisse entre les doigts.

Il a tiré une longue bouffée en se tenant la tête, au risque de fiche le feu à sa touffe de cheveux. On aurait dit qu'il posait. Pas pour Philippe de Champaigne, pour un gars de l'ère atomique qui le peindrait comme on goudronne une route. Fletcher a pensé à la flaque de peinture blanche et au goudron. Au bitume, c'était plus certainement le mot qui convenait. Il avait envie de couler un chemin de bitume, que personne ne connaîtrait. Une coulée de bitume dans un coin où personne ne passait. Elle s'inscrirait dans le paysage, irait de là à là. Fletcher avait compulsé jadis des photographies d'un affleurement bitumeux. Des hydrocarbures qui remontaient à la surface par une cheminée volcanique, mélangés à de l'eau salée. Une coulée noire et scintillante. Mystérieuse. Cachée en pleine nature tel un accouchement secret. Fletcher respirait difficilement. Il avait envie de sentir le bitume, de se pencher au-dessus de lui pour tenter de se voir. Il a rencontré le regard de Drake et s'est senti rougir... Il a essayé de relancer le truc :

— Il est mort, vraisemblablement tué par ceux avec qui il avait rendez-vous. Empoisonné ? Mais les projections de sang sur le col de la chemise, le costard... Il faudra voir ça avec Booker... Et ensuite les types l'ont balancé dans la nature.

— Ils lui ont mis une balle dans la tête pour faire règlement de compte... Ils voulaient le flamber pour effacer les empreintes.

Seulement, ils portaient des gants et des masques. C'était comme un panneau « Alerte rouge ». Les tueurs de la mafia ne portaient pas de masques en papier. Les gars qui portaient ce genre de masques, c'était dans le but de ne pas inhaler quelque substance toxique, de ne pas refiler leurs microbes… Des techniciens, toubibs, dentistes… Les tueurs craignaient une contagion *post mortem* ?

— C'est un mur, a dit Drake, ça nous arrête cette histoire de masques et de gants. Il faut l'escalader pour voir ce qu'il y a derrière.

— À ton avis, Will ?

— Tu imagines qu'on bute un gars parce qu'il est contagieux, tu imagines ça ?

Oh oui ! Fletcher bichait, ça lui plaisait cette histoire.

— Si tu imagines ça, Rollie, a conclu Drake, à mon avis, on est dans les embrouilles… Les bonnes grosses qui puent.

Fletcher a entendu son aïeul lire la Bible, au soir, Rollie était mort, mort et ça n'en finissait pas.

(Car le figuier ne bourgeonnera plus ;
Plus rien à récolter dans les vignes.
Le produit de l'olivier décevra,
les champs ne donneront plus à manger ;
Les brebis disparaîtront du bercail ;
Plus de bœufs dans les étables.)

Fletcher avait une idée sur le type de contagion dont pouvaient se méfier les tueurs. Mais c'était un peu « biblique », tiré par les cheveux. Drake a pioché deux Budweiser dans le sac à étouffement et les a décapsulées une à une avec son arcade sourcilière droite. Il a roté pour favoriser la descente des bulles. Ils ont bu au goulot en considérant les spéculations et les emmerdements croître dans le grand champ de l'enquête pour homicide.

— Trois exécuteurs au travail, a dit Fletcher, on peut envisager des militaires.

— Des militaires qui tuent un militaire, ça se tient. Ce qui ne tient pas, c'est que notre macchabée pensait se tirer avec une poule… Un mec en fuite ou avec un contrat sur lui perd pas de temps à flirter.

— On a pensé à la CIA, à la mafia, à l'Amérique centrale… Et maintenant à des militaires.

— Le Guatemala, a avancé Drake, le Nicaragua…

— La baie des Cochons.

Le fiasco de la baie des Cochons, voulu et organisé par la CIA.

— Il serait resté là-bas le temps de se faire oublier, a dit Drake.

Ils ont fini leur bière en allumant des clopes. Que le Marine ait participé à cette mascarade tenait la route. C'était illustré par l'histoire de la connerie humaine. Des soldats de fortune. Des instructeurs militaires plus ou moins officieux, comme Fletcher au Viêt Nam, il y en avait dans tous les coups foireux. Ce qui coinçait, c'était ce mélange mafia/exécuteurs masqués et gantés. On changeait de registre… En fait ce n'était plus la même histoire. C'était une histoire inconnue.

— Les Vautours disparus, a dit Drake, pourquoi ils ne sont pas revenus finir le travail ? Ce n'est pas le Lama qui les aurait arrêtés ? Ils étaient pressés… Un autre contrat ?

— La fille ?

Drake était d'accord.

— La fille… La fille, c'est possible.

Des gars qui tuent avec des gants et des masques tuaient sans… Ils ne renonçaient pas. Si Rosamar Torres était incluse sans le vouloir dans leur mission, ils la trouveraient et l'auraient – ou c'était déjà fait.

— Les stations-service à la sortie de la ville, a dit Drake, les motels dans un rayon de…

Drake s'est tu. Fletcher épiait le loup qui n'était plus là. On pensait la vie immuable – tu parles. Fletcher se disait qu'il pouvait imaginer être heureux, ce qui lui aurait semblé impossible, ridicule la veille. Au fond, il fallait y croire. La porte invisible rendait possible l'impossible. Oui, mais le mot ? Il en faisait quoi ? Le mot. Holly, Holly Howell. Sa voix. C'était comme si elle était là, avec ses yeux violets… Et Fletcher a compris qu'il n'y avait pas que l'histoire du Marine mort à El Paso, il y avait celle de Holly Howell. Et l'histoire de Holly Howell rencontrait la sienne, celle de Rollie Fletcher, l'imposteur.

Les Vautours

> « Là le serpent fera son nid, déposera ses œufs, les couvera, et recueillera ses petits à son ombre ; là se rassembleront tous les vautours. »

Fletcher et Drake descendaient la rampe d'accès qui menait au garage du poulailler. Ils avaient l'air normal et pas du tout. Deux pères de famille qui auraient bouffé leurs gosses et leurs femmes pour enfin vivre sans culpabilité. Ils sont parvenus dans le garage. Ils connaissaient le topo : des patrouilleuses, une dépanneuse et les voitures perso des poulets. Pas d'œuf, pas de plumes (ni de fientes car on avait inventé le papier dit hygiénique ; et les chiottes). Au fond, sur la droite, c'était l'atelier de maintenance. Pour l'entretien de routine. Les plafonds étaient assez bas, ça faisait les corps un peu voûtés. On entendait un raclement sporadique, un bruit de branlette amplifié par un organe de grosse nature. Un Godzilla issu de la copulation d'une Longhorn et du sperme congelé de Davy Crockett qui nettoyait les intestins de l'hôtel de police pour y bouffer tous les cauchemars, les envies de baise qui traînaient là-dedans. Il n'y a rien de pire que la rancœur a pensé Fletcher (pour le poème à suivre, pas d'inspiration).

En attendant la saison des miracles, les Vautours étaient en train de préparer leur Chevrolet Bel Air pour leur tournée de nuit, ils avaient leurs uniformes, pas leurs casquettes. Leurs visages étaient blafards et simiesques à cause des néons. Fletcher les voyait dans leurs vignettes. Putain de monde de bêtes dégénérées. Buster Day, le plus petit du couple de Beaky Buzzard, devait se cirer le crâne tant il brillait. C'est lui qui s'est aperçu en premier que les deux pourris étaient là. Ils étaient arrivés sans bruit, ces salopes. Il paraissait qu'à Chicago on les appelait les Cookies. Buster Day a toussé.

— Pourquoi que tu tousses comme ça, a dit Clint Kelton. T'as tes règles ?

Et il a aperçu les Sacs plastiques. Il était en train de lustrer leur patrouilleuse avec une perruque blonde. C'était connu à El Paso chez les piafs que les perruques c'était ce qui allait le mieux pour faire briller tôles et chromes. Les Vautours avaient gagné l'année dernière le concours de la patrouilleuse la mieux entretenue d'El Paso. C'était la première édition (pour la prochaine, ils seraient décédés). Toujours le bruit de branlette, quelque part un prolétaire devait bosser, vendre sa sueur à faire des conneries sans nom.

— Vous voulez quoi ? a dit Clint Kelton. Barrez-vous, vous puez.

Il avait une voix de fillette qui se serait torché la gueule régulièrement. On disait qu'il était du Klan, mais il était trop con.

— Vous la jouez pas, a renchéri Buster Day, on connaît des puits chez les macaques.

— On vous y balancerait bien, s'est réjoui Clint Kelton.

— Allez du balai, les pédés, a renchéri Buster Day.

Drake n'avait jamais imaginé que lui et Fletcher passent pour des tantes... Ça l'a troublé. Fletcher, lui, a senti l'odeur du goudron. Il a frissonné. Craint d'avoir une hallucination ou d'entendre son frère. Il a pensé à Zork, ça lui a fait du bien.

— On se tenait dans nos bras, a-t-il balbutié.

Clint Kelton l'a toisé, genre un Beaky Buzzard qui aurait trouvé un hamburger dans un nid de frelons.

— De quoi que tu racontes ? s'est-il étonné.

— « Et on sortira pour voir »...

Fletcher s'est tu et a continué en lui le passage de la Bible et ses lèvres studieuses remuaient telles des limaces blêmes, dévorant des rimes :

Les cadavres des hommes révoltés contre moi ;
car leur ver ne mourra pas
Et leur feu ne s'éteindra pas,
Ils seront en horreur à toute chair.

Les Vautours n'étaient pas loin de lui mettre un coup de Fly-Tox. Drake a pigé que Fletcher planait très haut. Très, très haut. Il a dégainé sa flasque et l'a tendue à Buster Day qui a repoussé son impulsion de picole.

— Bois d'abord, a-t-il dit.

Drake a humé la bibine avant de s'en coller une lampée. Il a donné la flasque à Clint Kelton. Les Vautours étaient de sacrés buveurs, ça leur arrivait de finir leurs tournées plus que bourrés... Carrément décalqués. Clint Kelton a bu longuement et a tendu la flasque à Fletcher.

— Je crois bien que je l'ai vidée, a-t-il prévenu en se marrant.

Fletcher l'a remercié – l'odeur du goudron l'enivrait, lui faisait tourner la tête.

— Vous voulez quoi ? a rembrayé Clint Kelton un poil décontenancé. Sucer nos queues ? Dans ce cas, venez aux chiottes avec nous.

— On a réfléchi, a certifié Fletcher, oui on a réfléchi.

Les yeux dans les talons.

— Tiens, tu parles ? a remarqué Buster Day.

Fletcher a opiné avec une expression quasi extatique. Il foutait les jetons. Les Vautours étaient drôlement dans l'expectative. L'Albinos allait se mettre à aboyer ou un truc plein de similitudes. Drake devait reprendre le contrôle de la situation :

— Ouais, on a réfléchi... Et on s'est dit que ça serait mieux si on marchait ensemble.

— Si on marchait ensemble ? a répété Clint Kelton.

— Associés, a sous-titré Drake.

Fletcher a hoché la tête et bafouillé un truc inaudible. Drake a mis ses mains dans ses poches et a serré un instant la pierre de jais. Censée éloigner les entités et pas ces deux tas de merde qu'on appelait les Vautours.

— Associés, a rabâché Buster Day. Associés de quoi ? Pourquoi ?

— On n'a pas le réseau qu'il faut, a dit Drake.

— À cause de vos p'tits zobillons, a fait Buster Day.

Il s'est esclaffé. Et l'autre Beaky Buzzard pareil... Et aussi Fletcher et Drake. Pour dire qu'ils riaient tous les quatre. Si on faisait de la psychologie en solde, on pouvait établir avec une marge d'erreur de 0 % que les Vautours étaient flattés. Les Sacs plastiques venaient à eux, quémandaient une association comme les deux tantes aux culs ridés qu'ils étaient. Un con vaniteux mourait plus vite qu'un con droit et juste. Fletcher a marché en direction du bruit, suivi des yeux par les Vautours qui ne pigeaient pas.

— Quinze livres de marie-jeanne, a attaqué Drake pour détourner leur attention.

Les Vautours ont tressailli. Ils n'avaient pas l'habitude des gros coups. C'était des usuriers, des petits joueurs de l'ère prégénitale. Quinze livres de marie-jeanne, c'était une grosse rentrée de blé. Inespérée pour des bras cassés.

— Vous avez le client ? a poursuivi Drake.

De nouveau, les Vautours se sont dévisagés pour définir leur stratégie de buses.

— Cinquante-cinquante, a dit Clint Kelton. Sinon allez vous faire traire.

Il se la jouait Scarface, le dur impitoyable. Le boss de la négociation à la Chicago Typewriter. Drake a fait mine d'accepter ça à contrecœur, de se faire forcer la main. Il a soupiré en ménagère qui enfilait ses bas varices.

— On vous livre ça ce soir, a-t-il dit, dans votre caravane.

Les Vautours bichaient ferme – ils n'auraient pas dû. La réflexion n'était pas leur fort.

— Ah puisqu'on est associés, a ajouté Drake, faudrait laisser la Madre General tranquille.

— Ah oui, a fait Buster Day.

Il n'est pas allé plus loin… Pour lui la vieille salope était morte au matin méchamment plombée et son giton pareil… Mais fallait se méfier avec les Sacs plastiques. Drake était hideux et stupide… Vicieux… Et prof de tir à l'Académie de police d'El Paso. Ce type-là, à trente pas, logeait six balles dans le mille. Pas si facile que ça de lui couper les pendeloques tout en la lui mettant bien au fond.

— Pourquoi ça ? a tonné Clint Kelton. Pourquoi ? Elle est morte.

Il ne se sentait plus péter, avait un ego qui avait pris cinq étages minimum.

— On la protégeait, a répondu Drake.

Il se marrait. Les Vautours étaient si bornés qu'avoir affaire à eux était un vrai divertissement.

— Pour finir, on l'a bien eue, a menti Drake.

— Comment ça « qu'on l'a bien eue » ? s'est étonné Clint Kelton. Comment ça ? Qui ?

Il ne comprenait plus rien. Les Sacs plastiques disaient protéger une morte qu'ils auraient flinguée ? C'était louche. Il devait y avoir du fric à faire. Il a dévisagé Buster Day... Ils se sont sentis très forts. Intelligents. Manipulateurs. Ils seraient tantôt les parrains d'El Paso. Clint Kelton a décidé de mener la négociation de main de maître, même si les choses étaient obscures.

— Donnant-donnant, a-t-il dit suscitant l'admiration de Buster Day.

Surnommé « Crâne de piaf » et objectivement plus diminué mentalement que son coéquipier (il était con à un niveau quantique).

« Donnant-donnant », mes fesses, s'est dit Drake qui a songé au sort proche des deux Beaky Buzzard. La photo de « Cap » Connors, les deux mochetons affalés sur la planche de bord de leur charrette. La manchette du *El Paso Herald-Post*, le style de Dale Rose : « Deux de nos valeureux policiers lâchement assassinés ».

— Au fait, a-t-il dit, au fait...

S'est tu.

— Au fait ? Au fait de quoi ? a répété Buster Day.

— Vos casiers… Vous y retournez le soir ?

— Ça te regarde de quoi ? a fait Clint Kelton. T'sais que t'es moche et con ?

— Pour vous prévenir qu'elle pourrait vous… Vous infecter… voyez ? Vous attendre.

— Mais elle est morte, a dit Buster Day.

— C'est vrai, a concédé Drake, mais avec elle… Faut se méfier.

Buster Day n'a pas su quoi répondre.

— On a une tête à aller à nos casiers le soir ? s'est moqué Clint Kelton. Le soir on se fait sucer au Night Owl ou ailleurs. T'sais que tu comprends rien, Drake… T'es vraiment diminué.

— Vous avez croisé une Plymouth Fury ces temps-ci ? a lâché Drake, du bout des lèvres. Noire ? Elle roulait avec ça par ici…

(Sait-on jamais avec ce genre de buses ?)

— J'savais pas, a marmonné Clint Kelton. Elle avait une Fury, cette vieille salope ?

— Je crois que oui, a lâché Buster Day.

… Les futurs morts étaient déphasés. Leurs deux têtes en serre-livres sur la cheminée, ça serait cosy. Voilà le point de vue de Will Drake qui était pour l'Ouest sauvage, les Indiens aux chiottes, les femmes à quatre pattes.

— Oui ? a-t-il dit. Vous l'auriez repérée ? Où ça ?

Buster Day était un peu coincé, s'est tourné vers Clint Kelton qui a haussé les épaules, genre « Fais à ton idée, tu payeras les pots cassés. Si la Madre General est fâchée, tu payeras… Morte ou pas morte ».

— En prenant mon service, elle sortait du parking du Cortez.

À l'angle de Mesa et de Mills, une grosse boîte jaune hépatique de dix étages surmontée d'une énorme pub « Hôtel Cortez ». Comme si on ne voyait pas cette saloperie à dix miles à la ronde. En 58, un Italien avait grimpé sur la pub et tenté le saut en parachute. On l'avait ramassé à la pelle et Booker Sparks avait conclu dans son compte rendu d'autopsie qu'il était mort « par excès de connerie ». Kennedy y était passé en 60 sans parachute et les tueurs du Marine en 62/63... L'info était valable et payée que dalle. Will Drake n'avait pas espéré une si belle pêche, la mer était généreuse. Il fallait reconnaître que les Vautours étaient en dessous des minima. Question quotient intellectuel, ils faisaient égalité avec les amibes et les boutons de braguette.

— Si cette tante de Kennedy revient par là, a grogné Clint Kelton, il se fera rectifier. Nous on baise pas avec les négros.

Il n'y avait pas que le Klan qui n'aimait pas Kennedy, c'était sûr, surtout par ici au Texas. On ne lui pardonnait pas sa volonté d'en finir avec la ségrégation, d'autant que son frère en rajoutait des caisses.

— Et c'est quoi que tu nous donnes comme info ? s'est renseigné Clint Kelton. Parce que là, tu nous refiles des nèfles, à part ta tête à chier dessus.

Buster Day a tiqué vachement. Clint Kelton n'aurait pas dû dire ça et ne s'en est pas rendu compte. Il faisait sa crise aiguë de mégalo. Buster Day ne se trompait pas. Drake n'avait pas apprécié les mots de Clint Kelton... Il était de fait un peu plus mort qu'il y a de ça cinq minutes.

— Les gars viennent placer du fric qui schlingue, a-t-il dit songeant au décès de la buse.

— Quels gars ? a bafouillé Buster Day qui était largué et

ne savait plus comment s'en sortir avec la Madre General et le reste.

— C'est pour vous prouver que c'est du solide, a affirmé Drake ne prouvant que dalle. Et pourquoi que vos casiers z'ont pas de numéros ?

— Mais si ! s'est exclamé Buster Day. Le 100 A et le 211 C !

— Vous croyez ? a fait Drake.

— Mais quels gars qui viennent placer du fric ? a voulu se renseigner Clint Kelton en perdition.

— On se serre les coudes, a répondu Drake.

Il les a laissés dans leurs supputations. Il n'oubliait pas pour autant qu'il fallait se méfier d'eux – «*A bove ante, ab asino retro, a stulto undique caveto*[1]. »

1. « Prends garde au bœuf par-devant, à l'âne par-derrière, à l'imbécile par tous les côtés. »

La Voie lactée

> « La vallée de Siddim était couverte de puits de bitume ; le roi de Sodome et celui de Gomorrhe prirent la fuite, et y tombèrent ; le reste s'enfuit vers la montagne. »

Drake a rejoint Fletcher au fond du parking de l'hôtel de police de cette bonne ville d'El Paso. En chemin, il s'est rappelé ce gueux qui tenait les manches de sa charrue tirée par une mule. Sacré péquenot que celui-là ! Le terrain était en pente et le gueux s'était arrêté dans le vent. Il avait bu une longue rasade à la gourde qu'il portait à la hanche. Il avait tourné la tête et souri à Drake. Comment expliquer ça ? Il n'avait pas un rond, une mule décatie, un terrain qui ne valait pas la sueur qu'il lui donnait… Et il était heureux ? Drôle d'histoire ! Drake s'est senti si ému qu'il aurait donné son cœur sans discuter (il ne pouvait pas le donner car il n'en avait pas). Il s'est arrêté pour ne pas déranger Fletcher qui semblait flotter au-dessus du sol, tant il n'était pas sur terre. Il observait le gars à genoux. Il étalait le goudron qui fumait et devenait lisse. Un miroir. Dedans Fletcher voyait la beauté et la liberté. Le gars s'est redressé, a empoigné le seau en bois. Il a fait quelques pas jusqu'à la petite citerne chauffée au gaz. Il a soulevé la trappe, fait couler un flot noir, épais et brûlant dans le seau. Il a refermé la trappe, s'est retourné et a découvert Fletcher.

— Je peux essayer ? a dit Fletcher.

Le gars a haussé les épaules – il a posé le seau à côté de la surface de ciment brut qu'il finissait de recouvrir. Il a ôté ses gants et a prévenu :

— Ça brûle.

Fletcher a enfilé les gants, s'est agenouillé. Il a versé du goudron et l'a étalé avec la raclette. Sans le vouloir, il refermait le gouffre du lac, n'en avait pas conscience. Il entendait des rires, les siens, les leurs. Il entrevoyait des ombres multicolores et extraordinaires, des mouvements fugaces. Autant d'émois qu'il recevait hébété comme on se prend une raclée debout et qu'on ne sent plus rien. Drake s'était approché du gars qui attendait que l'Albinos en ait marre de s'amuser. Il lui a mis trois bucks dans la main. À l'arrière-plan, les Vautours étaient sidérés par la déconnation de l'Albinos... Inimaginable !

— On turbine avec eux un temps, a dit Buster Day, et puis... Ils sont trop bêtes. On les...

— Enterre ! a rêvé Clint Kelton. On les enterre ou on les plonge dans une fosse à merde.

Il bichait gravement. Une patrouilleuse a démarré. Son phare a éclaboussé de gouttelettes de lumière rouge les uniformes, les visages et le goudron obscur et étincelant. Fletcher se laissait absorber par le rêve. Et bien plus que mille ou dix mille étaient les impressions, les sensations – et elles luisaient comme quantité d'étoiles.

Les Nettoyeurs

«Il n'y a point de paix pour les méchants, dit l'Éternel.»

Un jour ou l'autre on marcherait sur la Lune, c'était sûr, et cette étoile à peine visible dans les cieux invisibles s'appelait bien l'espoir. Fletcher était affolé de la voir malgré le béton et l'acier. Ils sont sortis de l'ascenseur dans le couloir à la moquette assortie aux yeux de Will Drake. Un gars les attendait cravaté, grassouillet tel un eunuque.

— Winston Adams, a dit le gars, je suis le manager.

Il était un peu étonné par l'état du costume de Fletcher, les poches qu'il avait aux genoux, les gants enduits de goudron qu'il portait à la main comme un missel. Il n'y avait pas que lui qui était déconcerté. «Manager», s'est dit Drake. Et pourquoi pas chaman ?

Winston Adams attendait une réponse courante à sa formule de présentation. Fletcher n'a pas pu relancer la machine, il était scotché. Philippe de Champaigne jetait du rouge sang sur le récent passé de goudron. La situation était complexe car Drake était en plein SOS, englué brusquement dans sa pathologie : salope/martyre, violeur/sauveur. À son honneur et actif : c'était lui l'inventeur du concept « sac plastique ». Il a réussi à hocher la tête pour faire genre, genre policier de sexe masculin menant une putain d'enquête au Cortez, et a pu ânonner difficilement qu'ils étaient les lieutenants Rollie Fletcher et Will Drake. Winston Adams était habitué aux caprices de la clientèle, à ses travers, folies et vices… Il a pris les choses en main :

— Ils sont arrivés dimanche midi et devaient rester jusqu'à jeudi. Ils ont réglé leurs notes vers les 3 PM, payé leurs chambres, cette nuit comprise, car la location des chambres commence à 11 AM.

Fletcher et Drake ont émergé à peu près simultanément. Fletcher a pris des mains de Winston Adams une des clefs, la 715, et s'est dirigé vers la chambre. Drake s'est emparé des deux autres. Winston Adams a retrouvé Fletcher à l'instant où il ouvrait la porte et sans plus bouger découvrait les lieux. La chambre n'était pas faite, ce qui était un bon point. Ça sentait le parfum. Dans nombre d'enquêtes, le parfum se ramenait. Le parfum, c'était comme le sang, ça coulait si tu cassais le flacon. Fletcher n'était pas fétichiste, le parfum il ne se branlait pas avec (car il ne se branlait pas). Mais s'il avait un nez, c'était pour s'en servir. Et dans toutes les enquêtes, le flic se coltinait les odeurs. Le crime puait. La mort violente, le chagrin, la ruine et la maladie puaient. La solitude puait et le flic se coltinait ça. Et ça puait, oui, ça puait. Le ciel vert remplissait la fenêtre comme du soda une bouteille de Seven-Up. Il aurait fallu un soleil rouge, simple et en plein milieu de tout ça.

Fletcher attendait de voir un signe. D'entendre un écho. Il est entré par dépit, ce qui était le sang des poulets. Pour parler des poulets derechef, ils avaient le sang clair, ce n'était pas des loups. Fletcher s'est rappelé le loup dans les yeuses, il était là, au départ. C'était lui qui racontait l'histoire. Fletcher s'est d'abord baissé et a filé un coup de sonde sous le lit : que dalle. Il est allé à la fenêtre. Du septième étage, on se payait une sacrée vue. Combien de goudron et de béton pour faire tout ça ? En tout cas, avec un fusil à lunette, on pouvait faire de beaux cartons. Dans l'embrasure de la porte, le manager patientait pâle et triste. Sur la table de chevet, la Bible attendait le pécheur. Il aurait pu l'ouvrir et tomber sur l'allégorie de l'aigle :

Le grand aigle, aux grandes ailes,
À l'envergure immense,
Couvert de plumes multicolores, vint au Liban
Et prit la cime du cèdre

À la place, il est allé dans la salle de bains. Pas un poil de cul. Il s'est reconnu dans les glaces, c'était insupportable. Il est revenu dans la chambre et a ouvert le placard. Il a senti le parfum, elle avait bien dormi là.

— Betty Randle, a dit le manager, brune, élancée.

Fletcher s'est retourné pour l'entendre poursuivre :

— Yeux marron foncé, peau mate. Pas plus de trente-cinq ans. Jolie. En tailleur avec pantalon. Parfum français sûrement. Accent plutôt chic… Elle a mangé des salades Cæsar et bu du Coca.

Drake est apparu, il s'est effacé pour le laisser entrer.

— La 717, a dit Drake, vous avez quoi à raconter ?

— Neal Hester. Taille moyenne, forte corpulence. Brun.

Un pied bot. Peau blanche, yeux bleus. Forte transpiration. La quarantaine. Il a mangé des hamburgers, des frites… Bu de la bière modérément.

— Rien trouvé, a poursuivi Drake, ni dans l'une, ni dans l'autre.

Il a posé les clefs sur un guéridon, s'est assis dans un fauteuil et a allumé une Lucky. Winston Adams est revenu d'une tristesse qui l'avait happé :

— La 719 était occupée par Lester Tompkins… Plus de six pieds… Athlétique. Cheveux châtains. Il buvait de l'eau et du lait, a mangé des pâtes, des sandwichs-club… Une cicatrice sur la main droite.

Il a haussé les épaules comme s'il en avait assez, qu'il estimait que c'était dérisoire. Fletcher et Drake se sont dévisagés. Les noms des trois Nettoyeurs étaient bidons, pas de doute. Les descriptions pouvaient servir. Winston Adams a fermé la porte, surprenant Fletcher et Drake.

— Je vous offre du vin blanc ?

— Va pour du vin blanc, a dit Drake.

Fletcher planait un peu, fasciné par l'inertie du téléviseur. Il a éprouvé de la crainte… Pourquoi ? C'était étrange, bizarre.

— Nous avons du riesling, a garanti Winston Adams.

— Ah le vin français ! a dit Drake, qu'est-ce qu'ils peuvent nous faire chier avec.

Fletcher s'est détourné du téléviseur et a allumé une Lucky. Il s'est assis dans l'autre fauteuil. S'est bizarrement souvenu d'une phrase de Jim Thompson qui n'avait rien à faire là : « Si chacun mangeait à sa guise, on chierait trop. Ça provoquerait une inflation dans l'industrie du papier-cul[1] ! »

1. *The Killer Inside Me.*

La mémoire faisait un peu ce qu'elle voulait. L'enquêteur ne devait pas l'oublier. Winston Adams a décroché le téléphone et commandé le vin et trois verres. Fletcher était en alerte... Pourquoi le vin, ce besoin d'intimité ?

— Un jour, a dit Winston Adams, je roulais et j'ai entendu un bruit de plus en plus fort. Une ombre a surgi sur le capot et sur la route tandis que le bimoteur apparaissait... Il volait très bas et dispersait des fleurs, une pluie de fleurs. Et je roulais sur les fleurs et ne pouvais m'arrêter tant j'étais fasciné et je suivais l'avion qui avait disparu... Il m'arrive de penser que c'est un rêve.

C'était un partage étrange et triste. Winston Adams est allé dans la salle de bains et en est revenu avec un verre à dents.

— Ils étaient bizarres, a-t-il dit, j'étais sur mes gardes. J'ai pensé un moment à des joueurs professionnels, des arnaqueurs...

Il s'est assis dans un fauteuil, a semblé abandonner toute apparence sociale, toute volonté d'être un manager. Il a allumé une Peter Stuyvesant – ils sont restés silencieux. Fletcher était sûr qu'il allait se passer quelque chose ou que quelque chose était en train de se produire et qu'il ne s'en rendait pas compte. Winston Adams a tapoté sa cigarette, la cendre est tombée dans le verre à dents. Des actes insignifiants peuvent prendre une dimension impressionnante. On a frappé à la porte – Winston Adams a dit d'entrer. Un rouquin vérolé est apparu avec son plateau, la bouteille embuée et les verres. Il donnait l'impression d'avoir un doigt dans le cul. Une attitude de chien. Il a demandé qui goûtait. Drake lui a désigné Winston Adams. D'une approbation muette, le manager a encouragé le rouquin à servir. Il a fini par se barrer ; il avait une tête à ne pas être là. Ils ont levé leurs verres et bu. Fletcher a aimé la première gorgée. Il a décidé d'attendre pour la deuxième. Drake a lancé sa boîte de Dexamyl à Fletcher qui s'est servi et l'a envoyée à Winston Adams. Il a hésité et s'est servi. Il a renvoyé la boîte à l'expéditeur. Il a contemplé le comprimé dans la paume de sa main et l'a avalé en confiant que c'était une première.

— « Plus tôt châtré, a susurré Drake, plus tôt guéri. »

Fletcher a rigolé. Winston Adams s'y est mis lui aussi. Fletcher a bu une autre gorgée de vin qui a confirmé le plaisir ressenti à la première.

— J'ai trouvé Kennedy dans cette chambre, a dit Winston Adams. Il n'aurait pas dû y être. C'était en 60, pour les élections… Il était encore sénateur.

Avec une fille et il ne le disait pas. Kennedy avait eu de la chance. Winston Adams a vidé son verre d'une longue lampée. Fletcher et Drake ne s'attendaient pas à ça, ce genre de révélation qui ne servait à rien apparemment – n'était raccordé à rien, apparemment. Fletcher était aux aguets. Tout ça lui échappait. Il ne comprenait pas quelle histoire le loup racontait.

— La sécurité n'était pas prévenue, a expliqué Winston Adams. Il était à la merci d'un…

D'un Clint Kelton ou d'un autre… Winston Adams a écrasé sa cigarette dans le verre à dents, s'est levé et a servi en vin Drake et Fletcher. Il a vidé la bouteille dans son verre et est allé à la fenêtre.

— Je suis entré avec mon passe, a-t-il dit tournant le dos aux deux flics. J'avais entendu du bruit, je ne savais pas qu'elle avait été louée dans la nuit… Il a été très compréhensif, il n'a rien dit à la direction.

Il a allumé une cigarette et confié :

— Je vais quitter le Cortez à la fin de la semaine, je suis malade.

Il pleurait… Fletcher était effondré, n'a pas eu la force ou l'audace de se lever. Ou de dire un mot. Comme Drake, il regardait l'homme souffrir, si seul, et ne faisait rien. Il les a laissés, la porte s'est refermée sans bruit.

C'est pour cela que je leur parle en paraboles : parce qu'ils voient sans voir et entendent sans entendre ni comprendre.

— On crèvera en enfer ou pire, a dit Drake.

Fletcher se remémorait l'enchaînement des faits depuis leur entrée au Cortez. Il y avait quelque chose dans l'angle mort et plus Fletcher tentait de réfléchir, plus le bruit du bimoteur devenait assourdissant. Et son ombre apparaissait sans cesse dans la chambre, frôlait le dessus-de-lit, la Bible, le téléphone et s'enfonçait, s'enfonçait dans le mur. Et revenait, revenait. Les enquêtes criminelles étaient des rengaines. Fletcher s'est levé. Il a ouvert la Bible, l'a refermée. Il s'est emparé de l'annuaire téléphonique. Il sentait le parfum. La vérité n'était pas dans la Bible. Elle était là, dans l'annuaire. Betty Randle l'avait feuilleté et avait corné une page. Grosse faute professionnelle. Impossible de ne pas voir l'encart publicitaire : « Ray Harris trouve la solution à tous vos problèmes de garage ou stockage. Box individuels et surfaces closes pour y entreposer des marchandises »… Ou faire parler un Marine. S'il s'était senti mourir, au dernier moment il avait peut-être sauvé quelque chose. Pas sûr… Possible. Ou… Ou c'était les autres. Les tueurs, qui, dans la surprise, la stupeur causée par sa mort, avaient perdu quelque chose. Pas sûr… Possible. Sur les scènes de crime, on trouvait la mort et aussi on recueillait les ombres des vivants, leurs voix et leurs rêves. Il fallait l'espérer. L'espoir de l'enquêteur était le vin triste du soûlard, ce n'était pas beau. Mais ça menait l'enquêteur au bout. Bien sûr, au bout, il n'y avait rien. Les indices, les pièces à conviction refroidissaient dans les yeux grands ouverts de l'enquêteur qui ne voyait plus rien.

— « *Oculos habent et non videbunt*[1] », a dénoncé Drake en se levant.

1. « Ils ont des yeux mais ne voient pas. »

Moss

> «… Étant remplis de toute espèce d'injustice, de méchanceté, de cupidité, de malice ; pleins d'envie, de meurtre, de querelle, de ruse, de malignité. »

La nuit était venue avec son cortège de fantômes, de chagrin et de terreur. Le mantra : survivre. La fenêtre était fermée, mais on sentait l'odeur du ciel et du désert. Ses chaussures sur le bureau, face à Fletcher, Will Drake a dit dans le combiné : « Oui, m'dame, une T-Bird blanche immatriculée au Nouveau-Mexique, oui, dimanche soir, une fille au volant… Genre jeune Mexicaine… Bien m'dame. » Il a raccroché et regardé Fletcher de l'autre côté du bureau. Il a coché une station-service sur l'annuaire téléphonique. Il y avait déjà pas mal de croix… Un petit cimetière de mots prononcés pour rien.

— Et pourquoi on gratte un premier de l'an, pourquoi ? a grommelé Drake.

Il s'en fichait de la réponse, ne s'écoutait pas parler. Dieu avait donné des oreilles aux cons pour qu'on les leur coupe. C'était eux, les Sacs plastiques, qui géraient leur emploi du temps. Moss était intelligent et avait compris que ces deux-là, il fallait les laisser libres. Il avait raison. Fletcher et Drake bossaient plus de soixante heures par semaine. Ils vivaient comme on se soûle. Pour ne pas perdre conscience. Ils n'y parvenaient pas car bien plus que les saintes-nitouches, les enculés avaient une conscience et une pensée.

Les pales du ventilateur qui tournaient lentement projetaient sur le visage de pierre de Fletcher des ombres de poussière, les relents des affaires classées qui s'entassaient jusqu'au plafond dans la pièce exiguë. Il se doutait bien qu'il ne pourrait plus tenir avec son pauvre secret, ça lui tordait le ventre. S'il n'était pas lui, il était qui ? Il s'est souvenu du goudron, son odeur est venue embaumer sa peur. Le Diable lui rendait son âme, il faudrait le rembourser. L'hôtel de police était calme. On entendait de temps en temps un éclat de voix, la sonnerie d'un téléphone. Fletcher a observé machinalement le portrait-robot d'un tueur en série surnommé le « Dindon » (encore un animal… un animal de basse-cour comme le poulet, la dinde et l'oie). Sa gueule de dégénéré les bottait, son pedigree aussi. Il avait été repéré au début des années cinquante par un shérif de l'Utah. Un certain Nick Corey[1]. Le Dindon était un criminel en série d'un genre inconnu. Un pèlerin qui transportait des pièces à conviction, des indices, d'une scène de crime à une autre dans le but de jouer avec ceux, celui, qui seraient lancés à ses trousses. Jeu de cons dans lequel le shérif Corey avait mis les doigts et le reste.

1. Voir, du même auteur, *Le Cherokee*.

Le Dindon était diabétique. Nick Corey avait manqué le coincer à cause de ça, mais il lui avait échappé et le shérif avait laissé tomber. Le Dindon avait une gueule abominable, velue, inhumaine. Des dents en fer. Des yeux de porc au sens propre. C'était à peine un être humain. Si le shérif Nick Corey n'avait pas déliré, le Dindon était le type le plus effrayant sur lequel on puisse tomber. Dans le laïus qui le décrivait et faisait brièvement le point sur lui, il était écrit qu'il gloussait comme un dindon – d'où le nom que lui avait attribué son découvreur. Il était vêtu d'une salopette et chaussé de Thorogood, ces godasses pour ceux qui bossaient debout et dehors. Fletcher et Drake avaient trouvé le portrait-robot au fichier, accompagné d'un mémo de quelques pages. C'était suite à l'affaire dite de la « caravane sanglante ». Non pas que ce « Dindon » puisse être mêlé à cette histoire de caravane sanglante – mais parce qu'il puait l'horreur. Que ça les faisait marrer. Ça allait bien dans leur musée des abominations, ça n'allait pas tellement plus loin.

À force de le voir, de croiser son regard, Fletcher était persuadé qu'il le retapisserait s'il le voyait. Bien qu'il ait débuté sa carrière dans les années trente, il pouvait vivre encore. Et s'il vivait, il continuait de massacrer pour jouir. Il était blanc évidemment. Le Blanc avait une petite queue et voulait jouir comme s'il en avait eu une grosse. Il inventait des histoires qui le faisaient bander. Des histoires de souffrance. Le sadisme n'était pas français, il était blanc. Les meurtriers de masse étaient blancs… Fletcher a pensé à un truc qui lui a traversé l'esprit sans laisser d'empreinte. Drake a avalé un comprimé de Dexamyl et a lancé le tube à Fletcher qui avait coincé son combiné téléphonique entre sa joue et son épaule gauche. Fletcher a attrapé le tube et a imité Drake.

— Moins de vingt ans, a-t-il dit dans le combiné, type hispanique… Oui, une T-Bird blanche.

Sur le bureau, les gants maculés de goudron se moquaient de lui. Ils avaient coûté trois bucks. Combien aurait coûté tout le prolétaire ? Le téléphone de Drake a sonné, il a décroché et écouté. Il a répondu : « C'est pas ça. » Il a raccroché, allumé une Lucky et lancé son paquet à Fletcher qui l'a cueilli de la main gauche. Le téléphone de Drake a sonné une nouvelle fois. Il a décroché en sentant sa main avec laquelle il s'était gratté la braguette. Il a lancé un : « Je te revaudrai ça, mec. »

— Faut essayer au Melrose, a dit Drake en raccrochant. Un gars qui peut bien être notre macchabée était là avec trois autres types dimanche soir. C'est Manfred l'indic qui balance.

Le Melrose : un petit boui-boui. Ambiance chic pour ploucs qui se la pétaient, tenu par un gars dont Fletcher ne parvenait pas à se souvenir du nom tant il était mou et se déformait. C'était assurément une couille molle à terroriser pour lui forger le caractère.

— Manfred s'est fait jeter par ce Lane ou Cain qui avait loué son bar, a précisé Drake. Il a maté un peu ce qui se passait au cas où ça rapporterait et il s'est fait virer par un gros bras.

Drake et Fletcher avaient repéré que depuis le bar du Melrose, on entendait à peu près tout ce qui se disait. Manfred l'indic n'était pas un truand, c'était un architecte alcoolique qui aimait bien fourrer les petits garçons. En un peu plus d'un an, Fletcher et Drake s'étaient fait un sacré réseau de tantes, drogués, baiseurs de toutes espèces, violeurs, vicieux, pédophiles et coprophage au singulier. Ils n'en avaient qu'un. Fletcher et Drake ne les jugeaient pas. Ils savaient que ce qu'on appelait le vice, c'était une façon de survivre en prenant un peu de plaisir. Pourquoi baiser sa bonne femme ce n'était pas du vice et baiser son chien si ? Pourquoi enculer c'était du vice et pas enconner ? Pourquoi ? Des conneries, c'était des conneries. Et le vice était indissociable de la fonction de poulet. Sans vice : pas de poulet… Ni de Dindon.

— Un gros bras ? a remarqué Fletcher, c'est pas banal.

Drake était de son avis. Le Marine avait rencontré des gars qui assuraient leurs arrières… Celui qui est entré sans bruit dans la pièce, c'était Moss. Le maire du bled. Il chapeautait toutes les activités, tous les services de la ville. Il dormait peu, se camait au pognon. Fletcher l'a dessiné sans se cacher avec son stylo à encre de Chine. Il avait une crise de vignette. Il était en manque. Le Dexamyl lui aiguisait le besoin. Moss a tiqué. Il était superstitieux, plus que la moyenne… Ça lui coûtait du blé. Il avait une chevalière avec une pierre de jais, devait planquer une patte de lapin dans une poche et avoir un collier d'ail autour des couilles. De visible, en plus de sa tête à claques, il avait un carton du traiteur Wong & Wong dans les pattes. Fletcher et Drake l'ont salué d'un geste, d'un mouvement de la tête.

— Pourquoi que vous me dessinez, Fletcher ? J'aime pas ça. Je vous paye pas pour ça.

Il a viré des dossiers empilés sur la seule chaise et s'est assis dessus. Il s'est débarrassé du carton. Il a allumé une Camel. Il a essayé de mettre ses ripatons sur le bureau – il était trop court sur pattes. Plus grand qu'El Gnomo, plus petit que Humphrey Bogart. Il ne ressemblait pas à l'idée qu'on se faisait d'un maire ou d'un avare. Il se ressemblait comme si sa pathologie l'avait inventé. Une face à la Mickey Rooney. Une tache de vin sur une joue, des costards noirs parce que ça allait en toutes circonstances. La cravate assortie, dénouée ou pas. Là, elle l'était. Les poches gonflées de toutes les clefs qu'il trimballait pour pouvoir entrer, s'immiscer à tous moments où ça lui chantait. Un corps voûté, une mâchoire tombante, genre pelle à cacahuètes. Pour bien le dire : un côté primate établi... Oui, cette réalité était bien celle d'un monde de bêtes.

— Rien n'est si simple que ça, a mâchouillé Moss. Les mots nous bernent.

— Sont pas chers pourtant, a remarqué Drake.

— Exactement, a répondu Moss, exactement. Si on devait les acheter, on y réfléchirait avant de parler.

Fletcher a pensé que ça tenait la route, ou tout au moins, il aurait fallu ne pas utiliser les mots sans les penser avant de les prononcer.

— Ce mot sur la langue, a dit Moss, c'est un putain de piège. Croyez-moi.

— Pourquoi que vous enseignez pas la philo à Yale ou dans ce genre de boîte ? a remarqué Drake.

— Vous êtes les pires flics que j'aie embauchés, a garanti Moss. Y a pas photo.

— Ça va vous coûter du fric, a menacé Drake, ça me fait du bien.

— On sait pas, a dit Moss, on fait ça, on va là ou là... Qu'on me parle pas de destinée ! Ni de gars qui a voulu ce qu'il a eu... C'est pas vrai.

— Faut nous augmenter, a dit Drake, pas noyer le poisson.

Moss a hoché la tête.

— Je sais, j'ai relu les contrats... C'est qui de vous deux qui a eu l'idée de rajouter cette putain de ligne ?

Drake s'est marré. Moss a haussé les épaules.

— On gagne pas toujours, a-t-il reconnu.

… Tout en remarquant les gants posés devant Fletcher. Il a voulu dire quelque chose, ne l'a pas fait. Dire quoi ? Il a regardé le portrait-robot du Dindon et a assuré qu'il fallait être dégénéré pour afficher cette gueule de merde sur un mur.

— Je sais pas si vous êtes plus dingues que salauds, a-t-il concédé.

Il a fini par se lever et écraser son mégot dans un des cendriers pleins posés sur le bureau de Fletcher.

— Allez v'nez, faut le faire.

Fletcher et Drake se sont levés à leur tour. Fletcher avec ses jambes de pantalon bouffées aux genoux…

— C'est quoi ça ? s'est enquis Moss. Les mites ? De toute façon, j'ai dit que je ne rembourserai pas les mites… Vous n'avez qu'à lire la lettre mensuelle de la mairie.

Il a ramassé son carton du traiteur Wong & Wong et conclu :

— Si en plus d'être des pourris, vous vous habillez comme des clodos, on va où ?

Les mites

« Vos richesses sont pourries, et vos vêtements sont rongés par les teignes. »

Ils sont sortis du bureau dans un nuage de mites. Heureusement elles ne mordaient pas. La moquette avait été infectée par une saloperie de beatnik. Il se faisait appeler « la Nature »... Puait de façon outrageante. On disait qu'il avait fini dans le Rio Grande, ce n'était pas le seul. Moss s'est tourné vers Fletcher et Drake et leur a appris que les mites pouvaient apporter le mauvais sort, on le lui avait assuré... Le mec qui lui avait dit cette connerie, c'était forcément Hardy. Un « sorcier » apache. Plus dangereux qu'une balle blindée trempée dans du curare. Fletcher et Drake l'avaient plutôt en sympathie tout en le considérant comme le pire fils de pute qu'on pouvait imaginer. Il distillait un tord-boyaux fameux et son herbe, son blend comme il disait, faisait décoller sec, prendre des G d'une façon inimaginable.

Ils sont montés à l'étage, chez les huiles, Moss devant. Là, il y avait moins de mites (elles manquaient d'oxygène ?).

Fletcher se disait que tout ça semblait ne pas avoir de sens. Pas banal mais inutile. Il fallait être vigilant, c'était dans ces moments où la rivière sortait de son lit et s'épandait dans tout le champ de la pensée que l'évidence pouvait surgir, apparaître brièvement le temps d'un battement de paupières. Patience et dégoût de soi-même, voilà des qualités indispensables pour affronter le marathon de l'enquête. Moss a poussé la porte où était écrit sur un bristol « Directeur ». Moss ne voulait pas payer de plaques en cuivre pas plus qu'en plastique. Il disait que les gens se sentaient installés et ne branlaient plus rien. Roger Fields a sursauté en voyant Moss débouler – il a raccroché.

— C'est l'heure des Wong, a dit Moss.

Cela n'a pas enchanté Roger Fields… Mais le patron, c'était Moss. Il s'est levé. C'était un individu long et maigre, à part le bide gonflé à la bière. Il aurait pu être croque-mort. Directeur de la police d'El Paso, ce n'était pas loin. Il avait eu son heure de gloire un peu avant l'arrivée de Fletcher et Drake. Il s'était attribué le démantèlement d'un réseau de prostitution enfantine, principalement des garçons. Il avait eu droit à sa photo faite par « Cap » Connors en deuxième page du *El Paso Herald-Post* : « Il met fin à un honteux trafic d'enfants »… Au fait, il avait un peu la tête d'une autruche, ouais, un monde de bêtes… Et au-dessus, tout au-dessus des bêtes et du monde, la haine les observait en souriant. Qu'il était triste d'avoir une pensée et on en était si fier.

Fields a fait le tour de son bureau. Il ne pouvait pas blairer Fletcher et Drake. Il se doutait que les deux véreux avaient un dossier sur lui ou tentaient d'en avoir un… Il ne se trompait pas. Fletcher et Drake n'aimaient pas nuire et nuisaient. Chez eux, c'était naturel. Ils aimaient bien l'idée de ruiner la carrière de Fields… Il n'avait pas des yeux derrière la tête et laissait sa plaque de police sur son bureau sous prétexte qu'il était une huile et qu'il n'en avait pas besoin… Il verrait bien !

Ils sont partis vers le bout du couloir, Moss devant. Il s'est arrêté devant la dernière porte à gauche. Il a planté le carton des Wong dans les pattes de Fields. Il a exhumé quantité de trousseaux de clefs de ses poches. Finalement il en a flairé une comme s'il l'avait enduite de lard ranci ou s'était branlé dessus. Il l'a introduite dans la serrure et a ouvert la porte. Fields a reculé… Moss lui a pris le bras et l'a fait entrer avec lui, de force.

Les rouleaux de printemps

« Quel est le dieu comme toi, qui enlève la faute, qui pardonne le crime ? »

Les stores étaient tirés. La pièce vide sentait la poussière et les ennuis – les mortels. Moss a repris la boîte des Wong des mains de Fields. Dedans : cinq rouleaux de printemps. Il en a pris un et l'a déposé sur le plancher à côté de ce qui ressemblait à la momie d'un rouleau de printemps. Il s'est emparé du sien et s'est mis à le boulotter en grognant aux autres de se servir.

C'était la deuxième fois que Fletcher et Drake participaient à la cérémonie des rouleaux de printemps. Fletcher aimait les rouleaux de printemps. C'était une des raisons qui l'avaient conduit à se retrouver au Viêt Nam. Là-bas, il n'en avait quasiment pas mangé. Les voyages pouvaient apporter amertume et frustration. Mais si on revenait aux rouleaux de printemps, il fallait savoir qu'en 53, Jerry Timmons, un gars qui travaillait dans le bureau où le culte avait lieu, s'était volatilisé. Le gars qui bossait avec lui était allé s'aérer le gland et ne l'avait pas retrouvé, pas même un point noir dont il avait la gueule tartinée. On avait foutu l'affaire sur le dos des Martiens et des cocos. Là-dessus, le maire de l'époque, Maury Sumpter, avait fait un putain de rêve : Jerry Timmons lui ordonnait de fermer ce bureau et d'y venir le premier jour de l'an avec le directeur de la police pour y manger des rouleaux de printemps, d'en laisser un pour lui. Maury Sumpter, le maire, enculait les rêves. Il avait tort. Sa femme avait pris le large avec un professeur de gymnastique, son fils cadet, âgé de treize ans, avait volé une bagnole et tué deux nègres, dont un aveugle… Maury Sumpter avait lancé le culte et prévenu Moss lors de la passation de pouvoir.

Pour Moss, aucun doute, il valait mieux payer un fantôme à rien foutre qu'engager un syndicaliste. Il avait perpétué le culte. Fletcher et Drake s'étaient ramenés et Moss avait rêvé d'eux en train de manger des rouleaux de printemps dans la piaule maudite. En conséquence, Moss les avait intégrés dans la célébration du culte.

Va, mange avec joie ton pain, et bois gaiement ton vin ; car dès longtemps Dieu prend plaisir à ce que tu fais.

Ce 1/1/63 courant nos quatre amis dégustaient donc leurs rouleaux de printemps en hiver. Essayaient de s'ignorer. Fletcher est allé à la fenêtre. À la surprise de Moss et Fields. Plus que de la surprise en fait. On aurait dit qu'ils étaient les témoins d'un sacrilège – tacitement on ne bougeait pas pendant la cérémonie. Fletcher a maté à travers les stores. Il a vu son frère en train de mourir, le merle à la plume blanche, la fille nommée Rosamar Torres… Il ne s'y attendait pas. Elle le dévisageait et lui mangeait le rouleau de printemps. Elle avait le visage éclairé par les lueurs d'une publicité lumineuse.

— Vous voyez quoi ? s'est instruit Moss d'une voix de perdant dans une partie de poker.

Il craignait Fletcher, avait du respect pour lui. Ça lui filait les flubes d'avoir de la considération pour quelqu'un... Il avait peur de le payer.

— Une fille, a répondu Fletcher qui peinait à coexister entre les mondes.

Il aurait pu la dessiner, elle aurait ressemblé à Rosamar Torres car c'était elle... Fields a grogné que c'était débile.

— Ferme-la ! lui a dit Moss. Une fille ?

Fletcher a hoché la tête et marmotté, le regard à la renverse : « Pourquoi pas de sauce avec les rouleaux ? Pourquoi ? » Moss n'avait pas la réponse... Ou elle était imprononçable. Il a manqué répondre, ne l'a pas fait. Il sentait venir une putain de grippe... Il se fourrait le doigt dans l'œil : c'était existentiel. Il venait de rencontrer le doute. Et l'aspirine n'avait pas d'effet sur ça. Il les a laissés, a voulu dire quelque chose qu'il n'a pas dit – a rejoint oncle Picsou dans une vignette à mettre en œuvre ultérieurement. Fields a toisé Fletcher et Drake avec répugnance.

— Me donnez pas l'occasion de vous saquer, a-t-il dit. Parce que ça traînera pas... Et pas que ça... Des types comme vous salissent la police, vous méritez la tôle et si je peux vous y mettre, je me sentirai mieux.

À son tour, il a abandonné Fletcher et Drake.

— T'as des visions maintenant, Rollie ? s'est inquiété Drake. Faut pas déconner. Tu ne peux pas être complètement...

Il a pensé « monstrueux », *immanis, mi fili*... Rien ne s'était passé dans ce putain de tombeau, mais tout avait changé, tout.

Ils s'étaient rapprochés de la fin. Drake le ressentait du bout de la queue au bout de son index droit, celui qui appuyait sur la détente et tuait.

— Je l'ai vue, a répondu Fletcher, c'est sûr.

Et c'était sûr... Sûr aussi qu'il n'avait pas vu *autre chose*. Il lui a semblé entendre glapir un épervier et il a frissonné comme s'il était prévenu... Au bout du couloir de l'enquête, il y avait quoi ? Fletcher n'avait pas eu le courage de le savoir, là, c'était trop tard. Drake a sorti de sa poche la boule de billard et a décidé de l'offrir aux rouleaux de printemps. Fletcher a hoché la tête. Il aimait cette idée de boule piquée au Perry et abandonnée ici. Ils sont sortis de l'ancien bureau de Jerry Timmons, présentement disparu à vie... La clef était dans la serrure.

— Moss l'a oubliée, a marmonné Drake, devait être gravement perturbé.

Il a fermé la porte en se disant qu'il ne reviendrait jamais là. Ça lui a fait de la peine, il aimait les rouleaux de printemps. Si on avait inventé les rouleaux d'hiver, ils auraient été foutus comment ? On se posait rarement les bonnes questions, a songé Drake. Ils ont marché sur la moquette, écrasant une mite qui pondait tranquillement. Drake a ouvert une fenêtre et s'est débarrassé de la clef, espérant que quelqu'un la prendrait sur la tête. Ils ont descendu l'escalier. À l'étage, ils se sont dirigés vers leur bureau. Fletcher a eu peur pour Holly Howell. Il n'a pas su pourquoi. Il a pensé à ses yeux et à la souffrance, à l'enfermement. Leurs téléphones sonnaient... Fletcher était hypnotisé par les gants – il a enfilé le droit en s'asseyant. Impossible de résister. Ils ont décroché et raccroché simultanément.

— Booker, a commenté Fletcher.

— Fields, a dit Drake.

Fletcher a attendu.

— Fields qui a perdu sa plaque et qui est dans tous ses états, a marmotté Drake. Pourrait faire gaffe… «*Cave ne cadas*[1] ».

Il s'est levé.

— Booker, tu dis ? Qu'est-ce qu'il a ?

— Il nous attend à la morgue.

Fletcher a ôté le gant en songeant à Holly Howell… Encore elle. Drake a pris un de ses feutres accrochés à une patère et s'en est coiffé. Il s'est miré dans le portrait du Dindon. Un type plus laid que lui, bien plus laid, c'était réconfortant… Drake a ôté le chapeau et l'a balancé.

— La morgue, tu dis ? Il pourrait pas nous donner rendez-vous ailleurs ?

Fletcher se rappelait son odeur et ses mains aux ongles de blues électrique et de lune – Holly, Holly Howell. Fletcher a craint d'être amoureux. Il a eu envie de se déchirer, de se broyer. Il a fermé la porte. Le portrait du Dindon a glissé du mur comme si les punaises qui le maintenaient crucifié en avaient marre de sa sale gueule de criminel en série.

1. « Prends garde de tomber. »

Le nom du mort

> « Mais les hommes méchants et imposteurs avanceront toujours plus dans le mal, égarant les autres et égarés eux-mêmes. »

Il y avait une feuille de papier coincée sous un des essuie-glaces du Cercueil. Arrachée à un cahier. Drake s'en est emparé, l'a retournée. Quelqu'un avait dessiné au crayon leurs visages et avait écrit dessous à l'encre rouge et en lettres bâton : « La 100unième est pour vous ». Drake a interrogé Fletcher des yeux. Fletcher lui a pris le dessin des mains. Tout se tenait dans une enquête, il le savait mais n'arrivait pas à placer le dessin dans une vue d'ensemble. Il l'a plié et remisé dans une poche (il n'aimait pas ce dessin, il le trouvait « malsain »... Et il en connaissait un rayon à ce sujet). Drake a haussé les épaules. Dans le pain perdu des enquêtes, tout n'était pas comestible, assimilable. Il y avait plus d'eau de boudin que de viande. Les cinglés, ça courait les rues. Sans compter les confrères jaloux, les gosses, les cons, les vicieux, les prophétiques, les plaisantins et tous ceux qui ne pouvaient pas les blairer, c'est-à-dire tout le monde ou presque.

— En tout cas, c'est pas Moss, a grommelé Drake. Il dépenserait pas une feuille de papier comme ça.

Et puis les devinettes, il en avait assez. Le Marine pas mort à Chosin en distribuait assez… Il s'est installé à la place de l'épouse et a poursuivi :

— Qu'est-ce qu'il a Booker ? Pourquoi qu'il nous convoque un jour férié en plus ? Il a trouvé une perle ?

— Je suis un imposteur, a répondu Fletcher.

Il s'est écroulé derrière le volant, il avait oublié le dessin… Le poids du désarroi.

— Je voudrais inventer une prière, a-t-il confié.

Comme Drake qui a refermé sa portière, il avait une tête de rouleau de printemps. La sauce, il y en avait à revendre. Elle dégoulinait du ciel et remuait leurs queues dans le bol de néons. Il n'y aurait plus qu'à les bouffer. Il étudiait ses mains posées sur le volant et a eu un coup de mou. Dix doigts pour quoi faire ? Trop de doigts, d'animaux, de Dexamyl. Drake était dubitatif quant à l'état mental de l'Albinos. Toute cette première journée de la nouvelle année, il avait eu un comportement étrange, pour ne pas dire inquiétant. Pour l'heure, il admirait l'air abruti ses pattes de poulet.

— On s'arrête au Melrose avant de passer voir Booker, a dit Drake pour réveiller Fletcher, les morts ont le temps, non ?

Fletcher a déclenché le gyrophare, braqué et quitté l'amarre du trottoir, laissé l'hôtel de police en arrière. Pour Drake, le monde allait changer et lui, Will Drake, allait se faire cramer par le rayon de la mort ou finirait esclave dans une colonie de fourmis géantes quelque part vers Alpha du Centaure. Drake aimait ce nom. Il aurait voulu collectionner les noms. Les ranger dans un musée. Il aurait pu les voir sur les murs exposés à ses humeurs. Lui, comme Fletcher, était encore sous l'emprise des rouleaux de printemps.

— T'aurais entendu parler de Pierce Olson ? a-t-il dit pour lancer la procédure de désenvoûtement.

— Connais pas, a répondu Fletcher qui s'est mis à jouer le jeu. Bill Wheeler ? Tu le remets ?

— Nan… Et Frazier Welch ?

— Je vois pas… Tom Wade ?

— Inconnu… Saul Ingram ?

Leurs culs étaient de plomb et s'il y avait eu une prophétie à faire, ç'aurait été de prédire qu'ils peineraient à finir l'année vivants, à considérer le nombre de jours qu'il restait pour se faire dégommer d'une façon ou d'une autre.

— Sans blaguer, a dit Fletcher, il y avait un péquenot qui s'appelait Saul Ingram du côté de chez mon pépé.

Drake se méfiait de la suite… Ce n'était pas le genre de Rollie Fletcher de dire « péquenot » ou « mon pépé ».

— Je crois bien qu'il m'a vu sortir Rollie du lac, a révélé Fletcher.

Drake a fait semblant d'écouter ça comme un sermon éculé sur une radio évangéliste qu'il aurait capté par mégarde en se branlant.

— Il est mort dans mes bras.

Incapable de tourner le robinet, de stopper la fuite de la confession d'un pauvre type du vingtième siècle, débordé par ses sentiments !

— Dans mes bras.

100 % blanc Albinos. 100 % raide dingue. Il s'est arrêté à un feu vert – il ne voyait plus rien que Rollie et le lac. Drake est sorti du Cercueil. Il a fait signe au type qui avait stoppé derrière de reculer, de se tirer. Il a ouvert la portière conducteur, tiré le

frein à main, à gauche du volant. Fletcher tremblait. Le feu est passé au rouge. Drake a fait signe à un autre gars de ne pas se coller au cul du Cercueil. Il s'est réinstallé à côté de son ami revenu des morts.

— Je ne pouvais pas accepter ça, a dit Fletcher, comment vivre sans lui ?

Il a tourné la tête et regardé Drake (laid et dingue tel le personnage d'un roman gothique écrit avec un Bic qui fuyait).

— Le soir venait rapidement, s'est souvenu Fletcher, c'était la mi-septembre. Il était mort, je le savais. Il était là présent par son corps… Lui n'était plus là. Il fallait rentrer, Grand-Père nous attendait.

Il fixait le feu qui était au vert – Drake était persuadé qu'il ne voyait que les temps révolus, son frère jumeau.

— J'ai décidé que c'était moi qui étais mort. Je l'ai pris dans mes bras, j'ai nagé avec lui et je l'ai laissé couler. Le lac était très profond. C'est moi qui disparaissais. J'étais mort, moi, Glen, Glen Fletcher, j'étais mort. Rollie vivait. Grand-Père préférait Rollie, tout le monde préférait Rollie.

Fletcher a caché son visage dans ses mains pour ne pas couler dans le lac. Se sentir pour avoir le sentiment fragile d'être, d'être lui. Lui, Glen, Glen Fletcher, qui vivait dans l'identité de son jumeau. Pas dans sa peau. C'était dans sa peau à lui, Glen, Glen Fletcher, qu'il se réfugiait quand il n'en pouvait plus de vivre. En vivant comme s'il était celui qui était mort, il s'était tué sans cesse, se tuait sans cesse. Jadis, dès qu'il était seul, il se répétait à mi-voix : « Je suis Glen, je suis Glen Fletcher. C'est moi Glen, Glen Fletcher. » Le temps était allé et peu à peu il n'était plus devenu lui ; peu à peu il avait été pris pour Rollie Fletcher au point de s'abuser. De devenir Rollie Fletcher, de penser qu'il était Rollie Fletcher.

À trente-neuf ans, plus de vingt ans après la mort de Rollie, il était devenu Rollie Fletcher. En dessous des réflexes, un peu en dessous d'une certaine conscience, Glen Fletcher étouffait dans sa geôle, hurlait dans sa geôle. Il ne devenait pas fou, ce qui l'aurait sauvé. Pauvre Glen Fletcher qui s'était enfermé dans le nom d'un autre.

Son aïeul avait dit : « Tu as bien fait. C'était lui qui devait vivre. » Il était mort après avoir prononcé cette condamnation. Celui qui ne devait pas vivre a creusé la fosse, Saul Ingram est venu l'aider. Il pleuvait. Il pleuvait pour mille, pour dix mille pénitents. Ils ont mis le mort dans le cercueil qu'il avait fait pour son usage personnel – quel égoïsme. Une caisse en pin avec des poignées en cuir. Ils l'ont descendue dans la fosse qui s'emplissait de flotte… Et voilà ! Fletcher a desserré le frein à main et a cramé le feu rouge en faisant cirer les pneus sur l'asphalte.

Sam Giancana

> « C'est à quoi nous reconnaissons l'esprit de la vérité et l'esprit de l'erreur. »

Fletcher s'est garé devant le Melrose, en double file. Ils ont laissé le gyrophare tourner. Pour naufrager qui voulait l'être. Ils sont entrés – quelques clients. Les habitués cuvaient le changement d'année. Fletcher s'est approché du comptoir où le patron, bien peigné, l'attendait avec cette expression bonasse réservée aux flics, avant qu'on leur paye un verre, leur graisse la patte. Fletcher a tourné en rond pour réamorcer son côté tourne-disque. Ça lui permettait d'enregistrer des détails plus ou moins importants. Par exemple, si un type ne sortait pas un pétard dans son dos, si un tel avait une tête à sac Canton, la routine quoi.

— J'ai oublié votre nom, s'est excusé Fletcher en approchant du comptoir, je suis désolé.

— Pas de quoi ! Rusty Lane… Rusty pour vous…

Fletcher a fait un pas et l'a attrapé violemment par sa chemise, renversant le siphon d'eau de Seltz. Rusty Lane ne s'y attendait pas et s'est retrouvé en partie couché sur le comptoir, la tête dans le vide.

— Dehors, tous ! a ordonné Drake. Et vite ! On ferme.

Fletcher sans lâcher sa prise s'est baissé et a plaqué son visage contre celui de ce gars qui s'appelait Rusty, Rusty Lane.

— Y a un malentendu, a-t-il bafouillé les couilles dans la pomme d'Adam. C'est sûr.

— Tu aimes tes cheveux, Rusty ? a susurré Fletcher.

Ça l'a amusé. Ses yeux sont devenus vitreux. Il planait, avait des difficultés à faire ce métier, ça ne l'intéressait que peu. Voire pas du tout... Mais elle s'appelait Holly Howell, ça l'obsédait. Lui, il s'appelait Rollie Fletcher et ça lui faisait peur. Il a écrit « peur » dans une vignette.

— Rusty, a repris Fletcher, aimable, Rusty... Aimes-tu tes cheveux comme tu t'aimes ?

— Oui, a répondu le dénommé Rusty Lane.

En plein effroi.

— On va te shampouiner, a prévenu Drake.

Il se marrait et était carrément obscène, un pou lubrique tombé dans une marmite de méchanceté. Mais dans sa position, Rusty Lane ne voyait pas Drake. Il ne voyait que Fletcher. Fletcher en gros plan, ça décourageait d'aller se faire des frayeurs au cinéma.

— Il faut tout nous dire, a conseillé Fletcher, c'est important.

— Bien sûr ! s'est écrié Rusty Lane, bien sûr !

— Tu as les cheveux un peu longs, a observé Fletcher, c'est la mode ? Tu les fais friser ou c'est naturel ?

— Naturel ! Je vous jure !

— Un Jim Beam ? a dit Drake, ça te va ?

— Oui ! a répondu Rusty Lane, ça me va.

Drake a débouché la bouteille et a commencé à la vider sur le crâne de Rusty Lane qui a tressailli. Drake lui a frictionné les cheveux de sa main libre.

— Un vrai shampooing des familles, a-t-il assuré, c'est capital… La plupart du temps la calvitie vient du fait que les gars ne savent pas y faire.

Il a posé la bouteille sur le comptoir.

— Tu aimes les rouleaux de printemps, Rusty ? s'est-il enquis.

— Oui ! Oui, c'est bon.

— Et les bananes flambées, tu aimes ?

Il a sorti son briquet de luxe et a allumé les cheveux de Rusty Lane qui a hurlé. Fletcher les a éteints avec le siphon d'eau de Seltz. Il a lâché Rusty Lane qui est resté prostré, juste la force de dégueuler un peu. Drake a fait le tour du comptoir et s'est emparé de la bouteille d'Old Crow et de verres qu'il a emplis largement. Il en a tendu un à Fletcher.

— Aux rouleaux de printemps, a dit Drake.

Ils ont trinqué et bu. Drake a dit que le Old Crow le faisait bander. Rusty Lane s'est redressé. Il était plutôt livide et ses cheveux avaient morflé. Il ressemblait à un rouleau de printemps qui aurait pris feu. Il tremblait. Il s'est aperçu dans les glaces et a poussé un petit cri de poule qui pond son œuf au plat. Il était catastrophé, démoli psychologiquement pour parler de façon contemporaine. Drake lui a tendu un verre et a trinqué avec lui.

— À la tienne, a-t-il dit.

Il a ouvert la caisse et a raclé le fric, pas plus de quarante-cinq bucks.

— C'est la dèche, a-t-il remarqué en empochant la monnaie.

Faudrait pas nous jouer le vendredi noir… On n'aime pas les remakes.

De l'autre côté du comptoir, Fletcher a allumé une Lucky. C'était un bon moment tranquille, un whisky, une Lucky.

— L'homme pauvre, a-t-il dit, n'a que sa pauvreté comme bien.

Drake a eu un coup de grisou. C'était si triste ce qu'avait dit Fletcher. C'était le seul problème avec lui, il balançait sans le vouloir des trucs qui t'assommaient net.

— Quatre gars l'autre soir, a fait Fletcher. Quatre gars… Ça te revient, Rusty ?

— De quoi ? a bredouillé Rusty Lane, de quoi ?

Il était hagard, aux abois.

— Tu veux qu'on te laque ? lui a dit Drake.

Il lui a donné un coup de coude en rigolant.

— Comme un canard… Tu piges ? À la broche.

Rusty Lane a frémi.

— Quatre hommes, a réitéré Fletcher, dimanche soir par là…

— On le sait, a affirmé Drake. On nous a dit que t'avais les oreilles qui traînaient.

— Tu veux faire un dessin ? a offert gentiment Fletcher.

Il avait envie de dessiner, ça lui démangeait les mains. Rusty Lane s'est mis à hocher la tête. Un pantin. Il avait un poil disjoncté.

— Oui, oui, je me souviens ! Trois hommes, un qui parlait, les autres qui se taisaient… Et le plus jeune qui se ramène… Il avait une T-Bird blanche.

Il bavait, avait les yeux qui roulaient :

— Le plus jeune, le blond, il a dit : « Je le saurai quand ? » et celui au chapeau lui a répondu : « Vingt-quatre heures à l'avance. Tu auras le nom de la ville, le lieu… Si c'est un hôtel, la chambre qui sera dans l'axe… Et pour le reste, tu recevras un coup de téléphone dans une cabine une heure avant… Tu sauras ».

Rusty Lane avait asséché son godet, Drake l'a resservi.

— Ils ont parlé de matériel, s'est remémoré Rusty Lane, il l'aurait dans la première livraison et un autre, le même modèle… Il a redit : « Dans la chambre d'hôtel… ou sur le toit… Il sera là ».

Pour Fletcher et Drake, le matériel, c'était un bon vieux fusil. Le « dans l'axe », ça ne marchait pas avec un flingue. C'était bien d'un assassinat à distance dont il s'agissait, avec un tireur d'élite engagé pour faire le boulot. Un quidam mêlé à une affaire sacrément foireuse et pas claire, ce débarquement si mal géré par la CIA. Fletcher a pensé à Winston Adams. À la vue en plongée qu'on avait depuis la chambre du Cortez. Et puis un gars. Un expert, un ancien Marine, si tu veux. Un fusil à lunette, par exemple un MC-1952… Ou la nouvelle carabine Remington 700. De cette chambre, ou d'un toit… il pouvait dégringoler n'importe quel chrétien jusqu'à une distance frisant les quatre mille pieds. Plus loin, ça devenait problématique… Pas impossible. Une chambre, un toit. Un Marine, et un contrat… Un mort au bout du canon.

— Il lui a donné quelque chose, a poursuivi Rusty Lane, c'était pas gros.

La clef de la Pontiac ?

— Et j'ai entendu : « Apprends par cœur. »

Et le Marine ne l'avait pas fait. Rusty Lane souriait en dodelinant de la tête.

— D'ici je peux entendre à peu près tout ce qui est dit, a-t-il confié, rapport à l'acoustique m'a raconté un gars, un effet d'acoustique.

— Le jeune, tu le connaissais ? a questionné Drake.

Rusty Lane a fait non de la tête, il a allumé une Viceroy et semblait heureux dans la vie.

— Non je le connais pas... Le gars qui se taisait, si.

Fletcher et Drake ne s'attendaient pas à ça. Ils se la sont fermée.

— Je l'ai vu en photo, en première page. Il y a de ça un an, par là... Avec le maire... Peut-être pour le procès contre l'État ?

Une affaire de route, Moss et la municipalité avaient gagné. Rusty Lane ne disait plus rien. Pour le canard, c'était forcément le *El Paso Herald-Post*. Et le prêcheur en compagnie de Moss, c'était Frank Ragano, un avocat qui bossait pour la mafia ou ses alliés, comme Jimmy Hoffa, chef du syndicat des conducteurs routiers. Fletcher et Drake pensaient que ça devenait intéressant. De plus en plus intéressant. Drake a vidé la bouteille d'Old Crow dans le verre de Rusty Lane qui avait envie de parler à l'image de tous ceux qui se déballonnaient :

— C'est lui qui est arrivé en premier, il m'avait loué le bar au téléphone, la veille... Une heure.

— Combien ?

— Cent cinquante... Il a pas attendu... Les deux autres sont arrivés pas plus de dix minutes plus tard.

Fletcher a suivi des yeux un rond de fumée qui s'est lentement dénoué.

— Dans une Lincoln de location... Ils étaient pas seuls, il y avait un garde du corps... Il est resté devant la porte.

— Raconte les deux gars ? a fait Drake.

Rusty Lane a écrasé son mégot dans un cendrier, il était un peu bourré.

— Pourquoi que t'as des mains, Rusty ? a dit Fletcher.

Le pauvre Rusty a sursauté.

— Ah non… Non… Faites pas ça.

Il avait peur qu'on les lui coupe… Incroyable ! Encore un qui paniquait pour un rien.

— Rusty, a sermonné Drake, je t'ai posé une question…

— Pardon ! Vous énervez pas… Vous énervez pas !

Il postillonnait, tremblait et a bredouillé :

— Le plus vieux avait des lunettes aux verres fumés… Plutôt maigre… Un chapeau clair avec un ruban noir… Celui qui les attendait l'a appelé… L'appelait Salvatore… Oui, Salvatore…

Fletcher et Drake se sont regardés… Ils pensaient à un gars. Un gars qui n'habitait pas là, non, mon vieux. Pas là. Bien plus au nord. Et qui portait presque toujours des babas, et souvent clairs.

— Un gars avec la barbe drue comme qui dirait, a fait Drake.

— Absolument, a abondé Rusty Lane, absolument… C'est ça !

Ce gars, c'était Sam Giancana, « Momo », « Mooney », « Sam the Cigar », le parrain de l'Outfit de Chicago… La mafia, pour parler autrement. Ses intimes l'appelaient Samy ou Salvatore, son prénom d'origine. Fletcher et Drake le connaissaient bien. Il était intelligent et rusé… Bien plus que Scarface. C'était lui que Joseph Kennedy, le chef du clan, avait contacté pour faire élire son fils à la présidence. Giancana avait mouillé la chemise aidé par Carlos Marcello, le parrain de La Nouvelle-Orléans. La mafia avait filé du fric et rameuté ses réseaux. JFK avait été élu.

La belle amitié n'avait pas duré : RFK-Bobby-la-belle-frange avait décidé de nettoyer la mafia, de l'éradiquer. Ça faisait bien. La vérité, c'était qu'une opération antimafia leur permettait de se faire une réputation d'honnêtes hommes sur le compte de leurs anciens copains. De la politique, quoi… Quant au gars qui accompagnait Giancana, c'était son bras droit : Charles « Chuckie » Nicoletti : « The Typewriter », expert dans le flingage et le crime de sang.

Si Giancana venait à El Paso parler avec Frank Ragano, Santo Trafficante Junior était forcément dans le coup. Avant d'être le parrain de Miami, Trafficante était celui de La Havane. Il avait perdu lourd là-bas. Ce n'était pas le seul, les frères Dulles aussi. Fidel avait nationalisé les terres d'United Fruit Co dont ils étaient les actionnaires principaux. Allen Dulles avait été à la tête de la CIA jusqu'en novembre 61. Il avait largement contribué à l'élaboration du débarquement aidé par Giancana qui disait à qui voulait l'entendre que la CIA et Cosa Nostra étaient les deux faces de la même pièce… Et donc ça sentait la mort au Melrose.

Fletcher et Drake semblaient rêver telles deux méduses au comptoir de la mort soudaine. Rusty Lane avait peur. Bien que soûl, il se rendait compte que ces deux-là pouvaient aussi bien le flamber ou lui mettre une balle dans la tête. Ils trouveraient une excuse, les flics s'en sortaient toujours. Il avait caché ses mains dans ses poches, car l'Albinos lui avait flanqué la hantise de se les faire raboter. L'autre hideux lui a tapoté l'épaule et dit qu'il était un gentil gars et qu'il ne craignait rien.

— Tu nous fileras vingt bucks par semaine et tu auras la vie tranquille, je te le garantis. Allez salut, Rusty.

Il aurait pu dire : « *Video meliora proboque, deteriora sequor* » ou plus simplement : « *Vir prudens non contra ventum mingit* »[1]. Il ne l'a pas dit. Ils sont montés dans le Cercueil. Drake a pris le volant. Fletcher marchait de l'autre côté de la palissade dans le champ plein d'étoiles, il espérait. C'était dangereux, très dangereux. Il n'y pouvait rien et se rapprochait, se rapprochait d'elle – et son cœur méchant battait, battait et de la poussière d'or tombait du ciel.

1. « Je vois le bien, je l'aime et je fais le mal. » « Un homme prudent ne pisse pas contre le vent. »

3 h 10 pour Yuma

« Car la pression du lait produit de la crème, la pression du nez produit du sang, et la pression de la colère produit des querelles. »

Entre deux bagnoles, cet homme enlaçait passionnément cette femme ployée dans leur geste de désir. C'était violent et simple et ils n'étaient plus là… Le temps les avait effacés.

— La mafia commanditaire d'un meurtre, a dit Drake, c'est pas étonnant… Mais la mafia engageant un ancien Marine pour tuer…

Il n'est pas allé plus loin et a tété sa Lucky (un gosse très laid qui ne s'était pas encore suicidé).

— Quelqu'un leur a demandé de faire le boulot à sa place, a poursuivi Fletcher, pas un vulgaire péquin.

— Ce quelqu'un fournit le sniper… Et la Famille s'occupe de la logistique.

C'était toujours la nuit et quelque part Ray Charles chantait avec ses lunettes de soleil :

Well, I got a woman, way over town
That's good to me, oh yeah

Said I got a woman, way over town
Good to me, oh yeah…

Drake s'est garé devant le banc. Ce banc, il n'y avait jamais personne dessus. Derrière, il y avait une palissade et un pumpjack hors d'état. Drake était persuadé qu'il y avait un fantôme dans le coin et qu'il s'asseyait sur le banc. Drake ne pouvait pas concevoir une enquête qui ne fasse pas halte là. Les pourris avaient besoin de croire à quelque chose, autant que ce soit à un fantôme. Drake a coupé le contact. Ils ont posé leurs miches sur le banc en béton. Ils ont bu une gorgée de raide. Drake s'est intéressé à ses ongles qu'il rongeait car il ne parvenait pas à se grignoter le nœud étant souple comme son Python Target. À bas la vie, mais vive pas la mort. Et puis il en a eu plein le dos de ses ongles, il aurait aimé avoir à la place des petits culs de femmes, il les aurait bichonnés.

— À ton avis, a-t-il dit, à ton avis, Rollie, qui c'est qui engagerait la mafia pour tuer quelqu'un ?

— Quelqu'un qui n'aurait pas peur qu'on le fasse chanter.

— Qui ? a insisté Drake.

— La CIA… Il n'y a qu'eux… Pour moi.

— Qui ? Ils veulent tuer qui à part Castro ?

— Une huile, a répondu Fletcher, c'est certain.

— Ici, aux States ?

Fletcher a acquiescé. C'était son instinct qui parlait mais il ne pouvait pas étayer son intuition.

— Ça peut être un chef d'État étranger, a suggéré Drake. Ici ou là-bas… Merde. On n'arrivera à rien comme ça. Pour répondre à la question, il faut qu'on en sache plus sur le meurtre du Marine.

Fletcher a sorti l'image pieuse de Rosamar Torres de sa

poche, l'a examinée et tendue à Drake qui a fini par la lui rendre.

— Tu penses qu'elle a fait une connerie de l'oublier sous l'oreiller ? a susurré Drake.

Fletcher s'est demandé s'il avait avalé son mégot. Il ne savait pas quoi faire de cette image. Elle faisait partie de l'enquête.

— Moi je ne l'aurais pas oubliée, a confié Drake. J'oublie jamais ma queue et pourtant je m'en sers pas.

Le fantôme n'était pas venu, c'était à chaque fois pareil. Drake s'est souvenu de sa vie en une seconde. Bio intéressante, mais quel calvaire... Il s'est installé au volant en entonnant à mi-voix le générique de *3 h 10 pour Yuma.*

— Un film de Delmer Daves...

— Qui a tué le Marine ? a dit Fletcher en s'asseyant sur la banquette.

— C'est pas Glenn Ford, a répondu Drake.

Ni Van Heflin, ni Leora Dana... Désormais le cinéma mourait en même temps que le monde. Il n'y avait pas de justice et que des coupables. Fletcher a sorti de sa poche le dessin trouvé sur le pare-brise. Il y avait quelque chose de sordide dans le tracé, l'expression des visages, leurs visages. Quelque chose de pourri. Fletcher savait de quoi il parlait. Il ne comprenait pas ce que faisait le dessin dans l'histoire. Cette histoire qui confondait le destin de Will Drake, le sien, et celui du Marine. Il était préoccupé. Et si lui et Will passaient à côté...

— Il y avait un loup, a murmuré Fletcher en remettant le dessin dans sa poche. Un loup rouge, tu vois... C'est lui qui raconte l'histoire, non ?

Drake ne savait pas... Il ne fallait pas oublier que les hommes étaient des animaux qui parlaient et marchaient debout. Des animaux dénaturés. Fous. Qui se servaient de tout pour arriver à leurs fins… Il s'est souvenu du dessin que Fletcher avait rempoché, de leurs gueules, de la légende… Ouais. Demain, il ferait jour pour ceux qui vivraient. Il a démarré plein pot en continuant le générique de *3 h 10 pour Yuma* :

— Musique : George Duning. Adapté d'une nouvelle d'Elmore Leonard… Pour Delmer Daves, c'est son meilleur film.

Il regardait le banc s'éloigner dans le rétroviseur intérieur. Il ne voyait pas le fantôme mais sa vie entière. Comme un mort, il ne vivait plus qu'au présent et le présent des morts ne durait pas, c'était connu. Fletcher, lui, songeait à Rosamar Torres et à lui, pauvres pécheurs, à Drake et à Holly Howell… À Holly Howell, oui. Ça l'a brûlé comme s'il s'était trempé la queue dans de l'eau bénite. Il s'est souvenu d'un bout de psaume qu'il a dit si bas qu'il ne l'a pas entendu comme s'il était plus sourd que Dieu.

— Et nous, a ajouté Drake, qui c'est qui racontera notre histoire ?

Fletcher s'est demandé si Will Drake avait entendu ce qu'il avait dit. Le glas qui sonnait dans sa phrase. Fletcher ne savait pas qui raconterait leur histoire. Il était triste de penser que Will Drake pouvait mourir, ne plus parler. Ne plus avoir de corps, de voix. Fletcher avait le sentiment que Drake avait prononcé la phrase de trop, c'était comme s'ils allaient à la mort. Comme s'il n'y avait rien à faire pour l'éviter et que ça faisait partie de l'histoire dont ils ne connaîtraient pas le mot de la fin.

La symphonie fantastique

« Ni la peste qui marche dans les ténèbres, ni la contagion qui frappe en plein midi. »

Drake a stoppé devant la Ford Edsel vert et crème de Booker Sparks garée à côté de la Coiffeuse. Sa calandre en forme de gros vagin chromé avait découragé toutes les petites bites du pays, Dieu sait s'il y en avait. Cette bagnole avait été un échec historique. Un désastre commercial pour Ford. Elle fuyait de partout, perdait ses boulons comme un gars perd ses cheveux. Tant pis, Booker Sparks l'aimait plus que sa mère. Il la briquait dès qu'il posait ses scalpels et elle était lustrée aussi bien qu'un putois à la saison de la fornication – puait autant dès que son moteur toussait. Fletcher et Drake se sont dirigés vers l'entrée de la morgue surmontée d'une frise mouvante : une colonie d'Oiseaux sculptée sur le toit et les gouttières. Parfois, l'un d'eux tombait en dormant et se rétamait le bec, s'empalait ici ou là. D'après Drake si tu enfonçais un suppositoire dans le cul d'un Oiseau, il ressortait par la bouche. D'où l'expression : con comme un Oiseau. Pour autant, ils étaient dangereux et nocifs car alliés au Jockey et à la Virgen con cuervos. Si Will Drake avait écrit la Bible, les paraboles auraient été différentes, c'était certain. Pour en finir sur les Oiseaux, ils chiaient en dormant ce qui fait qu'ils étaient cons et nuisibles tout le temps.

— Et Neville Allen ? a fait Drake en entrant dans la morgue. Le copain de notre Marine, on en fait quoi ?

— On le laisse crever.

Drake partageait l'opinion de l'Albinos. Le copain du Marine pouvait aller se faire téter les yeux où il voulait, à moins qu'il soit blindé de thunes et qu'on puisse le tondre. Dans ce cas, on pouvait envisager de rouvrir son dossier. Quant à Booker Sparks, il était assis derrière son bureau, en blouse, le masque sur le cou. Il buvait un whisky, fumait, les godasses sur la table. Il écoutait *La symphonie fantastique* de Berlioz. Fletcher aimait cette œuvre au point de souhaiter qu'elle n'existe pas. Elle existait. Pas plus pas moins que le jambon et le cancer des poumons. Fletcher s'est assis sur le tabouret, crevé par la musique. Drake a ouvert le frigo et pris deux canettes de bière qu'il a décapsulées avec son arcade sourcilière. Il en a donné une à Fletcher. Ils ont levé leurs canettes en guise de toast porté au légiste. Ils ont bu au goulot et pas tardé à allumer des Lucky. Pas de rouleau de printemps à portée de main, aucune mouche, pour autant ça puait les soucis. Booker Sparks a écrasé son mégot, tendu le bras pour s'emparer du bidon d'essence et se servir un autre whisky. Il a regardé la photo de son fils dans son cadre en ébène… (Fletcher était revenu vers la rive sans en avoir conscience. Il s'était habillé avec les vêtements de son frère. Les siens, il les avait enfoncés plus loin dans un trou. Debout sur la véranda, appuyé d'une main à un pilier de bois, son aïeul damné le regardait arriver et Fletcher se disait : « Je suis Rollie, je suis Rollie, Glen est mort… Glen est mort. ») Le disque tournait à vide et ce bruit permettait à Fletcher de s'accrocher dans le présent.

— Bien, a dit Sparks. Commençons par ce que vous avez deviné. À savoir qu'on lui a tiré une balle dans la nuque alors qu'il était mort.

Il s'est levé et a reposé le bras de l'électrophone sur son support, tout paraissait si simple.

— Ce n'est pas pour ça que je suis venu pratiquer l'autopsie un premier de l'an… Contrairement à ce que je vous avais dit.

Penché sur l'électrophone, de trois quarts pour Fletcher, il a mis les mains dans les poches de sa blouse et semblait être fasciné par le disque. Fletcher le connaissait assez pour deviner que le légiste essayait de faire le clair dans ses pensées et qu'il allait pivoter vers ses interlocuteurs, ce qu'il a fait.

— Tu te souviens, Rollie, des ganglions qu'il avait au cou ? Et tu m'avais dit qu'il en avait à l'aine.

Fletcher s'en souvenait très bien.

— Tu vois à quoi je pensais cette nuit ?

— À la peste, a répondu Fletcher.

— Rien que ça ! s'est écrié Drake. Comme au Moyen Âge en Europe ?

Il a dévisagé Sparks qui a hoché la tête et dit :

— Je me suis pointé en début d'après-midi et pas pour les heures supplémentaires… Au fait, vous lui avez ouvert la bouche ?

— Il avait une clef tout au fond, lui a appris Fletcher. Une clef de bagnole.

— Une Edsel, a menti Drake, ça te fera des pièces de rechange.

Sparks a grommelé que sa faiblesse, c'était de rire des

conneries de flics qui étouffaient les prévenus dans des sacs en plastique.

— Vous connaissez la loi des emmerdements maximums ? s'est-il enquis. Par exemple… Par exemple… Si on a la peste, on peut avoir la syphilis, vous voyez ?

Fletcher et Drake sont restés cois, pas le genre à abonder dans le discours du prévenu – tout le monde était suspect pour eux, surtout ceux qui ne l'étaient pas. Tout le monde avait le droit d'être innocent – il fallait le prouver.

— Et se casser une jambe, a poursuivi Sparks, être cocu et s'électrocuter en se rasant.

Il a allumé une mentholée, ça lui arrivait après avoir « opéré » un de ses clients.

— Une fois qu'on s'est électrocuté, on ne peut pas se pendre, pas vrai ?

Les deux piafs n'ont pas cillé (ils n'étaient pas pondus du jour).

— Bref, le gars a la peste, a-t-il repris, j'en suis sûr, et il a une tumeur au cerveau, une autre sur l'aorte, près du cœur, elle l'a sûrement tué… Ça n'a rien à fiche avec la peste, vous me suivez ?

Il a vidé son godet.

— Je crois qu'on a écopé d'une sale affaire, oui, une sale affaire.

— « *Sæpe morborum gravium exitus incerti sunt*[1] », a crachouillé Drake du coin des lèvres.

Sparks a rigolé et a ajouté :

— Je vais envoyer des échantillons de tout ça à Bob, a-t-il promis.

1. « Souvent, l'issue des maladies graves est incertaine. »

Bob Douglas, le patron d'un labo avec qui Sparks bossait.

— Je lui dirai de prendre toutes les précautions, a-t-il promis.

— Et de se taire, a dit Fletcher.

Lorsqu'on tuait les morts, les vivants avaient intérêt à ne pas se faire remarquer. Sparks a ouvert un tiroir du dizainier en métal, s'est emparé de gants médicaux et de masques qu'il a distribués à Fletcher et Drake. Ça encore ce n'était pas habituel – d'ordinaire les morts, c'était des gars inoffensifs. Sparks a remis son masque, enfilé des gants. Il a quitté le bureau suivi par les deux perdreaux. Ils sont entrés derrière lui dans la « salle de gala ». Sparks avait mené la grande enquête. Lorsqu'on voyait un corps vidé, on comprenait bien qu'un homme était la somme de ses organes. Tout ça marinait dans des récipients métalliques. C'était triste ce qu'il y avait dans un homme, triste, dégoûtant, laid. On n'avait plus envie de croire que la beauté pouvait exister, être créée par l'homme. On ne pouvait plus que subir cette viande froide et ne penser à rien d'autre. Même pas à la mort (ou faire comme Fletcher, examiner les instruments chirurgicaux alignés avec méthode sur une surface en inox ; d'ailleurs, il a saisi une pince, l'a manipulée).

Sparks a montré la poitrine et le cou du Marine et dit qu'il avait porté une chaîne et des médailles... Du doigt, il a indiqué une tache plus claire sur le sternum.

— Elles faisaient éventail, a-t-il expliqué. C'était bien pour sa peau, quoi qu'on en dise, le soleil ce n'est pas qu'un allié.

Le masque de Drake rougissait et ce n'était pas de honte. Booker Sparks a montré des ganglions (des rognons à la sauce au sang dans un haricot en inox). Et une excroissance dans le cerveau, une autre dans le poumon gauche... Le foie qui attendait que ça se passe dans une simple bassine en plastique, faute de subventions.

— Il avait mangé peu de temps avant sa mort, a dit Sparks. Deux heures… Pas plus. Et quant à l'heure de la mort… Je la situerais dimanche entre 7 et 11 PM… J'avance ça suite à l'examen de son bol alimentaire.

Il a indiqué une cupule pleine de dégueulis. C'était ce qu'avait bouffé le Marine du temps qu'il avait faim, un chili. Prenant de court Sparks et Fletcher, Drake a baissé son masque et humé le contenu de la cupule comme s'il voulait se lancer dans la commercialisation des vomissures.

— C'est le chili de Quique… Je le reconnaîtrais entre mille, cette ordure.

Il s'est essuyé le nez avec le revers de la main, n'a pas remis son masque en disant que le chili de Quique avait tué la peste…

— Il était contagieux quand on l'a découvert ? a demandé Fletcher à Sparks.

— Je ne sais pas…

Ils voyaient tous les trois le topo : on avait tué un homme parce qu'il était porteur de la peste. Voilà ce qu'était l'affaire du Marine mort à El Paso. Pas ordinaire. Sparks est sorti en ôtant ses gants et en les jetant dans la poubelle, imité par Drake qui s'est retourné vers Fletcher, de dos. Il a pivoté et s'est débarrassé à son tour des gants. Drake l'a dévisagé, s'est interrogé sur ce que cachait l'Albinos. Parce qu'il cachait quelque chose… Seulement le gars capable de faire parler Fletcher s'il ne le voulait pas, il était encore dans les couilles du futur antérieur. Lui et Drake ont retrouvé Booker Sparks dans son bureau.

— « Tu seras à l'abri du fléau de la langue, a-t-il récité,

tu seras sans crainte quand viendra la dévastation. » Job, je crois.

Il s'est emparé de la canette que lui tendait Drake. La première journée de l'année se terminerait dans une heure, ils étaient un peu lessivés.

— Comment vous racontez ça ? a dit Sparks.

Il a fait le vide sur une partie de son bureau. Il se préparait à sodomiser sans façon les Sacs plastiques genre Hannibal Barca les Romains à la bataille du lac Trasimène.

— Des gars qui tuent un autre gars parce qu'il est contagieux, a grommelé Drake, ça ressemble à rien de connu et ça pue plus que le chili de Quique.

— On peut se tromper, a remarqué Sparks.

Il n'y croyait pas. Il a sorti ses dés. Ils ont fait une partie de « Un ». C'était un jeu que Booker Sparks avait enseigné aux deux poulets. Ça se jouait à trois dés, il fallait sortir trois un. Sparks leur prenait rapidement dix dollars chacun, un impôt. Et il gagnait, cette nuit comme toutes les autres… Mais pourquoi Drake n'écoutait-il plus la montre marxiste-léniniste ? Pourquoi souriait-il ?

— La vérité, a dit Sparks, la vérité, c'est qu'elle n'existe pas. C'est une transcendance.

— La vérité, a développé Fletcher en lançant les dés, la vérité c'est que les histoires des livres n'ont rien à voir avec les histoires de nos vies. Les écrivains sont lâches et cupides… On peut leur pardonner car nous les lisons tant on s'ennuie de vivre.

Il avait sorti un cinq, un trois, un deux… Autant dire que dalle.

— La vérité, a-t-il approfondi, c'est que je ne suis pas moi et que je ne m'y suis pas habitué.

Il n'a pas osé ajouter qu'il espérait vivre enfin.

— Imaginons, a dit Booker Sparks.

Il a lancé les dés.

— Oui, imaginons, lui a fait écho Drake.

— Un labo infecte volontairement ou pas quelqu'un, a repris Sparks en jouant avec les dés. Un Marine par exemple... Ils l'infectent et le tuent pour éviter la contagion.

Il a lancé les dés. Drake les a observés rouler et s'immobiliser... Trois un. Il a soupiré et dit :

— Tu vois un labo qui a pignon sur rue engager des tueurs pour buter un de ses cobayes ?

Il a lancé un dollar sur la table suivi par Fletcher.

— À moins, a-t-il continué, à moins que tu penses à ce genre de labos qui peut tout se permettre.

Il a pris les dés et soufflé dessus.

— Ce genre de labos auquel tu penses, a dit Sparks, oui, c'est un peu mon idée.

Drake a lancé les dés en scrutant Fletcher qui se la fermait et venait de le dévisager comme s'il avait deviné combien il avait de poils au cul.

— Des labos dans des coins tranquilles avec des barbelés et des bidasses qui patrouillent, c'est ça ? a poursuivi Drake, déçu parce qu'il avait sorti des nèfles avec ses dés.

— Dans le genre, a répondu Sparks.

— Au moins, on sait qu'on risque notre peau, a dit Drake.

— Ils ont bricolé un virus multisouche, a poursuivi Sparks, le Diable nous préserve...

Il n'a pas fini sa phrase. Drake s'est levé ainsi que Fletcher qui a posé la question de confiance :

— Tu as toujours ton .38, Booker ?

— Toujours.

— Mets-le sous ton oreiller. Si on rentre dans ta chambre : tire d'abord et appelle-nous ensuite. Allez, salut, Booker.

Fletcher et Drake se sont tirés. Sparks s'est levé et a mis l'électrophone en marche. *La symphonie fantastique* s'est levée sur la morgue, une aube incertaine dans un satané puits de charbon. Autant se tirer une balle dans la tête, quoi… Mais pourquoi Will Drake souriait-il ? Oui, pourquoi ?

La montre

«Rachetez le temps, car les jours sont mauvais.»

Drake a fermé la porte de la morgue – l'Albinos faisait travailler ses neurones, ça se voyait. Une veinule sur sa tempe tremblotait tel un néon fatigué et ses yeux de python hormoné étaient voilés… Il a haussé les épaules pour dire pouce :

— Vas-y… je vois pas.

— La montre.

La montre ! Eh oui, la montre. Fletcher s'en est voulu de ne pas y avoir songé.

— Je t'ai attendu pour voir.

Drake l'a débouclée et tendue à Fletcher qui l'a examinée. Ils ont marché jusqu'au Cercueil, sont montés à bord – Drake au volant. Ils ont quitté la morgue, se sont enfoncés dans le Segundo Barrio. Les putes prêchaient la bonne parole avec ce que la nature et l'hérédité leur avaient attribué. Les petits voyous tentaient de prendre du poids, leurs épaules triplaient au coucher du soleil. Par la vitre descendue du Cercueil, les insultes en espagnol comparaient les Sacs plastiques à tout ce qu'il y avait de pire et c'était légitime.

— Si Dieu montait sur une balance, a dit Drake, il pèserait combien ? Et notre affaire, elle pèse quoi ? D'un côté notre Marine traqué par des tueurs d'une agence plus ou moins paragouvernementale et de l'autre le même Marine employé par la mafia, bossant elle pour la CIA ? Tu vois le film ? Tu peux me réciter le générique ?

Fletcher a ouvert la montre à l'étoile rouge. Avec sa pince à épiler, il s'est emparé d'un morceau de papier coincé dans le mécanisme qui s'est remis à fonctionner. Fletcher a montré le secret de la momie à Drake qui s'en est emparé. Il l'a déplié et a lu ce qu'il y avait écrit à la machine en minuscules : « Parking TE6A. 2-1 10 PM ».

— Ce que Samy lui avait dit d'apprendre par cœur ? a-t-il argué.

Fletcher était d'accord. Drake a rendu à Fletcher le morceau de papier spécial machine à écrire, coupé sans bavures au ras des lettres. Fletcher l'a mis dans le préservatif qui contenait la balle de .45 ACP censée avoir tué le Marine.

— Tu vois de quoi ça cause ? a dit Drake.

Il a brûlé un feu rouge en déclenchant le gyrophare du Cercueil au dernier moment.

— L'avantage si on résout ce rébus, a-t-il prédit, c'est qu'on sait où on sera le 2 au soir… Demain…

Il a manqué emboutir une Chrysler New Yorker bleu pyjama qui était sortie de chez le concessionnaire il y avait peu. Une camionnette noire de l'institut médico-légal de Dallas s'était arrêtée, un pneu crevé. Le chauffeur est descendu de la cabine en se massant les parties. Sa façon de réfléchir.

— Comment on fait ? On achète du peyotl au fantôme de

la Madre General et on fait les pythies ? Tant qu'on pige pas on peut pas se planquer en TE6 pour bouger notre cheval et tomber sur le gars qui livre la Pontiac… Et qu'est-ce que ça signifie TE6 ? a renaudé Drake.

Fletcher lui a mis une cigarette dans le clapet qu'il a allumée comme la sienne… Par ici le bitume semblait remonter des entrailles de la terre… Avec des airs chtoniens, préhistoriques.

— Le Marine est infecté, a dit Drake, très bien. Une mauvaise manipulation… Un accident… Il est infecté, ne le sait pas.

— Il démissionne ou est viré du labo.

— Il participe à la tentative de débarquement de la baie des Cochons, se met au vert au Guatemala, au Honduras… Et rentre au pays en passant par le Mexique.

— Où il rencontre Sam Giancana et Frank Ragano dans le bar de Rusty Lane, continue Fletcher.

— Ils lui proposent un contrat.

Drake hoche la tête, baisse sa vitre, se débarrasse de son mégot et poursuit :

— Il accepte… Reçoit sûrement du fric et une clef de bagnole assortie d'un rendez-vous.

— C'est ça… La bagnole, c'est l'étape suivante… Une des étapes.

— Il ne savait pas qui il devait dézinguer.

— Non, répond Fletcher. J'en suis sûr. Ni qui, ni où… Giancana est prudent, rusé, intelligent. Il voulait contrôler la situation, que le travail soit exécuté parfaitement, satisfaire la CIA et encaisser les dividendes.

Fletcher n'était pas totalement satisfait par l'histoire qu'ils avaient racontée. Dans une enquête policière, il pouvait arriver que l'énigme posée au départ n'ait plus le moindre intérêt.

Il pouvait arriver à des flics de rencontrer « autre chose », c'était le cas. Pas des bonshommes verts, non, autre chose de plus insaisissable, obscur. Quelque chose comme un désir secret, un besoin refoulé.

— « *Felix qui potuit rerum cognoscere causas*[1] », a dit Drake.

— « Toute iniquité est péché mais il y a tel péché qui ne conduit pas à la mort », lui a répondu Fletcher.

(La création était un crime souvent impuni, jamais pardonné.)

1. « Heureux celui qui a pu pénétrer les causes secrètes des choses. »

Joe Peterson

> « Vous ne devez pas avoir de relation avec une bête, cela vous rendrait impurs ; de même, aucune femme ne doit s'accoupler à un animal ; c'est de la perversion. »

Leurs pas résonnaient sur le carrelage. Derrière sa banque, Joe Peterson était en train de s'endormir. Il avait une allure de cuvette de chiotte. Gras, voûté. Fainéant. De trop sur terre, c'était sûr. Il aurait dû y avoir une loi pour éliminer ce genre d'erreur. À partir de 10 PM, il n'y avait plus qu'un seul flic à l'accueil. Moss avait baissé les effectifs de la police. Ne se privait pas de dire que les délits étaient commis par des nègres ou des basanés qui s'en prenaient principalement à des nègres et des basanés. En raison de quoi, on n'allait pas engager des flics blancs pour faire régner la loi dans la jungle.

— Content de te voir, Joe, a fait Drake. La forme ?

Joe Peterson a grommelé une réponse. Il n'était pas joyeux de voir se pointer les Sacs plastiques. Ces deux salopards, c'était une menace permanente pour le sommeil et la digestion : ils avaient été chiés par le Joker pour faire d'El Paso une ville plus dégueulasse que Gotham.

— Toi qu'es là presque avant Pancho Villa, a fait Drake, t'as entendu parler de Ray Harris ? T'sais le gars qui loue des box, des emplacements pour stocker des meubles ou de la marchandise ?

Joe Peterson a remué sa tête de moule avariée. Fletcher l'a dessiné rapidement pour le coller telle une mouche à merde sur le rouleau de papier.

— Alors ? a insisté Drake.

— Deux ans de placard pour recel, a répondu Joe Peterson, au milieu des années cinquante… Et si vous voulez plus de renseignements, faut demander aux Vautours, ils le font cracher, c'est sûr.

— Y feraient ça ? s'est étonné Drake.

— Tu parles yiddish ? a dit Fletcher en soufflant sur l'encre de Chine du dessin.

Joe Peterson a été aussi surpris que Drake.

— Qu'est-ce que tu viens m'endormir avec ça ? a-t-il rétorqué. C'est quoi, ton affaire ? Une enculerie de plus ?

Fletcher a remisé son calepin (tantôt Zork cramerait avec sa lettre et la photo).

— Et Holly Howell ? a-t-il balbutié.

Drake a posé trois billets de cinq devant Joe Peterson pour lui couper le sifflet… Méfiant, il s'est empêché de les ramasser.

— Qu'est-ce que vous allez faire encore ? a-t-il dit. Ce yiddish, là ? C'est quoi ça ? Et cette Holly Howell ? Vous allez où avec ça ?

— Faire le ménage, a répondu Drake.

— J'en ai marre, a râlé Joe Peterson, me faut plus. Je risque ma place.

— Et ta femme ? T'as pensé à ta femme quand elle saura ce que tu fais avec Becky... S'appelle pas comme ça ?

Il a aboyé. Joe Peterson a fait la gueule. Il trompait sa femme, comme tout le monde. Son drame, c'était que « Cap » Connors avait besoin de fric et qu'il était en relation d'affaires avec la propriétaire du chenil où Joe Peterson venait chercher l'amour. Fletcher et Drake avaient acheté une photo des amours de Joe Peterson à Connors. Soixante bucks. C'était un investissement.

— Qu'est-ce que t'en dis, Roméo ? a fait Drake.

Joe Peterson a raflé les billets, c'était ce qu'il avait de mieux à faire. Drake s'est levé sur la pointe des pieds pour voir derrière la banque le standard téléphonique, les revues cochonnes et le verre. Le verre de Joe Peterson. Un verre à bière culotté comme une pipe. Dedans le ginger ale de Joe Peterson, allongé de bibine va sans dire... Drake a reniflé le verre de Joe Peterson. Il a dit que ça puait le sperme et est parti avec. Joe Peterson l'a traité *in petto* de bâtard, d'enculé de sa mère.

— Vous faites chier ! a-t-il jappé. Vous allez tomber et je payerai pour vous voir griller.

Drake s'est dirigé vers l'escalier qui conduisait au sous-sol. Il a ouvert la serrure de la porte, qu'il a refermée. Fletcher a déclenché la lumière – une rangée de lampes aux chapeaux de verre dépoli, suspendues au bout de tiges métalliques, s'enfonçait dans les tréfonds de la baraque comme le doigt du Dieu Anus.

Le Veau d'or

> « Et tous ôtèrent les anneaux d'or qui étaient à leurs oreilles, et ils les apportèrent à Aaron. Il les reçut de leurs mains, jeta l'or dans un moule, et fit un veau en métal fondu. »

En bas de l'escalier, un couloir desservait des cellules désaffectées, la chaufferie et la salle des greffes où étaient conservées les saisies… Les vestiaires. Drake a ouvert la porte. Ça sentait les pieds et la clope, le parfum des poulets. Les casiers, c'était de simples armoires métalliques peintes en gris avec leurs numéros peints, eux, en rouge. Les casiers 100 A et 211 C étaient fermés par des verrous comme tous les autres. La confiance ne régnait pas. Drake a plouffé. C'est tombé sur le 211 C. Drake a mis moins de vingt secondes pour ouvrir le cadenas avec l'épingle de sécurité qu'il avait au revers de sa veste. Le 211 C était le casier de Buster Day. Son contenu : des fringues, une paire de godasses, des slips, des magazines pornos, une bouteille non entamée de J&B. Drake l'a débouchée et a bu une franche rasade, imité par Fletcher. Il a rebouché la bouteille et refermé le casier en y laissant le bouton de manchette de Forrest Greene (bien caché). Au moment opportun, Roger Fields, le directeur de la police, recevrait un coup de téléphone anonyme pour lui dire d'aller voir dans le casier 211 C…

La salle des greffes était grillagée, du gros grillage qui résistait à la pince. L'unique porte était en vrai acier américain et équipée d'une serrure de sécurité. Toutefois si tu avais la clef, tu entrais. La salle était biscornue et très vaste, éclairée en permanence par des néons car ne disposant d'aucune ouverture vers l'extérieur. Les néons formaient une croix au-dessus des têtes de ceux et celles qui bossaient là et qu'on appelait les Crucifiés. Sur les rayonnages en fer, des tonnes de marchandises attendaient un hypothétique procès. Il aurait fallu que le juge Schoolcraft cesse de piner et se mette au boulot, quoi. Autant espérer que Nikita Khrouchtchev se fasse pousser les cheveux et chante *Love Me Do* avec les Beatles.

Si un criminologue s'était pointé et avait inspecté les rayonnages, il aurait eu un aperçu de l'inventivité des criminels de 1934 à nos jours. Ça allait du casque à friser transformé en grille-pain au biberon plein d'acide chlorhydrique ou ce clou avec lequel Henry-le-dépiauteur avait avorté sa concubine… Clou que Drake a emballé dans sa poche. Fletcher a remarqué un dépliant du *Texas Eagle*. Il l'a ouvert machinalement et a découvert imprimé en rouge le trajet, toutes les villes parcourues jusqu'à Chicago par l'express.

— Et dans un coffre énorme, a chuchoté Drake en se bidonnant, dans un coffiot appelé le Veau d'or…

Il a tapoté dessus.

— Sont entreposées les marchandises de valeur.

Théoriquement, la combinaison du coffre devait être renouvelée tous les six mois. Depuis que Fletcher et Drake s'étaient pointés à El Paso, elle n'avait pas changé. Fletcher et Drake l'avaient obtenue sans le vouloir en offrant des coups à boire à Oliver Duff, un Crucifié. Interdit de port d'arme, pour cause de à tir intempestif (par chance pour lui sur un chicano). Il buvait sans modération et se défonçait sans mollesse. Racontait sa vie à qui souhaitait l'entendre. Grâce à lui, Fletcher et Drake avaient la combinaison du Veau d'or et savaient où était la clef. Dans le tiroir de Miss Gordon. Bref, Drake a ouvert le Veau d'or. Ce qui intéressait Drake, c'était les quatre paquets de marie-jeanne. Vingt livres. C'était lui et Fletcher qui les avaient « saisis » sur un Mexicain – mort dans la bagarre. Ce n'était pas sa volonté. Il avait levé les bras pour se rendre. Comme dans un film. Il n'était pas dans un film, il avait rencontré les Sacs plastiques. Vingt livres de marie-jeanne, ce n'était pas un gros paquet de fric. De quoi s'acheter deux Cadillac Eldorado. Des costards blancs et des pompes en croco pour aller avec. C'était à peu près tout. Pour les liasses de billets, leurs numéros étaient notés. Quant aux bijoux, il n'y avait pas de fourgue digne de ce nom par ici. Nonobstant, Drake et Fletcher ont tout embarqué dans des sacs en provenance de la célèbre supérette Canton 400 S. Campbell St. – El Paso.

Ta méchanceté ne peut nuire qu'à ton semblable.

Tiens ! Ils avaient oublié le verre de ginger ale de Joe Peterson sur le Veau d'or – ils avaient la tête où ? Ils sont remontés vers la surface en ôtant leurs gants médicaux. En passant à côté de

Joe Peterson, Drake lui a demandé s'il garait sa Chevy dans le garage.

— J'ai pas de Chevy, a répondu Joe Peterson, indigné. Je viens de m'acheter une putain de Dodge Polara.

— C'est beau, a dit Drake. Rouge, c'est bien.

— Elle est bleue ! Rouge ? Je suis pas con à avoir une bagnole rouge.

C'était sûr… Drake et Fletcher ont pris l'ascenseur qui les a descendus au garage. Leurs ombres résonnaient plus que leurs pas. Elles rebondissaient sur les murs, les plafonds, les bagnoles. Ambiance jaune pisse, noir zan, marron étron. Ils n'ont pas sué pour trouver la Dodge de Joe Peterson. Neuve communiante. Drake n'a pas mis longtemps à forcer la serrure du coffre, ils ont mis dedans un de leurs sacs plastiques, celui avec l'argent et les bijoux. Drake a refermé le coffre. Pour parfaire le travail, il a rayé la carrosserie avec le clou de Henry-le-dépiauteur. Il l'a jeté par là au cas où un gars voudrait crever un pneu… On ne pouvait pas dire que Drake aimait faire le mal, il aurait préféré faire le bien mais c'était quoi exactement ? Qu'est-ce qui différenciait le bien et le mal ; le bien du mal ? Drake savait que Dieu était méchant. Dans la mesure où on croyait en lui, il était forcément méchant. Certains jours plus que d'autres. Les jours où Dieu était méchant, Drake faisait une saloperie, ou plusieurs… Si Dieu avait été gentil, Will Drake aurait été gentil et Adolf Hitler aussi.

Drake a rattrapé Fletcher qui se dirigeait vers la rampe d'accès et Drake disait : « John Wayne, Dean Martin, Angie Dickinson, Ricky Nelson… Howard Hawks… Dimitri Tiomkin… » Et Fletcher se souvenait des libellules, du souffle des chevaux, du chant de l'idéal et il entendait son aïeul dire la Bible : « Quand vous aurez passé le Jourdain pour gagner la terre de Canaan, vous trouverez des villes dont vous ferez des villes de refuge, où puisse s'enfuir le meurtrier qui a frappé quelqu'un par inadvertance. »

La caravane

> « Et elle vit deux anges vêtus de blanc, assis à la place où avait été couché le corps de Jésus, l'un à la tête, l'autre aux pieds. »

Le ciel était blanc tel le désert de White Sands, cet immense champ de yaourt qui se perdait au Nouveau-Mexique. Là-bas, à Alamogordo, ils avaient fait péter la première bombe atomique en juillet 45. « Trinity » qu'elle s'appelait. En 61, ils avaient envoyé dans l'espace un sous-homme. Un chimpanzé moins cher qu'un chicano. En ce moment les militaires rachetaient des terres aux ranchers pour agrandir l'aérodrome de Fort Bliss, voisin d'El Paso. Un jour, il y aurait des barbelés de partout et on ne pourrait plus venir ici pour enterrer un proche un peu chiant ou une auto-stoppeuse dans les trous creusés par l'El Paso Electric Co au début des années cinquante.

La compagnie de distribution d'électricité avait programmé l'installation d'une ligne haute tension avant de laisser tomber. Restaient les trous de six pieds de circonférence et de profondeur. On pouvait y caser un gars assis avec un très, très gros cul. On le recouvrait de yaourt et c'était terminé. Ces trous, les initiés les appelaient les « tapettes à souris ». La plupart avaient un fond en béton avec des fers à béton qui en dépassaient. Pas de fromage, d'accord, mais c'était dangereux quand même. Surtout quand les tapettes à souris étaient plus ou moins recouvertes par des virevoltants. Il leur arrivait de faire du surplace au-dessus des trous pour d'obscures raisons physiques. Il y a de ça six mois, on avait retrouvé par hasard un « dos mouillé » en train de racornir dans une des tapettes à souris. Il était tombé dedans et y était resté, un fer à béton enfilé dans la cuisse. Il était mort en tenant un virevoltant par la main – c'est ainsi qu'il était monté en enfer.

Drake pilotait le Cercueil qui projetait son ombre de dromadaire au prépuce circoncis sur le sable. Fletcher ressemblait à un personnage peu recommandable peint à l'encre de Chine avec une détermination effroyable. Comment se construisaient les perceptions des êtres humains ? Will Drake aurait aimé avoir une idée à ce sujet, différente de celle qu'il s'était forgée et qu'il exprimait ainsi : « Vivre ne servait à rien mais rien ne servait pas à vivre. »

Là-bas au bout de la ligne droite, on pouvait distinguer la caravane. Garée sur le bas-côté de la piste. Un peu moins blanche que le yaourt. Elle était connue, archiconnue, autant que la Maison-Blanche, depuis que Fletcher et Drake avaient rempilé à El Paso et rajouté leurs deux étoiles flétries au fronton de l'hôtel de police.

Vos idoles seront brisées et disparaîtront, vos statues du soleil seront abattues, et vos ouvrages anéantis.

Ils étaient venus là à El Paso parce que Moss cherchait des flics véreux, pas chers, pour remplacer Vern Carroll et Jack Smith plombés en service au Segundo Barrio. Ils s'étaient entendus facilement, les deux parties étant aussi malhonnêtes et revenues de tout. Avant de prendre leur service, Fletcher et Drake étaient allés acheter de la bière à la 400 S. Campbell St. – El Paso. Leurs sacs plastiques étaient impeccables et propices aux confessions. Les deux représentants de l'ordre pouvaient prendre leur service. Chose faite. Ils patrouillaient à la recherche d'innocents aux mains pleines lorsqu'ils avaient reçu cet appel du standard – s'agissait d'aller voir ce qui se passait du côté de White Sands. Une caravane était soi-disant stationnée en plein milieu de la piste. La citoyenne qui avait appelé le standard de la police disait qu'elle était sortie de sa bagnole pour aller voir ce qui se passait et qu'elle avait entendu un cri affreux, qui lui avait « glacé le sang », avait-elle précisé comme dans un vrai bon livre. Elle avait sauté dans sa bagnole, reculé et fait demi-tour. Ça se passait au mile 3, après le croisement des Longhorn. Il n'en restait plus que leurs cornes. Elles décoraient des pieux, faisaient office de panneaux indicateurs – surtout pour les amateurs de corned-beef.

Ils étaient sortis du Cercueil et s'étaient approchés. Chacun d'un côté. Drake avait son Python Target à la main. Ils s'étaient arrêtés, parvenus tout près de l'arrière de la caravane. D'ici, ils voyaient qu'elle avait été abandonnée. Que la bagnole qui la tractait s'était fait la malle… Et ils avaient entendu le cri. Jamais Fletcher et Drake n'avaient entendu ça. Drake avait senti ses poils bander à fond. La citoyenne avait eu raison de se barrer. Il y avait de la lumière dans la caravane, les rideaux étaient tirés. Ça schlinguait le fait divers sanglant. Drake et Fletcher étaient prêts à envoyer la sauce. La porte était du côté de Drake… Suffisait qu'il fasse moins de six pas. Ils avaient l'habitude des coups de pute. L'habitude du tandem sauf dans le domaine sexuel, n'ayant pas plus de sexualité l'un que l'autre. Fletcher, lui, s'était mis à progresser, lentement. Le long du flanc gauche de la caravane, à cinq pas. Le canon du fusil posé sur son bras droit, l'index gauche sur la détente. La caravane avait oscillé imperceptiblement. La lumière s'était éteinte. Un rideau avait bougé sur l'une des deux fenêtres.

— Police d'El Paso, avait dit Fletcher, lieutenants Will Drake et Rollie Fletcher.

Pas de réponse. Il était parvenu au bout de la caravane. Il avait contourné l'attache. Un truc l'avait attiré : la tête d'attelage avait été peinte en blanc yaourt et était éraflée par le crochet de remorquage de la bagnole qui avait tracté la caravane. Un détail, pas plus. Fletcher n'avait pas le temps d'y consacrer des neurones. Il avait progressé en arc de cercle, s'était planté devant la porte de la caravane, à une dizaine de pas. La distance suffisante pour avoir assez de recul et couvrir Drake efficacement. Drake avait tambouriné à la porte et dit :

— Police d'El Paso, faudrait se presser à sortir les bras bien en l'air.

La lumière s'était rallumée dans la caravane. La porte s'était ouverte à la volée. Un corps ensanglanté avait jailli en hurlant, projetant du sang de partout. Le corps avait fait quelques pas et s'était écroulé. Fletcher n'avait pas tiré, ses fameux nerfs en acier. Le corps semblait écorché, ce n'était pas banal. Ça ressemblait à un individu de sexe masculin. Fortement amoindri dans sa fonction sexuelle.

— Eh toi à l'intérieur, avait dit Drake, vaudrait mieux sortir. On a des chocolats pour toi.

Il n'y avait personne dans la caravane. L'homme en partie écorché et castré avec soin était mort en parlant à Fletcher. Comme on lui avait coupé la langue, Fletcher n'avait rien compris. On ne connaissait pas l'identité de l'homme. Doigts écorchés, aucune empreinte dans la caravane, sauf celles de chaussures à semelles en caoutchouc. Le talon était plus usé sur l'intérieur. Le pied avant intérieur gauche était plus usé – diagnostic de pronation avérée. À remarquer qu'au moins cinq cent mille bègues étaient atteints de pronation, sans parler des manchots et des culs-de-jatte.

Sur la moquette qui recouvrait le plancher de la caravane, on avait trouvé des fragments de verre. Pas su dire à quoi ça correspondait. Détail anodin, dans une poêle posée sur le réchaud, on avait fait griller de la peau. « Toute graisse appartient à l'Éternel. » La peau du gars écorché, avec des trucs qui pouvaient être ses roupettes. Sympathique mise en bouche. Quant à la queue, elle était à moitié bouffée. Fletcher et Drake en avaient conclu que le tueur n'aimait pas la queue. Drake avait demandé à Fletcher si les Français, qui bouffaient tout, bouffaient la queue. Fletcher lui avait répondu que les homosexuels, certainement.

À cette époque, Fletcher et Drake n'avaient pas de temps à perdre avec l'histoire de la caravane. Il fallait qu'ils lancent leur commerce de racket et d'intimidation, tuent une paire de voyous pour se faire respecter à El Paso et ses environs. Bien sûr, ils avaient pensé que le gars qui était mort dans leurs pattes n'avait pas été écorché et mutilé par un débutant. Que c'était du boulot de pro. Pro et dingue. Genre tueur en série. Blablabla. Ils n'étaient pas là pour ça. Ça ne rapportait rien que des années de cauchemars. Il fallait de l'abnégation à revendre pour chasser ce genre de gibier… Et pas une thune à ramasser. Le mauvais trip par excellence. Fletcher et Drake avaient éteint la lumière, fermé le dossier.

El Paso, l'enquête au deuxième jour

« Tel fait une distinction entre les jours ; tel autre les estime tous égaux. Que chacun ait en son esprit une pleine conviction. »

Et là, ce 2 janvier 1963 dans sa première heure, Fletcher et Drake s'étaient garés à proximité de la caravane dans le but d'enculer les Vautours et les agents du FBI Forrest Greene et Tim Hill : faire le mal pour obtenir le bien, ou de la monnaie. Plus subjugués qu'impressionnés par le mystère et le côté spectaculaire de l'affaire de la « caravane sanglante », du « mystère de l'homme écorché », les Vautours avaient récemment décidé de faire de la caravane leur plaque tournante, leur nid d'amour. Ils donnaient là leurs rendez-vous de business et baisaient des putes ou des gamines pas forcément consentantes – c'était pas des gars à faire la différence. Ils étaient pensés par leurs zobs et les réminiscences d'histoires pornos lues dans le noir à la branlette. Drake s'est garé à trois taffes de Lucky derrière la caravane… Un roadrunner a traversé la piste à toute pompe.

— Pourquoi ils sont pas albinos quand c'est blanc ? a grogné Drake. Il dénote dans le décor, ce con-là.

Il s'est retourné et a attrapé le sac du traiteur « Tran ». *Ouvert tous les jours jusqu'à minuit, sodas, bières, farces et attrapes.* Drake ne pigeait pas pourquoi les Tran vendaient des pétards et des masques chinetoques ainsi que des nems et des conserves de litchis. Étaient-ils manipulés par des entités ? Ils sont sortis du Cercueil. Dans ce milkshake goût assassinat, Rollie Fletcher faisait encore plus fantôme, paraissait plus à la ramasse. Quant à Drake, il était plus dégueulasse que d'ordinaire. Pour dire quelque chose de plus, ils avaient la gueule qu'avaient les bonshommes de ce Francis Bacon, ce côté écorché et blet.

Même banale, la caravane se tapait un genre pas banal. Un genre « ordinaire inquiétant ». Un genre « le pire est dans la norme ». Et il ne fallait pas oublier le passé, le gars écorché et mutilé. Bonne ambiance festive. Les scellés, tu oublies. Les Vautours s'étaient payé une serrure. Pour eux, la caravane n'était plus une scène de crime… La caravane était à eux. Bien sûr, Drake avait le sésame. Sont entrés dans le nid d'amour des deux buses. Les photos prises par « Cap » Connors avaient fait le tour du pays, accompagnées bien sûr de la prose de Dale Rose : « À quelques pas de la caravane maudite, le supplicié écorché et castré avec une cruauté diabolique par un suppôt de Satan serrait dans sa main droite la photographie de sa femme chérie… » Malgré tout son talent de prosateur Rose n'avait pas pu faire pire que ce que Fletcher et Drake avaient vu. Quant aux photos de « Cap » Connors, elles étaient en noir et blanc.

Fletcher et Drake, eux, avaient connu la scène de crime en couleurs et odorama. Tous les flics le savaient, lorsqu'il y avait du sang en quantité, le plus souvent, il y avait des excréments. Le temps passait son éponge toutes les secondes et au bout d'un an le sang et la merde avaient perdu couleurs et odeurs. Ce n'était pas plus qu'une pièce maculée de taches brunâtres, de traces de doigts sur les parois, les vitres. Les Vautours avaient investi dans un calendrier publicitaire Firestone avec des pin-up et des pneus, une cafetière, deux tabourets, un poste de radio. Un seau à glace Martini. Sur une étagère, une bouteille de Johnny Walker, à peine entamée. Manquait le fer à repasser mais pas le coussin Mickey jeté sur la banquette convertible en lit pour l'accouplement. Ils avaient lavé la table jadis trempée de sang et de viscères, disposé dessus une toile cirée festonnée de pères Noël joyeux avec des skis et des hottes pleines de joujoux… Tranquille, quoi.

Ce qui était curieux, c'était le panneau pour mesurer l'acuité visuelle. Pourquoi les Vautours avaient-ils placardé ça ? Ils étaient en train de devenir aveugles ? Fletcher et Drake se sont concertés du regard. Les Beaky Buzzard étaient cons et fous, alors… Fletcher et Drake se sont assis. Drake a écouté la montre du Marine, la sienne, et a dit que le temps coco ne passait pas comme le temps GM – General Motors. Il a dit que le son de l'heure coco était plus vif, moins creux. Il a dit que si les rouges gagnaient la guerre, les Américains seraient moins cons car il n'y en aurait plus. Fletcher a posé son sac de l'inoubliable supérette Canton 400 S. Campbell St. – El Paso. Drake a plongé la main dans le sac du traiteur « Tran » – « L'été toute l'année pour vos palais ». Fletcher a raflé deux mouches à macchabée endormies sur une vieille flaque de sang. Les mouches sont allées dans la boîte à mouches.

Fletcher a constaté à mi-voix qu'il avait quatorze mouches en sa possession. Chacun ses placements.

Les mouches mortes infectent et font fermenter l'huile du parfumeur; un peu de folie l'emporte sur la sagesse et sur la gloire.

Fletcher a pensé au Dindon, à sa description: salopette, grand, dents en fer, chaussures de chantier. Simultanément, il s'est rappelé avoir pensé à un danger qu'il aurait en quelque sorte «apporté» au Corral à l'aube du premier jour de l'année... Lequel? Drake lui a tendu une serviette en papier et un rouleau de printemps (traiteur «Tran»)... Ils ont dépiauté leurs sandwichs bridés.

— Sans sauce d'abord, a dit Drake.

Ils ont mordu dans leurs rouleaux, mâché ça comme s'ils tentaient de résoudre des équations du deuxième degré.

— Meilleurs que ceux des Wong, s'est prononcé finalement Drake. D'accord?

— Ça ne se discute pas.

— Et la sauce des Tran, elle ne se compare pas avec celle des Wong... Les Wong, c'est des Suisses.

Tous les objets présents dans la caravane lors de la découverte du pèlerin écorché étaient partis. Sauf le lit, la table, les rideaux. Il manquait une des deux appliques. Une sirène en faux bronze. Elle manquait aussi lors de la découverte de la scène de crime. Fletcher a enfoncé la main dans le sac du traiteur «Tran» et attrapé par la queue le flacon de sauce viêt. Aussi épicée que la «Gran pija» (à noter qu'elle ne faisait pas bander, elle). Rouge cul de babouin. Fletcher et Drake étaient respectueux des traditions. La «Gran pija» c'était pour les tortillas et les mexicaneries, les GDB. La sauce viêt pour les chinoiseries. La vie exigeait du doigté, de l'ordre. Fletcher a barbouillé son rouleau avec la sauce et donné le flacon à Drake qui l'a imité. Les rouleaux de printemps mouraient en silence, mais ils souffraient peut-être ? a pensé Drake.

— J'adore, a-t-il dit en s'essuyant la bouche et les mains avec sa serviette en papier, pour la bouffe j'aimerais bien être jaune… Pour la queue, non.

Il a pêché dans le sac deux barquettes de riz cantonais mélangé avec du porc caramélisé. Il a tendu des baguettes à Fletcher, lui a utilisé ses doigts.

— C'est des porcs viêts ou américains ? a-t-il dit la bouche pleine.

Il a vidé une partie du flacon de sauce hémorroïdes dans sa barquette. Une mouche bourdonnait, on aurait dit une Vocho avec des ailes et de la merde plein le coffre. Fletcher en avait marre des mouches. Il a observé l'applique qui restait et a pensé au *modus operandi* du Dindon : il incorporait à une scène de crime un élément d'une scène de crime antérieure… Il aurait pris l'applique manquante pour la mêler à une future scène de crime… Et dans la caravane, ça serait quoi l'élément venu d'une autre scène de crime ? Il fallait qu'il arrête avec ça, il était en train de tout mélanger… Là-dessus, il s'est souvenu du mémo du shérif Nick Corey ! Le Dindon était diabétique, putain ! Les débris de verre trouvés sur la moquette de la caravane, c'était l'ampoule qui avait contenu l'insuline qu'il s'était injectée. Et les empreintes laissées, c'était la signature du Dindon, ses Thorogood, son problème de pronation. Il avait mis du temps à percuter. Il fallait dire que lui et Drake ne s'étaient pas creusés à l'époque. Fletcher a regardé une fois de plus le panneau pour mesurer l'acuité visuelle. Pourquoi les Vautours avaient-ils accroché ça ? Fletcher s'est levé. Du sac Tran, il a sorti trois paquets de marie-jeanne qu'il a laissés sur la nappe aux pères Noël, des fois qu'ils se défoncent.

— Vas-y, a dit Drake, je vais faire le ménage... Et garde le sac, on pourrait essayer de voir s'il étouffe comme il faut.

Il a sorti sa seringue et a balancé un chouette gros jet un peu partout en chantonnant *Moon River* comme l'aurait fait Audrey Hepburn. Il se l'est secouée en marmottant : « Une goutte pour papa, une goutte pour maman. » Il a pris la couvrante jadis trempée de sang et la bouteille de Johnny Walker. Il est sorti de là. Il a refermé la porte à clef. Il est parti vers le Cercueil en traînant la couverture pour effacer leurs traces dans le yaourt. Il a manqué tomber dans une des tapettes à souris creusées par l'El Paso Electric Co. Il a flanqué la couvrante dans le coffre, a retrouvé Fletcher qui lui a tendu une Lucky allumée. Fletcher a mis le contact et le Cercueil s'en est allé dans le laitage.

Et je vis comme une mer de verre, mêlée de feu. Et ceux qui avaient remporté la victoire sur la Bête, et sur son image, et sur le nombre de son nom se tenaient debout sur la mer de verre, ayant des harpes de Dieu.

— L'origine du mal, a déclaré Drake, c'est les autres.

Il a pensé au scénario : les Vautours allaient se pointer dans leur nid d'amour. Ils verraient qu'on avait fait la dînette chez eux et qu'on avait pissé un peu de partout... Et puis ils verraient la marie-jeanne. Ils seraient drôlement contents... Patatras, les agents Forrest Green et Tim Hill arriveraient avec leurs mines patibulaires et leur .38 à canon court pour tuer les doryphores. Les Vautours se retrouveraient menottés à l'arrière de la Chevrolet grise des incorruptibles... Non, ce n'était pas le vrai scénario. Le vrai bon scénario, c'était celui-là : Forrest Greene et Tim Hill, les Aspirateurs, voulaient faire un coup d'éclat. S'assurer la promotion et la médaille. À réception du mot écrit par Fletcher et distribué par Jimmy, le gosse à la guitare cassée, ils n'avaient prévenu personne de leur hiérarchie. C'était sûr. Ils pensaient revenir en triomphateurs, les méchants dans leurs bagages. Ils vivaient dans le monde de Mickey, les Vautours dans celui du crime. Lorsqu'ils entendraient une bagnole se pointer, ils sortiraient pour accueillir Fletcher et Drake. À la place du Cercueil et des Sacs plastiques, ça serait une Chevrolet du FBI qui se garerait… Les Vautours comprendraient qu'ils étaient baisés. Ils buteraient les Aspirateurs. Les massacreraient à froid. Les balanceraient dans un puits au Mexique. La bagnole abandonnée serait démontée, en quelques heures… On avait besoin de pièces détachées de l'autre côté du Rio Grande. De la Chevrolet des Aspirateurs, il ne resterait rien. C'était couru d'avance, mais Buster Day avait commis une sacrée bévue : il avait planqué le bouton de manchette de l'agent spécial Forrest Greene dans son casier… Quelle étourderie !

Le seul qui n'avait pas de chance dans l'affaire, c'était Joe Peterson. Il avait oublié son verre de ginger ale où il ne fallait pas et suite à un coup de téléphone anonyme, au moment où il allait quitter son service, on trouverait dans le coffre de sa Dodge Polara un paquet de fric et de bijoux en provenance du Veau d'or… Il ramerait pour se sortir de là.

— Sacrée histoire, a constaté Drake.

Il avait dû faire un excès de Dexamyl, sans compter les mines… Et entrevu dans le ciel le générique de fin d'un film qui s'intitulait : *Ça se terminera mal*. Son nom est apparu avec sa photo : « Will Drake dans le rôle du lieutenant Will Drake ». Et après ç'a été le tour de Fletcher avec une photo, pareil (sa gueule de Cthulhu). « Rollie Fletcher dans le rôle du lieutenant Rollie Fletcher. »

— Sacré film encore qu'ce film-là, a mâchonné Drake, subjugué, assommé par la force de la vision.

— De quoi ? a fait Fletcher.

— Des morts, des morts à la chaîne, mon vieux Rollie.

Fletcher l'a examiné avec ses yeux de méduse. Il savait que Drake se payait des visions, des voyages en enfer... On ne pouvait pas avoir flanqué le feu à son paternel sans séquelles bénignes.

— Te bile pas, Will, a dit Fletcher. Meilleur gars que toi, il n'y a pas.

Drake s'est senti béni, gracié. Il a dégainé son paquet de Lucky – un bon cancer pour tous les bons Américains. Il a allumé leurs clopes avec son briquet en or. Des films il y en avait, il y en avait tant et plus, mais une amitié comme la leur, il n'y en avait qu'une.

La veillée

> « Je changerai leur deuil en allégresse, et je les consolerai ; je leur donnerai de la joie après leurs chagrins. »

Lorsqu'on mourait, on mourait définitivement. Zork était couché, vêtu d'un costume blanc dans les remous de l'aube. Fletcher était seul avec lui et une bougie. Depuis la veille, le monde avait changé. C'était sûr et Fletcher se rendait compte que ça lui faisait peur. Il s'était habitué à se laisser porter par le flot de boue. Ça ne pouvait pas durer. La deuxième partie de l'Ecclésiastique s'intitulait : « La Gloire de Dieu », son premier chapitre : « Dans la Nature ». Il en a récité deux vers :

— « Orgueil des hauteurs, firmament de clarté, tel apparaît le ciel dans son spectacle de gloire. »

Malencontreusement, l'image de la vie s'est figée d'un coup et est tombée de son piédestal et lui avec (il avait dû sucer une mine). Une mine – rédemption à bail précaire. La lumière avait décliné et les événements de la journée se succédaient dans son esprit de chrome. Tout était clair et logique : il fallait planquer sur le parking où serait garée la Pontiac le 2/1/63.

« Parking TE6A. Le 2-1 10 PM ». Facile ! À condition de savoir où planquer.

Et il a vu un doigt d'honneur. Pas un chat. Un gros doigt d'honneur qui se tapait pas loin de trois pieds de haut. C'était plus que cynique et moins que rien. Le doigt d'honneur lui a dit qu'il n'était qu'un branleur et un impuissant… Qu'il était miraud… « Oui carrément »… Alors Fletcher s'est souvenu de la salle des greffes, du dépliant du *Texas Eagle* qu'il avait ouvert sans raison. Il l'avait mémorisé avec ses yeux d'orphelin. Le rendez-vous était sur le parking d'une gare en six lettres sur le trajet du *Texas Eagle*. Il y en avait deux : Austin et Alpine. 10 PM, c'était l'heure de passage du *Texas Eagle* à Alpine. La Pontiac serait là sur le parking de la gare d'Alpine et Fletcher l'indigne a murmuré un verset comme un chien ronge son os : « Au Roi des siècles, Dieu incorruptible, invisible, unique, honneur et gloire dans les siècles ! Amen. » Il s'est demandé pourquoi il avait dit amen. C'était une année de mort, c'était sûr. Le cerveau de Fletcher s'est éteint et les rouleaux de printemps se sont affalés sans bruit sur le parking. Rosamar Torres attendait son futur mari à Alpine. Ou elle était morte. À Alpine ou ailleurs. Pas plus compliqué que ça, suffisait de manger une mine ou deux et tu comprenais. Fletcher s'est penché au-dessus de Zork. Son costume blanc sentait la naphtaline. Tout était éteint et silencieux – et s'ils étaient enterrés ?

— Je m'appelle Glen, a chuchoté Rollie Fletcher. Il faut pas le dire… J'existe pas tu comprends.

Sa mère l'a appelé une fois encore et il n'a pas pu venir la protéger.

— Pardonne-moi à la place de Dieu, a-t-il supplié en embrassant le front du mort.

Il s'est tiré mais avec le sentiment qu'il était un chewing-gum, qu'il s'étirait, s'étirait… Était-il mâché par un bonhomme ? C'était une question qu'il se posait. Les marches de l'escalier étaient hautes, incroyablement hautes, ou pas du tout… Pas du tout. « Pas du tout » n'était pas le contraire de qui que ce soit, vous voyez ? C'était la merde. Il n'était pas Glen, plus Glen. Il était Rollie. Il avait volé son nom, son âme, son identité à son frère chéri. Sous le prétexte qu'il ne voulait pas que Rollie meure, que Rollie méritait de vivre. Mais Rollie méritait de mourir et lui, Glen, il lui avait interdit la mort en quelque sorte. Il lui avait tout volé : Vie Mort Nom. Et il n'en mourait pas. Il vivait à la place de Rollie et il n'était pas Rollie, n'était plus Glen. Glen avait coulé comme Rollie dans les profondeurs froides et obscures. Là-dessus on lui a tapoté sur l'épaule, c'était le merle. Pas le doigt d'honneur. Le merle, oui. Il avait grandi et était devenu un homme avec un air de merle. Il portait un smoking noir car l'aube était devenue de goudron. Les mains, les murs de goudron ; et le merle de goudron a ouvert la boîte à mouches et a dit :

— Quatorze, Fletcher ? Tu te fous de moi ? Quatorze mouches, tu crois que ça suffit ? Tu me prends pour qui ?

Alpine

> « N'est-ce pas ma main qui a fait toutes ces choses ? »

Un simple filet d'eau pouvait enchanter, donnait foi dans la vie. Mais si tu habitais le désert, il fallait trouver autre chose. Fletcher contemplait ses dessins, ses derniers dessins, ceux qu'il avait faits la veille et collés – et d'autres faits dans la nuit, de Will Drake notamment. Fletcher a déroulé le rouleau en arrière jusqu'à Holly Howell. Ça servait à quoi ? Il manquait quelque chose ou il manquait tout. Il n'était pas rasé, pas lavé, dans les vêtements de la veille… Il avait les mains posées sur la table, à plat. Deux mains, dix doigts. Pour quoi faire ? Ça suffisait. Ça ne pouvait pas durer. On a frappé à la porte, c'était Drake. Will Drake, forcément. Fletcher n'avait pas la force de lui dire d'entrer… Drake lui a tendu une Lucky allumée. La première bouffée lui a fait tourner la tête. Drake s'est assis à côté de lui. C'était rare que Drake ait la possibilité de s'intéresser à ce que Fletcher dessinait en secret. Dans sa nuit. Sans demander la permission, Drake a « tourné les pages » en arrière, en arrière. Et il se remémorait ce qu'ils avaient fait, vécu. Pensé. C'était bien une vie qu'il avait vécue avec Fletcher… Il a posé son doigt sur le dessin du Marine, couché sur le dos, les yeux au ciel.

— Ça se passe en 62 et 63 aux States, a-t-il dit. Un Marine a été engagé par la CIA pour former et encadrer des Cubains dans le but de débarquer dans les champs de cigares, de déboulonner Castro. L'opération a foiré. Tant pis, la CIA a le Marine à la bonne et elle a besoin d'un tireur d'élite. S'agit d'abattre une huile, à distance. Le sniper shoote la cible et s'en va incognito avec son flingue dans un étui à violon. La CIA ne veut pas qu'on remonte jusqu'à elle, elle file la gestion de l'affaire à la mafia contre des services qu'on peut imaginer. Il y a un os. Le Marine a bossé pour une organisation proche du pouvoir, on va l'appeler « Baal », si tu veux, toi le plus biblique des flics. Cette organisation a manipulé des trucs pourris, des virus, on peut parier dessus. Le Marine avant d'être recruté par la CIA bossait pour Baal, agent de sécurité par exemple… Peu importe. Il a été infecté à son insu. Il a quitté son boulot pour celui que lui offrait la CIA. Baal s'est aperçu entre-temps qu'il était probablement infecté, porteur de la peste et d'autres saloperies. Ils le cherchent, finissent par le repérer, peut-être à son passage au poste frontière de Ciudad Juárez ? On lui envoie trois tueurs dans le but de l'éradiquer ou de le ramener à la maison mère et il claque dans leurs pattes… Tu crois que je peux avoir le Pulitzer ?

— La Pontiac sera garée sur le parking de la gare d'Alpine.

Fletcher s'était tourné vers Drake pour lui apprendre la bonne nouvelle. Il n'imaginait pas qu'il avait une gueule de rat crevé, de poisson décomposé dans une bassine de lait fermenté.

— Ah ouais ? a fait Drake. Et pourquoi pas à Del Rio ou à Madagascar ? s'est-il amusé.

— Parking TE6A. 2-1 10 PM… Tu te souviens ?

Drake a opiné, attendant la suite.

— TE, a expliqué Fletcher, *Texas Eagle*… 6A… En six lettres commençant par « a ».

— Il y a aussi Austin…

— Le *Texas Eagle* passe à 10 PM à Alpine. Ça fait de l'animation… Du monde un peu partout… Idéal pour qu'on remarque le moins possible un échange ou simplement un homme qui ouvre la portière d'une Pontiac.

Drake a hoché la tête – c'était du bronze. Imparable.

— Et on peut envisager que Rosamar Torres est partie en direction d'Alpine, a dit Fletcher.

Dans les deux cents miles entre El Paso et Alpine. Elle pouvait avoir été directement là-bas. C'était simple : tous les motels, les hôtels, les stations-service d'Alpine et des environs. Possibilité du billet gagnant.

— Elle l'attend, tu crois ?

Le Marine…

— Elle l'attend, a dit Fletcher, elle l'attend… Elle espère.

Elle était là-bas et les rouleaux de printemps l'avaient convoquée dans la nuit de néons. Elle attendait, attendait. Elle avait échappé à Pepe Morales, grâce à la force conjuguée du hasard et de l'amour. Elle attendait… Baisée à l'os, née pour l'être, tombée sous la coupe de Pepe Morales puis dans une histoire de violence et de fric, une sale histoire d'hommes. Une vilaine affaire où la vie des gens n'avait que peu d'importance, alors l'amour. Fletcher en avait assez d'être flic. Assez de patauger dans la saloperie, la perversité. Assez du regard des morts quand il leur restait des yeux – assez de lui en train d'augurer sur la raison de la violence et du crime.

— Le merle, a dit Fletcher.

Drake a attendu, il devinait que c'était important, grave (et absurde forcément).

— C'est des foutaises, a continué Fletcher. Je repartirais droit parce que j'aurais vu une flaque de peinture blanche, à cause d'un merle et de sa plume blanche ? Non, tu y crois ?

Il a écrasé un mégot qui crevait lentement dans le cendrier Falstaff (comment Shakespeare avait-il pu débarquer chez un brasseur à El Paso ? C'était un mystère pour personne car tout le monde s'en fichait... Quant à la Falstaff, elle était insipide comme une bière texane ordinaire).

— T'as remarqué qu'on a dix doigts, Will ? a repris Fletcher.

Drake a d'abord réfléchi, il se méfiait de ce genre de réflexion à l'enfonce-moi dans le fion.

— Nous on en a dix, a-t-il fini par répondre.

— Et ça te sert à quelque chose, Will ?

— Essaye pas de m'amadouer avec mon prénom... Tu sais bien que je suis un fils de pute et un menteur.

Il avait sorti ça pour ne pas dire une sottise. Se méfier de Rollie Fletcher, ce n'était pas suffisant. Fletcher qui l'observait, livide, ses yeux de la couleur de sa peau et du costume blanc du défunt Zorkiewicz.

— Je crois bien, a-t-il fini par dire, oui je crois bien, Rollie. On n'a pas des doigts pour rien... Ça sert.

— Vas-y.

— À tenir une clope.

— Et encore ?

— Peloter une fille.

— Continue.

— Conduire une bagnole... Dessiner... Tu me dessines une belle fille ?

Fletcher a pris le paquet de Lucky et a allumé deux clopes.

— Will, a-t-il dit en exhalant la fumée.

Il s'est tu.

— Joue pas avec moi, Fletcher, a dit Drake. Allez accouche.

— « Et si ta main droite est pour toi une occasion de chute, coupe-la et jette-la loin de toi, a récité Fletcher face à la Bible, car il est avantageux pour toi qu'un seul de tes membres périsse, et que ton corps entier n'aille pas dans la géhenne. »

— Tu vas pas me faire le pasteur, a râlé Drake, en s'en voulant de l'avoir ouverte.

... D'avoir pensé que Fletcher pouvait être amené à se couper les mains.

— Il y a des dizaines d'autres versets qui parlent des mains, de la main, a ajouté Fletcher.

— La Bible, c'est un best-seller, a rétorqué Drake. Et elle ne parle pas que des mains, non ? Elle parle aussi des sauterelles et de tout un tas de saloperies.

Il a trouvé ses arguments faiblards.

— Je vais me laver, a dit Fletcher, je viens te chercher. Tu me laisses ta flasque, histoire que je me rince le gosier ?

Drake n'aimait pas, pas du tout le cours pris par ce dialogue au matin du 2/1/63. Ça puait... Comme si Fletcher se coltinait la fatalité, une sorte de crise biblique. Satané vieux con qui l'avait empoisonné en le gavant de pseudo-oracles et de paroles sacrées. Dès que quelque chose était écrit, c'était forcément un mensonge. Drake ne pouvait pas le prouver, ni prendre Fletcher par le col et le sortir de là. Il s'est levé et a laissé sa flasque à côté des Lucky et de son briquet. Il devinait le danger et ne parvenait pas à l'imaginer... S'il avait parlé il aurait pu dire : « *Vulnerant omnes, ultima necat*[1]. »

1. « Toutes les heures blessent, la dernière tue. »

Le doigt

> «Mais, si c'est par le doigt de Dieu que je chasse les démons, le royaume de Dieu est donc venu vers vous.»

Fletcher a entendu la porte se fermer. Drake resterait un instant sur le palier (parce qu'il s'était senti impuissant). C'était un homme supérieur. Voire un ange. Il allait partir et Fletcher le retrouverait comme convenu. Pas compliqué. C'est ce qui est arrivé. C'était 11:30 AM, la température était de 32,1°F. Fletcher a allumé une Lucky. Il a fumé quelques bouffées en père peinard. Il a débouché la flasque et bu une rasade de derrière les fagots pour se mettre en train. Il a écrasé sa clope. Il a sorti la pince médicale dérobée à la morgue et s'est coupé le petit doigt gauche avec. Il est tombé de sa chaise. Un peu plus tard, il s'est remémoré ça : « Tu parleras ainsi à ce peuple qui t'a tenu ce langage : Ton père a rendu notre joug pesant, et toi, allège-le-nous ! Tu leur parleras ainsi : Mon petit doigt est plus gros que les reins de mon père. » Encore un truc de la Bible qu'il n'avait pas compris.

Dur de remuer un poil… Il est resté en miettes sur le plancher avant de finir par se relever. Ça tournait. Sensation de vertige… Ça passerait, c'était juste comme une cuite. Le doigt était sur la table. Il s'en est emparé. Il n'a pas pu s'empêcher de frissonner. C'était bizarre. Un morceau de lui, séparé de lui. Il l'a reposé. Il est allé jusqu'au petit frigo pour célibataire. Il a pris les deux bacs à glaçons, s'est dirigé vers l'évier. Il a décroché au passage une des casseroles. Il a posé la casserole dans l'évier, mis sa main gauche dedans et les glaçons dessus. Genre cocktail du matin légèrement protéiné. Ensuite, il prendrait une douche chaude. Il lui restait neuf doigts pour se gratter, la vie reprendrait son cours… Il irait boire un café chez Drake. Avec un biscuit italien, et puis voilà. C'était simple, banal.

Les biscuits

> «Celui qui n'aime pas n'a pas connu Dieu,
> car Dieu est Amour.»

C'était Fletcher qui avait fait connaître Lovecraft à Drake. Il lui avait d'abord montré une photo. Drake l'avait eu en sympathie tout de suite. Sacrée tête de dingue et d'allumé. Fletcher avait dit à Drake que Lovecraft (Howard, Phillips) pensait comme eux deux que l'homme n'était qu'une espèce parmi des millions d'autres connues ou inconnues. Que les personnages de Lovecraft leur ressemblaient dans la mesure où ils affrontaient l'abomination de la réalité, ou plutôt de l'enquête sans se raconter des histoires. Lovecraft était un pourri lui aussi. Il avait conduit une enquête dégénérée qui s'était conclue par sa mort. Drake avait lu Lovecraft, il ne s'en était pas trouvé mieux. Il avait la photo de Lovecraft sur lui et il la regardait presque tous les jours. Les yeux de Lovecraft, ce regard de taré, lui donnaient confiance, lui certifiaient que la bonne conscience n'était pas la quête de tous.

Drake a refermé son portefeuille et allumé une Lucky pour profiter de sa lente consomption. « C'est quoi un poulet », s'est-il dit devant son poisson rouge comme devant la télé. C'est un gars qui a besoin de croire à une histoire. Il a opiné tout à fait d'accord avec lui. Les poulets étaient de grands lecteurs de livres écrits avec la chair et le sang de leurs victimes. Chaque lecteur était la victime de l'histoire qu'il lisait. Le poulet, bien plus qu'un lecteur ordinaire, était la victime de l'histoire qu'il lisait en enquêtant, en essayant de comprendre les faits, les mobiles des protagonistes, de résoudre l'énigme. Le poulet croyait aux légendes et à un moment la légende le prenait et le broyait. Son poisson rouge dans l'aquarium était plutôt orange mais il bougeait si joliment que c'était pareil que s'il avait été rouge. Si on avait pu lui mettre une laisse et des pattes, Drake l'aurait promené avec plaisir… Il a senti une présence. S'est retourné vers Fletcher et a noté qu'il était plus blanc que blanc, teinte super albinosoïde. Il avait la main gauche enfoncée dans la poche de son costume propre. Un côté vampire en manque d'hémoglobine. Fletcher s'est assis à côté de Drake dans un des deux fauteuils club chinois, avec dragons et pagodes. L'appartement était meublé en chinoiseries diverses, l'ancien occupant monsieur Zhu, mort d'alcoolisme, étant originaire de Canton. Les rideaux étaient tirés. Drake aimait bien être cosy et il pensait que son poisson rouge n'aimait pas spécialement la lumière.

Fletcher avait sa main gauche dans sa poche, refermée sur le petit doigt. Il faudrait qu'il le foute aux chiottes. Il se trouvait un peu mou du genou. Le plus simple au fond, c'était de tuer un homme. Pour penser à autre chose, il a posé la flasque et le briquet de Drake sur le guéridon. Sans le regarder. Pour dire vrai, il n'avait pas regardé Drake depuis qu'il était entré. Fletcher ne tournait pas rond. Pire, il donnait l'impression d'avoir un gros souci. Drake essayait d'être impassible… C'était de plus en plus pénible. Il a écrasé son mégot dans une soucoupe avec plein de poissons dessus et s'est déballonné :

— Pourquoi que tu t'fourres la main dans la poche, Rollie, si c'est pas indiscret ?

— Je me suis coupé, a répondu Fletcher.

— Ah tiens… C'est pas de chance.

Quelque chose coinçait chez l'Albinos, quelque chose qui puait le sacrilège et la folie.

— Coupé ? a dit Drake l'air de rien. Coupé… Coupé profond ?

— Coupé le doigt.

— Grave ?

— Je l'ai plus.

Drake a tressailli, un rictus d'incompréhension et d'effroi sur sa gueule de mascarade.

— Comment tu… Comment tu l'as plus ?

— Je l'ai coupé.

— Qu'est-ce que tu veux dire par là ? a bredouillé Drake.

Il s'est mis à saigner du nez, épouvanté.

— Je l'ai coupé avec une pince de Booker.

Fletcher a haussé les épaules, évidemment que c'était stupide. Drake s'est essuyé le nez avec le revers de sa main. Il a attrapé la flasque et l'a vidée. Il tremblait – s'en voulait à mort. S'il avait été moins borné, il aurait compris que Fletcher allait déconner. Il se souvenait aussi du moment où ils avaient quitté le Marine en morceaux dans le labo de la morgue. Fletcher venait d'empocher cette putain de pince, merde !

— Pourquoi t'as pas coupé le doigt d'un autre ? s'est-il

plaint. Au Lama ou… Il y en a tant que tu veux des gars avec des doigts en trop.

— C'est pas pareil, a répondu Fletcher.

Drake a soupiré, il se sentait cuire à l'étouffée (vivre, c'était croire qu'il y avait des réponses à ses questions).

— Tu veux un biscuit ? a-t-il fini par dire.

Fletcher était partant, ça ne lui ferait pas repousser son doigt mais ce n'était pas un argument. Drake s'est levé et est allé chercher la boîte en fer dans laquelle il les conservait. Au passage, il a saisi une assiette à dessert et y a déposé un assortiment de biscuits. Il a posé l'assiette devant Fletcher. Il s'est assis dans son club chinois. Il avait envie de vomir.

— J'ai oublié de me raser, s'est excusé Fletcher en souriant benoîtement.

Un sourire qui aurait plu à Lovecraft. Il a croqué dans un canistrelli, l'a savouré. Il a sorti sa main gauche, pansée à la mords-moi le chibre. Elle tenait son paquet de calumets de la paix. Drake a grimacé en voyant la main mutilée. Finalement, il s'est servi. Fletcher a frotté une allumette sur la semelle d'une de ses godasses et allumé leurs clopes. Ils ont fumé et leurs ombres ne savaient pas qu'en penser. Il aurait fallu faire quelque chose d'exceptionnel, dire quelque chose de définitif. Au lieu de ça, Drake a fini par rigoler. Il en a avalé sa clope et dit à Fletcher qu'il était fou – Fletcher était de son avis. Drake a ouvert un tiroir de la commode dragon laquée aux petits litchis dorés. Il a sorti l'arme de Fletcher : un S&W M1917. Chambré en .45 ACP. Une arme laide et rudimentaire, destructrice. Funeste. Drake la gardait. Des fois que Fletcher ait une grosse crise comme à Chicago, c'était mieux que Drake soit le concierge du Tueur. C'était ainsi que Drake l'appelait. Fletcher avait un doigt en moins, il était fragile. L'affaire du

Marine mort à El Paso les infectait de plus en plus. La peste se propageait. La mort accourait en riant avec ses beaux seins et ses dents blanches. Drake mettrait le Tueur dans la boîte à gants du Cercueil et au moment opportun Rollie Fletcher retrouverait le Tueur et tuerait.

Un vieux nègre oublié

> « Petits enfants, n'aimons ni de mots ni de langue mais en actes et en vérité. »

Fletcher se faisait raser par Saint Vecchiato. La main gauche dans la poche de son costume, il appréciait l'instant.

— Vous connaissez quelqu'un qui travaille dans le goudron, Libero ?

— Alfio Battaglia. Il a une entreprise de travaux publics, je le fréquente ça fait plus de vingt ans… C'est un homme droit et honnête. Vous pouvez le joindre à n'importe quelle heure, il aime trop le travail pour dormir loin de son téléphone… Et bien sûr de ma part.

— Il est discret ? s'est renseigné Drake.

Il venait de se dire qu'il n'avait pas encore pensé au goudron pour faire disparaître une preuve, vivante ou pas… Fletcher avait toujours un coup d'avance.

— Discret, bien sûr, a répondu Vecchiato. Un Sicilien… Et vous vous êtes mes amis.

Fletcher a fermé les yeux pour penser à Rosamar Torres. À la place, il a vu son doigt. Il fallait qu'il s'en débarrasse, c'était absurde. La caravane a pris la place du doigt. Le diabète, les Thorogood… Le panneau pour vérifier l'acuité visuelle. Fletcher était toujours « attiré » par lui, ces lignes de lettres qui semblaient écrire quelque chose. Le but ce n'était pas de déchiffrer un message mais de comprendre pourquoi ce panneau lui « parlait »… Et Fletcher se sentait plus que sourd.

Pendant ce temps, assis derrière la caisse, Drake était au téléphone. Il a fini par crachouiller un « Merci Dale », a raccroché. Il est resté songeur. Il était rasé de frais et a siroté son café en pensant à ce que lui avait dit Dale Rose. Il a retourné le *El Paso Herald-Post*. La photo du Marine faisait la une. Vautré dans la lumière du flash, il fixait le ciel. La manchette : « Un Marine assassiné ». L'article débutait ainsi : « En pleine nuit du 31 décembre, les lieutenants Rollie Fletcher et Will Drake ont découvert le corps d'un Marine… » L'exhibitionniste de 10:15 AM s'est arrêté pour montrer son truc. C'était 11:20 AM. Il était en retard mais réjoui, ça faisait plaisir. Il aimait son goupillon et l'offrait avec bonne humeur. Même si on n'en voulait pas, ce qui était le cas. Il l'a remballé sans rancune et s'en est allé vers la laverie où il ferait une autre halte. C'était un homme d'habitude. Vecchiato a posé une serviette chaude sur le visage de Fletcher qui a dit :

— Qu'est-ce qui vous tracasse, Libero ? On est entre amis, non ?

Vecchiato a tressailli, heureusement qu'il n'avait pas son rasoir. Il a ôté la serviette et a répondu :

— Eh bien, c'est que j'ai su par J.J. qu'une fille qui habite là-bas a amené sa bagnole à réparer chez Lester Shiflet, plus de batterie, je crois… Elle venait de la leur acheter…

— Leur acheter une bagnole, s'est étonné Drake, elle est folle.

Vecchiato était bien ennuyé et n'a su quoi répondre avant de dire :

— Ils veulent cinquante dollars pour la lui rendre… Et si elle ne peut pas…

Il s'est tu, gêné… Et a conclu :

— Ils lui ont offert de travailler pour eux…

Fletcher ne percutait pas… Il était abasourdi, asphyxié. Vecchiato aurait voulu qu'il comprenne, ç'aurait été moins pénible pour lui.

— Se prostituer, a traduit Vecchiato qui avait rougi.

Il s'est tu et a ajouté, les yeux baissés :

— Ils l'ont menacée et un peu… Un peu violentée.

— Un peu ? a répété Fletcher, un peu quoi ? Vous voulez dire agressée… Agressée… ?

Il ne pouvait pas dire plus… Il était très en colère. C'était rare. Vecchiato a hoché la tête. Il était soulagé d'avoir déballé l'affaire.

— Agressée comment ? a susurré Fletcher.

L'œil révulsé… Mauvais présage pour les garagistes, s'est dit Drake. Il voyait son ombre sur l'écran de la télé. Il a décidé d'essayer de se raser en se regardant dans l'écran de sa télé. Il se verrait moins. Quant à Vecchiato, il avait les doigt de pieds recroquevillés tant Fletcher lui faisait peur. Il a bafouillé :

— Ils l'ont embrassée, voyez… Et… Un des chiens l'a mordue… Et… Elle s'en est sortie parce que le facteur s'est pointé…

Il s'est tu, la langue collée – Fletcher était effrayant. Si une mouche avait pété, on l'aurait entendue… Drake est venu à la rescousse de Vecchiato.

— Elle s'appelle comment ?

— Holly…

— Holly Howell, l'a interrompu Fletcher.

Celle qui attendait le mot… Ça s'est mis à sentir le sapin pour certains.

— Elle était passée à la télé avec la voiture, leur a appris Vecchiato. Une Bel Air. Ils ont dit qu'elle avait des yeux… Extraordinaires… C'est ça… Extraordinaires.

Il avait balancé ça comme on balance n'importe quoi pour juguler son angoisse. Fletcher n'en revenait pas de la conduite de Lester Shiflet et de sa famille. Ça n'allait pas. Il allait leur parler. Ils comprendraient. Drake a ouvert le canard pour trouver un truc à lire à Fletcher, ça le calmait en général. Il s'est arrêté sur un titre : « Une mère et son enfant disparaissent ». Il a lu l'article à mi-voix. D'habitude, ça marchait. Là-dessus, Jimmy est entré dans le salon avec la guitare que Fletcher avait achetée la veille à El Gnomo. Il était grave et s'est incliné devant Drake qui n'a pas su quoi faire et a baissé les yeux sur le journal. Vecchiato a relevé le fauteuil sur lequel était assis Fletcher. Jimmy l'a salué d'une courbette et lui a dit :

— Merci monsieur, soyez béni pour toujours.

Il s'est mis à jouer avec une dextérité affolante, pinçant les cordes à trois doigts, et avant de se mettre à chanter, il a dit en regardant Fletcher dans la glace :

— Ça s'appelle *Blessed Be The Name,* c'est d'un vieux nègre oublié qui s'appelait Mississippi John Hurt. J'ai écouté le disque… Pour sa mémoire et pour vous m'sieu le policier, avec tout mon respect, je la joue et la chante.

Les cocottes en papier

« Ne mets pas le feu aux charbons du pécheur
de crainte de te brûler à sa flamme. »

Drake qui lisait le *El Paso Herald-Post* a dit que Dale Rose avait un style fleuri à la merde et au foutre. Fletcher a freiné à la hauteur de la vieille citerne à goudron. C'était cette saloperie qui lui avait donné envie de couler du goudron comme on coule un bronze ? Fletcher était à cran. La voix parlait fort et il n'entendait pas. Il a pensé à Holly Howell. Il boirait bien du café avec elle, ou une bière ? Fumer une clope ensemble. Il s'est mis à suer. Et pourquoi pas partir en vacances ensemble ? Et baiser ?

Drake qui le surveillait en douce s'est dit que dans pas longtemps, ils allaient débouler à L'étoile du Texas, au carrefour de la Malchance, chez les Shiflet. Et que ça risquait de se terminer en grosse bavure (impossible de ne pas penser à ce qui s'était produit à Chicago). Si on avait déjà écrit *À l'Ouest rien de nouveau* et *À l'est d'Éden*, il restait de la place pour *Le massacre des Shiflet*. Fletcher s'est décidé à sortir du Cercueil. Certains les appelaient, lui et Drake, « Les morts-vivants ». Personne ne les appelait « Les braves types » ou « Les bons vivants ». On avait ce qu'on méritait. Il n'y avait pas d'injustice.

Fletcher est resté sans bouger, comme s'il attendait quelque chose. Ça sentait le goudron, c'était sa seule certitude. Drake, lui, a regardé distraitement ce qui restait de l'affiche collée sur la citerne, un bout du visage de JFK et le slogan de campagne : « We Can Do Better ». Drake s'est mis à faire une cocotte en papier avec une page du canard, celle avec la photo du Marine. À la radio fréquence police, pas encore de message concernant les agents Forrest Greene et Tim Hill. Ils n'avaient pas encore disparu… Mais ils disparaîtraient ! Quelle histoire ! Ce n'était pas banal. On allait les retrouver sûrement jamais. Ça ferait un mystère de plus. Et pourquoi les Indiens avaient-ils des plumes et pas des parapluies ? Pourquoi ? Drake a fini la cocotte. Il l'a posée sur le tableau de bord et a décidé d'en faire une autre plus petite… C'était une occupation distrayante.

Fletcher s'est décidé à bouger. Il a fait le tour de la vieille citerne. Il n'avait pas remarqué jusqu'à maintenant qu'une échelle en fer permettait d'accéder à un trou d'homme fermé par une trappe entrouverte. Fletcher devinait quelque chose qu'il n'aurait pas pu dessiner. Il a remarqué de la terre sur le premier barreau en partant du sol. Quelqu'un avait été voir là-haut. Tous les contenants attiraient le mystère et les cons. Il a monté à l'échelle, soulevé la trappe circulaire. Il a sondé la citerne avec sa loupiotte : rien. Rien que du noir. Il a remis la trappe en place, la laissant entrouverte pour ne pas déranger les habitudes. Il était en alerte sans comprendre pourquoi. Il a redescendu l'échelle et aperçu la tétine enfoncée en partie dans la terre. Il s'est baissé pour la ramasser. L'a tenue dans sa main. Sentiment de malaise. Il s'est souvenu de l'article lu par Drake. Cette disparition d'une mère et de son enfant. Le mot enfer venait du latin et le mot malaise venait du corps de chacun. Il fallait qu'il se secoue. Cette vieille citerne l'avait maraboutée. Il s'était mis à adorer le goudron telle une divinité. Au lieu de corriger les Shiflet en mesure de prévention. Il aurait dû le faire. Il ne l'avait pas fait et Holly Howell avait été violentée. Elle avait été violentée. Violée. C'était le facteur, pas lui, Rollie Fletcher, qui lui avait sauvé la mise.

La voix ou les voix ou la folie prêchaient dans l'âme de Fletcher et ça l'assourdissait. Dans un flash de lumière, il a pensé que le hasard était un rébus au même titre que le « paysage » pouvait être considéré comme une écriture. Migraine brutale. La voix lui a dit que le hasard défiait l'esprit et pas l'inconscient. Il s'est casé au volant, sans accorder d'attention aux quatre cocottes en papier. La plus petite de la taille d'une boîte d'allumettes, mon vieux. Ça n'a pas vexé Drake qui a bâillé. Faire des cocottes, c'était zen et soporifique. Il a avalé deux Dexamyl et a proposé la boîte à Fletcher. Il s'est servi et a appuyé sur la queue du Cercueil. Il a grogné et s'est élancé en aboyant par son calumet des gaz de mort. Ils se mêlaient aux volutes de terre soulevée par la bagnole. Ô poussières dans le soleil du matin ! Drake a vérifié si son Python Target venait bien en main, au cas où il faudrait plomber un suspect… Ou plusieurs.

— Au fait, Rollie, a-t-il dit, j'ai eu Rose. Il m'a lu son article pour la mort de Vern Carroll et Jack Smith… Il a écrit « mitraillé ». Pas fait allusion au calibre ou au type des munitions.

Désormais, Fletcher et Drake avaient une petite idée des gars qui avaient plombé Vern Carroll et Jack Smith à l'angle de Delta Drive et de Park Street. Fletcher a manqué allumer une cigarette… Ne l'a pas fait. Pas de cigarette quand on allait au contact. Pas de distraction. Concentration. Haine. Violence. Un peu de vengeance… Sans dépasser les limites. Et la loi. Beaucoup de loi. Fletcher et Drake représentaient la loi. Pas violenter une femme. C'était la loi. La loi avait été bafouée. Application de la peine incessamment.

— Qu'est-ce que tu penses de leur casser… De leur casser le doigt qui a péché ? a fait Fletcher.

Il était gêné et de plus en plus en colère. Conduire avec quatre doigts était pénible comme si les mains avaient cinq doigts pour tenir un volant. Drake a décidé de jouer le consensus. Il a abondé aux propos de l'Albinos, répondu que c'était approprié et sage : « *Boni pastoris est tondere pecus, non deglubere*[1]. » Là-dessus, sur fréquence police, ils ont parlé de la disparition des valeureux agents Forrest Greene et Tim Hill.

— Quelle histoire qu'cette histoire ? a fait Drake en reniflant comme les Aspirateurs. Comment qu'ils peuvent disparaître des gars aussi futés qu'eux ?

Fletcher a tiré le frein à main. Le Cercueil a chassé et s'est arrêté en travers, face à l'atelier au portail ouvert.

1. « Le bon pasteur tond ses brebis, il ne les écorche pas. »

Les Shiflet

> « Sachant bien que la loi n'est pas faite pour le juste, mais pour les méchants et les rebelles, les impies et les pécheurs, les irréligieux et les profanes, les parricides, les meurtriers. »

Fletcher s'est éjecté de l'habitacle. À gauche, au fond du terrain, un vaste hangar avec un Greyhound avachi sur ses pneus à plat. Au-dehors, quelques épaves, un tracteur rouillé. La Dodge Lancer et la Pontiac Star Chief du clan Shiflet. À droite, une baraque en bardeaux de bois, jadis peints en blanc. Devant, une Harley Sportster et une Bel Air turquoise et blanc de 58 la clef au contact. Un crochet de remorque pour partir en voyage de noces avec la caravane et les bikinis. Un autocollant sur la lunette arrière, un vendeur de véhicules d'occasion à Wichita... *Prestige Cars*... La Bel Air de Holly Howell. Les joues de Fletcher ont rougi... Les présumés coupables avaient intérêt à bien plaider leur cause.

Drake est sorti à son tour du Cercueil. Disposé à dégainer et à se faire un ou deux fils, une ou deux mères. Que dalle. Pas un bruit, à part celui du vent qui faisait tourner par intermittence les pales de l'éolienne. Un pit-bull terrier, blanc, assorti à la baraque, a surgi. C'était un puceau qui n'avait pas un an. Jeune et con. Il ne faisait pas plus de bruit qu'une clope ou qu'un Martini. On lui avait coupé les cordes vocales. Il a sauté en l'air pour égorger Fletcher… Qui l'a attrapé en plein vol d'un coup de coude dans la gueule. Un truc méchant qui tuait. Ça a fait du bruit. Le Pit est retombé sur ses pattes, sonné. Fletcher l'a fini d'un coup de pied dans le pif, un autre dans le bide plus un coup de tatane dans les dents. Drake a pensé que Fletcher devait vraiment être en rogne. Le cador mangerait de la purée le temps qu'il apprenne à lire et à conduire… Mordrait plus personne.

Drake s'est pressé de devancer Fletcher sur le seuil de la baraque. Il avait dégainé. La poignée de la porte a joué. Il est entré en premier. Et en parlant de chien, il avait levé celui de son Python Target. Ça schlinguait la baise, la bière et le whisky. La friture. Ça ronflait sur plusieurs tons. Le hall était assez obscur. Difficile de bouger sans marcher sur une fringue, dans une assiette, bousculer une bouteille, une canette vide. Sur la gauche, des ouvertures donnaient sur la cuisine, un salon. À droite : un crucifix face à un drapeau où étaient imprimés l'emblème du Klan et ce slogan : « Le Klan t'attend ». À droite toujours : deux portes. L'une ouverte : une chambre vide et crade. L'autre entrebâillée. Fletcher et Drake se sont concertés. Ils avaient l'habitude des intrusions à risque. Drake a poussé la porte entrebâillée. Une chambre au 2 janvier 63. Les deux mères et le père dans le canapé. À peu près nus sous un drap. Le fils dans le lit… Celui qui avait une tête de belette trempée dans de l'huile moteur, voyez ? Les deux autres frères avaient dû se soûler ailleurs… À moins qu'ils aient été dévorés par des fourmis géantes ? Une seule persienne était rabattue devant la fenêtre sur laquelle était placardé un autocollant pour soutenir la candidature de Richard Nixon à la présidence… De l'histoire ancienne.

Fletcher a décroché le crucifix cloué au mur du couloir en guise de trophée de chasse. Drake a tiqué. Il a senti de nouveau le dérapage potentiel. Dans la chambre la situation n'avait pas évolué. Tous dormaient béatement à 1 PM. La conscience tranquille. Le père était béat, on aurait dit un saint pour un catalogue de godemichés. Fletcher lui a mis le crucifix dans les mains. Le père s'est marré dans son sommeil, a grogné que ça le chatouillait. Fletcher a insisté, reculé. Le père s'est éveillé lentement. Il avait des difficultés à revenir sur terre. Finalement, il s'est redressé en sursaut. S'est aperçu qu'il empoignait le crucifix par sa queue. Il n'en revenait pas. Qu'est-ce que branlaient là ces deux flicards de merde ? Fletcher l'a instruit en citant de mémoire le livre des livres :

— « Car, lorsque nous étions dans la chair, les passions des péchés provoquées par la loi agissaient dans nos membres, de sorte que nous portions des fruits pour la mort. »

— Quoi ? C'est quoi votre cirque ? a marronné Lester Shiflet, réveillant une des mères.

Elle a remonté le drap sur ses tétines.

— Quek que vous voulez, têtes de harengs ? a-t-elle mâchouillé d'une voix pâteuse.

— On fait une enquête pour la mairie, a répondu Drake aimablement, rapport à une aide pour vous aider à picoler un peu plus.

Il a posé la plus petite cocotte en papier sur la table de nuit et a fait un clin d'œil à la mère.

— Petite poule n'amasse pas mousse, a-t-il dit.

La mère était dans l'expectative... Sans prévenir, Fletcher a collé un pain dans la tempe de Lester Shiflet. La mère a hurlé. Fletcher l'a fait taire d'une torgnole. Les gifles de Fletcher, il valait mieux éviter. Elle s'est tue, renversée en arrière en nymphe dans un tableau impressionniste. La petite poule s'est envolée. Drake a sorti de sa poche un sac Canton 400 S. Campbell St. – El Paso. Il y a enfoncé la tête de la Belette qui ouvrait l'œil en lui disant que ça lui ferait une jolie capirote.

— Au Klan vous portez que ça, pas vrai ?

Il lui a serré ça autour du cou avec un bas qui traînait. Vite fait. Travail de pro. Et menotté en dix secondes chrono par Fletcher. Drake a fait des yeux le tour de la pièce et a remarqué un sac en plastique. Avec écrit dessus : « The Popular ». Ça changeait des sacs habituels. Drake a vidé le sac qui contenait des détritus et y a enfourné la tête du patriarche, trouvé un autre bas et ligaturé ça pour que l'étouffement soit validé par n'importe quel collège d'experts. Fletcher a réveillé l'autre mère en lui tirant les cheveux, elle a crié comme si elle n'avait pas l'habitude.

— Ta gueule, a dit Fletcher gentiment, ta gueule ou je te tue.

Ça l'a calmée. La Belette s'agitait, il devait manquer mourir. Drake a dénoué le sac, l'a empoché. La Belette a avalé bruyamment de l'air. Le patriarche se réveillait de sa sieste et s'agitait pour vivre. La première mère a émergé en sanglotant et en se massant la joue qui gonflait. Drake a libéré le père et lui a mis les menottes en lui promettant qu'il allait le faire bander. Lester Shiflet pressentait le pire. D'autant que les yeux de l'Albinos roulaient et c'était effrayant.

— « Si l'homme l'a saisie et a couché avec elle, a susurré Fletcher, alors seul devra mourir l'homme qui a couché avec elle. »

Il a hoché la tête. Lester Shiflet et la première mère l'ont imité, subjugués. La trouille rendait attentifs.

— Qui a violé Holly Howell ? s'est informé Fletcher sans élever la voix.

Pas besoin.

— C'est pas moi ! s'est écrié la Belette.

— On l'a pas violée ! s'est défendu le père. On l'a un peu troussée... Merde !

— C'est pas méchant en effet, a remarqué Drake.

— On va vous casser le doigt, a dit Fletcher. Il faut une punition appropriée.

Il a voulu baisser le caleçon du patriarche... Qui a voulu se défendre. Fletcher lui a tordu le nez. Lester Shiflet a couiné en se tenant le nez avec ses mains menottées. Fletcher a fini de baisser le caleçon. Lester Shiflet ne bandait pas et pour casser le doigt...

— Il n'est pas raide, a dit Fletcher.

Drake était conscient que la situation pouvait s'aggraver, virer au cauchemar, qu'il fallait trouver une solution. Calmer Fletcher. Là-dessus, la Belette s'est mis à hurler, pleurer. Il ne voulait pas qu'on lui casse la queue ! Incroyable !

— La ferme ! lui a dit Drake. La queue ou les oreilles. On fait ce qu'on veut... On est assermentés, bonsoir.

Il s'est tourné vers Fletcher.

— On va pas leur couper, a-t-il plaidé, ça ne se fait pas.

Fletcher était paumé. Couper quoi, alors ?

— En parlant de doigt, a repris Drake, si on leur casse les doigts, c'est un peu comme le doigt dont tu parles… Et ils ne pourront pas faire le mal pendant quelque temps.

La deuxième mère pleurait en psalmodiant que c'était des fous… Elle implorait Dieu de les tuer et de la sauver.

— Salope, a dit la première mère, salope, tu penses qu'à toi.

— Vous n'avez pas le droit, s'est écrié la Belette. C'est mes doigts !

— «*Aliis si licet, tibi non licet*[1]», a répondu Drake.

— Tu as raison, a dit Fletcher. Combien ?

— Dans les cinq, a suggéré Drake.

Fletcher a cassé les deux pouces du père. Il s'est évanoui. Les mères ont hurlé à la mort, elles avaient l'air de poules qu'on va électrocuter. La Belette était livide. Drake a haussé les épaules et lui a dit de ne pas en faire tout un plat. Il lui a cassé les deux pouces. La Belette a glissé dans les vapes. Des gars douillets. Fletcher et Drake ont cassé chacun trois doigts aux gars. Ce qui nous faisait un total de six plus quatre. Dix doigts. Ce n'était pas le bout du monde à cette époque où il fallait claquer au moins cinq mille bucks pour s'acheter une pauvre Cadillac.

— La prochaine fois, a dit Drake aux deux mères, c'est à vous qu'on casse les doigts… Vous pourrez plus tricoter.

Les deux officiers de police ont démenotté le père et le fils qui s'est éveillé en pleine crise de terreur. Il bavait. Drake lui a dit de bien faire attention où il mettait sa queue et ses doigts dorénavant. Fletcher a posé sa boîte d'allumettes transformée en sarcophage à côté du père Shiflet qui s'est protégé la gueule avec son avant-bras. Fletcher est sorti comme Drake. Le père

1. « Que d'autres aient un droit ne veut pas dire que tu l'aies. »

Shiflet regardait la boîte d'allumettes en pleurant (il s'arrêterait peut-être de fumer ?).

Le peuple qui marchait dans les ténèbres a vu se lever une grande lumière ; sur ceux qui habitaient le pays de l'ombre, une lumière a resplendi.

Dehors, Fletcher a contemplé de force le tableau de Philippe de Champaigne, cette Nativité dont il avait arraché la reproduction jadis. Elle était peinte dans le ciel. Immense. Peinte au-dessus de la vie des Shiflet, au-dessus de lui et de Will Drake et, plus subjugué que terrorisé, il a dit : « Un ange apparaît à des bergers – Luc 2, 8-14. » Il a sollicité le pardon de Philippe de Champaigne pour avoir déchiré la page où était reproduite sa Nativité. Il suait. Il suait devant la baraque des Shiflet. En retrait, Will Drake veillait au grain. Fletcher a ouvert la portière de la Bel Air pour s'installer mais il s'est ravisé. Il s'est baissé et a inspecté sous l'aile avant. La bagnole avait été repeinte, jadis elle était noire. Les Shiflet l'avaient soulevée, maquillée et revendue à Holly Howell. Fletcher a fait le tour de la bagnole. Des pneus Firestone à l'avant, des Goodyear quasiment neufs à l'arrière. Il s'est accroupi pour contrôler le crochet de remorque. La routine policière : chercher des poils de cul dans les blés d'or. La boule avait une trace de peinture blanche. Fletcher était bien embêté parce qu'il n'arrivait pas à mettre les termes dans l'ordre. Il oubliait un détail. Un souvenir… Un autre souvenir ? Un autre oubli ? Il s'est tourné vers Drake pour marmonner que la Nativité ça l'énervait.

— T'as raison, a renchéri Drake qui voulait calmer l'Albinos, faut être une ordure pour aimer ça.

« Mon surnom : Capitaine d'Argent, mon effroi de mort, c'est toi, je ne peux jamais te saisir »… Qui avait chantonné ça à l'oreille de Will Drake jadis ? Bien plus qu'un monstre, pas de doute.

Fletcher s'est installé au volant de la Bel Air. Il a démarré, roulé en marche arrière. Il a braqué dans la poussière qu'il avait soulevée. Il a piqué vers le Corral. Derrière, les phares allumés, la Ford Fairlane noir cercueil suivait tel le Chien des Baskerville.

Le pic à glace

> « Auprès d'une vierge fiancée à un homme de la maison de David, nommé Joseph. Le nom de la vierge était Marie. »

Fletcher a ralenti dans la pente qui menait au Corral, pas tuer un margino inoffensif. De jour, ça se voyait que ceux qui s'étaient groupés là avaient des idées, des buts. Un sens civique. Ce qui pouvait signifier que la marge était pervertie par la société ou que tout groupement humain devenait une société, était condamné à se structurer et à se livrer à la politique. Les caravanes, cabanes et mobil-homes étaient dispersés de part et d'autre d'un espace de terre au centre duquel l'éolienne bruissait et projetait son ombre d'oiseau. Des enfants jouaient là. L'un a ri. Fletcher a frissonné. Il a derechef imploré le pardon de Philippe de Champaigne. Il a coupé le contact. Il était paumé. Il est sorti de la bagnole. On lui a mis la main sur l'épaule, ce qui pouvait être dangereux, très dangereux. Il a pivoté, c'était elle. Tout près. Il a eu le sentiment que le sol se déformait, qu'il pouvait tomber. Il sentait son corps, comme si elle le touchait... Son haleine, son odeur. Elle était pieds nus dans des sandales... Ses yeux violets, sa peau.

— Comment tu as su ? s'est-elle renseignée.

— Su quoi ? a-t-il bredouillé.

— Pour ma voiture.

— Libero, a-t-il répondu.

Elle ne connaissait pas... Fletcher avait l'impression qu'elle l'avait enfermé, les avait enfermés dans un cercle magique. Qu'ils étaient invisibles, seuls au monde. Il s'est forcé à parler. Il aurait préféré compter les battements de ses cils, les cils de Holly Howell.

— Vechiatto, a-t-il murmuré pour ne pas rompre le charme, le coiffeur.

Elle a eu une expression entendue. Elle avait une ecchymose sur la joue. Fletcher a baissé les yeux. Il ne supportait pas ça. Elle s'en est aperçue.

— Ça va, a-t-elle dit, ça va, ç'aurait pu être pire... Juste que J.J. m'a recousu le mollet à cause du chien... Je ne pourrai plus concourir pour Miss Amérique.

— Et le sperme ? a bafouillé Fletcher.

— Quoi ? Tu as dit quoi ?

D'abord sidérée, Holly, Holly Howell s'est mise à rire. Elle a levé sa chemise. Fletcher a vu dépasser un manche en bois et une gaine en cuir de la circonférence d'un de ses jolis petits doigts. Elle a tiré sur le manche, dévoilant la lame d'un pic à glace. 6, 7 pouces. Une arme méchante. Plus dangereuse qu'un poignard, Léon Trotski était bien placé pour le savoir. Fletcher a pensé à sa queue, à la volupté. À la pénétration...

— J'ai meulé la pointe t'à l'heure, a-t-elle dit en remettant le truc en place. Avec la meule de J.J. Je vais m'en faire un ou deux… Je sais que tu es poulet… Tant pis… On ne dispose pas de moi.

— Ils sont en convalescence, a balbutié Fletcher.

— « En convalescence » ?

Elle l'a dévisagé cherchant à deviner ce que Rollie Fletcher et l'autre affreux avaient réservé aux Shiflet… Elle a dû se faire une idée, aidée par la réputation des deux flics.

— Pas de sperme, a-t-elle confié, cette vieille bête n'arrivait pas à bander.

Fletcher a senti ses joues s'empourprer.

— Tu me plais, Rollie, a-t-elle dit. Ça se discute pas.

Elle a joué avec un bouton de la veste de Fletcher.

— Je te le recoudrai si t'es sage… Pourquoi tu n'enlèves pas ta main de ta poche ? T'as volé quelque chose ?

Il n'a pas répondu… Elle est allée chercher la main de Fletcher, avec la sienne (il n'y avait qu'elle à pouvoir faire ça sans risque majeur). Elle a interrogé Fletcher du regard.

— Je me suis coupé, a-t-il expliqué en détournant les yeux.

Elle a dénoué le mouchoir et, interdite, a découvert la débandade.

— Tu… ? Tu t'es coupé le doigt ? Toi ?

— Oui.

— Et pourquoi ?

— Pour faire quelque chose, a dit Fletcher.

Elle a enfoncé la main de Fletcher dans sa poche… Elle n'était pas contente. Elle a remis une mèche en place et Fletcher a pensé que c'était beau. Elle l'a toisé de haut en bas et a soupiré :

— Tu vois la cabane, là ? Tu la vois ? C'est là que je vais t'attendre, pas longtemps, Fletcher, pas longtemps.

Elle s'est tirée et ses fesses se séparaient et se rapprochaient, s'écartaient… Par moments semblaient applaudir. Fletcher était abasourdi. Là-dessus, elle s'est retournée et l'a surpris… Fletcher était mortifié et a susurré un pardon. Elle a levé les yeux au ciel. Elle est revenue vers lui et a arraché le bouton qu'elle avait proposé de lui recoudre.

— Tu sais ce que c'est l'amour ?

Jamais Fletcher n'avait reçu un tel coup. Elle a fermé le poing sur le bouton et a ajouté :

— C'est ça… Un besoin vital. Un bouton ou ce que tu veux… Ou plus.

Elle a planté l'Albinos là, comme un navet, un blanc de poireau dans un potage de mariage, misère !

Oh ! que se réalise donc ma prière, que Dieu réponde à mon attente !

La médaille

> « Car c'est d'après tes paroles que tu seras justifié et c'est d'après tes paroles que tu seras condamné. »

Drake a cramé un stop, coupé la route à un corbillard qui a perdu une gerbe de fleurs dans la bataille. Drake s'est marré, il n'aimait pas les morts. Il allait pointer en direction de chez Hardy, le sorcier apache, pour qu'il soigne l'Albinos… Lorsqu'ils ont aperçu un panneau publicitaire défraîchi, un gars qui souriait et semblait répéter ce qui était écrit : « Ray Harris abrite et protège vos biens ». D'une mimique Drake a sollicité l'accord de Fletcher qui l'a donné d'un geste. Vingt minutes de perdues chez Ray Harris ne compromettaient pas la repousse de son doigt. Ce qui dérangeait Fletcher, c'est qu'il n'aimait pas Ray Harris sans le connaître, sans même l'avoir vu. Les sentiments ne se commandaient pas, disait-on, encore plus chez un gars qui n'avait pas de sentiments au départ.

Drake n'a pas freiné en entrant dans la cour. Le Cercueil a chassé et stoppé de travers, à côté d'une Chevrolet à bout de souffle et devant un bungalow d'inspiration vaguement Jugendstil aztèque. Il abritait les bureaux de l'entreprise et était surmonté d'un fronton à la peinture écaillée où on pouvait lire « Ray Harris : la solution à vos problèmes de stockage ». Les deux représentants de la loi ont fermé leurs portières et fait un panoramique sur le décor : les bâtiments de gauche et de droite qui fermaient la cour sur les côtés étaient dans un état de décomposition prononcée. Derrière les grilles et le portail ouvert qui permettait l'accès à une autre cour, des dizaines de box avariés attendaient le client qui devait se faire rare. Tout ça puait la faillite prochaine. Ils sont entrés dans le salon d'accueil aux murs placardés de conseils, de photos ou de plans des box destinés au stockage de marchandises ou de mobilier. Le gars qui leur a sauté dessus avec son sourire de bonimenteur, ça devait être le fameux Ray Harris. Une caricature d'Américain blanc de la classe moyenne. Ça c'était pour la façade. Derrière : l'échec, la lâcheté. Pas loin de cinquante ans, avenir que dalle. Même en payant, il ne trouverait pas preneur. Il a tendu la main comme s'il se faisait une joie de se faire tordre l'oreille par Drake. Il a gémi et s'est agenouillé. Fletcher lui a donné un coup de genou dans le sternum, en voisin, sans méchanceté. Drake a lâché l'oreille en se plaignant qu'elle sentait la merde. Ray Harris s'est avachi sur le lino. Les deux lieutenants ont sorti leurs paquets de Lucky et se les sont offerts mutuellement. Drake a allumé la sienne avec son briquet et Fletcher a gratté une allumette sur la semelle d'une de ses godasses, ce qui lui a donné l'air d'un unijambiste plutôt patibulaire. Ray Harris a remué et Drake lui a dit de se mettre debout rapidement. Ce qu'il a fait en geignant qu'il n'y était pour rien.

— Et ta sœur, lui a répondu Drake. Tu as une gueule de coupable… Tu es coupable. Je vais te casser le nez.

— Ils m'ont dit à peu près pareil, a chouiné Ray Harris. Qu'ils allaient me ruiner la vie.

— Ils avaient raison. Raconte.

— Sont arrivés dans la cour samedi soir, j'allais fermer. Une femme et un gars qui boite… Il y en avait deux autres dans la bagnole… Une Plymouth.

Drake lui a tordu le nez sans insister – pour faire souffrir sans excès. Ray Harris a couiné et bredouillé :

— Elle m'a dit qu'ils voulaient être tranquilles, qu'ils louaient tout jusqu'au matin.

— Et de rien dire, a précisé Drake.

Ray Harris a hoché la tête.

— Ils n'ont rien signé et t'ont payé en cash… Combien ?

— Cent cinquante.

— Tu vaux que ça ?

Drake a dévisagé le pauvre type et c'était sûr qu'il ne valait pas plus.

— Pourquoi ils voulaient être seuls à ton avis ? a-t-il dit.

Ray Harris a haussé les épaules. Les patients donnaient souvent et sans le vouloir des idées aux deux flics véreux. Des pistes auxquelles ils n'auraient pas pensé.

— Réponds, a insisté Drake.

— Voulaient discuter entre eux.

— Le passer à tabac ? Mens pas… Raconte dans l'ordre sinon je t'arrache une dent… Souris, que je choisisse laquelle.

Ray Harris a pleurniché.

— Tu as encaissé le blé, a affirmé Drake et t'es reparti sur ta trottinette qui rouille là-dehors. C'est ici que ça s'est passé, pas vrai ?

Ray Harris a acquiescé. Drake a jeté son mégot sur le lino et a insisté :

— Raconte.

— J'étais pas là ! J'vous jure !

Fletcher scrutait fixement une applique sur un des murs. Elle ne ressemblait pas à celle de la caravane mais il a fait le rapprochement. Il s'est senti partir là-bas… Il manquait une applique. Une sirène en faux bronze. Il avait dû la prendre, si c'était le Dindon le tueur, l'arracher pour la trimballer sur une autre scène de crime. Et il aurait apporté quoi puisque c'était sa manière d'agir ?

— La caravane, a chuchoté Fletcher… La caravane.

Il en était sûr. Ils auraient dû creuser cette piste, elle venait bien de quelque part.

— Il vient avec la caravane, a-t-il poursuivi à mi-voix, il prend l'applique…

Une nouvelle fois, il a pensé au panneau pour mesurer l'acuité visuelle. Il est revenu avec Drake et l'autre baltringue dans le salon d'accueil miteux qui sentait la poussière et vaguement un produit de nettoyage.

— C'est le Dindon, a-t-il dit à Drake.

— Le dindon, a répété Drake machinalement, ah oui… Le Dindon !

Retour à la caravane sanglante, s'est-il dit. Question : qu'est-ce que le Dindon venait foutre là-dedans ? Ici et maintenant, chez Ray Harris ? La seule hypothèse : la morue aux yeux violets avait niqué le réseau nerveux de l'Albinos qui avait disjoncté. La preuve, il s'est assis comme une petite vieille et a dessiné le Dindon, son calepin posé sur la table basse. De mémoire, les paupières quasiment fermées. Il a montré le dessin à Drake qui a trouvé que le Dindon semblait « vivant ». Plutôt que de péter pour évacuer son dégoût, il a balancé une torgnole fignolée au vendeur d'espace.

— Fais pas le malin, toi, lui a-t-il conseillé.

Le garde-meubles a pleurniché que ce n'était pas légal (*sic !*).

— C'est qui, toi ? lui a dit Fletcher.

Il ne savait plus ce qu'il faisait ici avec Drake… Ray Harris perdait contenance, craignait le pire.

— C'est moi, a bredouillé Ray Harris, là devant vous… Moi, Ray Harris, la solution à vos problèmes de stockage.

Fletcher a quitté la pièce, il remontait les effluves du produit ménager. Il s'est engagé dans le couloir, passant devant une pièce où on voyait un frigo des années quarante, une table. Il s'est arrêté devant une porte qu'il a poussée, découvrant une pièce vide, à part un fichier délabré, une chaise et un radiateur pour y menotter le Marine qui était mort là. Une tache en forme de requin sur la moquette verdâtre, quelques gouttelettes sur le radiateur et au bas d'un mur : du sang. Fletcher a écouté et il a entendu. Il a fermé les yeux et il a vu. Tout était gris comme de la peau morte récemment. Le Marine était menotté au radiateur, oui. Les autres parlaient, Fletcher ne comprenait pas leurs marmonnements. Le Marine devait sentir qu'il allait mourir. Il avait une médaille de baptême, bien sûr. Tout le monde en avait une. Fletcher a regardé sans les voir Drake et cet inconnu. Drake a manqué dire à Ray Harris de se faire tout petit. Il ne l'a pas fait car il n'était pas homosexuel, ni secouriste.

Un marteau traînait sur le rebord de la fenêtre aux vitres crasseuses et si on regardait à travers elles, on découvrait une nature morte au soir, flétrie par le poids du béton. Il ne fallait pas oublier que c'était un pays qui s'était constitué sur le massacre et la déportation de ses habitants légitimes et sur l'importation de races inférieures pour bosser à la place des

Blancs, des chiens et des mules. Ce pays déconnait totalement. Il ne tarderait pas à être au ban des nations et ça serait mérité. Les formules lapidaires étaient mieux digérées par les fainéants que les réflexions hardies. Fletcher a empoigné le marteau. Il a attrapé le poignet gauche de Ray Harris, l'a plaqué sur le radiateur et lui a ratatiné le pouce. Ray Harris n'a pas supporté. Il a tourné de l'œil en vomissant. Drake a soupiré. L'Albinos était excessif… En même temps, un pouce ce n'était pas Pearl Harbor, moins douloureux qu'une molaire arrachée à la va-vite et sans anesthésie. Il a tiré l'oreille du garde-meubles.

— Fais pas ton sensible, a-t-il conseillé, ça m'énerve. Allez debout.

Ray Harris s'est levé. Il était blême et puait le vomi pas l'urine, ça viendrait car il s'était épanché. Il s'est mis à chialer. Drake lui a tordu le nez pour laisser le temps à Fletcher de se remettre le cerveau en place (*a minima*).

— Derrière le radiateur, a chuchoté Fletcher hypnotisé par la vision, là où la moquette remonte.

Drake a regardé de quoi il retournait. C'était du travail d'enfoiré. Le solier s'était planté dans ses mesures. Le pan de moquette s'arrêtait quatre pouces avant le radiateur. Le solier avait collé à la va-vite un morceau de moquette, découpé au niveau des pieds du radiateur. Cette rustine se décollait au niveau du haut de la plinthe. Drake a pigé ou tout au moins l'a cru.

— T'as entendu, fesse d'huître ? a-t-il dit. Réponds.

Ray Harris était ralenti par la douleur qu'il ressentait et par la peur.

— Oui, a-t-il dit, oui.

Il s'est arrêté de pleurer.

— C'est dans mon bureau a-t-il dit. J'y suis pour rien… C'est fortuit.

— Ferme ta gueule, a dit Drake, « fortuit » ! Tu veux qu'on te coupe un truc ?

Il l'a poussé. Ray Harris a avancé, voûté. Il entourait son pouce avec un mouchoir. Son antre était triste et pauvre, les photos de sa femme et de ses deux gosses serraient la gorge. Drake s'est dit qu'il aurait fallu lui régler son compte, libérer sa femme et les enfants de l'emprise de ce pauvre type… Qui s'est préparé à ouvrir un tiroir de son bureau. Drake a dégainé son Python Target et armé le chien. Ray Harris a tourné la tête vers lui et lui a dit :

— Pauvre con, tu crois que j'ai une arme ? Pauvre con… Et tue-moi, si tu veux, j'en ai rien à foutre.

La vie réservait des surprises et Drake était content que le débonnaire ait montré les crocs, ça faisait du bien à la nature humaine lorsqu'un mec ne se couchait pas, ne baissait pas son falzar. Ray Harris a rencontré le regard de l'Albinos et son courage a fondu, il a eu peur de mourir brûlé vif. Quand on avait eu peur de quelqu'un on ne pouvait pas l'oublier. On inventait, fantasmait la suite. Pour Ray Harris, l'Albinos était un bourreau dans une peau de salope folle de la mort. Envoyé par les démons pour le martyriser. Il a fouillé dans le tiroir et a posé en tremblant une chaîne avec une médaille. Il a baissé les yeux pour fuir ceux du taré. Drake a biché. Fletcher était un as… Comment qu'il avait fait pour deviner ? Fletcher s'est approché du bureau et a saisi la chaîne et la médaille de baptême. Sur une face, un Christ. Sur l'autre :

« Mary 15-06-1915 ».

Du bon or, c'était certain. Pourquoi le Marine mort à El Paso portait-il cette médaille de baptême dont il s'était séparé au dernier moment ? Fletcher l'a donnée à Drake qui l'a étudiée à son tour.

— Ouais, a-t-il dit, ouais... Il arrache la chaîne pour pas que sa médaille soit salie ou je sais quoi ?

Comme Fletcher, il avait assez d'expérience pour être certain qu'au dernier moment les gars ne mentaient pas, ne faisaient pas de plans sur la comète. Le Marine s'était séparé de la médaille pour une raison impérieuse... Pas mouiller cette Mary ? Drake est sorti. Ray Harris s'était assis derrière son bureau, il était épuisé, la tête vide. La pire journée de sa vie. Fletcher a empoché la chaîne et la médaille. Drake est revenu avec des bacs à glaçons. Ray Harris a tressailli. Il s'attendait au pire. Drake a démoulé les bacs à glaçons en les tapotant sur le bureau. Les glaçons se sont répandus en s'entrechoquant, légèrement bleutés – c'était rigolo.

— Mets ça dans ton mouchoir, a dit Drake, et ça ira mieux pour ton pouce.

Ray Harris le dévisageait, interdit, méfiant. Il ne comprenait pas, non, il ne comprenait pas.

— « Le Seigneur te gardera de tout mal, a récité Drake endossant le rôle pastoral de Fletcher, Il gardera ta vie. » « *Homines id quod volunt credunt*[1]... »

Les deux poulets sont sortis du bureau tandis que Ray Harris, hébété, mettait des glaçons dans son mouchoir. Il pensait sûrement que c'était la pire journée de sa vie... Il se trompait.

1. « Les hommes croient ce qu'ils veulent croire. »

Le blend

> « Mais étroite est la porte et resserré le chemin qui mène à la Vie, et il en est peu qui le trouvent. »

Ils sont sortis du Cercueil, si poussiéreux qu'on ne le distinguait plus de la poussière.

— La couleur de la vie est la boue, a dit Fletcher.

Drake a hoché la tête, il se sentait de boue et de merde. De sueur et de Dexamyl. La quinzaine de crotales à la renverse sur la rambarde de la terrasse telles des pâtes sur une ficelle, ce n'était pas une hallu. Un gars avec une pioche et une pelle aurait facilement trouvé des os dans le coin. Ceux des pèlerins qui avaient cru que les crotales étaient empaillés. La baraque de Hardy ne payait pas de mine, que ça soit le 2 de l'an vers les 5 PM ou le 31 février à minuit. L'été, pas besoin de barbecue pour cuire la bidoche, suffisait de la poser sur une pierre. Ça cognait grave. Mais tu pouvais balancer ta femme par la fenêtre : pas un voisin à moins de trois miles. Rien que des yeuses, des cactus, des virevoltants qui passaient sur cette terre de misère pour la ruiner un peu plus.

Avant de s'installer près d'El Paso, Hardy sévissait dans la région d'Alpine. Le shérif du coin, surnommé « le Fisc », s'était mis dans l'idée de le ponctionner, de le saigner à blanc. Et il ne craignait pas les coups de pute, pas plus que le poison ou le gros plomb – c'était un gars calme, avaricieux et plein de haine. Un pur Texan, quoi. Hardy avait été obligé de déménager. Toutefois, il ne désespérait pas d'avoir la peau du Fisc (il avait plus d'un tour dans son sac). Il avait soigné Drake, l'avait sauvé. Johnny Gomez, le regretté El Caníbal s'était drôlement débattu, refusait d'être émietté. Il avait filé un coup de canif à Drake. Dans la cuisse. Difficile d'aller à l'hôpital. Un poulet blessé, c'était automatiquement un rapport et les Sacs plastiques ne voulaient pas de ça. Hardy avait examiné Drake, dit que la blessure au couteau c'était que dalle… Pas la tumeur dans le ventre. Drake était resté quatre nuits là-bas. La tumeur s'était envolée. Il n'avait jamais autant chié, de ce qu'il racontait. Des cauchemars atroces. Maux de tête sadiques. Et chier à la folie. Mais plus de tumeur. Hardy n'avait pas voulu de fric. Une des peurs de Drake, c'était que l'Indien l'ait baisé pendant son sommeil. Cette peur était alimentée par Hardy qui faisait des allusions à leur accouplement.

Drake a sorti son paquet de Lucky. Fletcher s'est servi et a allumé leurs clopes. Ils ont attendu sans ciller. C'était des spécialistes de l'attente. Un crotale en a eu marre, il a glissé de la rambarde et est parti se chercher à bouffer.

Drake aimait bien les crotales plutôt morts ou tout à fait morts. Il aimait bien les regarder tremper dans le sotol, leurs yeux de merlans frits. Il ne buvait pas du sotol pour devenir un crotale… Même si gosse il avait bu quantité de pisse de mulet pour avoir une longue queue. Raté. Ils étaient en train de mégoter quand le sorcier s'est pointé sur la terrasse, en pantalon de treillis, torse nu, son bandeau rouge qui retenait ses cheveux longs et crades. Son collier de dents humaines (et animales). C'était un fieffé voyou. Un soi-disant Apache qui se proclamait medicine man et de la lignée de Cochise. Il ne fallait pas s'en faire un ennemi ou il fallait être très optimiste. Un ami, c'était à voir. Hardy n'était pas vraiment humain, c'était pour cette raison que les Sacs plastiques le fréquentaient. Il les regardait en se marrant, se foutait ostensiblement de leurs gueules. Ils avaient l'habitude, attendaient qu'il entonne sa chanson à la mords-moi le tomahawk et c'est ce qu'il a fait :

— Une nouvelle fois, on n'est pas morts, on n'est pas morts… Au Silver Spur Motel, pas morts. Les autres sont morts. Morts… Tout à fait morts… Au Silver Spur Motel, ho hoho ho hoho !

Il s'est tu, les deux incorruptibles ne bronchaient toujours pas. Ils connaissaient le client, ne voulaient pas le vexer. Il était très fantasque et dangereux. C'était le gars le plus méchant qu'ils aient rencontré à ce jour (à part eux) et ils respectaient les salauds et les criminels.

— Amenez-vous, leur a-t-il dit. On va partager un stick de mon blend.

Son blend ! Il est entré dans sa cabane. Fletcher et Drake se sont ramenés. Ils ont grimpé les quelques marches de l'escalier sans s'exciter. Ne pas surprendre un crotale… Il démarrait plus vite qu'un dragster. Parvenus sur la terrasse en planches, ils ont contourné le rocking-chair et sont entrés dans la baraque. Par l'unique fenêtre, on devinait qu'il faisait jour… Laver les vitres au marteau n'aurait pas été déraisonnable. Drake connaissait les lieux mais ne s'y habituait pas. À la lumière d'un feu dans la cheminée, on distinguait un très gros crotale, la version H de la bombe A. Et puis une table, trois chaises, des poufs en peluche rose, un lit que n'aurait pas dédaigné Hugh Hefner, des scalps, des os, des têtes momifiées et d'autres saloperies sorties du cauchemar d'un taré qui aurait fait une indigestion de LSD… Pas oublier les araignées dressées comme des chiens ou des otaries. De grosses araignées tels des ananas velus montés sur pattes.

Chez Hardy, avant de fumer, on était déjà stone. Drake a regardé les liasses de billets suspendus à des fils. Il a pensé à Moss, ça l'a fait rigoler. Fletcher a trempé sa main blessée dans un pot de chambre en fer rouillé plein d'un liquide brunâtre qui puait gravement. Souffrance abominable. Hardy s'est marré et lui a dit qu'il n'était qu'une grosse squaw mal baisée qui puait sous les aisselles et bien plus ailleurs. Il a toisé Drake, a ricané et lui a demandé s'il se souvenait. Il a rigolé. Pas Drake. Il ne pouvait admettre d'être un objet sexuel, encore moins celui de ce dégénéré.

Ils se sont assis sur les poufs comme trois filles désœuvrées. Hardy a roulé une clope avec son blend des familles. Un mélange de marie-jeanne et de peyotl, de l'avis de Drake qui n'excluait pas la présence d'autres substances. En tout état de cause, ça ramonait sec. Drake surveillait les araignées, elles aussi. Il ne s'habituait pas à elles. Sans évoquer le crotale qui avait une bedaine incroyable, il avait dû bouffer un nain (il y en avait toute une tripotée au nord-est d'El Paso à cause de la vie de famille et d'une usine chimique qui avait fermé ses portes en 50). Malgré sa digestion, le crotale était menaçant par sa simple existence. Et en fait de stick, l'Indien roulait un gros joint dans une feuille de tabac qu'il faisait tremper dans sa bibine au préalable. Drake lui a proposé sa boîte de Dexamyl. Il estimait que le Dexamyl favorisait l'absorption du blend. Ils ont avalé les cachetons. Hardy a tiré en premier sur la clope. Il a regardé Fletcher et a rigolé, lui a dit :

— Toi gros con toujours, avec neuf ou dix doigts.

Il aimait bien parler en indien western. Fletcher a tiré sur la clope et a senti tout de suite la puissance du blend qui a paru plus explosif que d'habitude. Plus magistral. Il a donné le stick à Drake qui s'est senti partir à la première bouffée et a souri à une des araignées, celle qui avait les yeux plus ou moins bleus.

— Ton goudron c'est juste de la merde, a-t-il dit à Fletcher avec la voix de Hardy.

Le sorcier s'est boyauté.

— Essaye de piger, a ajouté Drake toujours avec la voix de Hardy. Tu as eu cette idée de goudron quand ?

Fletcher s'est souvenu de la vieille citerne et… Et une ombre l'a terrifié. C'était qui ? Hardy s'est esclaffé et a fait un bruit étrange que Fletcher et Drake ont imité en se marrant eux aussi. Hardy s'est tapé sur les cuisses et leur a déclaré qu'ils étaient bien plus cons que Moss. Drake a dit d'une voix de stentor : « Je voudrais quatre mille livres de bon goudron chaud. » Fletcher a grimacé. Il y avait plein d'insectes sur sa main mutilée, ça grouillait. Hardy a parlé en chiricahua, il avait le doigt de Fletcher coincé entre sa tempe et son oreille, telle une clope. Fletcher a vu Holly Howell. Elle avait un œil fermé – du sang coulait sous la paupière close. Il a crié. Hardy lui a dit que son doigt lui repousserait au cul, que ça le gratterait. Drake a voulu fuir mais il était écrasé sur son pouf rose.

— Pardonne-moi… Amen ! s'est-il écrié.

La Virgen con cuervos était apparue, le Jockey sur son épaule qu'il a quittée pour s'approcher de Drake en ricanant. Le corbeau devenait énorme. Il avait le visage du père de Drake et il bandait.

— Et le jais que t'as chouré, Will Drake, a dit Hardy, tu crois qu'il va te porter chance ?

Drake a regardé son ventre, mis la main sur sa chemise, elle était pleine de goudron. De goudron bonsoir… Pourquoi pas de mayonnaise ? Fletcher, lui, regardait un téléviseur. Comme celui du Cortez. Rien qu'un téléviseur comme si c'était lui qui savait, allait dire la fin de l'histoire. Dans son écran comme un tout, la fin de l'histoire… Laquelle ? Il ne savait pas, mais c'était important, très important. Il a frissonné, avait le sentiment d'avoir un fatal pressentiment. Il a gémi car on le séparait une nouvelle fois… Mon Dieu, une nouvelle fois. Il ne lui mettrait plus ses petits chaussons de laine.

— Le chien voit la nuit, a dit Hardy, la nuit ne voit pas le chien.

Il s'est bidonné et a marmonné que les Blancs étaient quand même trop cons. Qu'ils voulaient que le monde soit à leur image mais que le monde était là avant eux et les enterrerait. Fletcher était épouvanté. Il avait le sentiment qu'un désastre sans nom se ruait sur lui, l'attendait il ne savait où et Hardy chantait : « Une nouvelle fois, on n'est pas morts, on n'est pas morts… Au Silver Spur Motel, pas morts. Les autres sont morts. Morts… Tout à fait morts… Au Silver Spur Motel, ho hoho ho hoho ! »

Le Bienvenidos

«En effet, la loi de l'Esprit qui donne la vie en Jésus-Christ m'a libéré de la loi du péché et de la mort.»

Drake au gouvernail, le Cercueil filait sur la piste, tirant un flot de poussière aux reflets de braise qu'il shakait pour son cocktail de fin d'après-midi. Drake et Fletcher faisaient alternativement le bruit que leur avait mis Hardy dans la tête. C'était pénible. Drake avait l'impression de voir le Cercueil depuis un hélicoptère en rase-mottes. Il entendait le halètement assourdissant des pales. Il ne s'intéressait que peu à la conduite. Le Cercueil renâclait et tapait du cul au passage des bosses. Par moments, il semblait à Drake apercevoir des sortes d'anachorètes assis en haut des cactus, ou un gars debout en chandelier au bord de la piste ou un gros interrupteur (qui servait à quoi ? À quoi ?). Le truc de sûr…

— Le truc de sûr, a réussi à articuler Drake, le truc de sûr…

Fletcher a hoché la tête, il contemplait sa main gauche. Son doigt était là, parfois… Parfois pas… T'expliques ça comment ? a-t-il demandé à son pied droit qui paraissait deux fois plus gros que l'autre.

— Le truc de sûr, a répété Drake, c'est qu'il nous a pas fait fumer le même blad que blend.

Fletcher était d'accord et a bafouillé dans sa barbe : « Pas le même blad que blend. »

— Ça défonce plus qu'une mine, a affirmé Drake, plus qu'une mine.

— Plus qu'une mine, a répété Fletcher.

Comme s'il était au Gold Tip, leur PC de nuit, où à cause du patron tout le monde répétait tout le monde… Enfin, tout le monde répétait ce que disait tout le monde… (Fletcher ne parvenait pas à faire une phrase cohérente).

— On est un peu rayés, a dit Drake. Hardy nous a maraboutés… Si je pouvais l'ébouillanter…

Il a souri à cette évocation. Quant à Fletcher, ça n'allait pas fort. Il lui semblait que son doigt avait repoussé. Il a imploré son pardon. Il ne le recouperait plus, parole. Drake a toussé pour rappeler sa présence à l'Albinos. Et sur la tête de son père, il a vu le doigt de Fletcher… Et… Il ne l'a plus vu. Hardy était un gros empaffé bon à pendre par les roupettes.

— Pourquoi qu'on confond notre vie avec le temps ? s'est interrogé Drake. Pourquoi personne parle du devenir du temps, en le séparant de nous ? Où va le temps, tu vois le truc ? Quelle forme a-t-il… Et tout le reste…

Fletcher s'est souvenu du téléviseur dans la chambre du Cortez… Il s'est senti aspiré par son gouffre. Le téléphone a sonné. Le Cercueil était une des trois patrouilleuses de la police d'El Paso a en être équipée. Fletcher a décroché. Ça ne pouvait pas être la morue. Elle n'avait pas le téléphone, trop vulgaire, s'est dit Drake. Fletcher a décroché et n'a pas tardé à raccrocher en remerciant l'opérateur du central.

— Le Bienvenidos, a-t-il dit, un motel à Alpine.

— « Parking TE6A. 2-1 10 PM », a marmonné Drake. Tout se tient bien dans ton histoire… C'est cohérent.

Il a regretté d'avoir dit ça, n'importe quel con aurait pu le dire. Il aurait fallu qu'il ait le courage de parler du mystère. De sa lente progression vers la découverte du mystère qui reculait sans cesse.

— Elle occupe une des deux chambres retenues au téléphone par un certain Damon Jones.

— S'est pas cassé la tête pour trouver cinquante pseudos… Mais il bande plus… Deux chambres ?

— Pour compliquer le boulot de celui qui veut les surprendre ? a avancé Fletcher.

— Ou il y a un troisième larron ?

Fletcher n'y croyait pas. Le Marine et la fille avaient eu un coup de cœur, ce n'était pas un plan organisé de longue date. Le Marine n'était pas une tante et ce Neville Allen avec qui il avait été signalé au Mexique s'était fait la malle. Un copain de quelques jours, pas plus.

Hit the road Jack and don't you come back
No more, no more, no more, no more[1]

Ils ont déboulé de la piste qui desservait la bicoque de Hardy sur l'Interstate sans s'en rendre compte. Ceux qui ont freiné à bloc pour éviter la collision, si. On aurait toujours envie de lire

1. Percy Mayfield/Ray Charles.

des histoires cruelles, le problème c'était qu'il n'y aurait plus personne pour les écrire. Tout ça pour dire qu'on était vers les 6 PM à proximité d'El Paso, Texas. Population : 276 000 âmes. Latitude : 31° 45' 31" nord. Longitude : 106° 29' 12" ouest. Altitude par rapport au niveau de la mer : 3,730 ft. Température : 56 °F. Drake s'est mis à bander sans raison et pour se calmer a chantonné : « Une nouvelle fois, on n'est pas morts, on n'est pas morts… » Fletcher l'a rejoint et ils ont poursuivi plus ou moins en chœur : « Au Silver Spur Motel, pas morts… Les autres sont morts. Morts… Tout à fait morts… Au Silver Spur Motel, ho hoho ho hoho ! »

Pas besoin de sirène, de gyrophare, le V8 et le compresseur suffisaient. 110 miles de l'heure. C'était ce que préconisait Drake. Plus on roulait vite, plus on mourait… Plus on mourait, moins on roulait vite. Compliquée la sécurité routière. Fletcher s'est souvenu de la tétine. La tétine écrasée à côté de la citerne. Il s'est souvenu du gars dans la nuit du 1er janvier qui avait surgi avec sa salopette. L'enquête revenait le chercher, forçant la main au blend de Hardy.

— Tu te souviens de cet article de journal que tu m'as lu chez Vechiatto ? a dit Fletcher.

Après un retard à l'allumage, Drake a percuté :

— « Une mère et son enfant disparaissent ».

Et la tétine…

— Des tétines ça manque pas, a grogné Drake, c'est sûr. Mais il n'y a qu'une enquête… Et cette tétine, tu lui as marché dessus pour ainsi dire.

Ils auraient dû réfléchir à ce que Drake venait de dire… Faire les liens. Comprendre… Peut-être qu'ils étaient trop défoncés. Fletcher s'est repassé le film de la caravane : l'applique manquante… Le panneau pour vérifier l'acuité visuelle… De nouveau il revenait. Réclamait qu'on lui accorde de l'importance. La voix parlait fort. Fletcher ne parvenait pas à réfléchir correctement. Et la machine à penser ne s'arrêtait pas : le Marine coincé chez Ray Harris… Il avait arraché sa chaîne… (Pendant ce temps sur fréquence police un nouveau message concernant la disparition des agents du FBI Forrest Greene et Tim Hill. Leur description physique, l'immatriculation de leur Chevrolet grise.)

— Manque la taille de leur bite, a remarqué Drake.

Il a fait ce bruit débile, ce gloussement insupportable que Hardy leur avait enfoncé dans le cigare.

Hit the road Jack and don't you come back
No more
What'd you say ?

Beaucoup de bitume, chaud et noir, de kilomètres… Beaucoup d'illusions amères ou pas qui dansaient devant le capot bouillant. Un coyote écrasé, raplapla et archibaisé. Un vautour comme assis sur une chaise pliante au bord de la US 90. Le bruit du moulin. On pouvait classer ça dans la rubrique du capitalisme dévorant le monde. Ou dans la rubrique : la Grâce inabordable. Beaucoup de bitume, oui, de mirages. Tant de kilomètres, de mirages n'enlevaient pas à Rollie Fletcher sa folle et nouvelle espérance qu'il entrevoyait dans sa geôle de citoyen US nourri par les dollars de l'État. Ça ne l'empêchait pas d'avoir la main en feu et l'esprit dévoré par les traumas du LSD. Il avait tué des mecs. Noyé son frère mort. Il n'avait pas baisé de femme, jamais. Pas baisé d'homme. De chien ou de rat. Il était pur et con. L'enquête continuait comme si c'était sa volonté personnelle. Qu'elle le voulait. Ils blindaient vers Alpine. Rosamar Torres attendait son chéri qui était mort. Pas mort à Chosin. Pas mort à Cuba. Mort à El Paso.

Ward Tillman

« Mais tout cela, ils le feront contre vous à cause de mon nom, parce qu'ils ne connaissent pas celui qui m'a envoyé. »

Ils étaient partis il y a de ça plus d'une heure et demie – ils ne tarderaient pas à arriver à Alpine. Il y avait une heure de différence entre El Paso et Alpine, 4740 âmes. C'était un voyage dans le temps. Sens aller : + une heure. Retour : – une heure. Conséquences sur leurs esprits, corps, et compagnie ? Personne ne l'ouvrait à ce sujet. Le téléphone a sonné. Fletcher a décroché, un gars qui parlait du nez lui a dit :

— Sergent Greg Adams de la Première division des Marines en ligne pour les lieutenants Will Drake et Rollie Fletcher de la police d'El Paso.

Fletcher avait sorti son calepin. Sur la page de gauche, un dessin au crayon du visage de Holly Howell.

— C'est nous, a-t-il répondu. Rollie Fletcher, je vous écoute.

— Rapport requis sur un Marine blessé à la bataille de Chosin au poumon droit et amputé de l'orteil gauche. On est d'accord ?

— C'est ça.

— Vous avez de la chance. Il n'y en a qu'un. Il s'agit du sergent-chef Ward Tillman, Korean Service Medal, Silver Star. Né le 14 mai 1927 à Hastings, Nebraska. Démobilisé le 17/04/55. Une adresse à Ulysses, Kansas chez ses parents : 1323 E. Michigan Avenue… Il a fait quoi ?

— Il est mort.

— Ça peut arriver. Allez, bonne année, lieutenant.

Fletcher a raccroché et répété à Drake ce qu'il avait appris. Drake a remarqué que le Marine était né en plein centre du pays… Bien loin du Pacifique ou de la mer Jaune. Fletcher a prié le central de se renseigner s'il y avait un téléphone au 1320 E. Michigan Avenue. Il a mis sa main dans sa poche… il avait oublié le doigt. Il fallait en finir. Là-bas : un cow-boy géant annonçait une station Texaco.

— Arrête-toi, a dit Fletcher.

Drake l'a maté de biais. Il avait dans l'idée que l'Albinos allait faire un truc épouvantable : jeter son putain de doigt dans un trou à merde et à serviettes hygiéniques. Tirer la chasse. Il n'a pas pu s'empêcher de dire :

— Et si on l'enterrait ? Ça serait plus…

Fletcher l'a dévisagé, interdit. Il s'est mis à rire. Drake a planté un méchant coup de patin. Il avait oublié la station Texaco. Le Cercueil est parti en sucette, a largement dérapé. Drake n'était pas le genre à paniquer, ni Fletcher. Drake a contrebraqué et accéléré. Le Cercueil a tangué et remué des hanches. Tout était rentré dans l'ordre, ce monde était bien le meilleur des mondes.

Sur ce sujet, nous avons bien des choses à dire, et difficiles à exposer parce que vous êtes devenus lents à comprendre.

Drake a stoppé devant les pompes, le réservoir était quasiment à sec. Le Cercueil tétait ses quinze gallons aux cent miles – la notion d'économie d'énergie n'était pas white US. Certains anxieux disaient que c'était dangereux pour l'air tous ces moteurs… Comme si on le voyait, l'air ! Drake a coiffé le gyrophare de son chapeau. Ils n'avaient pas à exhiber qu'ils étaient poulets, ils n'étaient pas dans leur district. Fletcher est sorti du Cercueil. Il a repéré une femme brune et élancée qui se dirigeait vers des voitures en stationnement. Il était toujours en éveil – on se faisait allumer si on baissait la garde. Mais il ne se ferait pas abattre dans le dos par une des pompes à essence ni par cette autre femme, blonde… Avec une coiffure absurde. Drake matait justement la blonde. Il a pris le pistolet des mains du pompiste et l'a enfoncé dans le vagin du Cercueil qui a frémi.

— «*Nihil lacrima citius arescit*[1]», a-t-il dit au pompiste.

— Je suis de votre avis, a-t-il répondu, elle est bien pourvue… Malheureusement, elle a les fesses plates.

Il est allé servir un type qui avait une allure de bâtonnet pour nettoyer les oreilles, s'est retourné pour confier :

— Que faire avec sa femme ? Moi, je bois une bière ou deux.

C'était un type à la pensée complexe. Fletcher est entré dans la station-service. Quelques clients se baguenaudaient entre les sodas, les bières, les crèmes glacées et les paquets de chips. Le gros de dos aurait mieux fait de manger de la salade. Sans sel, sans huile. Dans une glace, il a entraperçu le visage d'un gars à la peau blanche qui transpirait en bâfrant un sandwich.

1. « Rien ne sèche plus vite qu'une larme. »

Il a disparu en boitant. Un truc tracassait Fletcher. Quoi ? Son cerveau était envahi par Holly Howell. Il avait perdu un doigt pour lui mettre la main aux fesses. Il a toussé et manqué s'étrangler. C'était dégueulasse ce qu'il pensait. Il méritait de perdre sa queue. Salaud, va. Il est entré dans les chiottes. Les deux compartiments étaient vides, portes entrebâillées. Odeur douceâtre de bonbons à la merde.

Devant le lavabo, un gars athlétique se recoiffait avec ses mains en se savourant dans la glace piquetée de chiures de mouches. Il s'aimait, ce gars. L'odeur des entrailles devait exciter son narcissisme. Fletcher s'est enfermé dans un des compartiments. Un progressiste avait écrit sur un mur « Faut tuer un Kennedy ». Tout le monde ne faisait pas de la politique, il y avait des bites et des chattes, des « salopes ». Fletcher ne se sentait pas très à l'aise. Se soulager avant de jeter le doigt ou le contraire ? Il a réfléchi pour des cacahuètes. Dans l'expectative, il a pissé et jeté le truc, tiré la chasse. Salut. Il est sorti. Un péquenot se boyautait, adossé au lavabo.

— Toute une vie, a-t-il déclaré, toute une vie pour ça.

Il a dévisagé Fletcher. Hoché la tête, semblait catastrophé. Il a enfoncé les mains dans les poches de sa veste de costume. Il a froissé quelque chose qu'il a jeté dans la poubelle. Il s'est tiré en éclatant de rire. Fletcher s'est emparé de la boule de papier dont s'était débarrassé celui qui riait aux larmes. Il l'a dépliée. C'était une publicité pour les grands magasins Titche-Goettinger, « Titche's ». Carrefour St. Paul Street, Main Street, Elm Street, Dallas. Il s'est souvenu d'un bout de chanson :

If you go down to Deep Elem
Just to have a little fun,

You'd better have your fifteen dollars
When the policeman come[1]...

Il lisait et relisait la publicité, la retournait, la retournait. Pas de texte, à part l'adresse et ce slogan « Titche's has you covered ». *Des vêtements qui te couvraient et te protégeaient, mon vieux... Titche's parait à tous tes besoins*. Le mal de tête a rappliqué pour souligner l'impuissance de Fletcher. Drake s'est pointé. Fletcher lui a donné la publicité.

— Pendant que t'étais chez les bridés, a-t-il dit en l'examinant, j'ai passé une semaine à Dallas. Je me suis acheté deux chemises chez Titche's... Des chaussettes.

Il a allumé une cigarette.

— On est bien là, au fond, tout devrait se passer dans un chiotte, ça serait plus simple.

Il a plié la publicité.

— Je suis monté sur les toits, tu circules comme tu veux là-dedans...

Fletcher était en alerte sans savoir pourquoi.

— Tu as la belle vue sur Dealey Plaza... D'accord, c'est pas Gold Bluffs Beach... Je suis redescendu, on peut facilement braquer la recette, je te le dis moi.

Il a tendu la publicité à Fletcher qui l'a empochée.

— On passe à côté d'un truc, a susurré Fletcher, impossible de deviner quoi.

Là-dessus, il a pensé à la fille brune croisée devant les pompes à essence. Drake est sorti du chiotte dans lequel Fletcher avait jeté son doigt. Il était blême et a susurré :

— Il flotte encore...

1. *Deep Elen Blues*, The Shelton Brothers.

Pour ne pas tourner de l'œil ou chialer, il a récité à mi-voix le générique de *L'étrange incident* : « Un film de William A. Wellman. Henry Fonda, Dana Andrews, Anthony Quinn. Scénario : Lamar Trotti. Musique : Cyril J. Mockridge. » Fletcher, lui, n'en revenait pas : le doigt barbotait dans la flotte. Insubmersible. Fletcher a tiré la chasse. Coulé ! Le doigt a plongé dans le lac rejoindre Rollie. Fletcher s'est senti plus léger, pourtant un doigt ça ne pesait pas lourd et Rollie était mort… Il a retrouvé Will Drake. Il fumait – à côté de lui un clampin sortait son matos pour le faire dégorger. Drake a dit à Fletcher que Mockridge avait composé une centaine de musiques de films dont celles de *Bas les masques*, *Rivière sans retour*, *L'homme qui tua Liberty Valance,* même s'il détestait ce navet… Le clampin a fait ce bruit débile qu'ils avaient marmotté en chœur chez Hardy (et après). Fletcher lui a répondu instinctivement. Le clampin s'est retourné vers eux et leur a dit :

— Bon Dieu, les gars, pour glouglouter comme ça, c'est-y pas que vous seriez dans le négoce du dindon ?

Les gars en question l'ont dévisagé… Il a deviné qu'il faisait fausse route. Il s'est vite intéressé à son petit pistolet pour éviter les ennuis. Bien joué : Fletcher et Drake l'ont quitté vivant. Ils ont acheté des crèmes glacées. Drake a volé une bobine de fil à pêche car qui achetait du fil à pêche dans ce genre d'endroit ? Et pourquoi ? Il ne fallait pas déconner. Et le fil à pêche, ça pouvait être utile.

— Deux chambres ? a-t-il dit. Pourquoi il aurait loué deux chambres ? Je sens pas le truc… Ça cloche.

Rosamar Torres

> « Tous pleuraient et se lamentaient sur elle. Alors Jésus dit : Ne pleurez pas ; elle n'est pas morte, mais elle dort. Et ils se moquaient de lui, sachant qu'elle était morte. »

Ils n'avaient pas prévenu Lou Ford, dit le Fisc. C'était un méga trou du cul, ils l'avaient croisé au bal de la police d'El Paso – se présentait en fin gourmet. Sa spécialité : la soupe à la bière et au cheddar. Un cas d'école de stupeur dangereuse. Mais pas que, ce poulet était aussi machiavélique qu'une machine à sous. Et même s'il avait été un type à la coule, ça n'aurait rien changé. Ils lui auraient chié dans les bottes. Le Marine, c'était leur affaire.

Pas le temps de repérer le parking de la gare… Et puis se pointer là-bas avec le Cercueil, autant venir sur des canassons avec des étoiles de shérif et des Colt Frontier. Il y avait des quantités d'enculés sur terre et il fallait prendre son temps pour leur nuire du mieux possible. Pour dire que ce n'était pas loin de 9 PM, heure locale parfumée à la bouse (El Paso : 7:50 PM.

Alpine : 8:50 PM). Deux piafs menant l'enquête et voyageant dans le temps tels des héros de SF. L'expression « c'était la nuit » ne convenait pas à Fletcher pas plus que « ce n'était rien ». Il se doutait qu'il avait un jour ouvert la porte qu'il n'aurait pas fallu ouvrir. Drake a garé le Cercueil entre un pan de mur et l'épave d'une camionnette Chevrolet, à quelques centaines de pas du Bienvenidos (architecture mexico-cartonpâte, un côté village miniature pour poupées Barbie à la chatte rieuse). Drake a suggéré à Fletcher d'ouvrir la boîte à gants, qu'il y avait des chocolats. Fletcher s'est marré. Drake aimait bien que l'Albinos rigole à ses vannes.

Fletcher a ouvert la boîte à gants. Il en a sorti le Tueur dans son baudrier d'épaule. Il a vérifié si le barillet était plein, si l'arme sortait facilement de l'étui pour faire cui-cui. Il a trouvé le bout de savonnette rose sous les munitions et l'a frotté contre le cuir de l'étui. Pour que ça glisse facile. Drake regardait ça en comptant le nombre de morts à venir… Un mort, deux morts, t'es mort… Fletcher a pris une poignée de balles au cas où ça chierait à fond. Il est sorti. Il a ôté sa veste, a réglé la lanière du baudrier sur son épaule. L'arme était lourde sous son cœur. Coup de chance, son cœur était lourd lui aussi. Fletcher a enfilé sa veste. Et voilà : pan-pan t'es mort et remort. Drake a bouclé le Cercueil. Quelqu'un qui avait le sens de la formule avait écrit sur la tôle poussiéreuse : « Flics à tuer ». Ils s'étaient fait repérer à la station Texaco. Fletcher et Drake trouvaient naturel qu'on n'aime pas les flics. Eux ne s'aimaient pas. Quant aux autres flics, ils pouvaient tous crever.

Now Billy Lyon said to Stack-O-Lee, said please please don't take my life
I got two little children and a poor little homeless wife[1]...

Le blues c'est fait pour les flics, s'est dit Drake. Ça va avec le flouze. Il ne savait pas que Fletcher se disait que le blues c'était le liquide amniotique de l'enquête, sa bande-son. Ils se sont approchés du motel. Ils n'avaient pas bien l'air catholiques. Plutôt une allure de recouvreurs de prêts de la Famille. Les gars qui passaient en bagnole les mataient, le doigt sur la détente. Marcher à pied au Texas, c'était quasiment un délit. De nuit, n'en parlons pas. Il y avait une affection du pied spécifique au Texas, un effondrement de la voûte plantaire. À terme les Texans naîtraient avec des roues et une boîte automatique.

Fletcher et Drake sont arrivés par l'arrière du motel, pas besoin de se faire remarquer. Bâtiment à deux niveaux et un Manneken-Pis nègre qui urinait dans un bassin en céramique turquoise sous un palmier à peu près chauve tel un œuf mollet. Sur le parking, quelques bagnoles dont une certaine T-Bird blanche. C'était marrant les enquêtes, on trouvait ce qu'on cherchait et on cherchait pour le trouver. Et pour les deux enquêteurs émérites, si la T-Bird était là, Rosamar Torres l'était aussi.

Une grille faite de barreaux métalliques peints en rouge fermait le parking. Une double porte était aménagée dans la grille, un accès de secours. Drake a sorti son trousseau de

1. *Stack-O-Lee,* Champion Jack Dupree.

sésames. À la troisième tentative, la serrure a joué. Une femme de ménage d'origine indienne a surgi trimballant un chariot avec des poubelles. Elle a traversé le parking, disparu dans le fracas d'un camion qui passait sur la route.

Ward Tillman avait loué deux chambres : la 15 et la 24. Les numéros pairs étaient attribués au rez-de-chaussée. Fletcher et Drake ont enfilé des gants. Ils se sont dirigés vers la gauche du bâtiment (à droite il y avait l'accueil et les parties communes du motel). Tout ça éclairé et lugubre. Les silhouettes derrière les vitres donnaient envie de leur tirer dessus. Fletcher et Drake cherchaient des yeux le détail qui pue. Pas mourir par insouciance. Drake ne s'est pas accroupi pour faire caca mais pour crever un pneu arrière de la T-Bird. Il s'est relevé tandis que le pneu se dégonflait. Rosamar Torres ne leur jouerait pas le coup de la fille de l'air de cette façon. Un couple est sorti d'une chambre du rez-de-chaussée. La 18. Ils étaient jeunes, des étudiants d'Austin. La fille semblait chiante, renfrognée. Elle avait une belle bouche pour dire des mots d'amour. Ils sont montés dans un Combi VW – il n'y avait pas qu'une façon d'être conformiste, c'était sûr. Sur la poignée de la porte de la chambre 24 était accroché un panonceau « Ne pas déranger ». Si ceux qui s'étaient occupés du Marine avaient eu une longueur d'avance sur Fletcher et Drake, ils auraient sûrement fait ça pour retarder le moment où leur victime serait découverte morte. De la même façon, si Rosamar Torres vivait et poireautait dans sa chambre, elle aussi avait pu utiliser ce dispositif pour être tranquille. Bien sûr, c'était des suppositions, mais les suppositions fondées sur l'existence de gars en vie au bout d'années de coups tordus avaient une valeur comparable à l'expérience.

Fletcher et Drake avaient une méthodologie bien à eux dans une configuration comme celle-là. Débuter par les niveaux supérieurs. Si un gars se planquait en dessous et voulait tenter l'échappée, c'était plus facile de flinguer de haut en bas que le contraire. Fletcher et Drake ont gravi l'escalier situé à gauche du bâtiment. Ils ont progressé dans la coursive ouverte qui distribuait les chambres, trente par niveau. Ils savaient écouter. À cette heure les chambres étaient inoccupées, les gens mangeaient ou roulaient encore. Ils sont parvenus devant la porte de la 15 qui elle aussi affichait le panonceau « Ne pas déranger ». Pas de bruit. Drake n'avait pas le temps de fignoler, il a sorti son tournevis spécial effractions et a voulu forcer la serrure tout en manœuvrant la poignée de la porte... Mais le boulot était déjà fait... Alerte rouge.

Drake est entré en premier suivi par Fletcher qui a fermé la porte. Basculé le verrou. Bruit d'eau qui coulait dans la salle de bains. Ça puait gravement. Ils n'ont pas bougé de l'entrée exiguë. Ils ne s'attendaient pas à ça. Drake a dégainé son tue-mouches. S'est arrêté au seuil de la chambre. Le chauffage carburait. Il faisait chaud, la baie vitrée était fermée, les rideaux tirés. Une lampe de chevet renversée éclairait Rosamar Torres, quasiment nue, vautrée sur le lit. Le visage horrifié et hideux. Elle avait déféqué et saigné du nez. Elle était morte il y avait de ça plus de vingt-quatre heures. « Cap » Connors aurait méchamment biché s'il avait pu faire des photos.

— La serrure était forcée, a dit Drake. On est passé avant nous et ils ont trouvé ça... Vaudrait mieux pas lui peloter les miches.

Fletcher s'est rappelé la brune près des pompes à essence.

C'était Betty Randle. Il avait reniflé son parfum au Cortez. Celui qu'il avait aperçu dans la glace en train de manger un sandwich, c'était Neal Hester. Et le beau gars rencontré dans les chiottes, c'était Lester Tompkins. Les Nettoyeurs. Ils s'étaient pointés là pour tuer Rosamar Torres... Et ils s'étaient fait doubler. C'était fait. La peste tuait plus vite qu'eux... D'où le peu d'empressement de Will Drake à se ruer sur la fille et à la trousser.

— On les a croisés à la station-service, a dit Fletcher, ils étaient de retour... Betty Randle, Neal Hester, Lester Tompkins... Ils ont eu notre Marine mais pas sa fiancée.

— Sont mieux rencardés que des flics, a grommelé Drake.

— Tu comprends l'histoire ?

— «*Ex tenebris lux*[1] », a susurré Drake.

Un téléphone direct. Une photo sous verre : un cow-boy au milieu de cactus. Il avait l'air d'avoir un cancer du rectum. Une aquarelle représentant Davy Crockett, de profil... Et des fleurs artificielles dans un vase en céramique vert et rouge.

Fletcher est entré dans la salle de bains. Un filet d'eau coulait du robinet du lavabo. Il l'a fermé. Une trousse de toilette avec le minimum. Rosamar Torres n'était pas une White américaine. Fletcher a rejoint Drake. Ils avaient l'habitude de ne pas se gêner. Ils jouaient dans le même spectacle ça faisait plus de dix ans. La chaise était renversée, le téléphone sous le lit, la lampe de chevet à la renverse. Elle avait paniqué, s'était sentie mourir. Les fiançailles s'étaient terminées en noces funèbres. La gamine était partie pour l'amour, elle avait trouvé la mort.

1. « Des ténèbres viendra la lumière. »

Fin dégueulasse. Drake et Fletcher n'avaient pas de masques. Ils ne savaient pas s'ils pouvaient être infectés en cas de peste ou de saloperie dans le genre en respirant simplement. Ils passaient outre et n'en avaient rien à fiche.

Fletcher a ouvert le placard, trouvé un sac en toile. Des sous-vêtements, un chemisier. La commode : vide. Drake s'est couché sur la moquette : rien sous le lit. Dans une enquête, il y avait des questions à la pelle. Il fallait tenter de répondre à la plupart si on voulait prendre sa retraite ou couler du bitume dans un coin pépère. Fletcher et Drake le savaient bien ; ils savaient aussi qu'il ne fallait pas se hâter. Il fallait comprendre, d'abord. Attendre l'impulsion. Dessiner la mort dans une vignette. Fletcher n'a pas sorti son calepin. Il n'a pas dessiné dans sa tête non plus. Il se demandait pour la première fois de sa vie comment écrire ce qu'il voyait, ce corps perdu et triste (« Une femme était morte, on suppose qu'elle avait la peste. Elle s'appelait Rosamar Torres »). Elle n'en finissait pas de pourrir et les bagnoles passaient sur Holland Avenue avec cette insignifiance des choses qui pouvaient inquiéter ceux qui n'avaient que ça à faire. Fletcher et Drake contemplaient la gamine les poings serrés comme si elle avait agrippé quelque chose… Et on ne tenait pas la mort dans ses mains, c'était elle qui vous tenait. Fletcher a ouvert de force les mains de la gamine : rien. Elle n'avait rien attrapé. Rien. La mort était agile et nue… Et les Nettoyeurs n'avaient pas pu partir avec la gamine. Ils avaient forcément imaginé quelque chose à ce sujet.

Fletcher s'est approché de Rosamar Torres. Drake a regardé ailleurs pour ne pas le déranger. Fletcher marchait dans la rivière, traversait son flanc d'argent en tenant la petite main de la jeune fille. Il s'est arrêté pour la laisser seule aller sur l'autre rive. Il lui a dit d'avoir confiance, tout se passerait bien. Il lui a mis dans la main son image pieuse en murmurant ce qu'elle avait écrit : « Marie pleine de grâce, protégez votre petite Rosamar Torres ». La jeune fille a disparu. L'existence était rapide, imprévisible. Tu respirais là, et là plus du tout. Fletcher s'en voulait affreusement d'avoir gâché sa vie. Il a eu peur de lever les yeux et de voir Dieu, car tout serait perdu.

— Pourquoi les enfants naissent-ils, a-t-il balbutié.

Drake s'est gardé de répondre, l'Albinos luisait telle la Vierge d'El Gnomo. L'existence sans Fletcher, c'était ridicule. La vie de Fletcher, sa présence, c'était l'amarre de Will Drake au ponton des hommes.

La trappe

> «À quoi sert l'argent dans les mains d'un sot ? Peut-il acheter la sagesse quand il n'a pas de bon sens ? »

Ils ont enlevé leurs gants et sont sortis. Ils ont marché vite sur la coursive. Descendu l'escalier, croisant un représentant en machine à coudre (profession dont le taux de suicide progressait sensationnellement car les Américaines whites cousaient de moins en moins, elles s'épilaient à la place). Fletcher et Drake sont arrivés en bas de l'escalier et se sont dirigés vers la 24. Le panonceau «Ne pas déranger» était toujours là. Fletcher a manœuvré la poignée de la porte... Elle a tourné. La chambre avait été refaite il y a peu. Odeur de peinture, de solvants... Et de poudre. On avait tiré il n'y avait pas longtemps. Moins de deux heures. Plus d'une fois. Fletcher a mis le verrou. Ils ont avancé dans le couloir, sont passés devant la salle de bains et se sont arrêtés sur le seuil de la chambre : il était vautré sur le dos, sa chemise hawaïenne trempée de sang, les bras en croix. Pas loin de lui un oreiller abandonné sur la moquette, un pistolet. Le lit était défait. Fletcher l'a enfermé dans une vignette qui lui servirait de cercueil. Son rouleau de dessins était un couloir parallèle à celui de l'enquête. On se figurait le labyrinthe selon l'image connue de tous… Mais le labyrinthe était plutôt cette ligne droite sans issue, sans espoir, ni salut, ni fin. Le chaos n'était pas cette fureur qu'on s'imaginait. D'ailleurs, la télé montrait des images de Dallas, l'autre grande ville du Texas disait le commentateur.

Le scénario s'emballait. Ce n'était pas les Nettoyeurs qui avaient dégommé le gars. Ça ne cadrait pas au niveau horaire avec leur rencontre à la station-service. Le gars s'était fait repasser après leur passage. Fletcher voyait bien la splendeur du scénario originel dans cette scène de crime : l'homme n'était pas prévu. Il était apparu de surcroît et ce n'était pas Dieu qui l'avait fait à son image, mais lui qui avait inventé Dieu pour se trouver une porte de sortie. Fletcher a su, encore plus fort, qu'il abandonnerait l'enquête. L'enquête ne voulait qu'une chose : punir les hommes. Les mettre sous la coupe d'une loi générale et universelle que Fletcher méprisait.

Fletcher et Drake se sont gantés en observant la scène de crime. La chambre était plutôt en ordre, ne témoignait pas d'une fouille. Pour le flingue, c'était un Tokarev TT-33 (ramené de Cuba, trouvé sur le cadavre d'un guérillero ?). Il manquait quatre balles dans le chargeur. Drake l'a reposé et a examiné l'oreiller. On avait tiré à travers… Volontairement pour atténuer le son ? Fletcher s'est accroupi. D'abord les poches du pantalon du gars. Fletcher a trouvé une liasse de billets. Il l'a lancée à Drake qui l'a empochée en disant : « Dans les cent bucks. » Fletcher a soulevé la tête du macchabée en le levant par une oreille : mépriser les morts, haïr les vivants.

Un visage jeune, un type qui devait avoir la trentaine. Des dents impec. Il devait avoir un beau sourire. Une balle dans la gorge. Deux dans la poitrine. Il y avait moins de deux heures. Une balle dans la gorge qui avait éclaté. Deux dans la poitrine. Des balles dum-dum. Il était tiède. Fletcher lui a baissé le pantalon, le caleçon. Tel Ward Tillman, il avait deux gros ganglions dans le pli de l'aine. Un morpion a sauté pour mordre Fletcher. Il l'a dégagé d'une pichenette. La messe était dite. Fletcher s'est relevé. Pas le temps de se livrer à une recherche approfondie.

Un téléphone direct comme dans la chambre de Rosamar Torres. Une photo sous verre : des coyotes pendus par les pattes à un arbre, photo de nuit... Davy Crockett, de profil... Et les fleurs artificielles.

Drake, lui, avait ouvert les tiroirs de la commode et rien trouvé. Dans le placard : un sac militaire en toile kaki. Un peu de linge, une paire de chaussures. Accroché à un cintre un blouson en cuir. Un paquet de Winston dedans. Entre le placard et le lit, deux mouchoirs en papier. Drake les a reniflés. Mouchoirs à branlette. Le mort s'était décontracté le gland avant de passer à l'acte. Pas génial pour Roger Fields, le chef de la police de cette putain d'El Paso : « L'homme aussi duquel sera sortie de la semence lavera dans l'eau toute sa chair, et il sera souillé jusqu'au soir. » Le sperme était anonyme, mon vieux. Pour l'heure en tout cas. Une plaque de police moins. Drake s'est marré en laissant tomber la plaque de Fields à côté des mouchoirs. Sacrée histoire incroyable mais qui suffirait à ce que Fields ait de gros soucis et soit viré. Au minimum. Au pire... Fletcher et Drake se sont regardés, déconcertés.

— Pas de papiers, a dit Drake.

— Il les a posés sur la table de chevet... Les autres sont partis avec ?

Fletcher se sentait à côté de la plaque. Il ne parvenait pas à raconter l'histoire. Le Marine et Rosamar Torres qui tombaient amoureux et décidaient de se tirer ensemble, ça prenait l'eau.

— Tu crois que c'est ce Neville Allen dont nous a parlé Zamora ? a dit Drake.

— Je crois.

— Et il est venu comment... En stop ? Qu'est-ce qu'il a fait de sa bécane ? Ou il est venu en bagnole ? En planeur ?

Le Marine n'avait pas aimé Rosamar Torres. Il l'avait utilisée. Fletcher était un pauvre con d'y avoir cru lui qui croyait à que dalle. Un pauvre con, oui. L'affaire du Marine mort à El Paso était aussi une affaire de tantes et de morpions en plus d'être une affaire de contagion et de meurtre à distance.

— Raconte, a repris Fletcher. Raconte-moi ça.

— Ward Tillman a séduit la gamine dans l'intention de s'en servir... Elle a le coup de foudre : elle voit l'avenir en blanc, le mariage, une autre vie...

Il s'est tu.

— Oui, a dit Fletcher. Une autre vie ?

— Elle sait où Pepe Morales planque son magot, une partie de son magot.

Fletcher trouvait l'idée imparable. Pepe Morales avait proposé d'allonger deux mille bucks pour retrouver la gamine parce que lui et Zamora perdaient beaucoup plus... C'était leur fric qu'elle avait soulevé.

— Elle raconte ça à Ward Tillman qui adore l'idée, a repris Drake, et ils lèvent le pied avec la retraite de Morales et Zamora.

Il a laissé l'histoire venir à ses lèvres car les histoires se racontaient de la manière dont elles l'entendaient, avec leur ponctuation, leur rythme cardiaque.

— À El Paso, le programme de Tillman a été chamboulé, a brodé Drake, par un rendez-vous inopiné avec Sam Giancana… Ou parce qu'il s'est aperçu qu'il avait une équipe à ses basques.

— Il loue deux chambres au Bienvenidos et dit à Rosamar Torres de l'attendre là-bas.

— Il avait prévu de partir avec Neville Allen, de tuer Rosamar Torres ou de s'en débarrasser d'une façon ou d'une autre.

C'était solide. Fletcher et Drake savaient qu'ils avançaient dans la bonne direction.

— Bien, ce Neville Allen rapplique, a continué Fletcher, il trouve ou pas le fric dans la chambre de la petite et revient là pour attendre.

— Et ils le tuent sans le vouloir, a dit Drake. Pas besoin de te demander si tu sais de qui je parle.

De Pepe Morales et Enrique Zamora, ça ne pouvait être qu'eux. On leur avait balancé le tuyau. Leur réseau avait fonctionné et ils n'avaient pas perdu de temps.

— Ils ne s'attendaient pas à le trouver là, a continué Drake, ils espéraient trouver le magot… Et d'ailleurs, pourquoi ils n'ont pas fouillé la piaule ?

Ils se sont tournés vers l'entrée. Drake a promené le faisceau lumineux de sa torche sur la porte, les murs. Un trou, une balle qui avait perforé le plâtre. Drake a éclairé la moquette, le bas des murs, de la porte. Là des gouttes de sang, et sur la moquette, en bas du mur droit.

— Touché à la cuisse à mon avis, a dit Drake. Ou au ventre ?

Fletcher était de son avis. Neville Allen avait tiré en premier. Pepe Morales et Enrique Zamora avaient répliqué. L'un des deux avait morflé. Ils n'avaient pas eu le temps de fouiller. Se tirer, trouver un toubib. Un toubib pas regardant. Ça se savait qu'à Alpine, il y avait ça : Walter « Wally » Binkowski. S. Cactus Street. Un véto. Il soignait les bipèdes qui ne voulaient pas publier leurs états de santé.

Fletcher est revenu vers la chambre, s'est arrêté. Pour reconstituer la scène : Pepe Morales et Enrique Zamora entrent, ne s'attendent pas à se faire cueillir. Neville Allen les aligne avec son Tokarev. Il fait la même taille à peu près qu'Enrique Zamora. Il tire, bras tendu, dans le prolongement de son épaule droite. C'est un droitier. La balle touche au niveau du cœur. Zamora recule sous le choc. Il s'accroche de la main gauche à l'angle du mur recouvert d'une baguette en bois. À moins de quatre pas de hauteur. Fletcher a déclenché sa loupiotte. Pas de trace de sang, ni dans le couloir, ni dans la chambre… Un fil sur un clou planté dans la baguette de bois. Un fil arraché à une manchette de chemise ?

— Et s'ils étaient touchés tous les deux ? a dit Fletcher en se retournant vers Drake.

— Dur de prendre la route avec du plomb dans l'aile, a marmotté Drake, on peut parier qu'ils sont chez Binko.

Gare au coup tordu. Gare aux poulets mexicains. Blessés tous les deux, ils étaient toujours nocifs. Venimeux. Ils pouvaient revenir. Finir de fouiller la chambre… Prudence requise. Pas sortir en laissant l'entrée éclairée et se gratter en bâillant. Fletcher a manœuvré l'interrupteur de la salle de bains. La brosse à dents de Neville Allen était tombée sous le lavabo. Petit détail. Fletcher s'est baissé. Les petits détails aux visages simples d'anges pas chers, il les écoutait. Il s'est baissé. Il n'y avait pas que la brosse à dents, il y avait cette trappe d'accès à la plomberie encastrée tenue par deux vis peintes en même temps que la salle de bains et qui étaient éraflées. Elles avaient été dévissées ou revissées… Ou dévissées et revissées.

— Viens voir, Will, a dit Fletcher.

Drake qui était en train d'enfoncer son jais dans la bouche de Neville Allen s'est redressé en conseillant au mort de bien digérer et d'aller chier cette saloperie en enfer, de donner le bonsoir à la Virgen con cuervos et au Jockey de ses deux. Drake bichait. Il était débarrassé de sa crainte de malédiction, il pouvait péter tranquillement. Ce qu'il a fait. Ça soulageait la conscience qui se trouvait là où elle pouvait se soulager.

Il a retrouvé Fletcher qui n'avait pas ramassé la brosse à dents. Drake a pigé la mise en scène. Il s'est baissé et a découvert la trappe. Avec son outil à niquer les serrures, il a dévissé les vis et trouvé un paquet en papier huilé emballé dans un sac plastique qui faisait la publicité des cigarettes Marlboro. Dans le papier huilé, il n'y avait pas la tête du Lama ou celle d'un agent du FBI. Il y avait du blé. Des liasses et des liasses de « Benjamins ». Le crime payait toujours. Une montre, un briquet… Ou beaucoup plus.

— C'est pratique ces sacs plastiques, a fait Drake, on n'avait pas ça à Chicago.

Ils avaient les cookies… Il a sorti une cocotte en papier de sa poche et l'a installée à la place du magot. Elle pondrait peut-être une faute d'orthographe. Drake s'est relevé, a soupesé le sac et annoncé :

— Dans les cent dix mille… On pourra se payer un bel enterrement.

C'était le roi de l'estimation du cash. Il aurait pu gagner des concours, sa marge d'erreur n'excédait pas 5 %. Fletcher a décroché le téléphone et composé un numéro, celui du Night Owl où Dale Rose et « Cap » Connors avaient leurs habitudes. Minnie a décroché. Elle avait une voix de fumeuse, des rhumatismes mammaires et le visage d'un basset ridé. Ils étaient là. C'est Connors qui a pris l'appel.

— Ouais, a-t-il grommelé, « Cap » Connors au bout du fil.

— Le Bienvenidos à Alpine, a dit Fletcher. Chambres 15 et 24. Démarrez par la 24… Des gants et des masques.

— C'est quoi ton cirque ?

— On vous achètera ça dans tout le pays.

— Combien ?

— Rappelle-nous au Gold Tip quand vous aurez vu de quoi il retourne… Je te donnerai la manchette… Et tu comprendras qu'un billet de mille, c'est pas cher payé.

Fletcher a raccroché coupant court aux récriminations de Connors. S'il n'avait pas parlé fric, Connors ne l'aurait pas cru. Ils ont laissé passer un couple qui se chuchotait des cochonneries. La femme a ri de ce rire qu'ont les femmes quand on leur promet le plaisir. Ils sont sortis le plus vite possible pour ne pas servir de cible. Le couple se dirigeait vers l'escalier. La femme avait des fesses comme quantité de femmes mais les fesses de Holly Howell bougeaient mieux, a pensé Fletcher. Se séparaient, se rencontraient de façon hypnotique. Fletcher et Drake se sont approchés de la T-Bird. Fletcher a vérifié si la portière conducteur était fermée : oui. Drake a forcé la serrure avec son sésame. Rien dans l'habitacle, dans la boîte à gants. Drake a forcé la serrure du coffre. Il était vide. Cette bagnole sortait de l'enquête. Elle n'avait plus aucun intérêt. Pas la moindre plume de poulet mexicain.

Fletcher et Drake se sont dirigés vers la sortie de secours… Et ils ont aperçu la Triumph Bonneville, immatriculée en Louisiane. Une voiture garée devant l'avait masquée. Le nommé Neville Allen avait dû arriver de nuit. Il aurait tué Rosamar Torres s'il ne l'avait pas trouvée morte. Fletcher pensait que c'était joué d'avance. Ward Tillman avait décidé depuis le départ de tuer Rosamar Torres. Il n'était pas amoureux d'elle mais de Neville Allen. Il s'est souvenu de son aïeul, la bave aux lèvres, brandissant la Bible au-dessus du pain et disant avec sa haine bornée : « Quand un homme couche avec un homme comme on couche avec une femme, tous deux commettent une abomination ; ils seront mis à mort, leur sang retombera sur eux. » C'était 9:10 PM, le rendez-vous sur le parking de la gare d'Alpine était dans cinquante minutes, plus le temps de faire un cake.

Ruben

> « Aie pitié de moi, Éternel ! car je suis dans la détresse ; j'ai le visage, l'âme et le corps usés par le chagrin. »

C'était une nuit à mourir. Trop de macchabées, de fric... De pistes qui partaient dans tous les sens et qui convergeaient là à Alpine, Texas. Trop de types enclins aux excès les plus délirants. Baisse considérable de l'indice Vie. Son cours avait chuté et chuterait encore. C'était les soldes. Un semi-remorque Mack à la peinture souillée de graisse a surgi dans un souffle aux relents de gaz d'échappement et de gasoil. Fletcher a pensé à la vieille citerne, à la tétine enfoncée dans la terre. Il a distingué la Ford Fairlane, à peine visible, inquiétante comme un suppositoire recraché par l'anus du Roi Traquenard. Pas de menace visible. Fletcher a continué sur quelques pas, puis il a couru pour traverser la chaussée, passant devant le capot chaud d'un White qui a gueulé, l'a frôlé dans un bruit de chaînes qui entravaient des grumes énormes sacrifiées pour faire une petite commode dans la chambre des enfants, du parquet dans l'entrée. Drake s'est installé au volant, Fletcher l'a rejoint.

— On va voir du côté du véto ? a dit Drake en démarrant.

Ce n'était pas une question. Dans une enquête, il fallait faire attention à ne rien laisser traîner en arrière, surtout pas des doutes. Les doutes tuaient toujours ceux qui doutaient, d'une façon ou d'une autre. Fletcher et Drake ne pouvaient pas se pointer sur le parking en ne sachant pas où étaient Pepe Morales et Enrique Zamora. Ils avaient leur pognon. On ne pouvait pas se permettre d'avoir des ennemis comme eux, en tout cas pas vivants... Le téléphone a sonné, Fletcher a décroché. C'était Maury Timmons, du fichier. Il a dit que ce Ward Tillman était une satanée pédale, qu'il avait été arrêté à plusieurs reprises pour attentat à la pudeur, rapports contre-nature avec des individus du même sexe. Satanée pédale ! Gros renifleur de culs et suceur de queues ! Il s'était fait gauler à San Diego, Los Angeles, en 51, 55. New York City en 57. À Orem et Salem, Utah, en 60 et 61. À Miami en 62... Drôle de parcours. Qu'est-ce qu'il foutait en Utah ? Ce n'était pas le coin rêvé pour les tantes. Fletcher a entendu Maury Timmons allumer une clope. Fletcher attendait toujours que les cons vident leurs sacs... Quoi qu'on en pensait, les cons avaient des trucs intéressants à dire.

— Satanée pédale, a rabâché Maury Timmons.

Voix de punaise de lit, les couilles prises dans une tapette à morbacs. Quant aux parents de Ward Tillman, ils avaient le téléphone. Fletcher a noté le numéro. Maury Timmons a raconté que c'était la folie à l'hôtel de police, que ce baiseur de chiens, Joe Peterson, ce suceur de rats, s'était fait menotter et traîner par la bite dans le bureau de Fields où Moss l'attendait et lui a filé une putain de danse et que tout le monde l'entendait japper que c'était pas lui.

— « Pas lui » ! s'est indigné Maury Timmons. Mes genoux,

oui. Il a laissé son verre sur le Veau d'or et il a tout barboté, cet enculeur de chèvres.

Il a craché quelque part et ajouté que « c'était pas tout » :

— Clint Kelton et Buster Day se s'raient fait convoquer par Moss et Fields, ouais… Z'auraient volé la montre d'un des deux gars du FBI… Savez ceux qu'ont disparu… Buster Day aurait raconté qu'c'était la Madre General qui avait fait le coup ! Quel con ! Se serait ramassé une beigne de Moss…

Maury Timmons s'est marré.

— M'est avis qu'ils vont avoir de gros ennuis car le FBI veut les entendre… Vont prendre des coups dans les couilles… Allez, j'vous laisse, lieut'nant.

Les deux poulets avaient baissé leurs vitres… Pour entendre venir le coup de pute. Le Cercueil a déboulé dans Cactus Street. Des cactus, il y en avait. Certains dépassaient les quinze pieds de haut. La piste était blanche, c'était la lumière de la Lune qui tombait sans bruit devant l'ombre du Cercueil. Vivre incluait tant de choses qu'une existence entière n'aurait pu les dénombrer. Cactus Street n'était pas vraiment une rue. Plutôt un chemin bordé de quelques baraques, de pylônes électriques et de câbles téléphoniques. Dès que la civilisation s'en prenait à la nature, celle-ci cédait. La nature n'était pas faite pour la civilisation. Les deux lieutenants de la police d'El Paso sont passés devant la dernière baraque de la rue qui se terminait en eau de boudin, sur une décharge sauvage. La dernière baraque, c'était un ranch miteux, celui de Walter « Wally » Binkowski. Il avait fixé une plaque professionnelle sur un des deux madriers verticaux du porche. Gros à parier que ce n'était pas son boulot de vétérinaire qui le faisait vivre. Un panneau accroché par des chaînes à la poutre horizontale du porche se balançait. On voyait encore la tête d'une

Longhorn tracée à la pointe de feu. Le ranch était en retrait de la piste, à quatre cents pas au moins, il était flanqué d'un hangar et d'une écurie d'où un cheval appelait les reliefs du temps jadis en bramant. Drake a manœuvré dans les ordures, pointé le capot dans le sens de la descente et s'est garé sous la ramure coupante d'une grappe de yeuses.

Oui, la vie n'était pas racontable mais il fallait essayer. D'où ils étaient, Fletcher et Drake ne voyaient qu'une partie du ranch, une fenêtre éclairée. Pas de quoi écrire *Guerre et paix*. Les deux poulets ne fumaient pas, ne bougeaient pas. Ils étaient en sourdine, au ralenti. À vingt et une minutes du rendez-vous sur le parking. Le temps de faire une omelette et de la manger sur le pouce. Ils ont entendu une voiture démarrer. Pas besoin de faire une assemblée générale. Ils étaient rodés. Drake aurait aimé avoir la place de Fletcher mais il était au volant, ça ne se discutait pas. Fletcher est sorti d'un bond avec le Troisième homme. Drake a apprécié l'intention. Fletcher s'est dirigé vers le porche. Drake n'était pas fichu de savoir s'il courait ou nageait. Et il le voyait parce qu'il connaissait la destination de l'Albinos. Ce qui était sûr, c'était que par ici on pouvait tuer à cœur joie, sans rameuter les voisins.

Fletcher s'est fondu à la droite du porche sous les longues feuilles vertes aux reflets rouges d'un caroubier planté il y avait un bail, à voir l'ampleur de son houppier et la circonférence de son tronc. Les arbres avaient longtemps survécu à l'homme, ça ne durerait pas. Fletcher n'en avait rien à fiche, il aimait ce monde délétère et rapide, fait pour disparaître – les survivants, s'il y en avait, eux auraient le temps de se faire chier. Sous la constellation du Cygne le bruit du moteur se rapprochait.

Fletcher voyait comme s'il avait mangé un rouleau de printemps. Il les voyait. Zamora conduisait, oui. C'était lui. Pepe Morales à la place du mort. Le teint bilieux. Il dégustait. Et s'il était mort ? Zamora a mis la radio – une fréquence basanée. Fletcher a entendu *Paloma querida*, qu'ils avaient chantée tous les quatre dans les poubelles de Ciudad Juárez.

Fletcher a armé le Troisième homme. La Buick Le Sabre se rapprochait et le ciel se mirait dans ses tôles et sur ses chromes. Fletcher l'a entendue s'arrêter. Zamora allumait une cigarette, comme Pepe Morales. Non, il ne fumait pas, ses lunettes glissaient, tombaient sur son menton. Il avait l'air idiot. En fait, ils ne fumaient pas, ni l'un, ni l'autre. Fletcher avait la tête en compote. Il entendait les voix. La voix. Zamora allait franchir le porche, c'était sûr. Et il avait tort. Fletcher est sorti de l'ombre, s'est planté de trois quarts devant la Buick et a voulu envoyer la purée, mais il a compris que Pepe Morales était mort. Mort avec sa ceinture de sécurité pour retourner à Ciudad Juárez sans accident. Funérailles nationales. Zamora ne bougeait pas, les mains sur le volant. Il parlait à mi-voix ou priait. Fletcher voulait tuer. Il a marché en arc de cercle pour s'approcher de côté, à deux pas de Zamora. Par la vitre baissée, des odeurs de pharmacie et de mort. Fletcher voulait envoyer la sauce et dire : « Vern Carroll et Jack Smith vous envoient ça. » Il s'en foutait au fond. Des fois, on parlait pour ne rien dire. Il n'a rien dit. Il a pris le fusil de la main gauche et a dégainé le Tueur. Lui tuerait sans problème.

Mais Zamora parlait à mi-voix. Il avait morflé. Au-dessus du cœur. Sa veste était imbibée de sang. Neville Allen, l'amant de Ward Tillman, était un flingueur. Pris par surprise, il les avait eus. Entraînés avec lui. Fletcher a levé le Tueur pour dessiner une vignette avec du sang et des tripes, c'était mieux qu'avec des pantoufles et un lait au miel. Sur la planche de bord, Ruben, le gosse de Zamora, le regardait. Il n'était pas mort, lui. Il regardait Fletcher, regardait Fletcher. Fletcher a rengainé le Tueur. Javier Solís le roi du boléro ranchero s'est mis à chanter *Esclavo y Amo* :

No se que tienen tus ojos
No se que tiene tu boca
Que domina mis antojos
Y a mi sangre vuelve loca.

Enrique Zamora et Pepe Morales sont partis à petite vitesse comme deux morts en voyage de noces. Ils arriveraient ou pas de l'autre côté du Rio Grande. Le Cercueil s'est pointé. Fletcher a fait le tour du capot. Il s'est installé à côté de Drake. Ils ont regardé la Buick sans lumière fondre au bleu car tout l'était.

— J'ai pas pu, a dit Fletcher, Morales était mort... L'autre avait encaissé.

— Satané tueur que ce pédé, a fait Drake.

Drake a mis les gaz et n'a pas pu éviter le roadrunner qu'il a dû écrabouiller. Bien fait pour sa gueule, il n'aimait pas ces bêtes. Autant ne plus en voir jamais.

— On le tuera un autre jour, Zamora, a-t-il dit. Te bile pas, Rollie.

Celui qui pleurait

> « Je m'épuise à force de gémir. Chaque nuit ma couche est baignée de mes larmes, mon lit est arrosé de mes pleurs. »

Drake s'est décidé à essuyer le sang qui coulait de son nez. Il en avait marre de ressembler à des spaghettis sauce bolognaise. Ils venaient d'entrer dans Alpine. Population : 4 700. Altitude : 4,475 ft. La ville avait perdu une centaine d'habitants dans les dernières années. Le concours de la Longhorn la plus cornue, c'était sympathique mais on pouvait espérer mieux. L'ancien maire s'était pendu il y avait de ça deux ans. Il avait laissé une lettre où il écrivait que ce n'était pas possible d'administrer des gens aussi lugubres et cons que les gens d'Alpine. La lettre n'avait pas été rendue publique. Le téléphone a sonné. Un gars de la police d'Ulysses, Kansas. La maison des parents du sergent Ward Tillman 1323 E. Michigan Avenue avait brûlé au petit matin. Ils étaient morts, flambés au mazout. Un incendie d'une rare violence a dit le gars. Et il a souhaité la bonne année à Fletcher qui a raccroché. La bonne année !

Ils sont passés devant le parking de la gare sans repérer la moindre Pontiac dans la dizaine de bagnoles garées. Quasiment impossible de planquer, à moins de se déguiser en réverbère.

— Alors ? a dit Drake.

— Ils filent quelques billets à un gars pour livrer la bagnole.

— Un gars… Un gars au hasard… Qu'ils ne connaissent pas…

Ils étaient d'accord : c'était courir le risque que le gars se tire avec la bagnole ou ce qu'elle contenait, quoi que ce soit. Dans les deux cas, l'affaire était compromise.

— Ils le suivent, a repris Fletcher. Le surveillent à distance, d'une façon ou d'une autre.

— Il peut y avoir deux équipes, a suggéré Drake.

— Ou c'est un gars à eux qui livre la bagnole ?

C'était la piste à suivre. Un gars à eux et d'autres qui surveillent la transaction, le parking. Ils avaient forcément décidé d'un protocole et eux, les Sacs plastiques, ce protocole, ils ne le connaissaient pas… Le parking de la gare pouvait se transformer en champ de tir, en cimetière à poulets. Et pas question de terminer comme Pepe Morales et Enrique Zamora. Une Ford Falcon avec l'étoile du shérif peinte sur les portières a surgi à fond les ballons, sirène et gyrophares en action. Elle était suivie d'un camion de lutte contre l'incendie et d'une ambulance. Drake a fait demi-tour et est revenu vers la gare. Il s'est garé à proximité. C'était 9:54 PM. Fletcher est sorti du Cercueil. Ils ne s'étaient pas concertés. Drake ne pouvait pas ressembler à un Marine en rupture de ban. Ni de loin, ni de près. Fletcher, ça se tentait. Mais si les livreurs avaient une photo du Marine, ça allait chier. Ça allait chier aussi, s'ils avaient convenu d'un code quelconque. Fletcher ne se faisait pas de souci. Il verrait bien, improviserait. Et il y avait Drake. Drake serait là, pas de souci. Avec son Python Target et ses médailles d'or aux concours de tir.

Mais tout cela, ils le feront contre vous à cause de mon nom, parce qu'ils ne connaissent pas celui qui m'a envoyé.

Fletcher est entré dans la gare. Plutôt déserte. Fletcher n'a pas repéré le genre de salaud que la mafia envoyait sur des coups comme celui-là. Il s'est dirigé vers les toilettes – les tueurs pissaient souvent avant de tuer. Un Noir lavait le sol, en blouse bleue. Il pleurait. Il pleurait sans bruit, si pauvre, si seul. Fletcher a vacillé. Il aurait voulu pouvoir faire quelque chose et il n'a rien fait. C'était ça être un homme. Il s'est approché des lavabos pour voir dans les glaces les portes des toilettes. Dans toutes les gares de ce fichu pays, elles s'arrêtaient à quatre pouces du sol. Un poulet de gare allait toujours inspecter les chiottes, c'était une planque connue. Il a aperçu les godasses… Et le type est sorti : un tueur. Un tueur de la mafia. Sans bagages – un piano de Chicago et deux chargeurs. Il était venu en avion avec ses potes, de Miami sûrement. Alpine avait un aéroport depuis 1937, l'année de la Longhorn aux plus grandes cornes de l'histoire du Texas. Mabel qu'elle s'appelait. Une de ses cornes mesurait trois pieds, deux pouces. Oui, m'sieu… Pour autant elle avait fini en corned-beef et en bottes.

Le mafieux a quitté nonchalamment les toilettes, passant à côté de celui qui pleurait. Il avait simplement un pétard sur lui. Pas plus. Il était là en couverture, au cas où. Pour mettre le canon de son .45 dans le ventre de la cible et flinguer. C'était des gars flegmatiques et débiles. Fletcher est sorti à son tour, il s'est dirigé vers le quai de la gare. Des hommes, des femmes attendaient. Au loin, l'œil de Cyclope du *Texas Eagle* qui accourait. Fletcher se sentait nègre quelque part en lui. Nègre seul et monstrueux. Il se demandait là à quoi rimait tout ça. Le train freinait en projetant des étincelles dans une clameur de fer, s'ébrouant dans la nuit comme s'il n'avait pas été qu'une chose. C'était 10:01 PM. L'express s'est arrêté. Des voyageurs en sont sortis. La plupart en souriant pour la comédie des retrouvailles. Fletcher a attendu la fin des embrassades et s'est joint au mouvement qui convergeait vers la gare.

Dans le hall, ce gars de dos près du distributeur de Coca, c'était le mafieux. Fletcher a suivi ceux qui allaient vers l'accès au parking dans une bouffée de parfums mêlés et de voix qui semblaient se répondre sans s'entendre. Une Oldsmobile vert pâle partait, semblait se diluer comme de la menthe dans un verre de nuit. Le poison et la mort étaient des mirages, il ne fallait rien concéder à l'oubli. Ceux qui mouraient voulaient oublier, c'était ça qui les conduisait à l'inéluctable. Des couples se sont dirigés vers leurs bagnoles. Pas de Pontiac. Pas de tueur, de guetteur visibles. Ça foirait. Il y avait un os. Ça ne marchait pas. Trois voitures quittaient le parking. Fletcher a décidé d'allumer une cigarette comme s'il n'avait pas besoin de ses deux mains. Il a longé un mur dans le rôle de la cible mobile, ce n'était pas la première fois. Il a débouché sur le trottoir qui longeait la façade de la gare. Une Chevrolet Impala noire s'est garée. Un type en est descendu. Un soldat de l'« honorable société ». Il est entré dans la gare, en est ressorti accompagné par le tueur repéré par Fletcher. Sont montés dans la

Chevrolet qui a démarré sèchement. Le plantage général se précisait. C'était 10:10 PM à Alpine. Le Cercueil a stoppé le long du trottoir. Fletcher s'y est engouffré.

— Si la mafia se taille, a dit Drake en redémarrant, c'est que c'est annulé.

Fletcher a acquiescé. Il était sur sa faim. Il voulait savoir ce qu'il y avait dans la Pontiac, ce que le Marine aurait trouvé. Sans la Pontiac, il n'y avait pas de possibilité de remonter l'enquête, de suivre la piste. Elle ne s'arrêtait pas à Alpine. Elle s'arrêtait quelque part. C'était tout à fait incertain. Ils suivaient la piste d'un tueur, d'un crime commandité, à distance… Et on leur retirait l'élément qui leur aurait permis d'intervenir, de s'immiscer dans le complot, de le déjouer. Le mot était « complot ». C'était un complot. Fletcher le pressentait partout en lui, au point qu'il a frissonné. Drake, qui avait perçu le trouble de l'Albinos et le partageait, a marmonné que le comble de l'enquêteur, c'était de devoir se mettre sur la touche non pas par faute de preuves mais par arrêt du match. La Famille jouerait sans eux, un gars se ferait buter au fusil. C'était comme ça, écrit d'avance.

L'accident

> « Le cœur de l'homme médite sa voie, mais c'est l'Éternel qui dirige ses pas. »

Ils sont sortis d'Alpine sans parler, l'un et l'autre ressassant ce rendez-vous qui n'avait pas eu lieu. Un échec amer (sans parler de la grâce accordée à Enrique Zamora). Ils sont passés devant le Bienvenidos qui couvait la peste dans le halo de ses néons. Dale Rose et « Cap » Connors allaient rappliquer pour mettre ça en première page. La manchette ? Un auteur français l'avait déjà trouvée : « La Peste ». Fletcher a pensé à Rosamar Torres, à la machination du destin qui lui avait fait miroiter l'amour et l'avait étouffée dans ses filets empoisonnés. Drake sortait son paquet de Lucky lorsqu'ils ont aperçu au loin les éclats rouges et bleus de gyrophares. Un accident. Une dépanneuse Dodge se mettait en place. Les pompiers avaient arrosé la citerne du semi de crème chantilly. La Ford Falcon du shérif était un peu plus loin, garée au milieu de la chaussée avec ses gyrophares et phares pour signaler le danger. Un poulet, en amont de l'accident, agitait une lampe.

Drake a encore ralenti, il a enlevé son feutre qui cachait le gyrophare. Comme Fletcher, il distinguait une bagnole empalée sous la citerne du camion. À moitié cramée. Ça fumait, puait la créosote et le caoutchouc brûlé, le travers frit à l'huile moteur 10W30 (Shell ou Esso ça dépendait de l'accompagnement).

— Circulez, a dit le poulet, en se penchant pour parler à Drake, z'avez autre chose à faire qu'à mater par là.

Il a remarqué le gyrophare sur le tableau de bord de la Ford Fairlane.

— Un coup de main ? a fait Drake.

Il avait écarté sa veste, pour montrer sa plaque fixée à la poche intérieure de veste.

— Des pelles, des louches et des cuillers, c'est ça qui nous faudrait… Z'êtes d'El Paso ?

— El Paso, c'est ça, a répété Drake.

Ainsi que Fletcher, il voyait que l'arrière de la bagnole encastrée sous la citerne ressemblait fort à celui d'une Pontiac Catalina bleu pétrole. Bleu pétrole, ça ne comptait pas. Elle aurait été couleur étron étuvé, ça n'aurait rien changé. Il n'y avait que l'arrière à ne pas avoir brûlé. Le Cercueil a défilé au pas, longeant la citerne, l'arrière de la Pontiac, la cabine du Mack (que Fletcher avait remarqué à leur sortie du Bienvenidos et il a eu le sentiment que ses perceptions construisaient à son insu une histoire qu'il était obligé d'assumer).

Un autre poulet arrêtait les voitures qui allaient en direction d'Alpine. Le shérif discutait avec le conducteur du camion qui pleurait, assis sur son marchepied. Deux pompiers s'affairaient sous la citerne, essayant de sortir quelque chose de la

Pontiac dont l'avant était ratatiné, le moteur avait dû reculer dans le coffre.

Drake s'est garé sur le bas-côté. Il a déclenché le gyrophare, laissé les phares du Cercueil, le moteur tourner… Et ils se sont approchés du shérif qui disait :

— T'es pas coupable que tu nous déclares… Comment qu'ça se fait qu't'es pas coupable avec une tête comme t'as ?

Le pauvre gars a levé les yeux. Il avait le visage barbouillé de larmes.

— Si tu pleures, mon garçon, a assuré le shérif (Lou Ford, dit le Fisc, le poulet sur lequel il ne fallait pas tomber)… si tu pleures, c'est qu't'as pas la conscience tranquille… T'avais bu un coup de trop, pas vrai ?… Ou tu te f'sais une gâterie ?

— Ah non, je vous jure ! a protesté le pauvre gars.

— Jure pas, l'a morigéné le shérif, y a des gens qui croient encore dans ce pays.

— Je suis descendu de la cabine, j'ai décroché l'extincteur et j'ai éteint l'incendie…

— T'l'as éteint parce que t'l'avais comme qui dirait allumé… T'serais pas un peu un assassin ?

— S'est jeté sur moi, s'est plaint le pauvre gars. Il avait dû perdre le contrôle…

— Dans une ligne droite ?

— Un pneu éclaté… C'est sûr.

— Un pneu éclaté, tu sais en raconter des histoires, toi… T'sais que t'as tout du type qui cherche les ennuis ? Un mythomane qu'ils appellent ça en ville, nous à la campagne, on les appelle d'une autre façon.

Lou Ford a pivoté vers Fletcher et Drake, les a inspectés de haut en bas, de gauche à droite… Et Fletcher avait les yeux encore plus ravagés que d'habitude, rapport au blend de Hardy... Lou Ford a craché pour conjurer le mauvais sort.

— On se serait-y pas rencontrés quelque part ?

Fletcher a écarté un pan de sa veste, montrant sa plaque et le Tueur.

— C'est pas une arme de gars bien intentionné, a remarqué Lou Ford.

Il notait zéro pointé l'apparence de ce poulet urbain qui avait tout du faiseur d'ennuis et de coups tordus. Détestable individu, fait pour être raccourci ou électrifié à haute intensité. Là-dessus, il a semblé à Lou Ford voir un doigt apparaître... disparaître à la main gauche de l'Albinos... Ce genre de fantasmagorie lui a fait penser à quelqu'un :

— Vous connaîtriez pas un fichu Apache que j'ai viré du coin au lieu de le pendre ? Hardy qu'il se fait appeler s'il ne s'est pas fait tuer.

— Votre soupe au cheddar et à la bière, shérif Ford, a répondu Drake, ça doit être drôlement goûteux.

— Et vous venez d'El Paso pour parler de cuisine avec moi ?

— Loin de nous cette idée, a fait Fletcher, on passait...

— Vous passiez à deux cents miles de chez vous... Vous disiez qu'on s'est rencontrés au bal de la police ?

— Exact, a fait Drake.

— Et vous vous souvenez de mon nom ?

— Et du petit, a précisé Drake, Lou... Lou Ford.

Le shérif l'a examiné comme on soupesait les couilles d'un pèlerin qui souhaitait vous encorner (supputer était un plaisir solitaire).

— Et du petit, a-t-il répété, ça fait plaisir... Si vous vous souvenez de tout ça, vous d'vez connaître mon surnom et la taille de ma bite ?

— « Le Fisc », a répondu Drake, c'est original... Pour votre pénis, je pense qu'il doit être de bonne taille.

— Ouais... Le Fisc vous dites ? J'savais pas... Ce que je sais, si vous me le permettez, c'est que vous n'avez aucune habilitation à traîner vos guêtres par ici.

— C'est sûr, a répondu Drake, ça se discute pas... Vous savez bien, le métier de poulet...

— Il nous faudrait tous les détails, voyez, a dit Fletcher.

— Bien sûr tous les détails, a répété le shérif, tous les détails, c'est normal.

Il a joué avec un quarter.

— Je crois que j'ai entendu parler de vous, a-t-il poursuivi, sacrée réputation que vous avez.

— Vous connaissez les gens, a dit Drake, les jalousies.

— Savez que j'ai une petite association, lieutenant ? Comment on dit ? J'ai oublié...

— À but non lucratif, a avancé Drake.

— Parlez de bénévolat me semblerait, a précisé Fletcher.

— C'est ça, a renchéri le shérif, vous ceux de la ville, vous savez parler... Y a pas à chicoter... Alors, en repartant vous me laissez un don là où je pose mes fesses... Voyez bien ma Falcon avec les étoiles du berger... Vous me téléphonerez demain et je vous raconterai ça... Pensez que je vous demande pas pourquoi vous vous intéressez à cette Pontiac, à son conducteur, à ce qu'il y a dedans... Ça mériterait des explications, une enquête...

— Je suis bien de votre avis, a répondu Drake, ça coule dans le sens.

— « De sens », l'a repris Lou Ford.

— Comme vous dites, « de sens »…

Drake a hoché la tête pour bien s'enfoncer ça dans le crâne et a marmotté :

— Ça coule dans le sens…

— J'ai pas pu tirer, a murmuré Fletcher, je pouvais pas le tuer.

Le shérif a tressailli. Cet Albinos avait l'air complètement pas d'équerre. Dégénéré à l'os. Drake a entraîné Fletcher par le bras pour pas qu'il parte en vrille. Le shérif les a suivis des yeux. Le plus abominable des deux a ouvert la portière conducteur de la Falcon et a laissé cinquante bucks. Le shérif tablait sur cinquante bucks. Pour lui ses rêves étaient la réalité. En dessous de cinquante bucks, ils pouvaient aller se faire empailler. Ils sont montés dans leur corbillard qui a démarré avec un bruit de bagnole gonflée à mort. Le shérif s'est retourné vers le conducteur du semi.

— Ouais, a-t-il grommelé, ouais, faudrait faire un geste, tu comprends ? Sinon, t'es mal parti.

L'âme

> « Car le salaire du péché, c'est la mort ; mais le don gratuit de Dieu, c'est la vie éternelle en Jésus-Christ notre Seigneur. »

— Un accident, a marronné Drake, juste un accident et tout part à l'eau.

Ils ne pourraient pas suivre la piste du Marine jusqu'au cœur du complot ; ils étaient sur la touche. Il a enlevé son feutre, l'a remis. Il aimait blinder, encore plus la nuit. Il avait le sentiment d'être une boule de flipper dans le couloir étincelant de la machine, une boule qui filait dans la lumière éclatante, si bruyante et colorée. Et c'était la nuit. La nuit rouge, ou pas. Sale, triste, ou surprise, bleue ou d'or. Et c'était beau. Ça suffisait au fond, on pouvait rester sur sa chaise à attendre l'aveuglement final. El Paso apparaissait, les ramenait à l'enquête en panne dans un cul-de-sac. Le couloir était obstrué par un fruit du hasard. Pas plus qu'eux, Fletcher et Drake, la Famille n'avait prévu que le gars qui convoyait la Pontiac se mangerait un semi-remorque transportant des hydrocarbures. Il aurait transporté des frites que ça ne changeait rien. Fletcher et Drake ne connaîtraient pas la cible du Marine. La Famille engagerait un autre sniper et ça se ferait. Sûr. Quelqu'un se ferait dégommer. Pas n'importe qui. Fletcher avait les nerfs à vif. En perdant la possibilité de remonter la piste du complot, lui et Drake ne perdaient-ils pas le nord ? Le fil qui aurait dénoué le nœud ?

— Je pense comme toi, a marmonné Drake le devin, j'espère que notre boussole n'est pas faussée par ce putain d'accident de bagnole !

Il a soupiré.

— Il nous reste la peste, a-t-il marmonné. Un putain d'os encore ! On va faire quoi de ça ? On va où ? On a quoi ?

La peste : l'ombre portée du Marine. Ils avaient quoi ? Les Nettoyeurs, inscrits aux Nettoyeurs Anonymes. Pour l'heure, impossible de remonter leur piste, sauf...

— Sauf savoir qui est cette Mary, a dit Drake.

Fletcher a sorti la chaîne et la médaille de baptême trouvées chez Ray Harris. Il a lu et relu l'inscription « Mary 15-06-1915 ». Ça ne lui évoquait rien... Sinon un souvenir fugace. Il n'a pas pu l'attraper ; il s'est perdu dans les oubliettes.

— Est-ce qu'il y a une possibilité, à ton avis, a dit Drake, que la Famille soit mouillée dans cette affaire de peste ?

— Ça me semble impossible, a répondu Fletcher.

Drake était de son avis. Fletcher a fermé les yeux. Il était crevé, ne voulait plus réfléchir. Plus voir. Cependant l'enquête avait sa façon de s'écrire, de s'esquisser, d'imposer ses vignettes et ses chapitres blancs à remplir. Et il a vu la nuit, la nuit pas loin de la frontière... Il a vu Enrique Zamora. Il suait tel un navet trempé dans de l'eau sucrée. Pepe Morales était mort encore. Il regardait au loin, confondant dans sa connerie l'Achéron et le Rio Grande. Enrique Zamora n'en pouvait plus. C'est ainsi que les hommes passaient la main et abandonnaient. Il a laissé la Buick quitter lentement la route, s'engager sur la piste qui ne conduisait nulle part sur terre. Fletcher avait l'impression qu'on lui crevait les yeux. Non, c'était Enrique Zamora qui pleurait son petit amour de trente livres de chair. La vie était une salope et certains cactus frisaient les deux étages tant le ciel, couleur de suaire, avait besoin de leurs épines pour se faire une tête de Christ. La bagnole a calé et le cœur d'Enrique Zamora a dû cesser de pomper son eau vive au nom de sang. Il ne resterait plus à Fletcher qu'à dessiner la mort d'Enrique Zamora en huit vignettes. Il les voyait éclairées comme des écrans de téléviseur. Il a murmuré : « Amen ». Drake l'a imité.

Un jour, Enrique Zamora était né, un jour il avait enfanté. Un jour, séparé de son fils, il commençait à pourrir. Un qui perdait gros sans le savoir, c'était cet Octavio Paz. Il n'avait qu'à se reconvertir. S'acheter un lama ou une girafe. On l'appellerait le Lama ou la Girafe et on compterait ses taches au lieu de ses mots.

— Je crois bien qu'ils sont morts tous les deux à cette heure, a dit Fletcher, pas loin du Rio me semble, tu sais ce champ de cactus…

Pas plus que Moss, Drake ne mettait en question les visions de l'Albinos. Il a cramé le feu rouge pour entrer dans El Paso, reprendre les habitudes.

— Ça leur va bien, a-t-il dit, ils étaient plus arides que fertiles… Chantaient bien, faut le reconnaître.

En hommage aux deux macaques, il a entonné *Paloma querida* : « Por el día que llegaste a mi vida, Paloma querida, me puse a brindar… » Fletcher s'est souvenu de cette nuit, de la flaque de peinture blanche dans les ordures. Il avait l'impression que c'était il y a des années. Il a songé à Pepe Morales et Enrique Zamora, ils n'avaient pas d'âmes mais le mot existait. Le mot était souvent écrit ou cité, dans la Bible et ailleurs. Les âmes existaient par la force du mot qui les nommait. Ça ne durerait pas. Le tatouage général remplacerait l'âme et le mot.

— On enverra des fleurs, a proposé Drake. Et le gosse, c'est quoi son p'tit nom ?

— Ruben.

— Ruben ? Comme le peintre ?

Fletcher a acquiescé, il songeait à Philippe de Champaigne, à sa Nativité. Il venait de comprendre qu'il fallait des enfants pour nourrir la vie.

— C'est marrant, a repris Drake, j'étais sûr qu'on se les ferait et puis c'est un autre…

Il a chanté encore un petit peu *Paloma querida*. Tous les deux savaient bien qu'ils allaient prier, qu'ils étaient obligés de prier car l'Absence du salut était terrible à ce moment de l'enquête et risquait de s'aggraver encore.

— Si je sais que je meurs, a dit Drake, par exemple, je ramasse deux balles dans le ventre, j'aimerais réciter le générique de *L'homme aux colts d'or*… Et finir au dernier mot.

Fletcher était atterré et subjugué par l'étrange « Et finir au dernier mot ». Will Drake était un monstre sacré, c'était pourquoi il aimait le cinéma. Rollie Fletcher connaissait le film, il comprenait pourquoi Drake voulait mourir avec lui.

— D'où ça vient ? a dit Drake. Pourquoi ?

Il y avait tant de réponses, Will, tant et tant de réponses.

— Les paraboles, a répondu Fletcher, c'est les paraboles qui nous tiennent, nous meuvent… Et les syllogismes, bien sûr.

Il s'est tu et se répétait « Finir au dernier mot ». Ainsi Drake achevait son œuvre, passait le dernier mot dans le chas de l'aiguille, nouait le fil. Fletcher était fasciné et regardait, regardait le film. Henry Fonda dégaine plus vite que Richard Widmark… Et jette son Frontier en or, en or, dans la poussière… En or dans la poussière. Deux fois de suite. L'homme était né une autre fois, une fois encore, en 59, lors de ce tournage, et ça continuerait jusqu'au jour où l'homme ne rêverait plus car il aurait tout.

Celui qui cultive son champ est rassasié de pain, mais celui qui poursuit des choses vaines est rassasié de pauvreté.

Drake s'est garé. La gare routière était plus triste et misérable la nuit. On voyait la pauvreté de l'intention qui l'avait érigée là. Drake a coupé le contact. Ils étaient écrasés tous les deux par le non-sens, la perfection incompréhensible de leurs existences minables. Fletcher a cherché la feuille de papier trouvée sur le pare-brise ; il l'a dépliée. Ils ont regardé le dessin, leurs deux visages dessinés au crayon, la légende au Bic rouge : « La 100unième est pour vous ». Fletcher a senti que la réponse lui échappait, il en avait marre.

— Ce qui compte, a dit Drake, ce n'est pas la question mais la réponse… Et on n'a pas souvent les réponses qu'on veut.

La mémoire

> « La mémoire du juste est en bénédiction, mais le nom des méchants tombe en pourriture. »

Lumières froides, vitres sales, chewing-gums et mégots innombrables écrasés sur le carrelage jaunâtre maculé de taches. Poubelles pleines, bruit de moteurs. Un nègre qui poussait son balai-brosse comme son père tirait sa chaîne. Et ces demi-choses endormies sur leurs bancs, sur le sol telles de pauvres bêtes qui avaient par malheur appris à parler. Celui-là qui bouffait son sandwich avec une avidité effrayante. Des pigeons qui volaient sans raison, ne faisant plus la différence entre le jour et la nuit. Coincés là par la marche forcée de la civilisation de l'ouvre-boîte. Publicités criardes et débiles. La nouvelle civilisation. Tout serait tantôt de l'image. À la fin, on n'écrirait plus d'histoires. On appellerait ça des fictions. Tout le monde penserait pareil, tout irait bien.

Des cartes lumineuses indiquaient le trajet des cars. L'une d'elles a attiré l'attention de Fletcher. Destination Salt Lake

City. Parmi les villes desservies, il y avait Tooele – siège du comté du même nom. Fletcher a pensé à… L'annonce du départ d'un car a résonné. Fletcher a oublié ce qui l'avait alerté. Il a ressenti combien les hommes étaient coupés de leurs destins, entravés par la signalisation, les horaires… Sans parler des lois en tout genre. L'homme était préprogrammé par l'organisation sociale. Il n'avait plus la liberté d'être lui. Ils sont arrivés devant la consigne. Fletcher s'est interrogé sur le lien qui unissait l'homme à sa mémoire. Il a ouvert un des casiers. Drake y a déposé le sac Marlboro plein de présidents morts. Fletcher a fermé le casier et donné la clef à Drake.

— La mémoire est cachée où pour toi ? a-t-il dit.

Drake a tressailli, ce n'était pas une requête banale, surtout de la part de Rollie Fletcher. Il a dégainé son paquet de Lucky qu'il a tendu à Fletcher. Lui a allumé leurs clopes en grattant une allumette sous la semelle de sa chaussure. Ils se sont adossés à un poteau, se tournant le dos, et ont tiré sur leurs clopes. Fletcher a observé ce virevoltant arrêté contre un distributeur de Pepsi. Il n'irait pas plus loin.

— T'sais les deux gars, a fait Drake.

Il s'est retourné vers Fletcher qui l'a imité.

— Les deux gars qui ont eu le Nobel l'année dernière, a sous-titré Drake, il y a quelques mois de ça… L'hérédité, les chromosomes… Tu vois ? Watson et je sais plus qui…

— L'ADN ?

— C'est ça, oui l'ADN… L'acide désoxyribonucléique… J'ai retenu le nom pour retenir la mémoire, tu piges ? Si l'hérédité est là, la mémoire pareil.

Drake a pivoté et observé une négresse qui s'en allait avec une valise et deux marmots à la main. Elle avait un gros cul et peut-être pas de chaise chez elle ? Ou elle s'asseyait sur deux chaises. Dans un cas et dans l'autre, elle était pauvre et noire. Qu'est-ce qu'elle pouvait espérer de la vie ? Drake a ôté son feutre, l'a remis. Ne pas se découvrir devant l'injustice sinon la calvitie menaçait. Fletcher, lui, réfléchissait à ce que lui avait dit Drake. C'était intéressant mais il voulait voir la mémoire comme une émotion. Une mémoire « chimique » ça le troublait.

— Et le destin, Rollie ? a dit Drake, tu crois que le destin est dans l'ADN ? Qu'on n'y peut rien ?

Si la mémoire était « chimique », pourquoi pas le destin ? Et si mémoire et destin étaient dans l'ADN, on pouvait imaginer que le destin avait une mémoire. À cet instant, Fletcher a remarqué une femme au manteau ouvert et au décolleté plongeant, des médailles se nichaient entre ses seins. Des médailles… Il s'est rappelé Booker Sparks leur montrant la poitrine et le cou du Marine et certifiant qu'il avait porté une chaîne et des médailles. Il avait désigné une tache plus claire sur le sternum : « Elles faisaient éventail, avait-il dit. C'était bien pour sa peau, quoi qu'on en dise, le soleil ce n'est pas qu'un allié. »

The 509th

> « Ils sont plus nombreux que les cheveux de ma tête, ceux qui me haïssent sans cause ; ils sont puissants, ceux qui veulent me perdre, qui sont à tort mes ennemis. Ce que je n'ai pas dérobé, il faut que je le restitue. »

Drake est arrivé carrément vite dans la cour, shooté par le Dexamyl, la mort et le fric… Le blend de Hardy. Forcé de piler pour ne pas emplâtrer le pavillon Jugendstil aztèque. Dans les phares, il était triste, lugubre et ridicule. Drake a coupé le contact, éteint les phares. Le moteur a roté, ça lui arrivait. Il digérait mal le super… Faudrait essayer le Coca. Fletcher et Drake sont sortis ensemble du Cercueil. Tous les deux avaient dégainé. Ils avaient l'air nonchalant, ils ne l'étaient pas. Comme Drake, Fletcher a fait un panoramique. Rien à signaler. La lune bandait moyen et envoyait une lumière minable. Pour les économiquement faibles. Fletcher et Drake ont marché vers l'entrée du pavillon. Tous les deux ont vu les traces laissées par la chaussure orthopédique de celui qui se faisait appeler Neal Hester. Une empreinte du talon. Il n'avait pas monté les trois marches à l'envers… Les tueurs s'étaient barrés.

Pourquoi une seule empreinte ? Il n'y avait pas de réponse. Les lois du hasard étaient manipulées par les lois du désir, c'était une évidence pour Fletcher. Les assassins comme les profs de chant étaient mécanisés par leur désir. Le hasard faisait tourner sa roulette d'apparat, la mort ouvrait grand les yeux. Drake a déclenché sa torche. Fletcher est entré dans le pavillon, le Tueur tenu à deux mains. Tout à fait enclin à tirer au cas où mais à quoi bon tuer un mort ? Ray Harris serait assis à son bureau, la tête sur le clavier de la machine à écrire. Il aurait écrit quelque chose dans le genre « Je n'en peux plus, pardon ». Du sang sur le clavier, la feuille engagée dans le chariot. Et la porte du bureau fermée, bien sûr. On ne se flinguait pas la porte ouverte, comme on chiait rarement la porte ouverte. Défense de la pudeur ou du plaisir solitaire. Une trace laissée sur la moquette, pointure 5,5 : Betty Randle, la Nettoyeuse. Petit peton, âme cruelle. Fletcher s'était arrêté. L'empreinte sur la moquette, pourquoi cet éclat de lumière ? On verrait ça plus tard. Fletcher a poussé la porte du canon, lentement. Non pas qu'il s'attende à se faire plomber mais pour laisser au passé le temps d'ôter sa robe, pas le brusquer. Ray Harris était bien mort, la tête renversée en arrière. Il avait commencé par se faire ratatiner un doigt, puis la vie avait suivi. On ne gagnait pas toujours.

Fletcher a continué dans le couloir, jusqu'à la pièce où Ward Tillman avait été menotté au radiateur. Il avait arraché sa chaîne et Fletcher a vu les deux médailles se séparer de lui. L'une est tombée là où Ray Harris l'avait trouvée, l'autre a sauté au-dessus du radiateur tel un petit rat de cirque sautant au cheval d'arçons. Drake a fait un pas comme Fletcher et en tenant sa torche dirigée vers le bas, il a éclairé derrière le radiateur, distant du mur de moins de deux pouces. La médaille était là, accrochée à un cavalier qui maintenait le câble téléphonique fixé au-dessus de la plinthe. Fletcher s'est accroupi et a glissé sa main derrière le radiateur. Il a saisi la médaille et l'a libérée du clou, l'a ramenée dans le bureau des investigations… C'était une médaille publicitaire. Ce genre qu'on accroche à un porte-clefs. Elle était en plastique noir. Dessus, côté pile, était écrit en lettres dorées :

The 509th
Wendover.

Le 509th Composite Group était une unité de bombardiers stationnée à Wendover pendant la dernière guerre. Le 393d Bomb Squadron – composé de Boeing B-29 *Superfortress* – y était attaché avec le zinc le plus célèbre du monde : le *Enola* Gay, celui qui avait largué Little Boy sur Hiroshima… Ça c'était de l'histoire générale pour retraités et débiles mentaux. Côté face, c'était vachement plus intéressant. Côté face, c'était écrit :

Great Beer Selection
& Mary's World-Famous Sandwiches.

Fletcher s'est relevé, la médaille dans la paume de sa main.

— Il voulait sauver la mise à cette Mary, a dit Drake, pas plus compliqué que ça.

Il a pensé à la carte dans la gare routière de la ville de Tooele.

Proche de celle de Wendover. Mais ce n'était pas ça la piste. Pas ça qui avait attiré son attention à la gare routière. Il ne parvenait pas à connecter le souvenir au présent. Dans le couloir, Drake a braqué le faisceau lumineux de sa torche sur l'empreinte de Betty Randle. Fletcher s'est baissé. Il s'est muni de sa pince à épiler et a saisi un petit éclat de coquillage, c'est lui qui renvoyait la lumière (faire attention où on mettait les pieds).

Ils sont entrés dans le bureau de Ray Harris. Il tenait la pose, s'était tiré une balle dans la bouche qui avait remonté dans le cerveau, n'avait pas traversé la boîte crânienne. Pour autant, il ne risquait pas de raconter sa vie. Du sang sur la chemise bien sûr, sur sa veste, sur le bureau et sur la feuille de papier engagée dans le chariot de la machine à écrire qui avait trinqué elle aussi. Ce cher Ray Harris avait écrit : « Je vous quitte, adieu ». C'était émouvant. Fletcher et Drake savaient que les Nettoyeurs avaient écrit ça avant de le buter. À cause des projections de sang. Ray avait dû apprécier l'attention. D'autant plus que ses empreintes sur le clavier signeraient la véracité de son suicide… Et que Fletcher et Drake concluraient au suicide. Tant pis pour la mémoire de Ray Harris. Fletcher et Drake voulaient se faire les Nettoyeurs, c'était ça l'objectif. Pas se lancer dans une procédure. Ils voulaient les coincer. Les prendre de vitesse pour rester vivants.

Maquiller un meurtre en suicide, interpoler une scène de crime, c'était la même pulsion que de maquiller la nature, vouloir la biaiser. Fletcher a pigé que son envie de goudron, c'était de la mise en scène, comme l'enquête criminelle avec ses scènes de crime, ses indices, ses déductions, ses méthodes.

De l'artifice. Et l'art n'avait rien à voir avec la mise en scène. L'art n'avait pas de scène. L'art était ailleurs, au point limite de ne pas être. On ne pouvait pas discourir sur lui, on ne pouvait pas le retenir, le qualifier. L'art était insaisissable. Rien ni personne ne le parlaient. Fletcher a vu Holly Howell et a su que l'amour était comparable à l'art sans en être.

Drake saignait du nez et furetait de-ci, de-là. Il a fini par s'essuyer le nez avec le revers de la main. Il a forcé la serrure de l'armoire métallique et a trouvé la bouteille de I. W. Harper qu'il cherchait, des gobelets en carton. Il a fait le plein de sa flasque, empli deux gobelets, vidant la bouteille qu'il a posée sur le bureau. Cette scène de crime était niquée à l'os, complètement caviardée. Drake a tendu un gobelet à Fletcher. Ils ont picolé sans fioritures, tranquillement. Parfois ils regardaient Ray Harris. Ils l'aimaient bien au fond. Pour autant, il n'avait aucune importance dans l'histoire. Ce qui comptait, c'était les médailles. Il était mort pour rien. Il n'aurait pas sa binette sur un timbre à part celui de l'oubli. Drake lui a caressé la tête comme si c'était un chien.

— Mort il y a de ça deux, trois heures, a-t-il avancé. On téléphone à Booker ?

— Il n'y a pas le feu, on va le laisser dormir. Il n'y aura pas d'autopsie pour le moment.

Et sûrement jamais. Lorsqu'on sabotait une scène de crime, lorsqu'on était impliqué d'une façon ou d'une autre dans un crime, on ne traînait pas sur place. Mais ils n'avaient nulle part où aller, ils n'avaient pas vraiment de lieu à eux, à part un lit chez madame Love. Ils erraient dans la violence et la honte, continuaient jour après jour leur chemin, sans illusion, se nourrissant et s'abreuvant aux sources innombrables de la violence et de la honte. Ils se sont concertés sans se parler. Au fond, ils étaient bien avec Ray Harris. Les morts étaient d'agréable compagnie tant qu'ils ne puaient pas.

— On va passer au Gold Tip, a dit Fletcher, ils vont nous téléphoner.

Dale Rose et « Cap » Connors.

— Allez salut, a dit Drake au pauvre gars en le quittant pour toujours.

Dehors, un banc de nuages pendait comme un manteau minable à une patère… Et quelque chose luisait sur le sol. Fletcher a déclenché sa torche : encore un morceau de coquillage, laissé par un pneu de la Plymouth des Nettoyeurs. Pas plus que Fletcher, Drake n'a trouvé la solution. Sinon que la mer s'était retirée un jour et qu'en conséquence, il n'y avait pas de homard dans le Rio Grande, ni de sardines à l'huile. Leurs pauvres têtes étaient pleines de questions sans réponses. Ce pays est malade de haine, pensait Fletcher. Il fallait que le pus sorte avec un crime expiatoire qui exaucerait son besoin de sang. On ne chercherait pas un martyr, ça ne vendait plus. On trouverait une figure emblématique, genre Marilyn. On la tuerait et les bites dégonfleraient pour quelque temps. Fletcher contemplait le Cercueil tel un autel enfoncé dans l'obscure réalité. Il a levé les yeux pour chercher du secours. Mais la rédemption n'était pas un corps solide, invisible comme le temps elle fuyait l'origine. Fletcher s'est senti acculé ou écrasé par tous ceux qui étaient morts.

— « Voici les signes qui accompagneront ceux qui auront cru : en mon nom, a-t-il murmuré, ils chasseront les démons, ils parleront des langues nouvelles, ils prendront dans leurs mains des serpents, et s'ils boivent quelque poison mortel, cela ne leur fera aucun mal. »

Il avait jeté la Bible dans le trou qui se remplissait d'eau. Ce n'était pas pour faire un geste sacrilège. Il avait oublié de fermer les mains du vieux dessus. En la balançant dans le trou, il les réunissait. Bernie Bosman qui l'avait aidé à creuser la fosse n'avait pas supporté et l'avait planté là en lui disant qu'il ne serait pas complice de « ça », de cette infamie. Il était parti à longues enjambées sous la flotte. Fletcher avait pensé le tuer. Pour qu'il n'y ait plus que lui, Glen Fletcher, à connaître ce passé. Il s'est assis à côté de Drake dans le Cercueil muet et froid et l'enquête l'a happé, serré à la gorge.

— Si j'écrivais un livre, a dit Drake, ça serait pas le « grand roman américain »... Tu me suis ?

Fletcher a mis du temps à revenir du hasard à l'incertitude, la constance de l'existence. Fletcher n'était pas débile. Il a réfléchi à ce qu'avait prononcé Will Drake. Il était heureux que son ami ne veuille pas écrire de « grand roman américain ».

— Tu écrirais quoi ?

La question était bête mais Drake avait contraint Fletcher à la poser. Drake a mis le contact, démarré. Le Cercueil est sorti de la cour et a retrouvé la scène générale qui unissait la plupart des hommes et des femmes dans la méchanceté, la bassesse, les rêves inassouvis de luxure. La jalousie et le vol. Drake ne répondait pas et Fletcher a compris quel roman écrirait Drake s'il devait en écrire un. Celui du témoignage d'un homme vil comme il l'était. Il rendrait compte de ce qu'était la sous-vie, celle que personne n'évoquait.

— Je l'appellerai « Deux hommes et une seule langue », a confié Drake en cramant un feu rouge.

— C'est ainsi qu'on se venge, a-t-il prêché.

Fletcher n'a pas voulu demander des éclaircissements à Drake, ç'aurait été trivial : la poésie ne s'expliquait pas plus qu'elle ne se partageait.

El Barrio del Diablo

> « Vous, vous avez pour père le Diable et vous voulez accomplir les désirs de votre père. Il a été meurtrier dès le commencement et il ne s'est pas tenu dans la vérité parce qu'il n'y a pas de vérité en lui. Lorsqu'il profère le mensonge, il parle de son propre fond, car il est menteur et le père du mensonge. »

El Barrio del Diablo faisait face à l'île de Córdoba. L'île de Córdoba et une bande de terre de quelques centaines d'acres qui portait le nom de Chamizal étaient l'objet d'un litige entre les States et le Mexique. Il durait depuis une centaine d'années, suite à une crue du Rio Grande qui avait modifié la frontière. Les deux pays étaient disposés à signer incessamment un traité qui définirait une nouvelle frontière. Pas plus qu'on ne faisait du beurre avec de l'huile de vidange, on ne ferait de la population vivant dans le secteur une société de citoyens à peu près convenables. Ici, un gars ordinaire, c'était un gars qui avait fait de la tôle. Violeur, incendiaire, braqueur, trafiquant, camé… Ou tout à la fois. Nègres, Blancs, Jaunes, Indiens et chicanos, tous étaient mouillés.

Il y avait tant de raisons, de manières de mourir ici, tant de gars qui t'égorgeaient pour un pet de travers que la superstition et la foi étaient des valeurs partagées par tous. C'était un spectacle courant de voir des ombres agenouillées sur les trottoirs. La peur prenait l'homme où elle voulait quand elle voulait et ici, au Barrio del Diablo, mieux valait ne pas se moquer de ceux qui croyaient.

Drake a laissé sur la gauche Bridge of the Americas, le pont construit en 59 et qui traversait le Rio Grande, réunissait le Mexique et les States. C'est là que Fletcher a remarqué les chauves-souris qui se débattaient dans la lumière d'un réverbère. Et ça a fait tilt. Ce qui réunissait Tooele et Wendover dans le cheminement de ses pensées, c'était la base militaire de Dugway Proving Ground, Utah – à une centaine de miles de Tooele et Wendover. Utah. Huit cent mille acres par là. C'était là qu'ils avaient eu l'idée saugrenue des bombes à chauves-souris. Carrément. Des bombes pleines de chauves-souris portant chacune une minuscule bombe incendiaire. Pour foutre le fuego aux villes japonaises aux innombrables baraques en bois. C'était un dentiste qui avait eu cette idée à la con. Lytle S. Adams, copain d'Eleanor Roosevelt, la femme du Boss. Les bombes à chauves-souris avaient coûté un bras et on ne s'en était pas servi. Mais on avait construit un village japonais sur la base. Il existait peut-être encore, avec des geishas en kimonos, des sushis et tout plein de bouddhas rigolards.

— Dugway Proving Ground, a dit Fletcher. Ça te parle, Will ?

Will a enfoncé son chapeau sur sa tête. L'a ôté. Bien sûr que ça lui causait. Il n'était pas suisse. Après guerre, l'armée de terre avait décidé que la principale mission du Dugway Proving Ground serait de tester les capacités de défense des States face à des attaques chimiques ou biologiques. Et pour les militaires, tester des systèmes de défense, c'était trouver des manières d'infecter l'ennemi. Les rouges. Au cas où la guerre nucléaire ne serait pas choisie, il s'agissait de leur pourrir la vie. Par tous les moyens. Par exemple avec des épidémies ingérables. La typhoïde, la tuberculose… la peste. Les mêmes militaires qui avaient imaginé détruire le Japon avec des chauves-souris avaient pensé faire crever les Russes par millions avec la peste. Ou plus certainement un cocktail de virus comme l'avait dit Booker Sparks. Plusieurs virus qui se déclenchaient les uns à la suite des autres ou un virus qui en cachait un autre… Ou des virus mutants. Ils avaient fait leur petite tambouille… Et il avait dû y avoir un problème. La grosse bavure. Des gars avaient été infectés. Pour une raison ou une autre, le Marine avait levé le pied sans savoir qu'il était contaminé. La suite était connue. L'armée avait engagé des tueurs pour effacer les souvenirs, laver le carrelage et les vitres. Repeindre tout ça en blanc… Et voilà ni vu, ni connu !

Fletcher a allumé deux Lucky et en a tendu une à Drake qui a tiré sur la clope et a partagé sa pensée à mi-voix :

— Tu paries que cette Mary du 509th sait quelque chose ? Ou qu'elle a une petite bombe incendiaire… Pas une chauve-souris au napalm mais un mémo rédigé par Ward Tillman, ou des photos… Quelque chose de bien sanglant et qui pourrait foutre la grosse pagaille… Tu imagines, Rollie ?

Ce n'était rien de dire qu'elle risquait sa peau… Mais ce n'était pas tout. Et si elle était infectée ? Et si tout le bled là-bas l'était ? On faisait quoi, on allait où ? L'enquête du Marine mort à El Paso était une hydre qui partait dans tous les sens.

Elle finirait par tout englober dans sa dévoration. Et si ça se trouvait eux aussi Fletcher et Drake étaient plombés. Mais comme le Marine et Rosamar Torres, ils pouvaient mourir deux fois, voire trois. Ce n'était pas si grave que ça, plus on mourait moins on s'en rendait compte.

Le Jockey

> « J'attendais le bonheur, et le malheur est arrivé ; j'espérais la lumière, et les ténèbres sont venues. »

Et ils ne se repentaient pas de leurs meurtres, ni de leur impudicité... Drake s'est garé devant le Gold Tip, leur PC. Son enseigne lumineuse rouge et jaune éclairait la chaussée défoncée, des poubelles et le Cercueil.

— J'ai la dalle, a dit Drake.

Il ne voulait pas mourir le ventre vide. C'était l'obsession de son paternel. La bouffe du Gold Tip était réputée chez ceux qui vivaient d'expédients et d'alcool. Fletcher aimait bien cet endroit. Peu de lumière, le bar qui faisait une sorte de S. Le juke-box et le flipper, un Sunset, luisaient dans la pénombre. Vivre était un trouble permanent. La clientèle était faite de putes, d'insomniaques, de désespérés anodins qui ne s'immolaient que dans le malt. Et puis les camés de nuit. Le patron s'appelait Rayfield. Il était de haute taille avec une bedaine respectable. Les bretelles passées sur ses t-shirts. Des biceps comme la cuisse d'un honnête homme. La gueule cabossée.

Les oreilles écrasées. Il avait fait de la boxe professionnelle et s'était arrêté tard. Il y avait laissé un œil et une partie de son cerveau. Il sucrait les fraises et rabâchait tout ce qu'il disait, ce qu'il entendait. Fletcher et Drake se sont ramenés vers lui à la caisse. Ils se sont assis sur des tabourets. Drake a plongé la main dans le bocal en verre plein de pieds de porc en saumure. On aurait dit des fœtus conservés dans du formol. Drake raffolait de cette saloperie. Il a mordu dans son pied en pensant à son père, ça ne l'a pas fait réfléchir.

Rayfield a posé le *El Paso Herald-Post* entre Fletcher et Drake. Drake l'a ouvert et pris les billets qu'il y avait en offrande, dans les deux cents. Rayfield recueillait l'argent des dealers qui payaient spontanément Fletcher et Drake à la semaine, pour ne pas passer à l'étouffoir ou à la machine à emballer les sapins de Noël. La fin d'El Caníbal avait marqué les esprits. Drake a laissé vingt dollars dans le canard qu'il a refermé et poussé vers Rayfield. Il l'a remisé et a fait claquer ses bretelles non sans se masser les parties, un geste fréquent chez lui.

— Un jour, a dit Rayfield, on boira de la vraie bière dans ce pays... Mais tant qu'il y aura la prohibition au Mississippi... comment qu'tu veux que ça le fasse... Comment qu'tu veux ?

— Comment qu'tu veux ? a répété Drake.

Il se faisait prendre à chaque coup par la manie de Rayfield de tout doubler. Il s'est décoiffé et a posé son feutre sur le comptoir. Ses pellicules se mêleraient au sucre et aux traces de bière et de whisky. Cet engrais sublime serait le ferment de son requiem. Rayfield a posé deux canettes de Diablo devant la paire de lieutenants. Il y avait la gueule du Diable sur une étiquette collée sur chacune des canettes. Pas de nom, rien d'écrit. Les mots ça servait à attraper les gogos. Rayfield a décapsulé les canettes. L'odeur du malt s'en est dégagée. Vigoureuse. C'était une fabrication sauvage, rustique. Illégale bien sûr. La Diablo titrait dans les dix degrés. Ce n'était pas la lavasse qu'on servait partout dans ce pays de chrétiens ramollis du bâton. Rayfield la réservait à Fletcher et à Drake et à ceux qui ne risquaient pas de le balancer. Les deux flics ont pris leurs canettes et salué Rayfield avec. Drake a reniflé la sienne et s'est dit qu'il avait très peu reniflé de chattes.

Rayfield est allé servir Wayne-la-branlette – geste saccadé de la main gauche suite à un problème de santé. Il faisait la paire avec Rayfield : ils perdaient tous les deux en pariant sur les chevaux et les putes. En parlant de commerce de la chair, une fille qui allait prendre son quart à la proue du vaisseau des pipes nocturnes a glissé son obole dans le tronc des Charts. Le juke-box a seriné : *You Don't Know Me*. La putain lui tenait ses hanches de chrome et penchait son visage vers le sien de lumière. Ray Charles était aveugle mais rendait la vue à ceux qui fermaient les yeux pour ne pas voir la vie si laide.

— On y va ? a dit Drake à Fletcher. Je connais pas Wendover, ça fera un voyage.

Mille miles. Même avec le Cercueil, impossible de faire l'aller-retour dans la journée… Et interdit de brandir leurs étoiles au nez des autochtones. Ils n'avaient aucune légitimité là-bas. Ils pouvaient très bien se faire rembarrer par cette Mary, patronne du 509th, et se retrouver à s'expliquer avec des flics locaux et le FBI. Sans parler au retour de l'accueil de Fields et de Moss. Les rouleaux de printemps ne les sauveraient pas.

— Je vois pas comment on peut faire ? a dit Fletcher en allumant une cigarette.

Drake s'est sucé les doigts… Un pied de porc par jour, c'était une de ses devises. Ils sont allés se frotter au flipper. Fletcher aimait bien le Sunset. Sur son fronton, Buffalo Bill à cheval en train de tirer au fusil, les chariots bâchés, les femmes bien attifées, le joueur de guitare. Et puis le plateau, les bumpers, les cibles fixes, le stopper, la bille qui filait sur la rampe. Les claquements des flippers… Fletcher maniait le Sunset en gars qui se rendait compte qu'il avait envie de bander – tant pis pour ses vœux de chasteté. Les deux poulets se sont chargés en Dexamyl. C'était important ces instants hors piste. Ils fracturaient le noyau central de l'enquête. Permettaient la réaction en chaîne, libéraient l'énergie accumulée. Et le Dexamyl multipliait l'effet. On aurait pu éclairer un quartier avec celle de Fletcher et Drake.

La nuit est avancée, le jour approche. Dépouillons-nous donc des œuvres des ténèbres, et revêtons les armes de la lumière.

Custer, le cuistot noir s'est pointé avec les frites au cheddar et au bacon. Custer ne s'appelait pas Custer, on l'appelait Custer. Mais Rayfield s'appelait Rayfield comme un carré était un carré. Tout était simple si on le voulait. Custer a posé les assiettes sur le comptoir. Fletcher et Drake ont laissé le Sunset et des parties gagnantes. Ils ne jouaient pas pour gagner, ils jouaient pour la défonce… Et rien de mieux après un pied de porc en saumure que des frites au cheddar et au bacon. Chaque bouchée était une perfusion de gras et de sel. Un bonheur. D'un mouvement de la tête, Drake a encouragé Rayfield à sortir une Diablo. Ce qu'il a fait. Il l'a tendue à Drake qui l'a décapsulée en la vissant dans son arcade sourcilière.

— Ça c'est de l'ouvre-boîte, a fait Rayfield, de l'ouvre-boîte garanti.

Ce tour le faisait jubiler. Custer s'est emparé de la canette et a salué Drake et Fletcher avec. Là-dessus un corbeau s'est invité sur le seuil du Gold Tip. Ray Charles s'est arrêté de chanter. Il avait vu arriver le destin et ses ailes noires aux yeux méchants. Tout le monde se l'est fermée. Il y avait des abrutis ici, pas d'innocents. Tout le monde savait qui était l'emplumé. C'était le Jockey, point à la morgue. La Virgen con cuervos l'avait envoyé pour quelqu'un. C'était sûr, il était là pour quelqu'un. Personne n'en doutait.

Drake et Fletcher ne s'étaient pas retournés pour des raisons différentes. Fletcher pensait à Holly Howell. Drake, lui, observait le Jockey dans la glace. Cette ordure emplumée était là pour lui. Ce n'était pas rationnel mais le mauvais sort n'avait pas été réfléchi dans un bureau d'études à Detroit. Drake a pivoté sur son tabouret. Le Jockey n'a pas bronché. Drake est descendu du tabouret. Bien sûr qu'il aurait pu sortir son Python Target (ça manquait de classe). Arrivé à un avant-bras et deux ongles de l'oiseau de mauvais augure, Drake s'est accroupi. Au Gold Tip, on suivait ça en se la fermant car on ne jouait pas avec la mort. D'autant plus que l'Albinos était là pour veiller au grain et c'était connu qu'il pouvait partir en vrille. Drake a chopé l'emplumé au cou, les yeux dans les yeux. L'emplumé a battu des ailes. Il était marron. Drake l'a retourné et lui a mis le doigt au cul. L'a jeté dehors. À la sidération générale. Même ici au Barrio del Diablo, il y avait des limites.

Car celui qui sanctifie et ceux qui sont sanctifiés sont tous issus d'un seul. C'est pourquoi il n'a pas honte de les appeler frères.

Drake est revenu au comptoir. La clientèle a feint de ne pas s'occuper de lui. Il s'est mis à finir ses frites sans se laver les mains. La peste c'était plus méchant qu'un cul de corbeau. Le téléphone a sonné. Rayfield a décroché. Il a écouté et mis sa main sur le micro, dit aux deux poulets que c'était pour eux, Dale Rose. Si Fletcher et Drake avaient élu le Gold Tip, en plus de ses hamburgers et de sa bière, c'était aussi pour son coin téléphone, au fond de la salle, près des chiottes. Fletcher y est allé et a décroché.

— Fletcher, a-t-il dit.

— La manchette ? a répondu Dale Rose. Raconte.

— Et le fric ?

— Tu l'auras… Tu l'auras. Alors ?

— La peste.

— Quoi la peste ?

— La fille et le gars ont la peste, a dit Fletcher.

— La peste ? Tu déconnes ! Ça existe plus.

— La peste, je te dis.

— Tu en es sûr ?

— Certain.

— Mais le mec, il s'est fait plomber… Elle fait quoi la peste là-dedans ?

— T'en sauras assez pour faire mille cinq cents mots et un livre, si ça te chante… Tu sais qui a tué le mec ?

— Comment tu veux que je le sache ! Tu le sais ? Tu le sais, Fletcher ?

— Tu vas contacter Scott Zander.

Le propriétaire du *El Paso Herald-Post.* Il appartenait à une portée de riches branleurs, vivant du pognon amassé par le grand-père dans la vache et dans le pétrole. Lui-même, Scott

Zander, avait engrangé du fric dans l'immobilier pour les nègres et les pauvres Blancs, se sucrant sur les subventions et leur construisant des clapiers dégueulasses.

— Tu lui dis qu'on veut mille cinq cents maintenant.

— Ça n'existe pas de filer autant de fric pour une info.

En disant ça, Dale Rose jubilait. Il y croyait ! Si Fletcher et Drake demandaient autant de fric, c'était qu'ils étaient sûrs d'eux. Et la peste à Alpine, ça valait un tirage national. Fletcher a raccroché. Il a rejoint sa bière et Drake qui digérait sa malédiction en secouant la queue du Sunset. Henry James-le-cuivre s'est arrêté sur le seuil du bar, comme le Jockey quelque temps auparavant. La différence notable entre Henry James et Henry James-le-cuivre, c'était le cuivre. Il s'est décidé à entrer car il n'était pas en compte avec les Sacs plastiques. Il s'est dirigé vers le bar, s'est retourné en disant :

— Au fait, y a un macchabée sur le tas d'ordures au coin de Hammett Boulevard et Paisano Drive.

Fletcher pensait au crochet de remorque de la Bel Air... Des traces de peinture blanche. Ça lui rappelait quoi ? Drake a tilté grave. Il a dit à la machine que c'était une belle salope. Una guarra guapa. Ici sur la frontière, il fallait tout traduire sauf les sommations. Il a pivoté vers Henry James-le-cuivre en allumant une Lucky.

— Ouais, un macchabée ? a-t-il fait.

— Oui, lieutenant... Un macchabée.

— Un macchabée, a répété Rayfield. Un macchabée.

— Et pourquoi que tu me dis ça ? a grommelé Drake.

Henry James-le-cuivre a haussé les épaules.

— M'a l'air d'être un gosse...

Il s'est signé. Drake a fait un geste du menton à Rayfield

qui a pigé et ouvert une Diablo pour Henry James-le-cuivre. Ainsi il en allait en cette nuit. Certains étaient morts, d'autres mourraient avant le jour.

L'enquête au troisième jour

> « Il essuiera toute larme de leurs yeux, et la mort ne sera plus, et il n'y aura plus ni deuil, ni cri, ni douleur. »

Au coin de Hammett Boulevard et Paisano Drive, autant dire au point d'intersection de deux poils de cul sur une feuille de PQ… il était là. Mon Dieu, il était là. Il ne fallait pas avoir de chance pour vivre par ici, ou pour y mourir. La terre elle-même en avait marre. Ça se voyait. Et la terre, en était-ce ? C'était on aurait dit plutôt du remblai, des moellons, du béton, de la rouille. De la saleté. Des millions de tonnes de saleté, c'était toute l'empreinte de l'homme sur cette planète. Il aurait fallu raser les origines. Lui, le petit misérable, était né bien après l'invention des pyramides et du Coca-Cola. Fletcher se rappelait de lui vivant avec son chapeau de cow-boy. Il ne l'avait plus. Il était couché sur le ventre dans les immondices. Drake avait ôté son feutre, on aurait pu croire qu'il priait. Fletcher n'avait pas envie de monter dans les ordures pour constater que c'était du .45 ACP l'agent de la mort. Les tueurs n'avaient plus que le temps de tuer. À la chaîne. Fletcher et Drake partageaient le silence qu'il leur semblait devoir à Gabe. Fletcher se souvenait qu'il avait pensé qu'il était fait pour mourir comme il était mort. Il y avait quelque chose de honteux à survivre aux autres. L'enfant était mort. Il n'était plus là. Il était nulle part. Le gyrophare rouge tournait dans le manège des ombres, se reflétant sur le pare-brise du Cercueil et sur les vitres cassées de la cabine téléphonique.

Au coin de Hammett Boulevard et Paisano Drive, 3 AM. Jeudi 3 janvier 1963. Tout avait débuté dimanche dans les montagnes Franklin. C'était une affaire qui se déformait, un monstre qui faisait ce qu'il voulait, entraînait Rollie Fletcher et Will Drake dans les abîmes. Fletcher était fatigué, déboussolé. Il avait la tête en l'air et la voix parlait pour ne rien dire. Parlait, parlait. Le vent sentait l'orange parfois, sinon il sentait le vent. Drake a rejoint Fletcher qui s'était assis sur le trottoir, les jambes sur la chaussée. De temps en temps, une bagnole passait et le conducteur accélérait à la vue du gyrophare rouge du Cercueil.

— On passe à côté de quelque chose, a dit Fletcher, je le sens de partout…

— Quelque chose à propos de quoi ?

Fletcher a haussé les épaules. Drake n'a pas regretté sa question. Les questions les plus stupides pouvaient éclairer le couloir enténébré. On avait fait du feu en frottant du silex, pas en grattant des allumettes. Il fallait commencer par perdre du temps pour que la lumière soit. Poser de sottes questions pour pêcher une info. Il y avait tant de vérités qu'on essayait de faire croire qu'il n'y en avait qu'une. La vérité était infinie et divisible, c'était ça l'expérience d'un flic qui avait de la bouteille.

— C'est venu dès le départ, a murmuré Fletcher, dès qu'on l'a découvert… Si tu réfléchis bien, de fait en fait, sans qu'on le sache, qu'on s'en aperçoive, on a mis les pieds dans une autre affaire, une autre enquête… C'est comme si on marchait à côté…

— Tu veux dire ?

— À un moment on a croisé une autre piste, une autre affaire, et on n'a pas su s'en rendre compte… On était aveugles.

L'âme du petit Gabe ne monterait pas au ciel. Les enfants morts pourrissaient aussi bien que des bananes ou des Viêts. Fletcher a aperçu le Christ sur les ordures. Le Christ de Philippe de Champaigne. Fletcher a compris qu'il n'avait pas été crucifié pour les péchés des autres mais pour les siens. Sa grandeur était là. La seule rédemption à attendre c'était celle de vivre sa vie, au mieux. Après, on payait toujours. Fletcher a dit au petit qu'il penserait à lui, ne l'oublierait pas. Mais au fond de lui, il savait bien qu'il l'oublierait.

Les mots

> « Que tout ce que vous faites soit fait avec amour. »

La serrure avait été forcée, les Nettoyeurs étaient passés aussi chez lui, forcément. Ne s'étaient pas emmerdés à faire ça discrètement. Fletcher a poussé la porte qu'ils n'avaient pas refermée. Tout était à la ramasse, tiroirs renversés, fringues jetées sur la moquette. Fletcher demanderait à madame Love de faire venir madame Ping… Et on n'en parlerait plus.

— Tu veux du Gardénal ? a proposé Drake.

Il avait décidément un côté pharmacien. Fletcher a fait non de la tête. Il ne pouvait plus avaler de substances toxiques à cette heure. Drake a redescendu l'escalier en se récitant à mi-voix le générique de *La cible humaine*. Réalisateur : Henry King. Gregory Peck, Helen Westcott… Il se souvenait de la phrase sur l'affiche : « Son seul refuge, le cœur d'une femme ». Il fallait la trouver, cette femme.

C'était 4 AM. L'heure où les poulets couvent leurs remords sous leurs draps solitaires. Fletcher est entré chez lui sans déclencher la lumière. Se faire un Nescafé. Bien épais et chaud pour coexister avec cette aube blême assortie à ses yeux. Plainte d'une tractrice sur une des voies ferrées. Fletcher a imaginé le gars qui la pilotait. Il pouvait espérer quoi ? Il lui faudrait aller au bout. Fletcher a mis cinq sucres dans son verre. Il a bu la première gorgée à la fenêtre et suivi des yeux la tractrice qui avançait lentement sous les réverbères, dans la lumière brutale qu'on avait inventée pour aveugler ceux qui se levaient tôt pour la pérennité du capital. Il s'est assis et a contemplé la Bible sans l'ouvrir. Finalement il a sorti le rouleau de papier de l'étui. Il ne l'a pas déroulé tout de suite. Il s'est souvenu de la journée. S'il avait dû lui donner un nom il l'aurait appelée « Holly Howell ». Ou « Holly Howell et le pic à glace ». Il s'est endormi ou a eu une courte absence. Il est revenu à lui face à ses derniers dessins. C'était sa vie qu'il voyait. Cela l'a dérouté, épuisé. Il ne se comprenait pas, ne comprenait pas. Il avait eu l'impression d'analyser ses actes mais il avait dû s'abuser. Il a tracé le cadre d'une vignette, d'abord. Format papier pour machine à écrire. Il voulait dessiner l'Underwood de Ray Harris ? L'esquisser en arrière-plan, la tête en arrière. Non, il s'est mis à écrire : « Je m'appelle Rollie Fletcher. Il m'a fallu du temps pour m'y habituer. Je suis né à Arco, comté de Butte, Idaho, le 14 mai 1924. Mon nom de baptême était Glen. »

Celui qui écrivait n'était pas lui, lui-même… Pas plus que dans un roman celui qui agissait, le héros par exemple, ne l'était. Il n'était ni celui qui écrivait ni celui qui était écrit. Il était ce rapport changeant sans cesse dans la division, cette existence sans nom. Ce mot qui n'existait pas. Fletcher était conscient qu'il se divisait sans cesse, ni quotient, ni reste. Pas dividende, pas diviseur. Rien que cet instant entre le quotient et le reste de cette division qui se terminerait à son insu. Comme ça se terminait pour celui qui était écrit dans un roman. À un moment appelé « fin », il n'était plus écrit et il n'en avait aucunement conscience. Vivre c'était se diviser. Écrire était une tentative d'en rendre compte. C'était impossible. Comme il était impossible d'avoir conscience de vivre. Sans en avoir vraiment conscience, il a murmuré la Bible : « C'est pourquoi l'homme quittera son père et sa mère, et s'attachera à sa femme, et ils deviendront une seule chair. »

Il a écrasé sa cigarette. Il était indécis, très fatigué. L'enquête est venue le prendre là, au moment où il ne s'y attendait pas. Il s'est souvenu de ce qu'avait dit Drake : « Il faut qu'on reprenne tout… Qu'on se souvienne des enchaînements. » Il a cédé à l'enquête parce qu'il savait qu'il retrouverait Holly Howell. Elle était là, à son début. Il est remonté au premier dessin, numéroté 3651 : le loup. Celui qui était venu raconter l'histoire. Après, c'était le Marine, Will Drake, Booker Sparks, Gabe… Dale Rose, « Cap » Connors. Lui, Fletcher… Pepe Morales et Enrique Zamora à côté de la Vocho. Un dessin de la Madre General et du squelette. Avec Holly Howell apparaissait à l'arrière-plan J.J. Puis il y avait les défunts Tim Hill et Forrest Greene. Le dessin qui suivait ne respectait pas l'ordre chronologique. C'était ce vagabond. Il était apparu tandis qu'ils allaient au Corral, que Fletcher allait connaître celle qu'il aimait. La voix a parlé très fort à l'oreille de Fletcher. Il se sentait en glace. Il regardait le dessin du gars, il faisait quoi dans l'enquête ?

Il s'est mis à dessiner de mémoire l'apparition du vagabond. Avec précision. Salopette, grand, chaussures de chantier. Il s'en souvenait parfaitement. Son cœur battait, battait vite. Ce n'était pas ordinaire. Il a regardé le dessin. Il a eu envie de lui poser la main sur l'épaule, de le retourner. Il s'est mis à dessiner ce besoin. Vu par Drake, en amorce. Il s'élance derrière le gars et lui pose la main sur l'épaule. Et maintenant le retournement en plan américain… Et c'est le visage du Dindon qui est apparu lentement comme si la main de Fletcher était guidée : les dents en fer, le visage velu, les yeux si particuliers.

Les couloirs de l'enquête

« C'est toi qui as formé mes reins, qui m'as tissé dans le sein de ma mère. »

Drake ronflait sur son pieu comme une nymphe sur son sofa de nénuphars. Il s'est redressé brusquement en pivotant vers Fletcher, les yeux fermés, son Python Target au bout de ses bras tendus... Qu'il a fini par baisser tandis que Fletcher s'asseyait dans un des deux clubs chinois. Le jour filtrait à travers les rideaux pleins d'éléphants et de bambous.

— Tu te souviens de sa fiche ? a dit Fletcher à brûle-pourpoint.

Drake a rengainé son .357 et s'est emparé de sa flasque planquée sous son oreiller. Il l'a débouchée et a bu une rasade en avalant deux Dexamyl. Il a reposé la boîte de cachous sur la table de nuit. Il a ouvert les yeux et a lancé la flasque à Fletcher qui l'a attrapée au vol.

— Avec ses dents en métal, s'est remémoré Drake. Son diabète...

Il a glougloutè. Il avait deviné. C'était un as. Fletcher a

allumé une cigarette et relancé la flasque à Drake. Il n'avait pas envie d'alcool.

— Tu penses à ce trimardeur qu'on a rencontré en allant au Corral ? a poursuivi Drake.

— Il écorche le paroissien, le laisse dans la caravane et part avec une applique, un élément de cette scène de crime comme la caravane, elle, venait d'une autre scène de crime.

Il s'est tu.

— Pourquoi il reviendrait ? a dit Drake. Si je me souviens, ça ne faisait pas partie de son *modus operandi* ? Et pourquoi vers le Corral et pas dans les parages de la caravane ?

Il a semblé à Fletcher qu'ils oubliaient un fait qui leur aurait permis de comprendre pourquoi le Dindon *serait* revenu – si tout ça n'était pas un fantasme. L'enquête du Marine mort à El Paso ouvrait directement sur l'enfer : celui du Dindon. Le hasard avait bouché un des couloirs de l'enquête et ouvert une porte sur un autre couloir, bien plus ténébreux. Un couloir dans lequel un criminel avançait en massacrant des innocents depuis des années et des années. Ils n'étaient pas les maîtres du jeu, c'était le jeu, le maître. Fletcher s'est remémoré ce qu'avait dit Will Drake : « Ce qui compte, a-t-il dit, ce n'est pas la question mais la réponse… Et on n'a pas souvent les réponses qu'on veut. » C'était une vérité mais si le Dindon était dans les parages, Fletcher et Drake lui feraient passer l'envie de glouglouter. Le Dindon avait eu de la chance avec Nick Corey. C'était un type honnête et droit, juste. Ce n'était pas le cas de Fletcher, ni de Drake qui s'est levé – il s'était couché en costume, pieds nus. Drake a ramassé son soufflant et l'a rangé dans son étui d'épaule. Il s'est coiffé de son feutre et est allé dire bonjour à son poisson. Il a écrasé son nez sur le verre et le poisson n'a pas fait un infarctus. Il avait un patrimoine cardiovasculaire pas anémié, ou il était miraud. Drake s'est redressé. C'était le temps du café. Il en faisait du plus que correct.

Fletcher a allumé une Lucky. Nick Corey avait été happé, hypnotisé par le Dindon qui l'avait manœuvré et conduit là où il voulait. Nick Corey avait été gracié par le Dindon qui l'avait laissé en vie pour… Oui pour quoi ? Pour que Nick Corey souffre et s'en veuille d'avoir fait tuer une innocente… C'était sûr. Mais n'y avait-il pas autre chose ? Une volonté d'avoir un biographe en la personne du shérif Nick Corey ? De passer à la postérité ? Car sans Corey, le Dindon n'aurait pas été reconnu. Il n'aurait pas eu le statut de criminel en série. Il serait resté dans l'ombre. Fletcher s'est alors souvenu de quelques lignes du mémo du shérif Corey : il avait mentionné des dessins. Car en plus de tout, il dessinait. Le Dindon dessinait comme lui. Fletcher était abasourdi. Comment il avait fait pour oublier ça ? Il a déplié la feuille de papier et il lui a semblé se faire happer par la folie du Dindon. Drake l'a regardé et a pigé que l'Albinos était en train de disjoncter.

— Oui, a-t-il dit, oui ?

— On a oublié qu'il dessinait… C'est lui qui a fait ça.

Il jouait avec eux. Fletcher se dégoûtait. Il en avait marre de lui. Drake a versé de l'eau chaude sur le café.

— Et ça veut dire quoi : « La 100unième est pour vous » ?

Il a trouvé la réponse :

— Son prochain macchabée, c'est pour nous… C'est gentil de sa part.

Le Dindon les avait repérés. Jouait avec eux. Les instrumentaliser et après les baiser, les massacrer pourquoi pas ? Le Marine mort à El Paso avait accouché du Dindon. Il ne manquait plus que lui pour bien rigoler. Drake ne s'en voulait pas de ne pas avoir pensé au Dindon quand ils avaient trouvé le dessin. Une enquête était faite de tâtonnements, de trous de mémoire. D'hésitations et de fulgurances parfois. Le Dindon était donc dans l'enquête. Tant pis pour lui. Drake se voyait bien le tanner et s'en faire un pouf… Le pouf en Dindon lui a fait penser à d'autres poufs… Il a regardé Fletcher et tous les deux ont pensé à Hardy… Hardy qui leur avait appris à glouglouter. Cet emplumé de la mort était vraiment malin.

— Un jour ou l'autre, a marmonné Drake, on le retrouvera mort… Son côté pythie commence à me sortir par les yeux.

Il a chantonné l'hymne du vieux salaud : « Les autres sont morts. Morts… Tout à fait morts… Au Silver Spur Motel, ho hoho ho hoho ! »

Il a empli les tasses en porcelaine – éléphants bleus/ bouddhas. Il a sorti ses biscuits italiens. Il en a disposé sur une assiette à dessert – dragons/mangues/papayes. L'assiette et le café sur un plateau qu'il a tendu à Fletcher. En plus de son côté pharmacien, Drake avait un côté femme d'intérieur. Fletcher a humé le café de Drake qu'il ne sucrait pas. Il a mangé un canistrelli. Il était à cran. Il avait oublié que le Dindon dessinait, il oubliait quoi d'autre ?

— Si Scott Zander marche, a ajouté Drake, tu imagines ?

Un chambardement énorme. Toute la presse, toutes les télés reprendraient l'info. L'armée, le FBI, la CIA seraient sur les dents et rappliqueraient… Malheur à ceux qui avaient balancé. Ils pourraient se faire du souci. Tous les moyens seraient bons pour les faire taire… Et simultanément tout le monde voudrait les faire parler, avec du fric, des électrodes, la tête dans la baignoire… Les pros du renseignement étaient les pires des ordures. Spécialement ici au pays du premier amendement et de la Bible à toutes les sauces.

— S'ils se font cuisiner ou intimider, a pronostiqué Drake, Rose et Connors lâcheront que c'est nous… Ils ne s'emmerderont pas à sauvegarder leurs sources.

Il a allumé une Lucky pour ne pas se faire toute la boîte de biscuits.

— Et on n'a pas d'assurance-vie sur ce coup, Rollie.

Ils étaient les fusibles et les boucs émissaires. Ils ne pouvaient pas faire de chantage, n'en avaient pas la possibilité.

— Et si Scott Zander se dégonfle, a poursuivi Drake, si on n'a pas la presse ?

Fletcher s'était endormi les yeux ouverts, ce qui lui arrivait lorsqu'il était crevé et dépressif plus que d'habitude. Il foutait les jetons. Drake le regardait et se sentait partir lui aussi dans le cirage. La dernière image sur ses rétines serait celle de l'Albinos. Drake s'en fichait de vivre. S'il ne se réveillait pas, il ne le saurait pas. Il était bien. Il ne tenait pas à vivre plus que ça. S'il vivait, il voulait vivre avec Fletcher, partager avec lui le sotol, la « Gran pija » et les rouleaux de printemps de la maison Tran de préférence… Il n'était pas fait pour vivre sans Fletcher. Il n'y avait pas d'un sans l'autre… « *Amicus optima vitæ possessio*[1] ». Et dans le ciel, ces deux oiseaux bizarres qui volaient avec leurs ailes cotonneuses, c'était Fletcher et Drake… Le rêve était permis à ceux qui avaient des ailes.

1. « Un ami est le plus grand trésor de la vie. »

Aïda

> « C'est à la sueur de ton visage que tu mangeras du pain, jusqu'à ce que tu retournes dans la terre, d'où tu as été pris ; car tu es poussière, et tu retourneras dans la poussière. »

Tout le monde n'avait pas pu se libérer. Du 544, il y avait donc Fanomezana Rasoamanahirana, « Jack » pour tout le monde. Avec un costume en toile de Jouy… Quelque chose s'en approchant. Il se déclarait étudiant émérite et frôlait la cinquantaine. Il avait un accent ahurissant. Il était assis à côté de Theodore Ruiz, le postier qui arrondissait ses fins de mois dans le porno. Derrière eux, madame Love, telle une reine, à sa droite Will Drake, à sa gauche, Rollie Fletcher. Les deux poulets n'avaient pas d'ailes et des faces pas fraîches, patibulaires à l'extrême. Des cernes qui tombaient par terre. Madame Love était pimpante. En blanc et rose – son micro-sac comme en poils pubiens teints. Fletcher et Drake n'étaient pas rasés. Ils étaient froissés, passés au tamis. On aurait dit des rouleaux de printemps d'un an. Et dans la boîte vernie : Zork attendait que la panne soit réparée. Un cafouillage sur un brûleur. C'était ennuyeux pour un four crématoire.

— Encore cinq minutes et c'est fait, a dit le maître de cérémonie en réapparaissant.

C'était un chicano de deux verges de haut qui avait une peau couleur olive verte, il devait avoir un problème de digestion. Une chance pour lui, il n'avait pas d'antennes. Les petits hommes verts étaient peu aimés au Texas. Il a tiré sa révérence. Madame Love a manipulé son micro-machin en poils de couilles et en a sorti une boîte en fer. Dedans, de l'herbe et de quoi rouler un joint. Madame Love les roulait massifs... des Mercedes.

— Avec ce que vous m'avez posé sur mon paillasson, a-t-elle dit à Drake, je peux fumer pendant des années... Il y a dans les cinq livres... C'est bien vous ?

— Un peu, a répondu Drake. Un peu nous.

Il avait des difficultés à ne pas mater les seins de madame Love. D'autant plus que les tétons pointaient – c'était très sournois.

— Heureusement qu'il y a des policiers comme vous, a-t-elle déclaré.

Elle a émietté sa marie-jeanne. Elle a sorti sa langue pour coller les trois feuilles de papier à rouler. Drake a détourné les yeux. Cette langue, il s'en méfiait pas qu'un peu.

— C'est bizarre de vivre, a constaté madame Love.

Ils ont tiré chacun à leur tour sur le joint. 3 PM, le 3 janvier 1963. Les gros seins de madame Love palpitaient, plus gros que des poussins, moins que des poules. Tout était affaire de démesure, plus que de mesure car il fallait vivre de force puisqu'on n'aimait pas mourir. Le doigt coupé de Fletcher revenait par intermittence jouer dans son théâtre de mirages.

— L'âme avait besoin de paix, a murmuré madame Love.

— Pourquoi « avait » ? a bafouillé Drake.

Il était énamouré par la goule. Il ne connaissait rien à la poésie mais avait une expérience des âmes mortes sans rien connaître non plus à la littérature russe. Madame Love l'a dévisagé. Il se sentait asservi, dévoré. Il ne pouvait pas sortir son Python Target et lui éclater la tête – trop de témoins. Là-dessus, le cercueil a frémi. Zork se réveillait-il ? Le chicano a surgi et proclamé fort et net que « c'était bon ». Il a regretté la formule, s'est incliné et a dit que les obsèques reprenaient. Jack a applaudi. Il comprenait fort peu l'anglais et pas que ça. Le tapis roulant a hoqueté et a entraîné Zork vers une porte à double battant – imitation bronze doré. Les trompettes ont sonné, sonnaient. Sonnaient haut et fort. D'airain, d'or ou de regrets peut-être ? Madame Love a commenté et expliqué avec sa prononciation de Loreleï qui excitait les hormones de Will Drake :

— *Aïda*, « la marche des trompettes »... J'ai choisi l'enregistrement de Toscanini.

Drake ne s'intéressait pas au vélo, c'était pour les Européens. La porte s'est ouverte lentement sur les flammes du paradis. Madame Love disait que l'opéra de Verdi avait été commandé par les autorités égyptiennes pour l'inauguration du canal de Suez... Que la première avait été donnée au Caire... Zork s'en foutait. Il étreignait la photo de Chawa sa fiancée chérie qu'il aimerait pour l'éternité. Plus de montre à remonter, un comble pour un horloger : le mécanisme de Dieu prenait tout en charge, service inclus.

L'incendie

« Et ils les jetteront dans la fournaise ardente, où il y aura des pleurs et des grincements de dents. »

Saint Vecchiato rasait Fletcher, renversé en arrière dans le fauteuil.

— C'est bien gentil de votre part, a dit Vecchiato, cette petite jeune femme a récupéré sa Bel Air… Sans voiture…

Fletcher a pensé aux yeux de Holly, aux yeux de Holly Howell. Ils ne tenaient dans aucune vignette. Drake, lui, derrière la caisse, regardait la télé. Vecchiato s'était déjà occupé de lui. Il faisait plus propre, moins honte. C'était le début des infos nationales 5 - 5:15 PM. Sur KROD, réseau national CBS : Walter Cronkite, ses boutons de manchette et sa moustache. Drake a lapé la dernière goutte de café en allumant une Lucky. Vecchiato a redressé le fauteuil. Fletcher s'est reconnu dans la glace. Il était consternant.

Walter Cronkite a annoncé un document exceptionnel, l'incendie d'un bar, le « 509th », à Wendover, Utah. Filmé par un passant avec sa petite caméra Super-8… Pardonnez la qualité des images. Fletcher a fait pivoter son fauteuil. Comme Drake, il a vu sur l'écran du téléviseur un immeuble en flammes et un corps sauter pour échapper à l'incendie. Une nouvelle façon de raconter les histoires : le direct. Walter Cronkite a dit que la femme, Mary Myers, était décédée. Fin de l'info. Walter Cronkite a déroulé la suite de son journal. Ward Tillmann avait voulu protéger son amie ; il n'y était pas parvenu. La machine à faire le silence se ruait dans son passé et effacerait tout. Il n'y aurait plus aucun souvenir. Il n'y aurait jamais eu d'incident à la base militaire de Dugway Proving Ground. Pas besoin de communiqué de presse. La peste serait renvoyée au Moyen Âge, dans les contes pour faire peur aux enfants. Fletcher a vu le poulet en Harley s'arrêter, béquiller sa grosse merde et rappliquer. Si on venait les chercher là… Le poulet a poussé la porte.

— Y a du grabuge, a fait le poulet, on vous cherche.

Cletus Leroy & Booker Sparks

> « Dans vos prières, ne rabâchez pas comme les païens : ils s'imaginent qu'en parlant beaucoup ils se feront mieux écouter. »

Certains pour faire frémir une seconde leurs pauvres zobs voulaient couler du bitume au milieu des yuccas et des agaves nonchalants, d'autres sur leurs faces laides espéraient écrire des livres somptueux qui ne seraient pas forcément lus. Ainsi soit-il, cinquante putains péchaient moins qu'un seul menteur. Là-dessus, Drake a dit qu'on n'était pas en Alabama, qu'il n'y avait pas de miracle au Texas. Il a ôté son feutre, coupé le contact. Le Cercueil a fermé son clapet, rien n'est rentré dans l'ordre. Un gosse levait la patte contre l'épave d'une camionnette Ford. On lisait sur un de ses flancs : « La belle vie ». Les putes à un dollar, les voleurs à la tire et les pères violeurs étaient là, fumaient, bavassaient, tétaient des bières. L'un faisait des mots croisés sur le dos d'un nègre avachi sur ses pattes comme une bagnole sur ses pneus crevés. L'autre bouffait ses crottes de nez avec un contentement de végétarien. Tous attendaient le spectacle, les nouvelles… Radio Barrio, c'était eux.

Ce chien au pas las et fourbe qui a traversé la scène sans un bravo semblait être la réincarnation de Davy Crockett. Par ici, ce pitre n'avait pas la cote. Sa queue de renard, il pouvait se la carrer… S. Orchoa Street : vers les 6 PM. El Paso. Le fronton sur lequel était peint « Las hermosas carnes del Rio Grande » était éclairé par un gyrophare rouge qui tournait. Un perdreau avait casé sa Harley en travers du portail ouvert, genre Tampax dans la grosse chatte de Maman Baise. Drake s'est garé dans la rue. Sont sortis du Cercueil. Ils ont contourné la bécane et le perdreau et sont entrés dans la cour sans montrer leurs plaques, elles étaient gravées sur leurs gueules. Ce cheval de frise qui vibrait par moments, c'était eux, les Oiseaux. Goudronneux et luisants, ils séparaient le ciel de la terre mais pas la mort et la vie, la vie de la mort. Les Oiseaux étaient le coryphée revisité par le diéthylamide de l'acide lysergique. Les Oiseaux survivraient aux Texans et aux cocos. Ils accueilleraient le futur et la fin des haricots sans en passer par l'exégèse et le discours. C'était cool.

La Coiffeuse n'était pas à l'écurie, la Ford Edsel de Booker Sparks si. À l'emplacement de l'arrière de la Coiffeuse, Fletcher a repéré un bout de coquillage dans une empreinte, pointure 5,5. Cette histoire de coquillage demandait sa solution. La résolution de l'énigme. Où est-ce qu'il y avait des coquillages à part au bord de la mer ? Fletcher allait s'en aller quand ses yeux de golem mal décongelé se sont arrêtés sur le crochet de remorquage de la Ford Edsel. Il était usé, maculé de traces de peinture. De peinture rouge. Fletcher a réfléchi à quoi ça lui faisait penser… Sa mémoire a tilté.

Une négresse sanglotait et implorait Dieu, assise sur le ciment, les cuisses écartées, les godasses rouges de sang. À quelques pas de la négresse, un autre guignol gardait l'entrée de la morgue. Il mâchait son chewing-gum comme son grand-père avait chiqué. Il s'est écarté pour laisser passer les Sacs plastiques. Leur a dit que c'était pas beau à voir. Fletcher l'a toisé avec une telle indifférence qu'il a détourné les yeux.

La négresse a dit : « J'étais venue le chercher, on devait aller chez maman… » Elle a poussé une plainte pour ne pas finir la phrase, jamais la finir, plus jamais.

Ses mots étaient venus l'enterrer : Cletus Leroy s'était fait avoir dans le couloir – citoyen de deuxième catégorie. Origine Afrique. Il était couché sur le ventre. Deux balles dans le dos, une dans la nuque. La mort, c'était un métier de buveur comme il disait. Il était encore maigre avec un visage de momie et une montre gousset dans sa main. Il s'était fait baiser lorsqu'il regardait l'heure. Cela a choqué Drake qui a hoché la tête. Le sang avait giclé sur les murs, s'était répandu sur le lino, épais, terne. On avait marché dedans : madame Leroy pour avertir les secours. Elle ne l'entendrait plus. Il ne la toucherait plus. Il l'ignorerait, c'était dégueulasse.

Booker Sparks avait reçu en pleine gueule, il était affalé sur son fauteuil, la tête de traviole, une partie du front sur le lino. Les idées définitivement au clair : son cerveau pendait comme du linge à la fenêtre. Pas besoin de l'achever d'une balle dans la nuque. Le tiroir central de son bureau était entrouvert, il n'avait pas eu le temps de s'emparer de son .38. La photo de son fils était maculée de son sang. Morts tous les deux désormais. Dans le tiroir, un livre. Un livre d'Oscar Wilde : *Le déclin du mensonge*. Une page cornée. Une phrase soulignée : « La vérité est purement et simplement question de style. »

Cletus Leroy ne pouvait avoir eu raison, tout n'était pas des mots. Les mots n'étaient ni les faits, ni les choses. Pas plus qu'ils n'étaient les vivants ou les astres. Fletcher est entré en premier dans la « salle de gala ». Ward Tillman s'était fait la valise. Ne restait pas un seul rognon du Marine mort à El Paso. Les Nettoyeurs étaient passés par là (plus sûrement une équipe venue à la rescousse). Fletcher a remis à sa place la pince médicale qu'il avait empruntée à Booker Sparks pour se mutiler proprement. Il n'attendait pas de remerciements. Ils sont revenus vers le légiste subitement défunt. En peu de temps, il était devenu un pote. Lui comprenait la corruption des âmes car il avait les mains toute la journée dans celle des chairs. Lui ne se la racontait pas car les macchabées le ramenaient à la raison. L'homme était fait pour pourrir. Tous les trois savaient que leur mauvaise haleine et leurs pets en disaient long sur l'état de leurs consciences. Drake a mis l'électrophone en marche. *La symphonie machin*, il l'a dédiée au vieux pote. Pas besoin de respecter la scène de crime, ils savaient tous les deux qui étaient les tueurs. Ils avaient ramassé leurs douilles, leurs cliques et leurs claques et ils étaient partis avec Ward sous le bras. Après avoir flingué deux hommes. La peau du Marine valait cher, très cher. Ils ont allumé des Lucky. Souvent les hommes ne tenaient qu'à ça. Le disque était rayé comme si la mort de Booker Sparks avait mis ses gros doigts sans pitié sur la cire. Fletcher a levé le bras, l'a reposé. Ça aussi, c'était une fin. Drake a décroché le téléphone et a dit à l'opératrice de la police de diffuser un message prioritaire. Il lui a donné le numéro de la plaque minéralogique de la Packard Clipper et son signalement.

— On a volé la Coiffeuse ? s'est étonnée la fille.

On sentait son parfum d'ici et ses cils battaient la mesure, à tous les coups.

— Ça se pourrait, a répondu Drake.

Pour trimballer Ward Tillman. En route, ils changeraient de véhicule, foutraient le feu à la Coiffeuse. Fletcher leur a servi des whiskies bien dosés. Fletcher a eu envie de se taper une mine. Comme Drake, il s'est rabattu sur le Dexamyl. Booker Sparks était mort et ils vivaient. Ils ont bu avec lui qui ne boirait plus, ne leur prendrait plus de fric aux dés. Ils ont allumé des Lucky. Les fumeurs étaient manipulés par leurs gestes. Tous les fumeurs n'étaient pas chanceux mais tous pouvaient espérer le cancer. Quelle solitude immense, a songé Fletcher. Et elle ne pesait rien. Il s'est souvenu de la chienne et du chiot qui tétait. La vie. Il devait vivre, il fallait vivre. Vivre au moins pour lui, Rollie Fletcher. Et s'il vivait il lui faudrait l'autre, elle. Il s'est souvenu de sa mère. Le père l'avait étouffée pour mettre fin à son martyre. Avant qu'elle ne tombe malade, Fletcher lui avait offert des fleurs grimpantes qu'ils avaient trouvées en bordure de la forêt. Très odorantes. Sa mère lui avait appris que c'était des clématites. Leurs corolles délicates, blanches. À cinq pétales. « Pour que l'Esprit Saint saute à cloche-pied », avait dit la mère. Qu'est-ce qu'elle avait voulu signifier ? Quelle étrange formule. Fletcher était surpris par l'émergence de ce souvenir. Il a pensé à Holly Howell. Il ne pourrait pas l'étouffer. Il s'est forcé à réintégrer la morgue. Booker Sparks s'était fait dégommer. Le scénario était écrit. Eux, Fletcher et Drake, se feraient ceux qui avaient tué Booker. C'était un pote. Ça ne pouvait pas s'oublier. Cletus Leroy serait vengé lui aussi ; il le méritait. Ils se feraient les Nettoyeurs. Pas forcément à la loyale. Même s'il fallait descendre au sud jusqu'au Horn, remonter plein nord jusqu'à Cordova. Pas besoin d'en parler avec Drake, c'était tacite. Ils ne lâcheraient pas l'affaire. Ils se feraient avoir ou auraient la peau des Nettoyeurs. Il y en avait des façons de tuer, ils ne seraient pas en panne. Les voix que Fletcher entendait, ce bruissement d'insectes, c'était celles de Dale Rose qui négociait avec le planton au chewing-gum. Qui a dû recevoir son billet. Pendant ce temps, « Cap » Connors devait flasher la veuve, le visage plein de larmes et de morve, les yeux écarquillés comme ceux d'une vache à l'abattoir. « La veuve éplorée »… Non, c'était réservé aux Blanches. Pour une négresse, il n'y avait pas de manchette, de titre. Une notule quelque part dans la foulée du comice agricole de Ploucville. La première page du *El Paso Herald-Post* demain, ça serait plutôt…

— « Massacre à la morgue », a proposé Drake à Dale Rose.

Encadré dans l'embrasure de la porte ouverte, blafard, dégueulasse. Des taches brunes sur la veste de son costard, pas de feutre. Fletcher a reniflé le gros problème. Dale Rose s'est mis à chialer. Fletcher et Drake étaient interdits – ils n'imaginaient pas que Dale Rose puisse souffrir, avoir des sentiments.

— Il s'est fait écraser t'à l'heure, a gémi Dale Rose.

« Cap » Connors ne ferait plus de photos, son flash n'éclairerait plus la mort, les corps qui lui étaient offerts. Dale Rose sanglotait et s'est assis, face à ce qui restait de Booker Sparks. Fletcher et Drake se sont concertés du regard… « Cap » Connors écrasé ? Et pourquoi pas canonisé ?

— Je m'en suis tiré je sais pas comment, a balbutié Dale Rose, et j'ai son sang sur moi… Pour une fois qu'on traversait dans les clous… Il a brûlé le feu rouge…

Drake lui a mis dans la main un godet plein du whisky du mort – le meilleur, toujours. Dale Rose a bu une gorgée. Il a relevé la tête et a dévisagé tour à tour Fletcher et Drake.

— Il vit, a-t-il dit, il vit encore… Mais s'il s'en tire, il sera en chaise roulante.

Il a allumé une Kool. Son côté déviant, féminin à scrotum et dentelles.

— On devrait tous s'excuser, a-t-il ajouté, mais l'heure est passée… Et ça sert à quoi ?

Il avait raison. Il a regardé la main mutilée de Fletcher qu'il a interrogé du regard sans recevoir de réponse. Il a haussé les épaules. Un doigt, juste un doigt, pas de quoi écrire un article. Fletcher regardait derrière le mur et voyait la cité commencer nulle part sans raison, dans le sable ou les yeuses, les arroyos à sec, ce python qui ondulait et disparaissait. Tout était la Bible, s'est dit Fletcher. Il était étonné de ne pas y avoir pensé plus tôt. Ça ne servait à rien, certes, cependant l'utilité, cette idée d'utilité avait construit ce monde vorace et stupide qui conduisait les hommes à l'anéantissement.

— On vous a attendus ce matin, a repris Dale Rose. On n'avait pas encore la réponse de Scott Zander… Tu parles ! Il nous a convoqués pour nous virer et nous dire qu'on était finis, qu'on pouvait changer de job… Il avait dû recevoir un coup de téléphone de très haut…

Il a fumé en buvant. Fletcher et Drake attendaient comme Booker Sparks.

— On est sortis du journal et la bagnole…

— Quelle bagnole ? l'a questionné Drake.

— Je sais pas… je suis incapable de…

Il s'est remis à pleurer, sans bruit. Toutes les saloperies qu'il avait faites dans sa vie de merde lui sortaient par les yeux (il pleurait sa mort prochaine qui était programmée).

— Quand on a quitté le motel à l'aube, a-t-il raconté, ça rappliquait de tous les côtés, même des hélicos... Et ce matin, le bled était sous séquestre, jusqu'à Lou Ford qui était consigné...

Il s'est tu comme s'il était assourdi par ce qu'il avait dit, qu'il se rendait compte que lui et Connors avaient mis les pieds où il ne fallait pas : dans une affaire d'État. Les affaires d'État, Dale Rose le savait, se singularisaient par le fait que pour défendre leurs intérêts, dissimuler leurs crimes et leurs fautes, ceux qui représentaient l'État n'hésitaient pas à recourir au crime. Fletcher a su là, sans rien pouvoir y faire, que quelqu'un était en train de raconter l'histoire à sa façon, que lui et Will Drake étaient manipulés à leur insu par cette putain d'histoire qui s'écrivait dans leur dos.

— T'as un soufflant ? a dit Drake.

Dale Rose a fait non de la tête. Fletcher a ramassé dans le tiroir le .38 de Booker Sparks et l'a tendu à Dale Rose qui a hésité et s'en est emparé.

— Tire-toi, a dit Fletcher. Pars. Tout de suite. Connors n'a pas besoin de toi pour vivre ou mourir.

— Vous nous avez baisés, a murmuré Dale Rose.

Ce n'était pas un reproche, ni une plainte. C'était la constatation d'un pauvre pécheur désespéré.

— Crois pas ça, a répondu Drake, on est dans le bain nous aussi.

— Mais qu'est-ce que je fais ? a gémi Dale Rose.

Comme si Drake et Fletcher étaient ses parents, ses référents. Il était paumé, un peu anesthésié. Depuis des années et des années, il relatait avec excès d'adverbes et d'adjectifs la bassesse, la folie et le crime. Mais même ses articles dépourvus de photo en comportaient une, l'ombre d'une image trop contrastée, prise avec un flash. L'ombre de la saloperie de « Cap » Connors, de son étui pénien et de ses mains veules et si habiles à déclencher le rideau noir de ses Rollei. Pas d'hymne national pour lui. Pas de chanson, ni de cri d'amour – c'était fini. Dale Rose a fermé les yeux, un courage amer, sans espoir de retour sur investissement. Il savait que tout serait de plus en plus froid. La ruine venait pour eux tous, sans bruit, patiente. Dehors, la ville attendait en haletant l'instant où elle pourrait se jeter sur eux pour les entraîner dans ses draps, faire semblant de leur donner son corps de misère et d'or, les assourdir en les fascinant avec ses yeux de nuit et d'aube. Fletcher et Drake profitaient de cet intervalle de paix et de surprise. À leur étonnement et sans qu'ils n'y puissent rien, Dale Rose les avait rejoints dans leur hors-la-loi. Ce qui faisait qu'ils étaient trois vivants et un mort. Trois vivants encore. Ils avaient bafoué la loi et ceux qui incarnaient la loi plus qu'eux encore voulaient les sortir du jeu. Drake n'aurait pas parié dix bucks sur lui. Il ne voulait pas penser à Fletcher. Fletcher était immortel. Dale Rose a empoché le .38.

— Tu as envie d'écrire un livre ? a dit Fletcher.

Dale Rose l'a scruté et a rallumé une clope à son mégot dont il ne savait quoi faire. Fletcher lui a tendu un cendrier, étonnant aussi bien Dale Rose que Drake. Dale Rose s'est emparé du cendrier et a écrasé son mégot. Les fumeurs bâtissaient leur avenir par la multiplication de ce geste, de cet acte.

— Tous les ratés ont ce genre d'envie, a-t-il fini par répondre.

— Si tu es grillé pour le moment comme journaliste, écris un livre.

— C'est quoi le thème ?

Dale Rose avait mis du temps pour répondre, piger que Fletcher lui proposait de contourner l'omerta promulguée par Scott Zander.

— Un scandale d'État, a dit Fletcher. On te racontera.

Drake regardait les deux mecs qui venaient de s'incruster dans l'encadrement de la porte. À deux, ils faisaient tout juste un. Ils n'avaient pas assez de consistance pour être un tout seul. Leur empreinte génétique devait être très faible. Leurs mères avaient dû ramasser un peu de sperme ici et là. À peine le nécessaire pour faire la moitié d'un homme. C'était ni plus ni moins que des agents du FBI qui venaient reprendre l'affaire en main. Fletcher leur tournait le dos. Il a pivoté en braquant à bout de bras le Tueur sur eux. Drake a souri. Les gars du FBI n'ont pas pipé. Durs et cons jusqu'au bout. Ou ils connaissaient bien les armes, avaient reconnu un S&W M1917 au bout des bras de celui qui les braquait et fait le lien : un tueur et une arme de tueur. Pour rester en vie : pas de vagues. Ils n'avaient pas tort. Drake savait qu'à cette heure, Fletcher était en orbite pour tuer. La fin des hommes, c'était le plus souvent un affrontement. Ils le savaient tous les cinq.

— C'est une enquête fédérale, a dit le premier.

— Vous êtes dessaisis, a poursuivi l'autre.

On aurait dit qu'il avait la pelade, une vilaine bête, quoi.

— Les Cookies à Chicago, a continué le premier, les Sacs plastiques à El Paso… Des pourris, toujours.

Ça devait être le chef. Il devait puer des chaussettes et du cul. Il aurait fallu le tuer et le tanner, ça serait dans une autre vie. Fletcher a rengainé le Tueur.

— On va vous mettre en quarantaine à l'hôpital militaire, a menacé celui qui avait la pelade.

— Tu crois ? a fait Fletcher.

Les deux incorruptibles ne devaient avoir qu'une faible marge de manœuvre, de liberté de prendre des décisions. Le moindre faux pas et ils se faisaient saquer gravement. Leur mission était d'écraser le coup. D'éviter tout ce qui pourrait attirer l'attention sur eux, sur le FBI et ce qu'il était en train de faire à El Paso et ailleurs. Ils se sont concertés du regard et ont décidé de laisser pisser (ils devaient se douter aussi que des spécialistes étaient sur le terrain et nettoyaient preuves et témoins).

— Bouge-toi, Dale, a dit Drake. On se tire.

— Il reste, a dit le chef.

Dale s'est levé.

— C'est notre témoin dans une affaire de mœurs, a dit Drake. Vous connaissez ça, le sexe ?

Fletcher a fermé les yeux de Sparks pour qu'il ne voie pas la suite et a dit à mi-voix : « J'étais mort ; et voici, je suis vivant aux siècles des siècles. Je tiens les clefs de la mort et du séjour des morts. » Personne n'a commenté. Il n'y avait plus qu'à tirer le rideau. Fletcher, Drake et Rose sont partis sans plus rien ajouter que leurs ombres blêmes sur les murs et leurs pas dans le sang de Cletus Leroy. On avait enlevé son corps. Des types s'affairaient. En blouses. Cagoules de labo avec les masques, les gants et les chaussons qui allaient avec… Un ballet qui s'appelait « Affaire d'État ». Musique : John Edgar Hoover, avec la participation de John McCone (de la CIA). Livret : Robert Strange McNamara avec la participation de Robert Francis Kennedy, Sr (dit Bob ou Bobby).

Dead Beach

« Qui aurait pitié du charmeur que mord le serpent et de tous ceux qui affrontent les bêtes féroces ? »

Dehors, plusieurs voitures et camionnettes du FBI étaient garées dans la cour maintenant. Un car aussi, rideaux tirés derrière les vitres, une ambulance militaire. La femme de Cletus Leroy avait dû recevoir une injection d'un quelconque tranquillisant. On l'avait conduite dans un hôpital militaire pour l'aider à vivre son deuil. La mettre à l'écart. L'isoler pour oublier, surtout oublier. Le planton au chewing-gum et le perdreau en Harley avaient dégagé. Pas les badauds dans la rue, retenus par des barrières et carrément des soldats de la Garde nationale. Tout était devenu une zone contrôlée par le FBI.

— Ta bagnole ? a dit Fletcher à Rose.

Il lui a proposé sa boîte de Dexamyl.

— Dans la rue, a répondu Rose en se servant.

— Tire-toi. Tout de suite. Ne traîne pas. Sors de l'État au minimum… Tu as du fric ?

— Ça va.

— Si tu veux nous joindre, passe par Rayfield. Sinon fais attention… En traversant la rue, en montant l'escalier…

Dale Rose lui a rendu les médocs.

— Dors avec ton soufflant à portée de main, a conseillé Drake.

Dale Rose a haussé les épaules, il s'en est allé, si seul et perdu par la mort de son double que c'était évident qu'il se ferait avoir. Ils le tueraient et déguiseraient ça en accident de la route, en accident cardiaque… La nouvelle maladie à la mode qui décimait les mâles blancs dévastés par les blondes, les hamburgers et la clope. Fletcher a entendu, venant de la rue, *Smoke Gets in Your Eyes*[1]. Il a pensé à Holly Howell, s'est dit qu'elle ne devait pas aimer ça. Il s'est accroupi et a examiné l'empreinte laissée par Betty Randle à l'emplacement de l'arrière de la Coiffeuse. Il a saisi le bout de coquillage avec sa pince à épiler. Et là, il s'est souvenu et s'est relevé.

— Il y a un coin où on trouve ça, a-t-il dit.

Drake s'est approché pour voir de quoi il retournait. Il a réfléchi… Il ne voulait pas décevoir Fletcher :

— « Dead Beach ».

Fletcher a acquiescé.

— La rue parallèle à la rue Saint Vrain, a expliqué Drake. Hills Street, qu'elle s'appelle.

À l'angle de Olivas V. Aoy Avenue, à une clope de là. Surnommée « Dead Beach » car la chaussée s'était affaissée, ouverte comme la mer Rouge. On avait trouvé cinq, six squelettes et des tonnes de coquillages. C'était avant l'arrivée de Fletcher et Drake. Moss avait fait enlever les squelettes qu'il

1. The Platters.

avait fait jeter à la fosse commune. Pour lui, c'était des restes de nègres, de miséreux. Ça ne valait pas une messe. Quant à la rue, elle était restée éventrée.

— Bonne planque, a dit Drake, cette rue… Franchement même pour pisser, ça le fait pas.

Fletcher a regardé le crochet de remorque de la Ford Edsel sans s'en rendre compte. Les enquêtes étaient faites d'absences et de rêves, d'associations d'idées qui ne se faisaient pas ou à l'insu de l'enquêteur. Les enquêteurs étaient manipulés par leurs désirs inconscients, un bouquet de clématites ou l'odeur de la créosote. Ils sont sortis de la cour. Drake s'est carré au volant du Cercueil, Fletcher s'est assis à côté de lui. Drake a démarré. Ils ont traversé la foule des badauds. Personne n'a craché sur les vitres. C'était 7 PM. Le soir s'était installé sur la crasse et le reste.

— Ils ne sont pas là à cette heure, a dit Drake. T'es d'accord ?

Fletcher a hoché la tête. Les Nettoyeurs devaient être en compagnie des restes de Ward Tillman… Mais ils reviendraient tuer et se faire tuer.

— On fait un passage discret pour sentir s'ils puent sous les aisselles, repérer où ils crèchent… Et on revient cette nuit.

Le plan convenait à Fletcher qui se souvenait de Gabe. Gabe était au début de l'histoire. Sa pauvre innocence avait écrit les premières lignes. Tout aurait pu être différent si le genre humain n'était pas maudit. Maudit par le besoin que l'homme avait de souffrir et faire souffrir. C'était sa première volupté.

— Faudrait possiblement envisager de disparaître, a proposé Drake, on a assez de blé pour se faire oublier.

C'était envisageable, recommandé. Ils étaient devenus des

cibles. Tuer deux poulets pour couvrir une grosse bavure, c'était que dalle. Surtout deux poulets avec la réputation qu'ils avaient. En quelques articles de presse, ça serait torché, genre : « Deux policiers corrompus sont retrouvés morts ». Ça pour le titre de l'entrefilet. « Will Drake et Rollie Fletcher ont certainement été les victimes d'un règlement de compte. Les deux policiers connus pour leur malhonnêteté… » Fletcher ne voulait pas disparaître. Il voulait connaître Holly Howell. Lui parler, la voir sourire, entendre sa voix. Regarder ses yeux et son corps, ses fesses. Toucher sa peau, embrasser ses lèvres. Il ne voulait pas disparaître, il voulait vivre comme tout le monde… Incroyable !

Ils sont passés devant le Night Owl, un bar de nuit où les Vautours venaient se faire sucer, se rassasier de gras et de bière. Ils n'étaient pas là. Ils étaient chez eux, consignés en attendant les ennuis. Cachés de partout dans la nuit, les innombrables visages du hasard attendaient les petits hommes fragiles assis sur leurs pauvres couilles telles de vieilles caméristes sur leurs coussins brodés.

Drake s'est garé le long du trottoir, des rats se sont écartés sans crainte. Ils étaient chez eux ici. Fletcher est sorti en premier. Une jeune tailleuse de pipes à un dollar fumait dans l'entrée d'une bicoque. Ses yeux brillaient. Un dealer a disparu dans un froufrou d'obscurité et de gravats. Drake a bouclé le Cercueil. Tout était plutôt tranquille mais le complot du destin avançait sûr de lui. Masqué et omniscient. Il se reflétait dans les yeux de la jeune tailleuse de pipes et dans le rire édenté du gosse qui a jailli d'un couloir et a couru en zigzaguant sur la chaussée rapiécée. Par quelle perversité ce qui était affreux et abject pouvait-il procurer une émotion esthétique ? Fletcher connaissait la réponse. Non, ce n'était pas la parabole, l'allégorie, le syllogisme… C'était la poésie, la parole de la mort. Seule la mort permettait à l'homme l'accès à la beauté.

Ils ont marché chacun sur un trottoir, pour se couvrir l'un l'autre. Certains immeubles étaient murés, les réverbères en carafe. Des vitres éclairées. Les noms des mecs morts écrits à la craie sur les murs. Ceux qui riaient. Celles qui pleuraient, imploraient un pardon éphémère. Et les télés. La musique, les chansons qui s'entremêlaient, rebondissaient de baraque en baraque. Ils sont arrivés au coin de Olivas V. Aoy Avenue et de Hills Street, Dead Beach. La rue n'était pas longue et bien en état de déréliction comme annoncé par Will Drake. Quelques bagnoles sur leurs jantes, certaines, capots levés, sans portières.

Oh, no I never got over those blue eyes
I see them everywhere
I miss…[1]

Ils avançaient, chacun d'un côté de la chaussée éventrée. Là, dans cette sorte de vulve, miroitaient les coquillages. Pas de petits enfants accroupis tout jolis avec leurs pelles et leurs seaux, seulement le cadavre d'un chien. C'était la bonne heure et le bon endroit pour mourir si on devait mourir. Les deux poulets de nuit étaient en alerte. Ce n'était pas parce que ça te grattait là que ça te gratterait toujours, là ou ailleurs. La fin

1. Johnny Cash, *Still Miss Someone.*

des sensations et de l'envie de bâiller pouvait vite survenir. Fletcher a entraperçu le reflet de phares sur la chaussée de la Neuvième Avenue Est qui n'était plus qu'à une centaine de pas. Fletcher s'est glissé dans l'ombre d'un pacanier qui poussait dans un garage effondré – d'une branche, un bouquet de chatons jaunis et flétris pendait, rappelant l'automne à celui qui respirait encore.

Ils tomberont sous l'épée, leurs petits enfants seront écrasés, leurs femmes enceintes éventrées.

La Plymouth Fury noire des Nettoyeurs est apparue, tournant le coin de la rue. Ses phares se sont éteints. Elle avançait lentement, à cause de la chaussée et parce que les Nettoyeurs étaient prudents. Fletcher est sorti de l'ombre, le Tueur au bout du bras et a tiré à la file. Quatre fois. Les flammes sortaient du canon en même temps que les détonations éclataient. Drake a pris le train en marche avec son Python Target. La bagnole s'est arrêtée, a calé. Celui qui conduisait avait ramassé. Betty Randle s'est jetée dehors, en pivotant pour se faire Fletcher avec son arme. Elle était souple, pas blindée. Fletcher lui en a mis deux. Deux balles de .45 ACP, ça calme. Quelque part entre les genoux et les seins. Elle s'est affalée. C'était une dure et elle a tenté de vivre en se tirant à quatre pattes. Sans se presser, Fletcher a rechargé le barillet de son revolver avec les munitions qu'il avait dans la poche. Il s'est approché de Betty Randle et lui a envoyé la dernière balle dans la nuque.

Drake, lui, s'est avancé au-dessus de Neal Hester, le gros handicapé. Il était couché sur le dos, les bras en croix comme s'il jouait dans un western. Il regardait Drake qui s'est marré.

— À quoi qu'il te sert maintenant ton pied bot, pauvre con ? a-t-il dit.

Il a reculé pour les frais de nettoyage et lui a fait sauter le couvercle. Il l'a délesté de son portefeuille et l'a ouvert. Faux permis de conduire au nom de Neal Hester. Il s'y attendait. On ne pourrait pas remonter la piste des Nettoyeurs, ils avaient été engagés pour ça. Pour faire le silence. Drake a pivoté vers Fletcher qui le rejoignait. Ils ont progressé sur la chaussée vers Olivas V. Aoy Avenue, sans peur et sans remords. Drake rechargeait son Python pour les prochains clients. Lui et Fletcher ne se retournaient pas car ils savaient que lorsqu'ils tuaient, ils le faisaient bien. Sans bavures. C'était marrant la vie, tu vivais et les autres plus. Tout ça ne servait à rien. On avait joué avec la peste pour tuer des millions d'innocents et au final on en tuerait beaucoup moins. Tout ça ne servait à rien, c'était sûr. Comédie ou drame, à rien. Les militaires continueraient de défiler en bombant le torse et d'encaisser des crédits pour leurs projets criminels tandis que les pauvres gens pourriraient dans l'indigence et la honte de vivre. L'éternité avait été tuée par le fric. Sans éternité, l'homme n'était plus rien qu'un rat pris au piège. Fletcher a frôlé l'épave d'une Ford Customline bleue. Ses yeux se sont posés sur le crochet de remorque de la bagnole… Une fois de plus sur un crochet d'attelage…

— La tête d'attelage de la caravane était peinte en blanc, s'est-il souvenu.

Drake s'est tourné vers lui, en alerte.

— Elle était éraflée par le crochet de remorquage de la bagnole qui avait tracté la caravane.

Fletcher a attendu un instant que ça se « forme », que ça vienne en une évidence incontestable :

— Les Shiflet… Ils ont trouvé la bagnole abandonnée par

le Dindon… L'ont repeinte… Pas le crochet de remorquage qui a des traces de peinture blanche, a conclu Fletcher.

Et ils l'avaient vendue à Holly Howell… Les Shiflet avaient repeint la Bel Air mais ils n'avaient pas enlevé l'autocollant sur la lunette arrière (Wichita… *Prestige Cars*). Tandis qu'il voyait Holly Howell et ses beaux yeux, le Dindon qui regardait la télé avait reconnu la voiture avec laquelle il avait tracté la caravane sanglante… Et ce monstre comme projeté par un blason dans le ciel noir et rouge et qui avançait sans bruit, avalait tout sur son passage, c'était lui… Ce n'était pas la peste, le danger. C'était lui, le Dindon… Et on entendait de plus en plus fort : *Mashed Potato Time*[1].

La 100unième victime du Dindon, c'était elle, Holly, Holly Howell.

1. Dee Dee Sharp.

O.K. Corral

> « Mais vous garderez en vie toutes les jeunes filles qui n'ont point eu compagnie d'homme. »

Ils sont passés devant la vieille citerne, sans phares, sans sirène. Pas signaler leur arrivée. Ça bastonnait. Parfois les hanches du Cercueil raclaient la piste. Ça faisait des étincelles. Il ne valait mieux pas qu'une bagnole se pointe en face. Ils ont traversé L'étoile du Texas, le carrefour où végétaient les Shiflet. Ils avaient l'air de roupiller ou avaient été découpés en petits morceaux pour faire des nuggets. Le Dindon était inventif dans l'épouvante. Ils ont laissé en arrière le vieux pumpjack. Drake a ralenti et s'est garé en bas de la pente qui menait au Corral. Ils sont sortis du Cercueil. Drake avait son soufflant à la main. Ni lui ni Fletcher n'avaient pris le Troisième homme, trop encombrant. Chacun sur un côté de la piste, ils couraient dans les ombres, cassés en deux, sans bruit. Drake chantonnait la chanson de *Règlements de comptes à O.K. Corral*. Il en était dingo, dingo de la voix de Frankie Laine :

O.K. Corral, O.K. Corral
There the outlaw band make their final stand
O.K. Corral.

Et le générique défilait sous les nuages aux culs lourds et huileux : Burt Lancaster, Kirk Douglas, Rhonda Fleming... Dennis Hopper, Lee Van Cleef. En haut de la pente, Drake a arrêté la projection. Il ne voulait pas faciliter la tâche à la Virgen con cuervos. Se faire plomber bêtement. La Gibson 335 de J.J. était remisée, tout le monde semblait dormir. Ce héron sans ailes c'était un canasson. Pas une lumière. Un clébard a aboyé, grondé. Fletcher l'a assommé d'un coup de crosse. Il s'est aplati la truffe sur le plancher des vaches. Ça lui apprendrait à la ramener. Chacun d'un côté, Fletcher et Drake ont traversé le terrain où l'éolienne grinçait. Pas de Bel Air. Drake s'est enfoncé dans une poche de ténèbres, à quelques pas de la cabane de Holly Howell. Surveiller la porte d'entrée. Le doigt sur la détente. Fletcher est arrivé par-derrière. Il s'est figé pour écouter. Souvent tu restais en vie parce que tu te servais de tes oreilles. Il n'a rien entendu. Les rideaux des deux fenêtres étaient tirés. Le Dindon pouvait être derrière, c'était sûr. Tant pis pour lui... Fletcher a fait le tour de la cabane. Pas d'empreinte de Thorogood.

Drake l'a vu apparaître, à la limite du songe tant Fletcher était caméléon en plus d'être albinos. Fletcher s'est penché pour passer sous la fenêtre. Drake a armé le chien de son Python. Fletcher s'est redressé en arrivant devant la porte qu'il a enfoncée d'un coup de pied tandis que Drake allumait sa torche. Fletcher a déboulé dans l'unique pièce, le doigt sur la détente du Tueur. Personne. Un souvenir d'odeur de parfum.

Le parfum de Holly Howell. Sa peau, ses cheveux. Les deux pourris ne bougeaient pas. Tout semblait normal. Rien ne témoignait de violence ou d'un départ.

C'était là qu'elle vivait. C'était bien ce lieu, propre. Mieux, c'était accueillant, intime. Des livres. Pas de disque, il n'y avait pas l'électricité. Pas de bibelot à la con. Une photo de Freud posée contre un volume du *Chamber's*, une autre de Hermann Hesse appuyée sur *Le loup des steppes*. Lui avait fait une analyse avec Jung et était carrément dingue. Les frères William qui avaient participé à l'écriture du *Chambers's Twentieth Century Dictionary* avaient un doigt supplémentaire à chaque main… Que faire avec ça ? Ça sentait le parfum, son parfum. Ça sentait elle… Et elle n'était pas là. Pas là. Fletcher s'est mis à souffrir.

Drake baladait le faisceau lumineux de sa torche. Une bonne méthode pour voir ce qui pouvait clocher, quel élément en provenance d'une autre scène de crime aurait pu être « greffé » dans ce décor… Même si ce n'était pas une scène de crime. Holly Howell avait pu être enlevée, forcée à partir. C'était ce que craignaient Fletcher et Drake. Ils espéraient tirer sur la bobine du fil d'Ariane. Ils s'y connaissaient en perquisition, savaient que les premières minutes étaient capitales. À l'insu de l'enquêteur, sa caméra cachée enregistrait tout ce qu'il ne voyait pas forcément. Zoomait sur des détails auxquels il ne pensait pas donner de l'importance. L'enquêteur entendait sans en avoir conscience les échos de ce qui avait été dit.

— Elle n'a pas été enlevée ici, a dit Drake. On perd notre temps.

Fletcher attendait la suite.

— Je ne le vois pas frapper à la porte, la convaincre de monter avec lui dans la Bel Air. Ou l'endormir et partir avec elle dans la Bel Air… Je le sens pas.

Fletcher partageait son avis. Par malheur, il a pensé à elle en homme pas en flic… Ses yeux violets… Il s'est senti crever de douleur. S'est dit qu'il allait étouffer comme ce jour où Rollie avait été volé par le lac. Elle était morte. Massacrée, violée, écartelée. Elle était morte. Drake surveillait Fletcher en voyage dans sa fureur. Quant à la fille, Drake en était sûr, elle ne s'était pas barrée à Eureka dans le but de surveiller les mouvements des elks sur la frontière canado-américaine. Le Dindon l'avait enlevée. Même si elle était moche, elle ne méritait pas ça. Fletcher a tourné la tête vers Drake, perdu.

— La piste, a dit Drake, on démarre par là.

Fletcher a dessiné Holly Howell dans une vignette, elle vivait. Elle vivait, c'était sûr. Il la tiendrait dans ses bras. Il la protégerait, elle serait en sécurité, tranquille.

Les mèches

«À cause de cela, la terre sera en deuil et le ciel, là-haut, s'assombrira !»

Ils ont laissé le Corral derrière eux, ils marchaient chacun d'un côté de la piste, selon leur habitude. Fletcher à droite, Drake à gauche. Le ciel virait au rose bonbon à l'est et les deux poulets n'avaient pas de tutus. Par moments, Drake se penchait. On aurait pu penser à un ramasseur de champignons mais dans ce pays de dingues on les faisait pousser au ciel. Fletcher, lui, attendait un signal, l'espérait. Il n'était pas là au bord de la piste, il était partout. Il flottait quelque part dans le continuum. C'était instinctif. Le corps devait se faire oublier autant que l'esprit. Se laisser trouver par ce qu'on cherchait, voilà ce que Fletcher aurait pu écrire en guise d'incipit à sa vie de pourri. Il avait tout oublié, y compris Holly Howell. Il se laissait guider par l'enquête. Pas par son intuition. Là, il n'était rien que l'objet de l'enquête. Elle passait par lui, du courant électrique à très haut voltage.

Un tatou à neuf bandes s'est figé au milieu de la piste. Fletcher a éteint sa loupiote. Quand il l'a rallumée le tatou avait disparu. Pas le présage. C'était un animal totem. Un chasseur. Il était venu aider Fletcher. Fletcher a avancé et a repéré les empreintes des Thorogood du Dindon, parfaitement bien imprimées. Il n'y en avait que deux, en plein milieu de la piste… Comme si elles avaient été héliportées.

Drake a rejoint Fletcher. La Bel Air avait stoppé à peu près à l'endroit où le Dindon avait stationné. On voyait les traces plus nettes des Firestone à l'avant, des Goodyear à l'arrière. Il l'avait hélée. Malgré sa gueule de merde, elle s'était arrêtée. S'il avait été sur le bord droit de la piste, Holly Howell aurait pu se raviser, redémarrer… À peine avait-elle stoppé qu'il avait dû ouvrir la portière conducteur, la frapper, la balancer à l'arrière ou la mettre dans le coffre… Ou l'endormir avec du chloroforme. Il s'était mis au volant et s'en était allé pour la dévorer. Et là, à cette heure, il était quelque part avec elle. Elle vivait. Fletcher et Drake en étaient persuadés. Pour combien de temps ? Fletcher a repoussé la colère – il aurait tout le temps par la suite. Ils se sont dévisagés, ils avaient eu tous les deux la même pensée. Le Dindon était revenu jadis sur ses pas à Talihina pour baiser la gueule au shérif Nick Corey, le ratatiner là où jadis il avait ratatiné ses parents. Envoyé leur fils en tôle pour leur meurtre. Nick Corey s'en était sorti, pas la fille qu'il avait utilisée comme appât. Si le Dindon était revenu à El Paso, il avait forcément dû se souvenir de la caravane. En faisant son tour du quartier, il s'était aperçu qu'elle était là. Encore là. Ça devait être excitant pour un gars dans son genre de faire coexister le passé et le présent, de massacrer

Holly Howell là où il avait écorché un pèlerin à qui il avait à moitié mangé la queue.

Il allait soigner le travail. Jouir à mort si possible. Fletcher avait en mémoire ce qui s'était produit à Talihina il y avait huit ans de ça. Ce qui liait le Dindon au shérif Nick Corey n'avait rien de comparable avec ce qui liait le Dindon à Holly Howell. Le *modus operandi* du Dindon avait pu se modifier, ne serait-ce qu'à la marge... Et il était vieux. Moins fort que jadis. Il ne bandait peut-être plus ? En tout cas moins facilement. Il était plus « fragile »... Mais si Fletcher avait trouvé les empreintes, c'était que le Dindon l'avait voulu. Il avait voulu aussi que Fletcher réfléchisse. S'interroge sur les empreintes au milieu de la route. Les criminels en série construisaient leurs crimes. La particularité du Dindon, c'était que lui les projetait en plus sur l'écran de l'enquête. Pour fasciner, celui, ceux qui le traquaient. Les manipuler. Fletcher et Drake en avaient conscience.

À deux cents pas de l'endroit où ils avaient repéré les empreintes de Thorogood, Drake a aperçu la Harley Sportster des Shiflet. Sur le bord gauche de la piste en allant vers L'étoile du Texas, le carrefour où les Shiflet essaimaient leurs poils de cul. Fletcher s'est ramené. La Harley avait été basculée sur le côté gauche, laissant accessible un sac à dos, fixé à la selle en guise de sacoche. Le sac à dos semblait mouillé. Mouillé oui. De l'eau ? Fletcher a enfilé ses gants et l'a ouvert. La surprise du chef: la tête de Lester Shiflet. Ce n'était pas son jour. Il avait l'œil gauche caché par une coque oculaire. Les deux piafs se sont regardés, échangeant leurs supputations. Tenant d'une main la tête du patriarche par les cheveux, Fletcher a fouillé le sac à dos. Il a trouvé une main dans une des poches. Une main de femme. Celle d'une des deux mamans Shiflet. La main était serrée sur des mèches, voyez. Des mèches pour forer le métal. Ouais… Fletcher a enlevé la coque. L'œil était là. Du luxe. Pourquoi cacher un œil ?

— Pour la vue, a murmuré Drake.

Tous les deux se sont souvenus du panneau pour vérifier l'acuité visuelle dans la caravane… Et de ce qu'avait dit Vecchiato parlant du passage de Holly Howell à la télé : « Ils ont dit qu'elle avait des yeux… Extraordinaires… C'est ça… Extraordinaires ». Fletcher a haï le Dindon. Il l'avait manœuvré pour qu'il sache ce qu'il allait faire subir à Holly Howell. Le temps qu'ils avaient perdu à le savoir, c'était du temps que lui avait gagné pour faire souffrir Holly Howell. C'était lui qui avait placardé le panneau pour mesurer l'acuité visuelle, il avait interpolé une ancienne scène de crime avec le projet d'un nouveau meurtre qu'il préméditait… Et il était passé à l'action. Le message était clair : crever les yeux de Holly Howell. En réunissant la caravane, la Bel Air et Holly Howell, le Dindon aurait abouti à un joli scénario. Trois temps criminels réunis en un seul. Il s'en irait vers le Nouveau-Mexique. Un damné quelconque le prendrait en stop… Ça n'aurait pas de fin.

Psychose

> « Tiens-toi éloigné de l'homme qui a le pouvoir de tuer et tu n'auras aucune crainte de la mort. »

Pas de phares, de sirène, juste le gyrophare et ses saccades rouges et incessantes. Le Cercueil filait le long des pylônes électriques qui semblaient murer Fletcher et Drake dans leur champ de honte et de mort. Fletcher avait encore une forme humaine parce que la haine le tenait dans son moule (humain, il ne l'était plus vraiment). Drake était aussi à cran que Fletcher, ce n'était pas bien pour leur espérance de vie. Des poulets qui fonçaient tête baissée sur les traces d'un monstre tel le Dindon, c'était des poulets bons à plumer.

À l'horizon, une flèche de lumière s'est enfoncée dans le ciel comme une mèche dans un œil. C'était un tir de MIM-14 Nike Hercules. Un missile sol/air pour intercepter un bombardier communiste, une soucoupe volante. Ils en tiraient assez régulièrement. Ça ou des feux d'artifice, ils n'en avaient rien à foutre. Ils se distrayaient avec les moyens du bord. Drake roulait à bloc dans le yaourt. Il se sentait chauve-souris. S'ils croisaient un paroissien, tant pis pour lui. La Madre General était cannée, pas la Poisse – elle les entraînait tous avec elle et la Virgen con cuervos n'était que son auxiliaire. Drake se remémorait les bêtes à l'aube qui imploraient la grâce dans l'abattoir… Qui les avait écoutées ? En tout cas pas lui, Will Drake.

Il a ralenti et stoppé. Il bandait dru. L'adrénaline lui avait mis le feu au stylo. Dostoïevski pouvait aller se rhabiller. Ils sont sortis de leur emballage. Drake avec le Troisième homme, spécial purée de Dindon. La caravane était à mille pas. Faiblement éclairée. Blanche dans le yaourt. Tout juste visible. Une hallucination de fin de ramadan dans l'accouchement de la nuit qui saignait de la chatte au sud. Ils y sont allés à pied, comptant sur une arrivée la plus discrète possible. Que le Dindon les entende au dernier moment. Fletcher avait à peine conscience d'exister. Il voulait sauver Holly Howell. Elle était là, elle vivait.

Le Dindon n'était pas le client idéal pour entamer une discussion. Pas de négociations donc. Une seule possibilité : l'action. L'action brutale. Pas de cheminée, pas d'ouvertures autres que la porte de la caravane. Ça craignait mais il n'y avait pas d'autre solution. Fletcher courait en se récitant son manuel du Dindon. S'il était là, pas de crainte à avoir sur un quelconque piège. Il serait fasciné par ses préoccupations criminelles et la beauté de Holly Howell. S'il s'était tiré… Fletcher se souvenait du mémo de Nick Corey. Le Dindon aimait bien *tuer en son absence*. Fletcher voulait que le Dindon soit là pour que Holly Howell soit là. Vivante. Fletcher ne pouvait pas se dire que Holly Howell était en train de mourir, les yeux crevés, violée, la peau arrachée. Ça le rendait monstrueux, fou. Il avait accéléré. Drake ne parvenait pas à le suivre. Pour tenir le coup, il a récité à mi-voix le générique de *Psychose* : « Anthony Perkins, Janet Leigh, Vera Miles, John Gavin… Scénario de Joseph Stefano d'après un roman de Robert Bloch… Musique Bernard Herrmann… Un film d'Alfred… »

L'œil

> « Et si ton œil est pour toi une occasion de chute, arrache-le et jette-le loin de toi ; mieux vaut pour toi entrer dans la vie, n'ayant qu'un œil, que d'avoir deux yeux et d'être jeté dans le feu de la géhenne. »

Fletcher a donné un méchant coup de savate dans la porte, le doigt sur la détente du Tueur. La porte s'est ouverte à la volée, à moitié arrachée, séparée de deux de ses gonds. Sur la table la tête de la maman Shiflet regardait Fletcher. Une femme qui avait perdu une main et la tête. De sorte qu'elle était devenue une morte. La tête posée dans le seau à glace Martini des Vautours. Fletcher a retenu un cri de souffrance. Il est entré dans la caravane. Elle n'était pas là. Holly Howell était ailleurs. Ailleurs en train de crever. Ailleurs en train d'être torturée, de souffrir. Parce qu'il n'avait pas su. Pas compris. Parce qu'il était lui, lui Rollie Fletcher. L'imposteur. L'impuissant. Le criminel. Il a lâché le Tueur sur la banquette. Il ne voyait plus rien.

N'avait pas conscience que sa bande dessinée s'enrichissait sans qu'il utilise son stylo à encre de Chine.

Drake s'est pointé, il avait oublié le générique de *Psychose* inspiré par les gentilles atrocités du tueur en série Ed Gein. Un truc de sûr : Hitchcock se serait dégonflé de filmer celles du Dindon. Trop pour Hollywood. Comme Fletcher avant lui, il a fait un panoramique. N'a rien décelé d'anormal. Pas de détail qui pue. C'était rien que l'intérieur d'une caravane avec la tête d'une femme dans un seau à glace publicitaire. Du sang sur le sol, ici et là. Pas dehors. Il avait transporté la tête dans un sac publicitaire de la supérette Canton 400 S. Campbell St. – El Paso. De la provocation ou… Il avait sorti la tête de la maman et l'avait plantée dans le seau à glace Martini. Rien de sensationnel mais ça faisait de l'effet. Drake a ramassé le sac au fond plein de sang. Si le Dindon l'avait laissé là, c'était qu'il n'y avait rien à espérer au niveau des empreintes. Et peut-être à aucun niveau. Le Dindon était Le Criminel En Série. Certainement celui qui avait la plus longue carrière, la plus riche. La plus terrifiante. Un criminel qui aimait la mise en scène, la construction dramatique avec rebondissements. Transport des pièces à conviction d'une scène de crime à l'autre. Un sadique très intelligent qui avait poussé loin l'organisation de ses crimes, l'art et la manière de tuer et de faire hurler. Un panoramique ne suffisait pas. Drake a juxtaposé les images du présent et du passé. Pour vérifier si un détail ne lui échappait pas. La seule différence visible, c'était la tête. La tête avec ses yeux grands ouverts dont un assez ensanglanté, fallait le dire. Ce n'était pas très romantique.

Fletcher et Drake ont pensé en même temps à la solution du jeu proposé par le Dindon. Pour la première fois de sa vie de flic, Drake n'a pas osé, pas pu. Il s'agissait juste de… C'est Fletcher qui l'a fait. Il a approché la main de la tête, de l'œil ensanglanté. Il a écarté l'orbite et l'œil est tombé dans sa main… Il avait l'œil de Holly Howell dans la main… Et il vivait.

Drake a titubé dehors, et a gerbé. Il ne pouvait pas supporter. Cet enculé les avait manœuvrés. Il était parti les mains dans les poches continuer le boulot. Et si ça se trouvait, il était immortel comme Santa Muerte… Et maintenant la fille était en train de crever. Énucléée. Dépiautée. Dépecée. Violée. Et plus et pire. Quelque part, c'était comme nulle part. Et lui, Will Drake, s'en sortait. Vivant. Pas Fletcher. Fletcher était fichu. Drake s'est forcé à revenir. À se comporter en policier. Il a ouvert le coffre de la Bel Air. Vide. L'habitacle : vide. Sous la caravane : que dalle. Elle était là et ils ne la trouveraient pas… Et le Dindon avait tablé qu'ils ne se lanceraient pas à sa poursuite pour la sauver elle… Et le chercher où ? À 360 degrés ? Impossible. Ou il aurait fallu des centaines d'hommes et des chiens… (Mais pourquoi n'était-il pas parti avec la bagnole ? Pour mieux les assommer avec sa mise en scène ?)

Fletcher s'est inscrit dans l'embrasure de la porte. Il avait mauvaise mine. Très mauvaise mine. Il avait un peu de sang aux commissures des lèvres. Il ne s'était pas mordu la langue. Il avait avalé l'œil. Aucun doute. Il avait franchi le cap de l'abominable. Il était de l'autre côté du monde. Drake avait les cheveux dressés sur la tête. Le corps en sueur. Il a manqué partir dans les pommes. S'est enfoncé les ongles dans les paumes des mains. Fletcher avait bouffé l'œil de la fille, ça allait chier. Il était hors contrôle. Il avait mastiqué l'œil. C'était certain. Il l'avait dégusté. L'œil était dans son estomac... Comment digérer ça ? Drake a réussi à reprendre le contrôle de ses émotions.

Fletcher a allumé une Lucky. Sans trembler. Si Holly Howell vivait, elle attendait qu'on la secoure. Qu'il la secoure. Il ne fallait pas s'énerver. Pas se laisser aller aux sentiments. Il fallait écouter. Il a eu la sensation d'être observé. Il a scruté le yaourt et le ciel au ventre maigre : rien. Rien que des fantasmes. De la paranoïa. Drake a réussi à sortir sa flasque et à boire un trait d'eau-de-feu. Fletcher étudiait la scène. Pas la scène de crime non, la scène d'exposition. Le Dindon était venu là pour leur signifier qu'ils faisaient fausse route. Pour jouir de leur déconvenue, de leur fureur. Pour triompher. Et il avait posé la tête sur la table, dans le seau à glace pour qu'elle tienne... Et il y avait du sang sur le sol.

Fletcher s'est retourné et a regardé Drake, deux pas en arrière sur sa droite. Dehors. Drake a lu dans le regard de l'Albinos la question. Pourquoi ? Pourquoi du sang dans la caravane et pas dehors ? Drake a fouillé le sol devant la caravane avec le faisceau lumineux de sa torche. Entre la porte et l'avant de la caravane : deux gouttes de sang. Ils ont avancé. Fletcher a ouvert la portière conducteur. Du sang sur le siège conducteur, sur le tapis de sol. Drake s'en est voulu de son inspection bâclée : le Dindon avait morflé.

— Le pic à glace, a dit Fletcher, elle lui en a mis un coup.

La pointe meulée telle qu'elle l'était, il s'était enfoncé profondément. Il avait dû arracher le pic à glace, se faire un garrot de fortune pour continuer de jouir, finir son crime par la scène de la caravane. Blessé où ? Drake a suivi les traces de sang. Il ne reniflait pas. Il pistait à sa manière le Dindon. Il était le Dindon, revenait dans le passé et l'interprétait là, cette nuit où Rollie Fletcher avait mangé l'œil de Holly Howell. Fletcher le suivait en faisant attention de ne pas marcher dans ses traces, ou dans le sang. Le diagnostic était évident. Le Dindon avait morflé à la jambe gauche, la cuisse. Assez haut sûrement. Il était venu là malgré tout, assurer sa mise en scène. Il était blessé et n'avait pas pu juguler l'hémorragie. Ou pas complètement. Se recoudre pour le Dindon, ça ne devait pas poser problème. Sinon de faire ça dans un coin tranquille. De se cautériser par le feu comme jadis avant de trouver des antibiotiques. Il était arrivé ici il y a combien de temps ? Fletcher est revenu sur ses pas. Il a touché le capot encore tiède. Drake avait pivoté. Il avait oublié ça aussi… Et il s'est souvenu de son interrogation : pourquoi le Dindon n'était-il pas reparti avec la Bel Air ? Fletcher s'est penché dans l'habitacle, il a tourné la clef de contact : rien. Il a ouvert le capot. La voiture avait été vendue par les Shiflet, c'était tout dire sur la révision générale : la courroie de la dynamo avait lâché… En conséquence, la chasse était ouverte.

Le Dindon

> « Ils mirent sur le char l'arche de l'Éternel, et le coffre avec les souris d'or et les figures de leurs tumeurs. »

« *Vim vi repellere omnia jura legesque permittunt*[1] »... Fletcher cherchait des traces de sang. Pas n'importe où. Le Dindon ne devait pas avoir l'habitude de se retrouver en position de faiblesse. Il était forcément parti le long de la piste, handicapé par sa blessure. Se trouver un moyen de locomotion ou un coin tranquille pour s'occuper de sa plaie. Pour les bagnoles, à cette heure et par ici, il y en avait une toutes les heures. Un passeur d'esclaves, un dealer en gros. Pas le genre à charger un auto-stoppeur.

Fletcher a repéré la première goutte de sang à une centaine de pas de la caravane. Drake a traversé la piste. Il pouvait changer de côté, les leurrer. Pas se faire manœuvrer. Ce n'était

1. « Réprimer la violence par la violence est permis par tous les droits et toutes les lois. »

pas une proie. C'était un tueur, un chasseur. Il ne fuyait pas aux abois. Ce gars ne devait pas connaître la peur. Blessé, il risquait d'être plus dangereux encore si c'était possible. Fletcher ne voulait pas penser à Holly Howell. Il voulait le Dindon. Le faire parler. Tout le monde parlait. Le Dindon parlerait. Fletcher n'imaginait pas le contraire. Ce qu'il fallait, c'était le trouver. Vite. Le plus vite possible pour sauver Holly Howell. Fletcher ne doutait pas. Il suivait la trace du Dindon. Depuis que Holly Howell l'avait planté, il avait dû perdre du sang. Il était plus faible que d'ordinaire, de plus en plus faible à chaque pas. Cela faisait plus de trente ans qu'il assassinait et c'était peut-être la première fois qu'il morflait. Il n'était pas habitué. Fletcher avait été blessé dans le dos à Guadalcanal, il s'était traîné comme il avait pu pour ne pas finir dans le riz des bridés. À cette heure, il n'était pas blessé et voulait le Dindon. Pour essayer de sauver Holly Howell. Il ne pensait qu'à ça, suivre les traces laissées par le tueur. Il avait de l'expérience.

De l'autre côté de la piste, sur la gauche de Fletcher, Drake chassait lui aussi. Il aimait ça. Il reniflait la piste du Dindon. Son fumet de tueur en série. Oui. Il le reniflait. Il ne fallait pas prendre ses désirs pour des réalités, il ne l'oubliait pas et il redoublait d'attention. Parce que le Dindon pouvait très bien les allumer, les promener comme il avait promené jadis le shérif Nick Corey, un poulet pourtant cuit dur. Drake n'a plus bougé. Faire attention, pas passer à côté. Là-bas, sur sa gauche, vers le Mexique, on pouvait distinguer un amas de pierres, les restes d'une baraque. Le Dindon avait pu repérer la ruine, traverser la piste…

À son tour, Fletcher s'était arrêté. Alerté par l'attitude de Drake. Il a deviné dans la confusion nocturne la silhouette de la ruine. Il allait traverser la piste, rejoindre Drake... Lorsqu'il s'est retourné vers la caravane et la Bel Air là-bas. Il a senti son sang qui lui parlait en pressant sur les parois de ses veines, de ses artères. Il a senti ses yeux écrasés par les pouces de l'aveuglement. Il s'est souvenu du sentiment qu'il avait éprouvé, celui d'être observé. Il s'est rappelé que dans son mémo, le shérif Nick Corey rapportait qu'au tout début de son enquête il avait eu le sentiment d'être épié... Et il l'était par le Dindon qui prenait sa mesure, le jaugeait.

Ça faisait un petit moment que Fletcher ne voyait plus de sang... Il a compris et s'est mis à courir en arrière. Le Dindon s'était joué d'eux. Il avait assisté à leur départ sur ses supposées traces. Et là, il était en train de marcher vers le Cercueil pour partir avec. Brancher les fils + du Neiman et les connecter au fil du solénoïde, ce n'était pas bien difficile pour un tueur en série. Le moteur se mettrait à tourner gentiment et le Dindon pourrait se tirer, se choisir une planque pour régler ses problèmes de santé. Souffler un peu... Et recommencer le job. Et Holly Howell mourrait. Seule. Fletcher courait aussi vite qu'il pouvait. Drake s'y est mis à son tour. Si l'Albinos cavalait ainsi, c'était qu'il avait pigé une grosse embrouille... Facile à deviner: le Dindon les avait baisés. Et allait se tirer tranquillement dans le Cercueil... Alors Will Drake crachait ses poumons pour ne pas se faire distancer.

L'histoire des hommes n'était pas racontable, elle était libre d'eux. Elle improvisait sans cesse, à chaque battement de cils. D'où l'étonnement si fréquent sur le visage de ceux qui partaient de l'histoire. Fletcher était oppressé à en crever. Il savait que « ça » ne se racontait pas. Il dépendait totalement d'une « narration » qui ne se disait pas, n'avait pas de présence, de visage. Ni de but. Sans parler d'un quelconque sens. La seule vérité, le seul sens, c'était l'amour et il ne l'avait compris que trop tard.

Il a dépassé la caravane. Il ne pensait pas que le Dindon avait eu le temps d'imaginer à un quelconque piège. Son objectif, c'était le Cercueil. Se tirer et disparaître. Il était handicapé et plus le temps passait, moins il avait de force, d'énergie. Il devait se déplacer lentement, voire très lentement. Obligé de faire des haltes. Le sable était si blanc, la lumière si absente qu'elle faisait briller les illusions. Fletcher voulait voir le Dindon pour que Holly Howell ne s'éteigne pas dans sa souffrance, sa solitude. Il a aperçu le Cercueil, immobile tel un écueil. Loin encore. Fletcher a pensé au Dindon. Il était où ? En train de lui préparer un fameux coup du sort ? Là, Fletcher s'est aperçu de nouveau qu'il ne voyait plus de sang. Il s'est arrêté et s'est empêché de vomir. Il voulait garder l'œil pour ne pas perdre le contact avec Holly Howell.

Drake revenait sur les talons de Fletcher, le Cercueil était à moins de deux cents pas. Et pas de Dindon en vue. Il n'avait pas pu rétrécir ni devenir invisible. Fletcher et Drake ont eu la même intuition en voyant le virevoltant osciller puis s'en aller vers l'est sans bruit peaufiner son travail d'érosion du sol. L'intuition ne protégeait pas de la mort. Ils se méfiaient tous les deux, se sont approchés prêts à tout. Car arrivés au bord de la tapette à souris, ils pouvaient se faire avoir en contre-plongée : la balle vous rentrait entre les boules et ressortait de là par la bouche. Plus de problème d'érection et de reflux, vous voilà en boîte... Fletcher s'est arrêté au bord du trou – le Dindon le regardait. Un tel visage, jamais Fletcher n'avait connu. Une telle expression de folie et de haine, non plus. Il était tombé et un fer à béton sortait d'un de ses mollets. Il ne pouvait pas sortir du trou. Il était prisonnier. Vaincu, le Dindon puait le danger et le crime. Comme Fletcher, Drake était coi. Lui non plus n'avait vu de sa vie quelque chose de comparable à ce visage couvert de poils, ces yeux furieux. Si pleins de haine et de vice. Ces dents de fer maculées de sang. Drake se sentait atteint à vie. Quelque part, le Dindon l'avait eu. D'ailleurs, il s'est mis à sourire. Drake a eu envie de lui faire sauter la tête. Il se l'est interdit. Il fallait que cette chose parle.

— Où est la fille ? a dit Fletcher.

Un autre gars aurait senti venir les ennuis, se serait inquiété au ton de la voix de l'Albinos. Le Dindon, lui, s'est mis à se bidonner. Un gloussement d'animal fou. Il « glougloutait » comme l'avait signalé le shérif Nick Corey dans son mémo. Les mots étaient impuissants. Ils ne parvenaient pas à transmettre les émotions. Drake s'est empêché de se boucher les oreilles. C'était insupportable. Il a pensé à la morue, elle avait dû l'entendre. Il l'avait touchée... Fletcher a tourné le bouton. Ce n'était pas le moment de se faire du chagrin à crédit. Le Dindon a cessé de glouglouter et a parlé, c'était inaudible. Dégueulasse. Il avait dû se couper la langue en chutant... Ou il avait toujours parlé comme ça ? Qui savait quoi sur lui ? Fletcher a sauté dans le trou. Hors de lui. Le Dindon a tenté de lui planter le pic à glace de Holly Howell dans le ventre. Fletcher a dévié le coup. Il a enfoncé l'index dans l'œil du Dindon – lui a crevé sûrement. Et là, Fletcher a su. C'était une évidence, née de l'apparition du monstre dans cette première nuit du Marine mort à El Paso. L'une avait accouché de l'autre, l'un n'allait pas sans l'autre : « Ils le prirent, et le jetèrent dans la citerne. Cette citerne était vide ; il n'y avait point d'eau. » Fletcher s'est hissé sur le bord du trou. Drake a glougloutée en toisant le Dindon. Il tirait la langue et glougloutait et se marrait et le Dindon, lui, le regardait comme s'il savait qu'il finirait par avoir raison. Drake l'a senti… Il est parti.

La vieille citerne

> «Et pour toi, à cause de ton alliance scellée par le sang, je retirerai tes captifs de la fosse où il n'y a pas d'eau.»

Fletcher n'avait pas conscience de conduire. Il priait sans s'en rendre compte. Il en avait tant entendu des prières qu'il aurait pu devenir bègue. Il a pris l'embranchement si vite que le Cercueil a manqué se renverser. Ils ont traversé le carrefour de la Malchance tandis qu'une étoile filante se décrochait du ciel pour s'évanouir nulle part. Voir c'était débile, se faire crever un œil encore plus. Voilà ce à quoi songeait Will Drake. Il songeait aussi à mille autres choses qui n'en faisaient qu'une : cette affaire du Marine mort à El Paso était un putain de virus qui gangrenait tout. Plus rien ne s'emboîtait tout à fait bien, tout partait en quenouille. Sans parler de la morue avec son œil en moins. Bonsoir ! Et Fletcher, il allait en faire quoi si elle n'était pas archimorte ? Déjà qu'elle était maigre, mais aveugle... Enfin, il lui restait un œil (seulement elle avait des petits seins). Will Drake était fasciné par la mécanique à l'œuvre. Le Marine avait servi d'appât. Ils n'avaient rien vu venir et se retrouvaient là à 4 AM. Dans une histoire de meurtrier en série, avec la peste au cul, leurs têtes mises à prix et une autre affaire de meurtre à distance enterrée à cause d'un accident de la route quelque part vers Alpine. Et lorsque la vieille citerne est apparue dans les phares, Drake a su que c'était cette affaire, cette affaire de meurtre à distance, cette affaire qui leur avait toujours échappé, c'était elle qui racontait le tout. Elle les avait fascinés et perdus. Ce n'était pas le loup vu par Fletcher qui la racontait, oh non… Drake n'aurait pas pu expliquer sa certitude, sinon à Fletcher. Il n'y avait que lui pour comprendre et ce n'était pas le moment.

Fletcher a pilé et le Cercueil s'est mis en travers. Fletcher s'est éjecté de l'habitacle. Et n'a plus bougé. Il n'osait pas. Pas plus de bruit que dans une pyramide. Drake l'a rejoint. Bien sûr que la morue était là. Elle ne pouvait être que là. Les histoires de flics étaient des histoires aux structures simples et manichéennes. Le Dindon était apparu là, ça se finirait là pour elle. Pour lui, le Dindon, Drake avait une putain de bonne idée qui aurait pu le faire rigoler si la perspective de trouver la morue en petits morceaux genre porc aux cinq épices, façon recette Tran, ne lui flanquait pas le moral en l'air.

Fletcher avait l'impression d'être de retour sur le lac, le jour où il avait abandonné le corps de son frère et qu'il l'avait regardé couler. C'était si rapide et irrémédiable. Et ce tintement métallique, c'était le cri d'un geai vert qui a brillé comme une alliance entre ciel et terre et a ramené Fletcher dans le présent. L'amour. Il a marché jusqu'à l'échelle. Qu'il a grimpée éclairé par Drake. Il y avait du sang sur la citerne, sur les barreaux de l'échelle. La trappe était fermée, lui l'avait laissée entrouverte. Il a supplié le créateur de l'aider, de toute son âme s'il en avait encore une – qui a prié avec son âme sait. Il a ouvert la trappe, déclenché sa loupiote. Elle était là. Tête baissée. Assise et ligotée. Bâillonnée. Ensanglantée. Bonne à mourir lentement. Il s'est tourné vers Drake, s'est laissé descendre dans la citerne. Il s'est accroupi et l'a enlacée. Elle vivait. Elle vivait dans ses bras. Elle vivait. Elle avait une force de vie stupéfiante. Il aurait voulu l'embrasser, la caresser. Il ne pouvait pas. N'osait pas. Il ne savait pas faire «ça». Et puis ce n'était pas le moment, d'abord la sortir de là. D'abord le bâillon. Il l'a dénoué.

— J'espérais, a-t-elle murmuré.

La tête baissée et il savait pourquoi. Il ne voulait pas lui demander si elle souffrait car elle souffrait. Elle devait avoir honte, elle devait avoir envie de hurler, de se tuer. Elle devait craindre de se voir dans une glace. Mais elle vivait. Elle était là. Il «adorait» sa voix. C'était la première fois de sa vie qu'il pensait adorer. Avant il aurait pu se fâcher si on lui avait dit qu'il pouvait aimer ce mot. L'univers était sans fin parce qu'il était un mot. Un seul mot. Il a levé la tête. Dans le faisceau de lumière, Drake lui tendait le cran d'arrêt. Fletcher s'est redressé et l'a pris. Il a coupé les liens de Holly Howell. Elle a étendu les jambes pour laisser le sang circuler.

— Je vis, a-t-elle dit. C'est sûr… J'ai très mal, Rollie.

Elle tremblait. Dans sa main droite, elle avait le bouton. Le bouton qu'elle avait arraché à la veste de Fletcher.

— Je pensais à toi, rien qu'à toi, a-t-elle confié.

Il aurait aimé faire un monument, au moins en temps, à ce qu'elle avait dit, mais ils n'avaient justement pas le temps.

— Je vais te soulever, a-t-il dit. Te hisser… Will va t'aider.

— Il va me voir.

— Il aura les yeux fermés, pas vrai, Will ?

— Vrai, a répondu Drake.

Agenouillé sur la citerne telle une bigote sur un prie-Dieu.

— J'ai peur de mourir maintenant que je vis, a dit Holly Howell. Et puis je vais faire comment pour me supporter ?

Fletcher a eu le sentiment de pleurer. Il l'a soulevée, l'a sentie s'évanouir. Il l'a fait passer par le trou d'homme. Elle n'était pas lourde. Drake l'a tirée, étendue sur la citerne. Il n'avait pas les yeux fermés. Fletcher est sorti à son tour. Il a sauté à terre. Drake a pris Holly Howell sous les bras, l'a fait glisser. Fletcher l'a saisie. De nouveau son corps contre le sien. Il était certain que son amour la guérissait. Il a embrassé son orbite béante. Il avait mangé l'œil. Elle vivait. Elle vivrait. Fletcher tenait Holly Howell et avait l'impression que leurs corps n'en faisaient plus qu'un seul. C'était dérisoire, peu importait pour Fletcher. Holly Howell l'a regardé avec son œil, son seul. La paupière était retombée sur l'orbite béante de l'autre. Fletcher avait le sentiment que tout était dit et que rien ne manquait. Ils étaient deux, elle et lui. C'était parfait. Elle ne lui en voulait pas, elle le voyait à peine. Elle avait très mal, très mal. Elle vivait, il était là… Elle était là, avec lui. Il s'est souvenu de cette phrase de la Bible : « Que ta source soit bénie, Et fais ta joie de la femme de ta jeunesse. »

Dieu des égouts

> «Et leur sang sera répandu comme de la poussière et leur chair comme de la fiente.»

Le William Beaumont était plutôt lugubre au petit matin. Il n'y avait pas de différence architecturale entre une morgue et un hôpital. Dans l'un on soignait les vivants de la mort, dans l'autre on soignait les vivants de la vie. Le même paroissien allait de l'un à l'autre sans pouvoir discuter. Le Beaumont était un hôpital militaire avec un service spécialisé en ophtalmologie et chirurgie oculaire. On ne pouvait pas faire mieux sauf de ne pas se faire énucléer. Drake était crevé. Il avait tout du débauché sur le retour au petit matin de Sodome et Gomorrhe où il aurait ramoné les tuyaux du vice. Il savait qu'il ne présentait pas comme il faut et s'en fichait. Il fumait en regardant l'hôpital. C'était 5:20 AM. Une ambulance s'est pointée en faisant le numéro de l'urgence, ça excitait ces cons-là. Drake a allumé une Lucky. Il a pensé à Fletcher. Il devait veiller sur la morue, celui qui ne ferait pas le bon geste était dans l'erreur. Elle vivrait. Ce genre de fille aux tétines pointues était increvable, à l'instar des chats tigrés à trois couleurs. Le

Dindon était tombé sur un os. Elle vivrait, prendrait un peu de fesses au fil du temps. Avec un œil de verre, elle ne serait pas si moche que ça… Drake s'est envoyé un trait de whisky, a refermé le bouchon de la flasque.

— « Et quand quelque homme aura fait un outrage à son prochain, a-t-il marmonné, on lui fera comme il a fait. »

Il s'est marré, à force de fréquenter Fletcher, lui aussi connaissait un peu la Bible. Il a décroché le téléphone et a obtenu le numéro d'Alfio Battaglia, ce copain de Vecchiato qui était dans les travaux publics… Il se mettrait en quatre. Il n'y avait pas de temps à perdre. Drake voulait que le Dindon soit en vie pour clore le dossier, l'archiver au chaud. Il voulait le voir mourir pour être sûr que c'en était fini. Il fallait un témoin. Il fallait que quelqu'un soit là pour le voir crever et raconter la fin du Dindon, la fin de son histoire, qu'il ne devienne pas une sorte de mythe et de Dieu des égouts. Un nuage d'Oiseaux s'est posé sur les bagnoles. Les bestioles se dandinaient… Des danseuses trépanées ayant envie de chier. Dans ce deuil absurde, Drake a vu peu à peu apparaître la Virgen con cuervos. Elle le scrutait de tous ses petits yeux cruels, se marrait en douce. C'était sûr qu'elle voulait lui apporter la perte des poils et celle de l'érection. Il n'avait pas peur. Il avait mis son doigt au cul du Jockey. Il était au-delà du bien et du mal sans avoir lu Nietzsche. Il a craché par la vitre ouverte et a démarré. Les Oiseaux se sont éparpillés, ils craignaient les gaz d'échappement et les pneus.

Générique de fin

> « Il fut donc évident pour tous que cela avait été la cause de leur mort. Tous bénirent donc le Seigneur, juste juge qui rend manifestes les choses cachées. »

Le camion benne roulait plein pot, faisait des embardées, comme si le conducteur avait fait le plein de bière au lieu de gasoil. Au croisement des Longhorn, il a tourné d'un coup, sans prévenir, arrachant deux cornes au poteau indicateur. La Ford Galaxy beige qui le suivait à distance a freiné. Le conducteur, un Noir avec des lunettes de soleil, a enclenché la marche arrière. La bagnole s'est engagée sur la piste, derrière le camion qui sautait sur les bosses et tanguait du cul, brassant la poussière de yaourt du White Sands.

Mais par-dessus toutes ces choses revêtez-vous de la charité, qui est le lien de la perfection.

Au volant du Diamond, Drake la gueule bleue de barbe marmonnait :

— La dinde à la façon de Will Drake… Faites fondre la graisse dans une casserole… Placez la dinde dans un plat et badigeonnez-la de graisse, au préalable vous l'aurez fourrée d'ail et de tripes…

Il a lâché le volant au diamètre impressionnant pour allumer une Lucky. Le camion est parti violemment vers la gauche. Drake a repris le manche et redressé la situation.

— J'arrive, a-t-il promis. J'arrive petit oiseau !

Il a mis un petit coup à sa clope, l'a tétée gentiment, exhalé la fumée avec un plaisir gastrique. Il a regardé dans les rétroviseurs en glougloutant et n'a vu qu'un épais brouillard de sable. Il s'est gratté là où ça ne se fait pas de le faire et a souri en déclarant « J'arrive, j'arrive… On va te manger gros dindon… » Il a rétrogradé les vitesses, en lâchant l'embrayage brutalement. Le camion a continué comme un gars qui dégueulait en marchant, secouant Drake. Il a dépassé la tapette à souris où le Dindon s'était fait attraper sans fromage. Il a reculé. Manœuvré. Marche avant, arrière. Finalement, il a tiré le frein à main et la manette qui commandait la benne. Les pourris n'ont pas plus d'yeux dans le dos que les saintes-nitouches… La Ford Galaxy beige s'est amenée lorsque Drake s'est retourné pour voir par la lunette arrière de la cabine la benne se lever en grinçant et ahanant.

— Chaud, chaud le Dindon, a-t-il susurré, assez content.

Il est descendu de la cabine du Diamond vert pizza tandis que la benne bâchée finissait de se lever – ça sentait fort la créosote. Drake a progressé le long de la benne brûlante. Il s'est approché du bord du trou, le Dindon n'était pas mort et le regardait. Il n'était pas fait pour la lumière du jour, paraissait encore plus dégueulasse, plus inhumain. C'était sûr qu'il n'était pas de ce monde, qu'il venait d'ailleurs, d'autre part. Drake a souri et glougloutè, avant de dire :

— Tu vas avoir droit à une bouillotte, Mickey. Quatre mille livres d'un bon goudron bien chaud… T'aimes ça toi, le goudron ?

Le Dindon a glouglouté, il se fendait la poire. C'était infernal. Drake a compris trop tard. Le Noir aux lunettes l'a poussé dans le trou et a baissé le levier du hayon de la benne, libérant un flot épais et brûlant. Drake a voulu dégainer, mais le Dindon l'a ceinturé. Le goudron les a recouverts lentement, les engluant dans la mort. Du sang sortait de la bouche de Drake qui rejoignait son père en enfer. Le Dindon prenait son pied, glougloutait – glouglouterait toujours. Le Noir aux lunettes de soleil et un Blanc à lunettes de soleil assistaient impavides aux obsèques… «*Abistis, dulces caricæ*[1] ».

1. « Vous êtes finies, douces figues. »

Malevitch

> « Celui qui trouve une femme trouve le bonheur ; c'est une grâce qu'il obtient de l'Éternel. »

C'était le soir, Will Drake n'était pas revenu. Il aurait dû. Holly Howell dormait, une coque sur l'orbite violée. Elle était si belle ; si calme. Il l'aimait. C'était elle, la sienne. Ils étaient mari et femme. Leur amour avait consommé l'acte de chair comme s'il avait eu lieu. Il aurait lieu. Il se répéterait, se répéterait. Les draps en témoigneraient, leurs lèvres et leurs souffles. De jour en jour, tous les deux. C'était le soir. Elle dormait dans la chambre. Tout était tranquille. On entendait par moments des rumeurs lointaines. C'était le soir. Fletcher était au-delà de la fatigue, assis dans la chambre. À côté de celle qui dormait et qu'il ne cessait de contempler pour se persuader du miracle. C'était le soir – Will Drake n'était pas revenu et il aurait dû. S'il n'était pas revenu, c'était qu'il en avait été empêché. Qu'il était empêché. Fletcher s'est levé. Il a quitté Holly Howell, ça lui a fait peur. Il est allé au bout du couloir, dans la guérite vitrée réservée aux infirmières. Elles étaient deux à parler. Elles se sont tues lorsqu'il est entré. Il faisait l'effet du vent froid qui surprend et rend fragile. Son visage étrange et inquiétant était travaillé par la passion, la peur et la fatigue. On aurait pu apprendre à lire ce qui n'était pas écrit en l'observant. Il a demandé s'il pouvait téléphoner. Il n'a pas attendu la réponse et décroché, composé le numéro de téléphone du central. Il s'est présenté, donné son matricule et ordonné la venue express de deux policiers au Beaumont.

— Dans cinq minutes au plus tard, a-t-il précisé.

Il a raccroché et composé le numéro de téléphone de Vecchiato qui lui a dit que Drake n'était pas revenu chercher leur patrouilleuse chez Alfio Battaglia. Qu'il avait disparu avec un Diamond et quatre mille livres de goudron. Fletcher s'est mis à saigner du nez. Il a reposé le combiné, dévisagé les infirmières sans les voir, leur imposant le spectacle d'un ange de l'enfer en train de se décomposer. Elles n'osaient plus bouger de crainte de réveiller le mort-vivant qui les contemplait. Fletcher voyait le Christ de Philippe de Champaigne. Le goudron qui coulait lentement du Salut accordé aux hommes teignait le vêtement du Christ, changeait le pain en lames de rasoir. L'eucharistie était baisée. À la fin Fletcher ne verrait plus qu'un carré noir comme si Malevitch avait été chargé de faire les illustrations de la Bible. Fletcher s'est retourné en même temps que les deux poulets convoqués se pointaient, s'arrêtaient devant la guérite. Ils le connaissaient – ils le connaissaient et auraient préféré patrouiller sans soufflant au Barrio del Diablo que d'être là, devant lui. Il puait les emmerdes. Fletcher est sorti en prenant congé des infirmières d'un hochement de tête. Elles ont respiré plus librement. Les pieds plats ont salué Fletcher en chœur d'un « Bonsoir, lieut'nant ! » Fletcher les a guidés jusqu'à la chambre. Il a entrouvert la porte, Holly Howell dormait encore.

— Vous la voyez ? a fait Fletcher en contemplant son trésor.

— Sûr lieut'nant, ont-ils affirmé en pressentant une mission infernale.

— Personne n'entre sans justifier pourquoi… On est d'accord ?

Ils ont acquiescé sans joie. Il a tendu cinquante bucks au plus vieux des deux.

— Il y en aura autant quand je reviens.

Le poulet a pris le fric, il se doutait qu'il y aurait une condition. Il ne fallait pas rêver. Une condition ou…

— S'il y a un malheur, a repris Fletcher.

Il n'a pas poursuivi, s'est barré sans bruit, comme s'il n'existait pas. Les poulets se sont regardés. Cent bucks, c'était beaucoup… Mais une balle dans la tête, c'était définitif.

Le goudron

«Après que ma peau sera détruite, moi-même en personne, je verrai Dieu.»

Fletcher conduisait le Cercueil en fumant – la radio sur fréquence meurtres parlait toute seule. Au croisement des Longhorn, Fletcher a obliqué sur la piste qui traversait le White Sands. La nuit venait avec une belle lune ronde et brillante dans sa tombe. Fletcher regardait dans ses rétros et ne voyait que poussière et obscurité (ils avaient suivi Will Drake sans problème). Il a aperçu le camion au loin. Il a ralenti et s'est arrêté à une trentaine de pas du Diamond. Il a mis le frein à main sans couper le contact. Il a fini sa Lucky et l'a écrasée dans le cendrier. Il a attendu encore. Il regardait la scène. Ils s'étaient pointés quand Will Drake se tournait vers l'arrière pour manœuvrer la benne. Fletcher a quitté le Cercueil. Will Drake était sorti côté gauche du camion. Les tueurs étaient à droite, eux. Fletcher a marché jusqu'au camion. Les empreintes de Will étaient visibles en bas des marches. Il y avait d'autres empreintes, celles d'un des tueurs. Fletcher a attendu. Il pleurait, ne distinguait plus rien. Il a marché le long de la benne jusqu'au bord du trou rempli de goudron encore liquide et chaud. De la lave qui n'avait plus faim et attendait la solidification. L'heure de grâce était passée il y avait bien longtemps. Elle était très loin désormais, à des millions d'années-lumière. Il n'y aurait pas de pardon. Will Drake était mort avec le Dindon, ébouillanté. Étouffé. Il n'était pas mort d'un coup. Il avait souffert. On avait poussé Will Drake. Il était tombé. Le Dindon l'avait ceinturé ou empêché. Il avait dû jouir. Un des tueurs avait basculé le levier du hayon et le goudron bouillant…

Côté droit, les empreintes de l'autre tueur. La bagnole avait stationné un peu plus loin. Elle avait fait demi-tour. Ils étaient repartis vers El Paso pour tuer Fletcher. Il vivait ; ne pleurait plus. Il est revenu vers Will. Il lui a récité le générique de *L'homme aux colts d'or* : « Un film d'Edward Dmytryk. Henry Fonda, Richard Widmark, Anthony Quinn, Dorothy Malone… » Il a allumé deux Lucky, en a fumé une en gardant l'autre entre ses doigts.

— Ils sont deux, a-t-il dit, voire trois s'il y a un chauffeur. Ils sont bien rencardés, connaissent nos habitudes… Ils connaissent tout et sont rencardés par Grandes Oreilles.

Il a tiré sur la Lucky de Will Drake, a écrasé les clopes ensemble, toutes les deux et les a poussées du pied dans le goudron qui les a digérées lentement. Il y avait des prières par milliers et pas de prières pour ceux qu'on aimait. La prière était un acte égoïste, une caresse solitaire. Il n'y avait pas de mots pour parler à ceux qu'on aimait et qui n'entendaient plus. Pas de mots pour consoler celui qui était mort en souffrant, qui avait quitté la vie dans l'horreur. Pas de prière, pas de mot, pas de geste. On ne pouvait rien faire. C'était affreux. On ne pouvait pas l'accompagner, marcher à son côté, avaler une mine, un Dexamyl. Écouter fréquence meurtres en songeant en sourdine à la question de l'existence, du libre-arbitre – à la question de la vie. La mort n'était pas un mot générique, chaque mort était unique, solitaire. La mort ne se retournait pas, elle avançait sans pardon, ni raison. Elle avançait et séparait ceux qui aimaient et avaient aimé. Être homme était un bien triste destin, une moche manière de gagner sa vie. Si Fletcher avait été plus lâche qu'il ne l'était, il aurait dit adieu à Will Drake, mais il ne l'a pas fait et pleurait son ami.

L'enquête au quatrième jour

> « Réponds-moi vite, Éternel, car mon esprit s'épuise. Ne me cache pas ton visage, car je deviendrais pareil à ceux qui descendent dans la tombe. »

Il roulait dans El Paso, roulait tranquillement dans cette nuit du 3 au 4 janvier 1963. Il passait dans toutes les rues, devant toutes les putes, tous les indics, les dealers, bars et palissades, épaves de bagnoles devant lesquels tous les deux, tous les deux, ils étaient passés. Il avait avalé pas mal de Dexamyl. Il était opérationnel. Tendu à l'extrême. Il se sentait sale et l'était et le serait bien plus encore quand il en aurait terminé. Les minutes se succédaient et les heures. Il prenait le temps d'être vu, que ça se sache et que la mort vienne.

Il a attendu minuit pour se diriger vers le Barrio del Diablo, sans se presser. Le cran d'arrêt était dans sa poche. Le Tueur dans son étui et le Troisième homme à sa place. Fletcher était prêt. Les blocs défilaient les uns à la suite des autres, comme un compte à rebours. Tout tendait à l'homogène, à se réunir en un seul atome, un seul lieu. C'était une loi physique et dramatique.

Plus Fletcher se rapprochait du terme, plus il y avait des tas d'ordures abandonnées et moins de réverbères en état de fonctionner. Au sortir d'une poche d'obscurité et d'immondices, Fletcher a aperçu Burt divaguer sur un trottoir. Il semblait errer, séparé du Lama qui s'était fait plomber pour avoir été là au mauvais moment, le mauvais jour. Burt a subitement traversé la chaussée devant le Cercueil. Fletcher a freiné. La bête l'a dévisagé et a fui, affolée. Sa solitude ne durerait pas. Un lama, c'était de la bouffe. Plein de citoyens crevaient la faim par ici. On le salerait et le mangerait en se suçant les doigts. On lui couperait les pattes parce que ça portait bonheur.

Il y avait une certitude : ils rappliqueraient. Quand ? Ils le piégeraient mais quand, où exactement ? Lorsqu'il serait attablé devant une assiette de frites et une canette de Diablo ? Lorsqu'il sortirait du Gold Tip ?... Se carrerait les fesses dans le Cercueil pour se tirer ? Ou... Une voiture venait en face. Une Galaxy. Une drôle de couleur. En face, elle ralentissait car le feu passait à l'orange... Ralentissait comme lui. Une Galaxy beige rose voilé de blanc. De la poussière blanche comme celle du désert de White Sands. Une Galaxy qui freinait. Et lui était en train de stopper... La Galaxy pouvait démarrer brutalement. Un gars pouvait être à l'arrière gauche, vitre baissée. Idéal pour le tir au poulet. Un pro avec son Tommy Gun. Il lui enverrait un chargeur dans les dents et sortirait pour l'achever avec son .45 même s'il était mort. Deux balles dans la tête pour effacer les souvenirs. En finir une bonne fois pour toutes avec la peste. S'il y avait un témoin il regarderait ailleurs. On ne témoignait pas dans cette région du monde.

Ils savaient qu'il se ramènerait au Gold Tip et avaient adapté leur stratégie. Ils venaient à sa rencontre. C'était malin. Ils devaient patrouiller, l'attendre. Et le voilà… Marathon Man a surgi, avec son bandeau rouge. Sur la gauche, le long de la chaussée. Comme pour dire que l'histoire était finie. Il s'est enfoncé dans la nuit, vers l'aube… Dieu le bénisse. Fletcher s'est arrêté ainsi que le conducteur de la Galaxy. On pouvait discerner une forme à l'arrière gauche de l'habitacle. Un exécuteur testamentaire avec son arme. Le conducteur de la Galaxy allait redémarrer… Fletcher les a pris de vitesse et a appuyé à fond sur la pédale d'accélérateur. Cramé le feu rouge en laissant de la gomme. Trois cents chevaux et le compresseur. Les autres ont été pris de court, perdus quelques secondes avant de réagir, manœuvrer, prendre le Cercueil en chasse.

Fletcher a pilé à la fin de la courbe. Le Cercueil a manqué se mettre sur le chapeau. Il a freiné en chassant et en amorçant un tête-à-queue. Fletcher s'est éjecté du Cercueil avec le Troisième homme. Il l'a épaulé. La Galaxy est entrée à fond dans la courbe. 90 miles à l'heure. Le conducteur a vu Fletcher. Pigé. Sa réaction : l'écrabouiller. Pas d'autre solution. Le gars à l'arrière ne pouvait pas tirer. Fletcher a compté jusqu'à deux. La Galaxy se ruait sur lui. Ça ne l'impressionnait pas. Il a envoyé le chargeur. Cinq balles. Le pare-brise de la Galaxy a volé en l'air. La bagnole a tangué. Elle est passée à moins de trois pas de Fletcher, brûlante. Elle a quitté la chaussée sur les roues droites, en déséquilibre, à moitié renversée. Elle est montée sur le trottoir et a percuté un réverbère qui l'a stoppée et remise sur ses pattes. Fletcher s'est débarrassé du fusil. Il s'est dirigé vers la Galaxy, le Tueur au bout de son bras droit ballant. La portière arrière droite de la Galaxy s'est ouverte et un homme, un Noir, est apparu avec un PM Thompson. Fletcher a levé le Tueur et fait feu deux fois. Dans les jambes. L'homme s'est affalé, lâchant son arme. Fletcher a continué de marcher vers la Galaxy – le conducteur ne bougeait pas.

En passant à côté de l'homme à terre, Fletcher a shooté dans le PM qui a giclé à quelques pas de là. Fletcher s'est approché de l'avant de la Galaxy. Le conducteur, un Blanc, était effondré sur le volant. Fletcher a rengainé le Tueur. Il a redressé la tête du gars qui mourait. Il a sorti le cran d'arrêt et l'a égorgé, lui a arraché la langue. Il est revenu vers le Noir qui rampait et l'a retourné. Ils se sont regardés. Fletcher a enfoncé la langue arrachée dans la bouche de l'homme, l'a de la sorte étouffé et assassiné… Deux morts et une seule langue, « c'est ainsi qu'on se venge », avait dit Will Drake.

Fletcher a ramassé le Troisième homme et est remonté dans le Cercueil. Il a démarré, et, sans qu'on ne puisse rien y faire, il a disparu car il devait disparaître avec Holly Howell. Trouver leur jardin d'Éden, marcher dans les pétales des fleurs d'un arbre de Judée. « Toute Écriture est inspirée de Dieu, et utile pour enseigner, pour convaincre, pour corriger, pour instruire dans la justice. » Mais tout ne s'écrivait pas. La couleur du ciel que ne voyaient plus les deux hommes qui se partageaient une seule langue. Le compteur de vitesse du Cercueil. Telle ombre qui filait le long du caniveau… Ô Amérique, on entendait encore battre ton cœur sous le goudron.

Le paradis

> « Il y a plusieurs demeures dans la maison de mon Père. Si cela n'était pas, je vous l'aurais dit. Je vais vous préparer une place. »

La direction générale, c'était Phoenix, Arizona, par la US 10. Après quatre cents miles, la quitter, pointer le capot vers le sud-ouest pendant une heure. La piste n'était pas facile à repérer, cachée dans les pins ponderosas. Il fallait ralentir – avec une jeep ou un pick-up c'était plus simple. On voyait au loin les monts de la Superstition – là où était censée se trouver la mine d'or du Hollandais perdu. L'homme moderne avait besoin de légendes pour digérer sa servitude de chose. La piste suivait le flanc des montagnes Maricopa, entrecoupées de « bajadas ». Des vallons où poussaient des cactus saguaros immenses et des manzanitas comme maculées de sang et dont les baies soignaient les chaudes-pisses et les jambes gonflées. Le désert de Sonora se reflétait dans le ciel et si on avait abusé de la canette on pouvait croire que ces coyotes et ce vieux cerf gris marchaient sur la tête. Pareil pour ces mouflons aux cornes absurdes qui montaient sur les pentes pour bouffer l'écorce des sycomores blancs. Pour la soupe de tortue, il fallait descendre vers la rivière Gila, un affluent du Colorado. On pouvait y pêcher des black-bass mais il fallait faire attention aux monstres de Gila. De grands lézards aux couleurs de contes de fées mais au venin mortel. Il y avait toujours des gardiens pour défendre l'entrée du paradis.

On arrivait finalement au ranch si on le cherchait. La piste s'arrêtait là dans les cactus ocotillos tout en feuilles car il avait plu il y avait de ça deux semaines. Un épervier semblait garder les lieux, il glapissait parfois dans le silence avant de plonger pour tuer.

Il faisait froid. L'hiver était proche. Sous un appentis, un pick-up Dodge quatre roues motrices et une moto KTM tout-terrain. La maison et le toit étaient en bardeaux de bois de pin. Ça se voyait qu'on l'avait récemment toilettée, consolidée. Trois marches pour accéder à la terrasse en planches. De là on voyait la rivière. Aux beaux jours, il devait faire bon être assis dans un des rocking-chairs. On entrait dans une vaste cuisine avec une cheminée où un feu était allumé. Ça sentait la pâtisserie. Le mobilier était simple et accueillant – le téléviseur allumé semblait veiller.

Une chambre ouvrait dans la cuisine. Adossé à un mur lambrissé, Fletcher regardait Holly Howell. Assise dans un fauteuil, elle donnait le sein à un bébé. Fletcher n'en revenait pas. Il n'avait pas espéré connaître cette beauté. Il ne dessinait plus. Ne lisait plus la Bible, mais elle était en lui. Il était apaisé. Un jour, il essaierait d'écrire ; il verrait bien. Plus tard, le bébé a cessé de téter. Holly Howell lui a fait faire son rot. Tout était si calme, c'était le milieu de l'après-midi, le 22 novembre 1963. Fletcher a donné un baiser à Holly Howell, au bébé qu'il a pris dans ses bras. Contre son cœur. Il a humé son crâne, retrouvant comme à chaque fois le même sentiment d'enivrement et d'amour. D'éternité. Il a marché avec lui dans la chambre.

— Je suis belle ? a-t-elle murmuré. Un peu belle ?

— Bien plus que belle.

Il ne savait pas comment dire, le dire. Lui dire. Il l'aimait. Elle ne posait pas de questions sur son œil de verre. Mais elle faisait des cauchemars, se débattait dans son sommeil. Pleurait. Le bébé était chaud. Il s'appelait Ron. Ron Fletcher. Ronnie. Fletcher était devenu un homme, enfin. Il n'était plus un monstre. Un criminel. Tous les jours encore il songeait à Will Drake et ne pouvait s'empêcher d'associer ses pensées à des passages de la Bible. Le bébé était chaud. Vivant. Holly Howell s'est réfugiée ou abandonnée dans les bras de Fletcher. Ils se sont enlacés. Ils étaient trois. Trois. Deux d'abord et l'enfant était sorti de la mère. Les avait unis d'une autre façon. Fletcher et Holly Howell se sont embrassés comme mari et femme. C'était doux et excitant. La femme et l'homme avaient été imaginés pour ça. Fletcher aimait la vulve de Holly Howell autant que ses yeux… Ses mains et ses fesses. Ses paupières. Souvent, il les embrassait. Surtout celle qui avait été violée. Fletcher s'est aperçu que le bébé était éveillé et les regardait. On aurait pu penser qu'il voulait leur parler, les prévenir de quelque chose. Fletcher l'a embrassé et lui a dit qu'il l'aimait. Le soir venait, oui. La nature n'était pas simple mais encourageait à l'être. À respecter ce qu'on supposait être ses rythmes. L'homme confondait le temps et la nature, la nature et le naturel. L'homme confondait tout et ne comprenait rien mais pouvait aimer. C'était sa chance à défaut d'être son salut. Le soir venait vite. Plus tard et tout au long des ans, Holly Howell et Fletcher raconteraient des histoires à leur enfant ; ils éteindraient la lumière et les jours se succéderaient.

En attendant, Ronnie se réveillait, c'était un petit gars qui aimait prendre des bains au crépuscule. Son côté amphibie. Fletcher est allé dans la salle de bains – il fallait passer par la cuisine. La maison n'avait pas été conçue par un architecte d'intérieur, par des citoyens qui prenaient des bains ou des douches. À l'origine, c'était une épicerie pour les chercheurs d'argent à la fin du siècle dernier. Fletcher avait fait la plupart des travaux de rénovation. Il ne voulait pas que n'importe qui vienne par ici.

Sans se séparer de son fils, Fletcher a placé la baignoire en plastique dans la baignoire en fonte. Il a fait couler l'eau et a réglé la température. Il s'est arrêté un instant. La chouette avait hululé. Par ici les bruits avaient du sens. Fletcher a attendu encore un instant et puis il a démailloté son petit garçon. L'a mis tout nu en le couchant sur une serviette posée sur une planche qu'il avait installée à la hauteur adéquate. C'était un étonnement et une joie indicibles à chaque fois. En prévision de la sortie du bain, il a caché des chaussons tricotés par Holly Howell contre sa peau. Pour les chauffer sur son ventre. Minuscules. Ronnie le regardait et cela le troublait. La conscience de son fils l'affolait. Il lui a dit qu'il allait prendre son bain, l'a pris dans ses bras. Comme tous les jours, il s'est souvenu du baptême. De son besoin de tenir l'enfant, d'être père. Il avait été exaucé. Il a touché l'eau et a rajouté un peu d'eau chaude. Il a mis son fils lentement dans l'eau, tenant sa nuque dans sa main gauche. Ronnie a souri. C'était si important de vivre, d'avoir ce fils. Et l'amour de Holly Howell… Fletcher s'est tourné vers la porte. L'homme aux lunettes noires avait au bout du bras un S&W M39 prolongé d'un réducteur de son. Connaître ce qui tue ne préserve pas de la mort. La première balle a frappé Fletcher à la gorge. Il a lâché son fils dans l'eau en gémissant : « Rollie ! » La deuxième balle lui a éclaté la tempe et il est mort penché dans la baignoire au-dessus de son aimé.

Holly Howell est sortie de la chambre – elle a crié en voyant les deux inconnus. Celui qui n'avait pas encore tué l'a eue d'une balle dans le front, tirée avec la même arme que celle de son double. Holly Howell s'est affalée en perdant son œil de verre qui a roulé sur le plancher. Par mesure de précaution, le prestataire de service l'a achevée d'une balle dans la nuque. À la télévision, Walter Cronkite, défait, disait qu'on avait tiré sur le président Kennedy à Dallas. Celui qui avait tué Fletcher a éteint le poste, mettant fin à l'enquête du Marine mort à El Paso.

Suis-je devenu votre ennemi en vous disant la vérité ?

Une nouvelle fois, je tiens à remercier Ralph Schoolcraft III et Edwige Allaert pour leur aide précieuse et leur engagement à mes côtés. Je ne ferais rien de bien sans eux.

Je n'oublie pas Zoé Tomes et Stéphane Balmand qui m'ont donné leur avis après lecture.

Je tiens à souligner le formidable travail de Christelle Mata qui est à mes côtés depuis longtemps, fidèle et sincère… Et plus.

Je remercie François Gladel pour tout et Luc Mallet pour sa générosité et son aide.

Et puis, je me tourne vers Joëlle Losfeld qui m'a montré une fois de plus combien elle était clairvoyante, combien c'était un éditeur à nul autre comparable. Je la remercie de l'honneur qu'elle me fait en m'éditant et en suivant de près tous mes écrits.

Œuvres de Richard Morgiève (suite)

Sex vox dominam, Calmann-Lévy, 1995. Réédition, Pocket, 1998.
Mon beau Jacky, Calmann-Lévy, 1996. Réédition, Serpent à Plumes, 2002.
Legarçon, Calmann-Lévy, 1997.
Tout un oiseau, Pauvert, 2000.
Ton corps, Pauvert, 2000.
Ma vie folle, Pauvert, 2000. Réédition, Pocket, 2002.
Deux mille capotes à l'heure, Pauvert, 2001. Réédition, Pocket, 2005.
Ce que Dieu et les anges, Pauvert, 2002.
Full of love, Denoël, 2004.
Vertig, Denoël, collection Roman français, 2005.
Miracles et légendes de mon pays en guerre, Denoël, collection Roman français, 2007.
Cheval, Denoël, collection Roman français, 2009.
Mouton, Carnets Nord, 2010.
United colors of crime, Carnets Nord, 2012.
Boy, Carnets Nord, 2014.
Love, Carnets Nord, 2015.
Martyrium, La Dragonne, collection Curiosa, 2015.
La trilogie (*United colors of crime*, *Boy*, *Love*), Carnets Nord, 2017.

Préface

Jean-Patrick Manchette, LETTRES DU MAUVAIS TEMPS. Correspondance 1977-1995, La Table ronde, 2020.

Composition : Entrelignes (64)
Achevé d'imprimer
par CPI Firmin-Didot
à Mesnil-sur-l'Estrée, en décembre 2020
Dépôt légal : décembre 2020
Numéro d'imprimeur : 161349

ISBN : 978-2-07-292753-9/Imprimé en France

375179